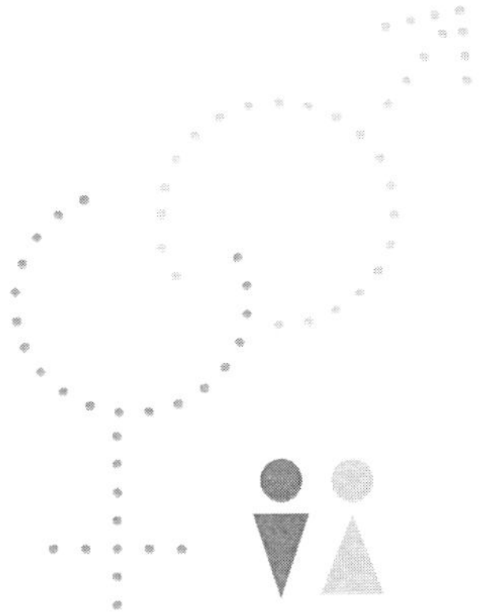

No. 1939

外遇之后

弥合创伤，重建信任（第三版）

[美]贾妮斯·亚伯拉姆斯·斯普林 / 迈克尔·斯普林 著　夏杨 译

上海译文出版社

致我最好的朋友，

艾伦（Aaron）、麦克斯（Max）和迈克尔（Michael）。

目 录

尾声

要不要坦白：真相与结果

致 谢

我刚开始做夫妻关系心理治疗研讨的时候，最后总要留出十五分钟来讨论不忠创伤的治疗。我渐渐发现几乎没人写过文章来讲如何帮助夫妻从外遇事件中恢复正常生活，于是我决定将自己在心理治疗方面的言论与实践聚焦于此，就有了这本书。

一开始，我收到的反馈各有不同。病人和治疗师们都说："太好了，什么时候能拿到书？"朋友们说："太令人兴奋了，开个派对庆祝一下吧。"熟人们说："感谢上帝，这与我没关系。"出版商和编辑说："是的，我们确实需要这种书，但大家有勇气把它拿起来交给收银员结账吗？"我为此书物色编辑的时候，也发现不止一位编辑怕碰这个题材，怕给自己的情感生活带来麻烦。有一位编辑跟我说："我的婚姻很幸福，我担心它会影响我们夫妻关系。"幸运的是，哈珀柯林斯出版社向我买下这本书的版权，我的丈夫迈克尔答应跟我合写这本书，这时我又觉得大家似乎都支持此事了。

以前我从不知道写一本书意味着什么，或者说有什么代价。现在我知道了。现在每当我走进书店或图书馆，我都不禁惊叹，有这么多人为了把自己的想法付梓成书，花费了难以置信的时间和精力。

我刚着手此事时，自以为是专家；然而，找我咨询和治疗的夫妻越多，我学到的也越多。正如安娜在《国王与我》中说："教师也从学生那里受教。"通过倾听病人及他人的讲述，他们或者经历过背叛，或者自己有过外遇，我逐渐懂得人们是如何应对与解决（或未能解决）不忠危机的。他们真诚坦率，能够自我反省，从而让我能够确定他们经历事件的类型，以及需要疗愈的心灵伤口。

衷心感谢很多助我完成此书的人，包括指导过我的导师和同事。我刚从研究生院毕业的时候，认知疗法的创始人艾伦·T. 贝克（Aaron T. Beck）博士让我坐在他身旁，观察他如何指导认知治疗中心的学生。他教会了我在治疗中何时实施干预，何时保持沉默，何时对治疗对象的某个认知做出检查讨论，何时放任不管。他教会了我一种治疗模式，给了我一种职业生涯，让我成为一名有工作能力的治疗师。我还有幸受教于戴维·伯恩斯（David D. Burns）博士，他巧妙而幽默地教会了我很多助人改变自己的治疗策略。我要向杰弗里·杨博士（Jeffrey Young）致以深深的谢意，他将认知疗法与其他已知模型相结合，使认知疗法处理棘手临床问题的有效性有了显著提高。他审阅此书稿件的各个章节，对我们的童年是如何影响今天的我们，给出了细致入微的意见。我要感谢理查德·斯图尔特（Richard Stuart）博士、尼尔·雅各布森（Neil Jacobson）博士、诺曼·艾普斯坦博士（Norman Epstein）、唐·鲍科姆（Don Baucom）博士、克里斯·帕德斯基（Chris Padesky）博士和戴维·布里克（David Bricker）博士，他们的研究加强了我将认知行为原则应用于情感受困夫妻的治疗。我还要感谢凯瑟伦·赫特兰（Kathryn E. Hertlein）博士和金伯利·杨（Kimberly Young）博士，他们为我提供了有关网络性爱与网络性瘾的最新参考资料。

当我需要查阅图书馆科研资源时，西港图书馆（Westport Public Library）的克莱尔·奎格利（Claire Quigley）和北卡罗来纳大学的克里斯廷娜·库普（Kristina Coop）为我助力良多。

当其他人还在为此书的销量前景而争论时，我的经纪人克里斯·托马西诺（Chris Tomasino）不但予我以支持和鼓励，还逐字阅读书稿并提出敏锐的校改建议。她的助手乔纳森·戴蒙德（Jonathan Diamond）也殷勤助我完成此书。

我要感谢哈珀柯林斯出版社编辑彼得内尔·范·阿斯戴尔（Peternelle van Arsdale）和珍妮·戈尔登斯坦（Janet Goldstein），他们指导我走完此书流程。我的公关珂莱欧·马努埃利安（Clio Manuelian）热情洋溢、打动人心，克里斯汀·奥克莱尔（Kristen Auclair）为我处理此书无数编辑细节，我也要向他们表示感谢。

我要特别感谢我的朋友盖尔·温斯顿（Gail Winston）为此书三个版本所作的编辑工作。我还要感谢玛雅·西弗（Maya Ziv）及其助手艾莉西娅·唐（Alicia Tan），还有戴安娜·巴朗斯（Diane Burrows）的宝贵支持。

我还要衷心感谢：

我的父母多莉和路易斯·利夫，他们多年来供我接受良好的教育，鼓励我发出自己独特的学术声音。

我那善良的哥哥乔尔，他总是照顾我。

我那聪明的继子德克兰、埃文，我们远离电脑，一起度过了美好的时光。

我的孩子麦克斯、艾伦，他们给我带来欢笑，让我的生命有了意义。这些年来，我有幸有他们陪伴身边。

还有我的丈夫迈克尔。难道还有什么比跟某人合作写书更加亲密的事情吗？我尊重甚至羡慕他那追求完美的眼睛，他那极其清晰的头脑；我会怀念和他在电脑前并肩端坐，为一个词一个概念而激烈争论的时光；我感谢他为书稿耗费那么多时间，感谢他令我们继续前行的善良。

引　言

夫妻能度过不忠的考验吗？

作为有四十三年治疗情感受困夫妻经验的临床心理学家，我对这个问题的回答是肯定的——前提是你们双方都愿意诚实面对自己和伴侣，并学会能帮助自己度过这令人心碎的危机所需的各种技能。

你们要提醒自己并不是只有你们遇上此事，这可能很管用。尽管统计数据差异很大，但根据最近一项权威研究，多达 37% 的已婚男性和 20% 的已婚女性有过不忠行为。[1] 没有人知道确切的比例；我只敢肯定，对配偶撒谎的人也有可能对研究者撒谎。不过，即便按最保守的估计，我们也有把握说，在美国，每 2.7 对夫妻中就有一对有过不忠，也就是超过 2 100 万对夫妻。[2]

外遇的本质是什么？

外遇必须有性交吗？接吻算不算？吃个午饭算不算？[3]

我不想回答这些问题，因为说到底，你所看重的事情才是重要的。算不算不忠，这完全取决于你认同什么，或者你自以为认同什么。当你们的伴侣与第三者发生性关系时，无论是一夜情还是长期情感纠葛，几乎所有人都会有被伴侣背叛的感觉。然而，他们之间的其他亲密行为（比如拥抱、发送明显涉及性话题的邮件），也会让许多人感到被背叛，同时也一定会感受到威胁。五年前，我有个病人叫莎伦，她给前男友发了一张自己的半裸照，双方没有进一步动作，但她丈夫一直对此耿耿于怀。

这是本书第三版，我增写了一个章节，谈谈前两个版本中没有提及的对伴侣关系的种种挑战。本章将讲述向我咨询的病人的内心挣扎，以及我给出的具体治疗建议。

我不对外遇做三种评判

1. 我不对外遇本身对错做笼统评判。对你们夫妻一方有利的评判，有可能会摧毁另一方，从而破坏你们的关系。不过我发现，一段没有得到夫妻双方首肯的持续婚外情，会导致夫妻关系持续僵化，使夫妻之间几乎不可能建立亲密关系。如果你发生了不忠行为，并且还认真地想要重建夫妻关系，那我觉得你必须放弃你的情人。

2. 我不把你们区分成受害者和加害者，不把你们区分成被背叛者和背叛者。对夫妻之间出现的问题，双方都必须承担相应的责任。与其划分责任，我更加鼓励双方各自直面自己，弄清是什么导致了外遇，然后在多个方面做出改变，重建互信，恢复亲密关系。这并不意味着各打五十大板，让你们对此事负有同等责任，毕竟没人能让别人出轨，而是对方自己出轨。不过，我确实是要你们对自己制造的夫妻嫌隙负责，第三者正因如此才得以乘虚而入。

3. 我不建议你们无论如何都要继续在一起，也不建议仅仅因为感觉不开心而逃离婚姻。恰恰相反，我请你们跟我一起探索，探索你自己坚持或放弃爱人的独特原因，选择或拒绝重建夫妻关系的独特原因。你的决定应该经过深思熟虑，而不是仅仅基于感觉。实际上，你的感觉可能会背叛你。

解释所用术语

对遭到外遇困扰的夫妻，本书将他们一方称为受伤方，另一方称为不忠方。受伤方是指在夫妻关系中持夫妻互忠信念，却遭对方违约的一方；不忠方指有外遇的一方。如何选择标签来称呼这些人是挺困难的。不忠方当然也会时常觉得自己很受伤；但一般来讲，伴侣有外遇的那一方才会体验到更大的毁灭感。对遭到外遇困扰的夫妻，我不把他们归入被背叛者或背叛者。这两个词带有某种道德上的正义或谴责，把责任归到某一方身上，而事实几乎从来不是这样。跟你发生外遇的那个人或者跟你伴侣发生外遇的那个人，本书称之为情人或外遇对象。一般来讲，如果我在跟不忠方交谈，并且不忠方的当前外遇尚未结束，我就用“情人”这个词。如果我在跟夫妻中的某一方交谈，为了保护受伤方的感情，需要去掉“情人”这个词里的浪漫含义，我就用“外遇对象”这个词。

本书援引案例分析均来自本人多年临床实践，但所涉人物的身份都已隐去，以免泄露当事人隐私。

此书为谁而写?

此书主要写给伴侣不忠或夫妻互相不忠却仍想试着重建关系的人，包括已婚者和未婚同居者，包括异性恋伴侣和同性恋伴侣。我将同等对待受伤方和不忠方。

此书还写给：

- 因不忠导致关系结束的人，难以走出痛苦往事的人，想要明白无法维持关系之原因的人，想要明白自己应为既往错误承担多少责任的人；
- 想要更好地理解自己经历的原生家庭不忠，以避免在自己的关系中出现类似行为模式的人；
- 为受困于不忠的个人与夫妻做治疗的专业人士和心灵导师；[4]
- 想要发生外遇的人，以及准备踏出那不可逆的一步之前，想要更好地了解外遇感受的人；
- 外遇已结束，但对是否坦白外遇仍在权衡利弊的人；
- 无意于坦白已结束的外遇，但仍然想与伴侣重建关系并想要了解自己的人；
- 怀疑伴侣不忠，但从未与伴侣对质的人；
- 除了不忠事件，还纠结于伴侣之间的秘密、谎言和信任问题的人；

- 想要学习应对夫妻生活中不可避免的幻灭感，以免向外求索的人。

疗愈的三个阶段

在你对外遇事件作出反应，与之纠缠，而后从中恢复的过程中，此书会引导你走过三个清晰可辨的阶段。有人把这三个阶段称为三个雷区。

第一阶段：平复情绪

外遇一旦曝光，夫妻双方都很有可能身不由己地卷入情感漩涡，受伤方陷入深深的失落，不忠方陷入各种矛盾的抉择和互相冲突的情感。为了照顾你的感受，我希望用这些话来让你安心：你没有疯，也没有情绪不稳定，其他人也经历过同样的痛苦和困惑，你并非唯一如此的人。[5]

第二阶段：决定修复或退出

你要直面自己的矛盾心理——是留下还是离开，这样才能稳定自己的情绪。你要探索自己心中的选项，这样才能根据自己的境况和需要，做出深思熟虑的决定。“我从爱情中能够期望什么？”“我应该相信自己的感觉吗？”“我怎么知道伴侣是否适合我？”——诸如此类的问题，我将帮助你找到自己的答案。

第三阶段：重建你们的关系

如果决定重建你们的关系，那么你可能需要花几个月甚至几年的时间来努力恢复信任和亲密。让我们一起温习以下策略，我希望你用这些方法：

- 破解外遇事件的意义，并承担相应的责任；
- 与情人分手道别；
- 赢得伴侣的信任（如果你是不忠方），或者告诉对方你需要什么才能再次产生信任（如果你是受伤方）；
- 跟对方说话时，要让对方能够听得进去，理解你的痛苦；听对方说话时，要鼓励对方敞开心扉，说心里话；
- 认识到早年的生活经历可能对自己造成伤害，以及如何避免这些经历对现在的夫妻关系造成影响；
- 妥善处理你们之间的分歧和不满，这样即使感受不到来自对方的爱，或者感受不到自己爱对方，你们也还能保持情感关系；
- 恢复性爱；
- 原谅伴侣，原谅自己。

全书假定伴侣已知不忠方有外遇，但有时外遇尚未曝光，不忠方要不要向伴侣坦白？在后记中，我将帮你权衡坦白的利弊。无论你如何决定，你和你的伴侣仍然可以一起努力，重新开始生活。

丧钟还是警钟？

有些人可能不想冒险复合，以免自己受到进一步的伤害，或者产生更大的失望。对受损的夫妻关系说再见，这可能是最为简单或者说最合乎人情的解决办法，能够将你从希望的桎梏中解放出来。然而，这个办法也可能是在逃避成长，逃避直面生活、爱情和自我的痛苦真相，逃避为维持你们的关系而要承担的可怕责任。

此书适合那些被外遇深深伤害，内心十分矛盾，又有足够勇气承认你们可能仍然想和对方在一起的人，适合那些能够直面导致不忠的己方责任，并努力重建信任和亲密关系的人。如果双方都选择重新开始，最终你们可能会发现，这段外遇不仅是一个令人遗憾的创伤，而且是一个警钟，让你们警醒的钟声。最终你们可能会发现，你们本来就需要遭遇一场外遇那样的情感核爆炸，把以前的存在炸个粉碎，然后用更健康、更清醒、更成熟的存在取而代之。考虑到你们都已经很受伤了，所以可能不会有很多次这样的机会来考验你们之间关系的抗打击力了。我鼓励你们走进这个挑战痛苦的过程，看看你们能共同创造出什么来。其实我想请两位做的是，当我数到三，你们俩走到拳击台的中央，摘下各自的拳击手套，互相手牵手。

第一阶段

反应期：
我的感觉正常吗?

第一章
受伤方的反应：陷入重重的失落

“我十五岁的时候被人强奸了。但跟你的外遇相比，那根本不算什么。强奸我的人是陌生人；而你呢，我本以为你是我最好的朋友。”

“我第一次发现你秘密的时候，就对你没有特别的感觉了。但在内心的更深处，我对世界也对自己失去了信任。”

当你第一次得知伴侣不忠时，你说出的这些话就表明你很可能要经历一场深重彻底的失落之旅了。突然得知伴侣有外遇，这种打击让你根本没办法提前做好准备。你的人生观、世界观可能会分崩离析。过去的自信和安全感，现在可能都显得那么幼稚而虚假。你会问自己，“我这是在哪儿？”“我还活在这个星球上吗？”

你的大脑和身体很可能都处于震惊之中。你对世间秩序和正义的基本感受都会消失。你对自己生活的掌控，你的自尊，还有你对自我的认知也都会消失。你可能觉得自己被家人，被朋友，被上帝，被所有人抛弃了。你可能一会儿坚定自信，一会儿屈辱无依，从一个极端摇摆到另一个极端，你对这样的自己感到陌生。受到如此强烈的感情折磨，你可能开始想："我是不是疯了？"

我想向你保证，你没有疯。实际上，你的体验是严重心理创伤导致的正常反应。让你感到晕头转向的原因，不仅在于你们之间的关系不再完美无缺，还在于你心中幻象的破灭——你原以为自己是伴侣的心中至爱，你原以为自己和伴侣的亲密会永远持续下去。面对如此令人震惊的外遇消息，如果不感到失落，那反倒奇怪了。

四十岁的玛莎从事社会工作，还要养孩子，她用了十多年时间才从丈夫外遇的痛苦中再站起来。她的讲述如下：

> 我们结婚十三年后，拉里对我说他不要我了，他要小他十四岁的那个保姆。我的第一反应是，"这种事怎么可能发生在我们身上，我们夫妻非常般配啊。那个保姆几乎就像我的女儿一样，她怎么能辜负我的信任呢？"拉里搬到保姆那里同居了，我自己在床上躺了一个月。一夜之间，我从一个持家能干、做事独立、充满热情的人，变成了一具行尸走肉，精神抑郁到对全身都没有感觉，而在这之前，我对抑郁只有理论上的印象。一天晚上，我躺在床上，屋子里一片寂静，我脑子里一团乱麻，心里充满恐惧，突然听到车库门咔哒一声打开了。"他回来了，"我想，"他想把这事讲清楚了。"我穿着睡衣跑下楼——先照了照镜子查看自己是什

么状态——这才发现根本没人动车库门。整件事都是我幻想出来的。

这时我才突然想到："我不但失去了配偶，还失去了理智。"我的自信心急剧下降。我觉得自己就是一个冒名的妻子，一具没有灵魂的空壳，空洞虚无，无可救药，教不好孩子，也不配有个好伴侣。别人配活着，而我不配。三年后，我还纠缠在抑郁症中——当时我丈夫和我早就重归于好了——我在一个有关创后压力综合征的研讨会[1]上，得知有些人在极端情绪压力下，很可能会产生避世心理，感知不到自我，甚至出现妄想症状。我恍然大悟：原来如此，原来我的抑郁是这样的，它有名字了。我没有发疯；我所经历的一切都是正常反应。如果我早知道这么回事，可能就不会感到那么孤独了，或许还会早点打开心扉，迎接各种可能的未来。如果当初有人帮我弄明白怎么回事，那真是极大的恩惠。

这就是本章的出发点，它着眼于让你做好准备，迎接所有遭到不忠考验的受伤方都将体验的失落感。一旦你意识到自己的反应有多么普遍，可能就不会因伴侣的背叛而五内俱焚，也不会因为自己强烈的情绪反应而震惊。一旦你知道自己可能有什么样的反应，还知道这个反应叫什么名字，你的容忍度就提高了。看到自己的感受，理解自己的痛苦，这就是疗愈的开始。记住这个要点：康复的最大威胁，就是失去希望。

外遇事件的生理影响

此时此刻，你的神经系统和认知功能很可能在发生生理变化。由于肾上腺素及其他压力相关的激素涌入交感神经系统，你会处于一种高度激发状态。你会一直关注自己的伴侣再次出轨的迹象。你会长期焦躁不安，你需要更长的时间才能入睡，经常在夜间醒来，对噪声更加敏感。你会因为睡眠不足、胡思乱想而疲惫不堪。

你的脑中会浮现出各种记忆、各种感觉，浮现出各种画面，活灵活现，让你心烦意乱。在你睡着的时候，梦中充满了暴力，令你惊恐不安。在你醒着的时候，会忽然不知身在何处，茫然无措。

格洛丽亚是一位三十岁的记者，她的情况就很典型。她告诉我："我丈夫承认有外遇的第二天，我去上班，结果迷了路。我怕自己快要疯了。我的意思是，那条路我天天走，都走五年了。"

帕姆是一位三十七岁的房地产经纪人，她讲过类似的情况："杰夫承认爱上了另一个女人的时候，我让他打包走人。接着周末我去布洛克岛的朋友那里，不想面对自己的孤独。路上我停在一家高尔夫俱乐部，在球场里散了会步。那时候都还好。可是，到了要回车里的时候，我却记不起把车停哪儿了。我找了一个小时才找到车，浑身发抖，哭着开回了家。然后周末哪儿也没去，就呆在家里躺在床上。当时让我不安的不是自己的失魂落魄，而是我对自己的状况产生了想法——我快要疯了。"

由于神经系统发生了变化，强烈的情绪反应击倒了你，让你产生恐惧感、无助感。神经心理学家艾布拉姆·卡迪纳（Abram Kardiner）在描述创伤的神经生理影响时写道："负责协作一致且具有目的性活动的整个机制都被摧毁了。"[2]

另一种截然不同的生理变化，就是你的身体会分泌类似吗啡的内源性阿片肽，将其释放到神经系统。这种变化降低了你对痛苦的感知，帮你抵御极端的情绪压力。换言之，你的身体启动了收缩机制，进入冬眠状态，停止工作了。你的感知范围缩小了，仅仅几周前还给你带来快乐和目标的人际关系和活动，现在你已毫无兴趣。你努力想要振作，却发现自己几乎无法正常起来。你思绪漂移，注意力很难集中。上班时，你心不在焉地翻着办公桌上的文件；在家里，你坐着发呆。你会失去与外在世界互动的信心，退缩到内心世界，陷入隔绝状态。你会有一种奇怪的麻木感和冷漠感。

四十二岁的特殊教育教师斯蒂芬妮对此解释道："就像在经历活着的种种过程，意识到你的一部分已经死去。我曾经觉得，自己和约翰之间有一根金线相连。我望向房间他那边，感觉有一股能量在将我们彼此吸引。现在呢，我只能说我在尽量过下去。我们还在一起，但在内心中我已经死了。"

作家丹·弗兰克（Dan Franck）在小说《分离》中，描述了知道妻子有外遇后，丈夫遭到心理创伤的种种情绪："他以前一直活在恐惧中；现在呢，是活在平静沉闷的悲伤海岸。恐惧是流动的；而悲伤是停滞的，它就像瓶中的水。"[3]

外遇事件的心理影响

受伤方可能会经历九种丧失感。它们都是一种极为根本的丧失感的变型，即丧失自我。丧失自我比失去伴侣更为根本。丧失自我有多种表现形式，每一种都捉摸不定，因此你可能很难意识到它的存在。在别人眼里，你看上去和往日没什么不同，但你的内心却在流血。突然之间，你会觉得自己丧失了这些东西：

1. 丧失自我身份
2. 丧失情感独占
3. 丧失自尊——屈尊放弃自己的基本价值观以求伴侣回心转意
4. 丧失自尊——不承认自己因伴侣不忠而受辱
5. 丧失身心控制
6. 丧失世界的基本秩序感和正义感
7. 丧失宗教信仰
8. 丧失社会交往
9. 丧失人生目标——甚至是生存意志

丧失自我身份："我都不认识自己了。"

发现了伴侣有外遇，这迫使你用最根本的方式重新定义自己是谁。你会问："如果你——我的人生伴侣——不是我原本以为的那个人，我们的婚姻就是一个谎言，那我是谁？"突然之间，你觉得自己支离破碎、面目全非，跟以往对自己的认知大不相同。

在这之前，你会觉得自己能干、独立、风趣、大胆、友好、温暖、稳重、有爱心、很慷慨、有魅力。大概这个样子。而现在呢，你会经历一百种消极情绪——嫉妒、愤怒、报复、失控、小心眼、畏缩、痛苦、害怕、孤独、身体不适、肮脏、丑陋、怀疑、受人耻笑，如此等等。你被伴侣的欺骗蒙蔽了双眼，看不见那个熟悉的自己怀疑自己的善良、自己的魅力，以及自己为人处世的基本能力。

三十一岁的简是一名会计师，婚龄五年。她回忆说，"'充满活力，身体健壮，大胆勇敢'，这是他们在大学毕业纪念册上对我的评价。现在呢，约翰出轨以后，我好像没精神出门，也不想出门了。我觉得大家都知道我的事了。"

罗伯塔，婚龄十四年，也是突然丧失了自我身份。"我以前挺喜欢自己的。我以前觉得自己是个不错的人，是个有爱心、很可爱的人。那都是过去了。我一直在想，唐之所以背叛我，是因为我太好说话，太普通了。我如今一个人，可能是有原因的。但凡有点样子的人，可能都不愿意跟我相处。"

如果你有罗伯塔那样的抑郁症状，可能也会夸大自己的缺点，并为伴侣的不忠行为过多地在自己身上找原因。无论你厌恶自己哪个方面，都会以之定义现在的你。你以为是你一个人造成了这桩可怕的事情。你会想，"要是我改变自己就好了，我就能让我的伴侣回心转意。"你是在欺骗自己，让自己相信你们关系的命运还掌握在你的手中。假以时日，你应该会能够更加客观地看待自己，更加公平地划分各自的责任。不过，现在你不大可能抽离出来观察此事，无法公平地看待任何人，尤其是你自己。

丧失基本的自我意识，这比不忠更加伤人。被困于你觉得陌生的躯壳里，被隔离于一直以来告诉你“我是谁”的核心自我，还有什么体验比这种感受更加痛苦呢?

丧失情感独占:“我原以为我对你很重要。现在我意识到，我在你心中可有可无。”

随着自我意识的丧失，你的信念也在丧失。你本以为，你和你的伴侣是命中注定的一对；除了你以外，没有人能让你的伴侣更加幸福；你们俩是原始的、不可分割的整体，你们的关系无法切断，不能与他人共享。你的婚姻是非同一般的，你是独一无二的或说是被伴侣珍视的。可是，外遇事件的发生，标志着这两种天真的幻想消逝了。

米里亚姆十几岁的时候，继父强奸了她，母亲根本不相信她对继父的指控，再也不管她。米里亚姆渐渐地自暴自弃了，她感兴趣的男人都跟她父母一样对她不好。读完文秘学校后，她到一家律师事务所当了前台。在那里，她遇到了埃德。一开始，她不相信埃德会对她感兴趣——她不理解，为何会有人被她这个人吸引?然而，她渐渐开始依赖他的宽容和保护。同居三个月后，她同意嫁给他。她并没有炽烈地爱上他，但他是第一个让她觉得自己干净体面、值得珍重的男人。一年后，她发现他和他的秘书上床，她那刚刚找回的自尊也随之消失。“在这个世界上，你是我心中最特别的人，”她告诉他，“你是我最好的朋友，我第一个可以完全信赖的人。跟你在一起，我觉得非常安全，什么事都能告诉你。更重要的是，你让我有自信了——自信我这个人还不错，小时候发生的一切不是我的错，不是因为我不好。我有生以来第一次觉得自己很特别，也会被人爱。现在我明白了，我在你心中就是可有可无的垃圾。”

如果你像米里亚姆那样，被曾让你觉得自己独一无二的人存心抛弃，你可能会看轻自己，觉得自己不但不配为人伴侣，也不配为人父母。由于夫妻关系破裂，你可能会失去信心，觉得自己对孩子没什么重要，觉得自己没什么可给他人，甚至对那些最爱你、最需要你的人也是如此。

南希有个女儿才九个月，她坦承：“我很认真地想过买张单程票，离开这里一去不回，把所有的人、所有的事都抛到脑后。我觉得自己根本比不过吉姆的女朋友——她看上去那么年轻，那么有活力。我的孩子怎么想跟我这个失败者在一起？我能给她什么？当时我根本意识不到自己对孩子有养育责任，有重大意义，有重要价值。感谢上帝，我终于知道这只是我的抑郁情绪，我留下来没走。我可能不再是吉姆的至爱，但仍是我女儿唯一的母亲。”

如果你像南希那样，丧失了自己在伴侣心中的特殊地位，感觉自己成了一具空壳，那么重要的是你要意识到，你对自己的看法是不可信的，因为它被你伴侣的不忠扭曲了。你当前对自我的判断力可能处于历史最低值。

丧失自尊——屈辱放弃基本价值观以求伴侣回心转意：“为了维持关系过下去，我愿意做任何事。”

得知伴侣有外遇后，还要卑躬屈膝以求伴侣回心转意，这种做法听起来不可原谅。你能认识到这种绝望之举违背了自己的核心价值观和原则。然而，现在不仅伴侣抛弃了你，你也已经抛弃了自己。

为了把自己的伴侣抢回来，你可能会走极端，极端到事后你的内心会充满羞愧和愤怒。简就是一个活生生的例子。

简告诉我，“得知丈夫有外遇的前一年，我得了乳腺癌。我做了乳腺癌根治术，做了硅胶假体移植，这似乎让我的生活恢复了正常。可是，当戴夫告诉我他跟另一个女人在一起的时候，我沮丧极了，吃不下饭，很快瘦了十磅，这导致我健康的那个乳房看起来瘪瘪的，跟假体隆起的那个乳房没法比。于是，我决定把瘪下去的那个乳房也隆起来。现在我真不敢相信，当时自己居然蠢到认为这会管用。我咨询的那个整形外科医生从没问过我这么做的动机，也没告诉我会有什么风险。有一位乳房造影专家警告我，不要给健康的乳房组织做手术——他说，这可能会让以后乳房检查更加困难——但我没听他的，还是做了手术。对当时的我来讲，外貌似乎就是一切，就是我与丈夫的情人在肉体上一较高下的竞争力。最后当然是我又长胖了，跟做了切除的那个乳房相比，健康的那个乳房现在更大了。”

简的丈夫选择了回归，而简还在自我折磨。“现在我面对自己时，不禁心想：‘当时我怎么了？当时我的脑子呢？当时我怎么能一点都不了解自己？当时我怎么能那么分不清事情的轻重缓急？’现在我不禁看着镜子里的自己，想在脑子里拼凑出以前发生了什么。”

露丝，四十七岁，会计师。她的案例也说明了受伤方是如何牺牲尊严、放下自尊，以维持婚姻关系的。露丝告诉我，“跟杰瑞的小情人相比，当时我觉得很有竞争压力，实际上就是自卑。于是，我花了——应该说是浪费了——好几个小时，时间也是财富嘛，在布鲁明黛百货店的内衣专柜那里试紧身内衣，可那时我本该去看我母亲，她切除了恶性肿瘤，正在医院做康复。真是太没意思了，光跟你说这件事，就让我就觉得自己恶心。我为自己做的事感到屈辱，为我自己变成这个样子感到屈辱。”

杰德，三十三岁，纽约某大出版社编辑。他的困惑也是如此：

> 我的妻子朱莉可能向我保证上百次了，说要和男朋友分手，每一次我都相信了她。有一次，她要我允许他俩出去共度周末以考验他们的爱情，而我竟然傻了似的答应了。她当然还是继续见他，还跟他在一起。后来，她又要我搬到我们的海边小屋住几天，让他们俩在我们纽约的公寓里最后放纵一次。你能相信吗？我就去了。我感觉自己就像一个被流放的人，就像一桩罪案的共犯。
>
> 那时候，我觉得自己别无选择。我当时薪水很低，没法做到一走了之。不过，答应了这么明显令人不快的事情以后，我的内心有了变化。我觉得自己被朱莉践踏了；更糟的是，我觉得被自己践踏了。现在我们又在一起了，但我还在努力恢复自尊。我是说，我没给她下最后通牒。我几乎没有做出什么反击。我麻木了，就像一只被囚禁的动物。我认为她会回到我身边，就像她一直做的那样出去玩完后再回来，而她也确实像我认为的那样。但我从来没有问过自己，“这对我有什么好处？我付出了多少代价？”

如果你有杰德、简和露丝这样的伤痛，重要的是你要明白，你的基本价值观并没有发生改变，但这种情感漩涡暂时摧毁了你的能力，让你能够自保而深思熟虑的能力。你终将更有同情心地看待自己正在经历的事情，看待自己为何如此行事，并且会看得更加清楚。如果你觉得迷失了自我，请相信你不是一个人如此，你是在对你受到的伤害做出完全适当的反应。遭到情感上的打击，几乎所有人都会产生自我憎恨和后悔情绪。如果你能接受不忠对你生理和心理上的深刻影响，或许你就能够学会不要如此严厉地评判自己。

丧失自尊——不承认自己因伴侣不忠而受辱：“为什么我当时没有底线?”

回首伴侣的外遇未暴露之前的那些日子，你的自尊可能会崩溃，你会意识到自己曾对已有的怀疑避而不见或憋在心中。你会奇怪：“对于伴侣的种种否认之辞，我怎么如此温顺地接受了呢？都没拿事实去质问伴侣，我怎么如此愚蠢和懦弱呢?”

显然，并非所有的怀疑都是合理的；有些人会执拗地不信任人，他们会想象并非真实的事情。但是，外遇的迹象往往是明白无误的。

发现妻子有外遇以后，汤姆不愿相信此事，其实几个月来他是有直觉的，但他害怕面对，而是将它藏到心底的一个角落里。他说：“我的妻子是卖电脑软件的，经常出差。有一次，她从伦敦飞回来，我想给她一个惊喜，就去机场接她。我看到她和她的老板，他们一起走出海关。从他碰她腰的样子，我立即明白他们是情人关系。可是，当时我做什么了吗？我离开了，她都不知道当时我在那里。后来我给她送了花，附上一张纸条，上面写着：‘我怕失去你。’她读了纸条，嘲笑我没有安全感，你知道吗？我太需要听到这句话了，我让自己相信她的话了。我开始怀疑自己看到的那个场景。但在内心深处，我是知道的。”

贝蒂是一位心理学家，婚龄十一年，她也同样沉迷于头脑中的想象，以排解那些令自己不安的信息。“有一次我参加一个行为疗法研讨会回来——那场会议在城外——我问我丈夫吉姆，周六晚上过得怎么样。他告诉我他很累，吃完晚饭就上床了。然后，不知出于什么想法，我还问了保姆，问她那天晚上做了什么。她告诉我，她和吉姆聊天聊到很晚，就在厨房桌子边上，聊他的事业发展。我知道他们讲的故事对不上，但我不能想下去，我受不了。想到自己单过，我就受不了了。我什么也没说。但事实已很明显了，我是进退两难啊。”

戴夫，婚龄四年，他的情况类似，他告诉我他是怎么面对伴侣欺骗的：“有一天，我在妻子的车里发现一个未拆的避孕套，不是我们平时用的牌子，我就问她怎么回事。她随口说了个理由——那是邮寄过来的样品——这个理由连个大傻子都不会信。现在回想起来，我搞不懂当时为什么没有质问她，为什么我当时没有底线。”

戴夫、贝蒂、汤姆——他们都没有开口，他们强迫自己不信在某种程度上已知的真相。为了保住婚姻没出问题的幻象，他们否认自己怀疑的合理性。对正在发生的事情，他们没有做出处理，没有提出异议，因而损害了他们最大的财富——真实的自我。“失去自我，也就失去了关系中的话语权，”黛娜·克劳雷·杰克（Dana Crowley Jack）在《自我缄默》一书中如是说，“话语是自我的指示器。”[4]

一旦外遇事件明朗，你就会走向另一个极端，变得极度警惕。你可能会本能地持续产生怀疑，无论你的伴侣说什么或做什么，你再也无法分辨真假。你可能不仅无法相信自己的伴侣，还无法相信自己的感知。你会想：“我的伴侣在对我瞒着什么？我又在对自己瞒着什么？”

从某种程度来讲，从视而不见到时刻警惕，这种转变是在自我适应；头脑会记住受伤的记忆，以保护你将来不受伤害。假如你和伴侣分手了，这种不信任感很可能跟随你进入其他关系。假如你们还在一起，并且你的伴侣也表现得值得信赖，这种不信任感可能会减弱，但不太可能完全消失。

丧失身心控制：“我怎么才能停止自己的念头？我怎么才能停止自己的行为？”

你想理清自己身上发生了什么，可你的思想和行为也许都失控了。你可能会更加执着于此事，纠结于伴侣的谎言、外遇的细节，以及导致外遇的所有事件。你可能会愈发强迫自己工作和玩耍，更加努力、更加疯狂地驱散自己的焦虑。然而，这些反应都不能给你所求的解脱。让我们来看看其中一些症状，找找原因。

强迫念头：“我怎么才能停止自己的念头?”

头脑有它自己的思维，在这种时候，它拒绝被控制。当你的执念占据了大脑时，你就会发呆凝望，你的配偶和外遇对象的影像会接踵而来，不断轰炸你的意识，打断你的睡眠或注意力。

琳自从得知马克出轨的那天起，就对此事念念不忘。她告诉我，“我一直在想着同一个念头——就像坏掉的唱片反复播放同一段音乐，就像脑子坏掉了。我无数次在想象中跟他对话：‘我一直在那里等你，马克，’我告诉他，‘我一直在那里。’我在凌晨三点醒来，想象着他和这个女人躺在床上，她是如何抚摸他，他是如何让她兴奋地颤抖。我一直在脑子里播放这个场景，想要搞明白，但我所做的一切，反而让自己难受。”

史蒂夫也是面对伴侣外遇的受伤方，他把所有的空闲时间都用来思考妻子欺骗自己的线索。无论是独处，还是跟妻子在一起，他都在心里不停地回放同一个念头：“你的意思是，去年五月我们结婚纪念日那天，你说你出差了，实际上你当时是跟他在一起？”“我撞见你在打电话的时候，你是在跟他打吗——你居然在我们的卧室里跟他打？”

史蒂夫告诉我：“我非常讨厌被欺骗，可真正让我恼火的，还是我的心情怎么就被搞糟了。我以前脑子里从来没有这些念头。”

如果你发现自己起了报复念头，想象着疯狂报复自己的伴侣或其外遇对象，不用感到惊讶。这些充满恶意的想象可能会吓到你——它们跟你平常认为的自己很不一样——但在这种情况下，产生这种想象并不反常。

有一位受伤方告诉我：“我曾经以为自己很随和，现在我却满腔仇恨。我听见自己的内心，它在辱骂我的妻子和她的男友，想让他们也遭受痛苦。昨天我看见他过马路，我都想从他身上辗过去。当然了，最终还是我在痛苦。我变得有多疯狂，他们才不在乎呢。”

假如思虑过多对你的身心功能造成了严重影响，你可以翻到第八章，找到快速解决问题的建议。你也可以请医生开药，药物能使你平静并有助于夜间睡眠。与此同时，你要试着接受内心发生的事情，这原本就是遭到外遇打击的适当反应。现在，你能做到的最重要的一件事情就是往后退几步，用同情的目光观察你的强迫念头。虽然它们是徒劳无功的妄念，毕竟还是你的脑子在用它的方式想把秩序和正义赋予你的世界，让你觉得自己还有掌控感。

强迫行为："我怎么才能停止自己的行为?"

你的不信任感会导致你出现无原因且不受控制的强迫反射行为。

"我发现他跟他的助手之间有情况已经有六个月了，"马姬告诉我，"可我还是忍不住去翻他的夹克衫口袋，翻他的办公桌抽屉，什么都翻。他睡着了，我就翻他的手机信息。我会去他以前常带他情人去的餐馆和酒店，从那里路过；我学会了通过他的苹果手机追踪他在哪里。我会打他的办公室电话，看他在不在，如果不在，我就用他的密码听他的语音信箱。我有时还雇私家侦探，看看他是否在他所说的地方。我甚至数他的伟哥药丸，看他有没有跟别人在一起时用过。我监视他，检查他，给他设套子。我为此搭进去的时间和金钱，连我自己都不相信。我知道自己失控了，但又好像控制不了。是谁把我生生逼成了侦探呢?"

跟马姬一样，你肯定也决心再也不要被人当傻子了。如果伴侣发誓对你忠诚，你适度地检查一下，可以让自己得到一点实在的心安。然而，如果你一直如此警惕，就很可能会让自己身心俱疲，并更加伤害自尊。还可以肯定的是，这个做法也不会让你拿回你希望恢复的信任感或亲密感。

不断地检查伴侣，这只是一种过激行为。抽烟、喝酒、购物、打扮——这些方法都可以减少焦虑，减轻痛苦，奖赏自己，而且也是唾手可得的方法。

你可能还会发现自己变得更加需要性爱，有时还会以不适当、不负责任的方式释放出来。有一位病人名叫盖尔，她的情况就很典型。“发现汤姆出轨的那天晚上，我去了一家酒吧，喝醉了，然后跟一个陌生人发生了无保护性行为。我都不知道那家伙的名字。第二天我去参加一个婚礼，在那儿跟自己大学室友的丈夫调情。真是太疯狂了，我甚至在地铁上搭讪坐我旁边的一个男的。我招摇卖弄，我自贬身价，现在想起来真是难堪。我不是说自己做得不正当、不道德，而是说这很愚蠢，是自暴自弃。就好像因为我受伤了，我就必须让全世界知道我不在乎。就好像因为别人拿我不当回事，我就必须也拿别人不当回事。我太痛苦了，就想抹去一切美好和体面的东西——包括我自己。”

还有一种常见的强迫行为是过度锻炼和过度节食——你希望通过这些活动，可以对生活有更多的控制权，对伴侣更有吸引力，并恢复自尊。这些活动是有一些短期的好处——可能会改善你的健康状况，让你变得更加健美，释放积聚的压力——但你应该意识到，在你苛求、抑郁的状态下，你根本无法评估自己的外在吸引力，反而可能会对自己在饮食和锻炼上实行惩罚性、剥夺性的行为，并且走极端。如果健身锻炼、清淡饮食能让你感觉好点，那就继续吧。但你要知道，用健身器材锻炼身体，采用地中海式饮食，这些都不能解决你的根本问题——被人抛弃的恐惧，破碎的自我意识。

还有一种强迫行为是寻求帮助，寻找那些对自己的伴侣有影响的人，恳求他们帮你让伴侣回心转意。跟过度锻炼类似，这起码让你还有一些希望，让你有种幻觉，觉得自己对你们的关系有控制权，至少还有一点发言权。如果坐看生活一地鸡毛而什么都做不了，那就很难受了。

艾比回忆说："我急着让格伦回头，我花了好几个小时跟格伦可能会听的人联系。我联系了他的父母，联系了他最好的几个朋友，请求他们跟他谈谈。我打电话给他的兄弟，打给他兄弟的老婆，甚至打给了牧师。我威胁说，如果婚姻破裂，我就把孩子们带走，离开这个州——不是说我真的要走，我是想向他的父母施压，因为他们无法忍受失去孙子，就会向他施压，让他跟我在一起。我的想法在黑暗中挣扎摇摆，但我不想就坐等在那里，祈祷他归来。"

有的人可能会发现，自己的想法会强迫性地走向两个极端，前一分钟决心挽回你们的关系，下一分钟就打算结束它。有一位受伤方名叫蒂娜，她说："我的情绪一直在变。一觉醒来，我想和丈夫断绝关系，离他越远越好。一小时以后，我爱他爱得要死，一分钟都不想跟他分开。我一直在问自己，'他真的值得我争取吗？'当我的答案是'值得'时，我就会尽量表现得很可爱，尽量让自己看起来很棒，为他做他最喜欢的晚餐。我不会让他轻易离开我。可是接着我又想，'我真的想要这个家伙吗？他太可憎了。'于是我又约了律师，做好准备，要为自己的权利而战。不是我做不了什么决定，而是我无法停止做各种决定。"

为了散心，为了避免孤独，你可能会和毫无意义的人计划做各种事情。就像其他强迫行为一样，这些行为可以分散你的注意力，但只能暂时缓解焦虑或空虚。如果你想重新振作起来，就要放慢节奏，直面痛苦，理清外遇发生的原因，并决定想为此做些什么。

丧失了对自己身心的控制，无法掌控自己的生活，这想想就很可怕。

不过请放心，虽然你正在体验的自我与平时的自我有异，但你的行为并不怪异。

丧失世界的基本秩序感和正义感："这个世界再也没有意义了。"

你可能本以为自己懂得这个世界是如何运作的，并以此对自己的生活有所掌控。"善有善报，恶有恶报"，"种瓜得瓜，种豆得豆"，你信奉的此类格言似乎那么不容置疑。然而，当你得知自己的伴侣有外遇时，你对这个世界的秩序和正义所怀有的信念，顿时被击得粉碎；你以为自己很好，你以为这个世界从根本上讲是安全的，有秩序，有意义，但你的这个以为也随之被击得粉碎。

当你遭到如此严重的侵犯时，你被迫直面自己的公平观、正义观，它们体现在生活的方方面面，包括爱情和婚姻之中。你持有的这些信念，你可能从未明确表达过，但一旦这些信念遭到挑战，你就会惊讶于自己有多么依赖它们。你的信念是，如果你做了事件甲，结果就有事件乙(这个事件乙是你可以预料到的，因此你做该做的事，就能获得被爱的感觉)，这种信念让你感到安全有效，给你的世界赋予了一个你可以信赖的运作机制。而现在呢，你意识到自己对幸福多么无能为力，多么依赖别人，甚至是你所爱的人来公平对待自己，却很少能指望得上。

当山姆得知妻子简跟一个二十三岁的木匠上了床后，他的整个世界都崩溃了。他告诉我："我一直觉得自己基本上算是个体面的丈夫，值得妻子的爱。我全心全意地爱着她，努力陪在她身边，帮着做家务，帮着她准备研究生论文。哪怕她心情不好，我也尽量心平气和，体贴入微。

我母亲常说：‘把你的妻子当王后，她就把你当国王。’真是太可笑了。也许在某个大问题上我让她失望了，但她从不告诉我，也没给过我改变的机会。现在呢，我觉得自己被误导了，被欺骗了。现在我知道了，做人正派没好报，反倒被人踢脸上。她对我做出这种事，我恨她。我变得自私，变得愤世嫉俗，我怀疑自己再也不会把人看得那么好，把爱情看得那么好了。”

正如山姆的情况那样，伴侣的外遇让你情绪混乱，而在这之前，你对人际关系的运作机制很可能持有某些常见的信念：

- “对自己的婚姻走向，我还是有一些发言权的。”
- “如果我本质善良、富有爱心，就会为人所爱。”
- “如果我做人正派，婚姻就会无忧。”
- “我知道怎么做会让伴侣开心。”
- “我可以信任我最好的朋友。”

这些曾经不言而喻的想法，现在可能让你觉得极其天真。然而，你可以质疑自己的善良、正派和是非观，但不要放弃。为了理顺这一切乱象，你可能又开始转而觉得自己是罪有应得。

在沮丧与困惑之中，你可能会认为，要不就是这个世界并非按照你曾以为理所当然的标准在运行（这种情况将导致外在混乱），要不就是你自己未达到该标准（这种情况将导致内在混乱）。或许你现在发现不了，但以后你会发现，这两种观点都夸大其词、以偏概全了。你真的没必要折磨自己，也没必要把这个世界看得一无是处。生活不是那么没规矩，你也不是那么不好。

丧失宗教信仰：“上帝为什么抛弃我?”

为了解释为何遭受痛苦，有的人可能会觉得自己被上帝抛弃了。正如犹太教拉比哈罗德·库什纳（Harold Kushner）在《当好人遭难时》（*When Bad Things Happen to Good People*）中指出的，在遭遇不幸的时候，人们最常问的是：“如果上帝存在，如果他有最低限度的公平，且不说爱和原谅，他怎么能这样对我呢?”[5]

不管你怎么看待这个问题——上帝很残忍，所以背叛了你；上帝很冷漠，所以离弃了你；上帝很公正，认为你不好，所以给你配上这样的不幸——你都很可能再也无法从宗教或宗教仪式中寻得安慰，并比以往任何时候都感到孤独无依。

当你觉得自己的宗教导师对自己的事情淡然冷漠时，当你觉得以往给你社会认同感和情感支持的同修家人们离你而去时，你的宗教信仰可能就会更加动摇。当你向同修社团领袖求助，寻求心灵修复、传统家庭价值观的心理支持，或是基本安慰的时候，你可能会感到非常失望。

有的神职人员会给你讲一些宗教上的陈词滥调。比方说，他们会告诉你，如果你原谅别人，你就会被原谅。有的神职人员出于担心信徒捐款、教会活动出勤等事宜，不想站在你这一方讲话。当然了，也有很多人同情你、支持你。不过，由于你现在很痛苦，可能没有人能立即安慰得了你。

瑞秋的丈夫有了外遇，虽然有外遇的是丈夫，但瑞秋觉得拉比不愿见的人却是自己：

“对我来说，宗教信仰一直很重要。我的丈夫是了不起的、受人尊敬的犹太社团领袖，那个时候他有外遇，跟一个非犹太女孩同居，而当时我是我们当地犹太人家庭服务中心的主席。现在我闹不明白的是，当时到底是我在躲着别人，还是别人在躲着我。但我有感觉，感觉社团里的每个人都在排斥我，甚至连拉比也是这样。有一次，我看见拉比在跟我丈夫拥抱打招呼，我心想：‘就是这个男人给我行的受诫礼，给我主持的婚礼，还给我的两个孩子行的割礼。将来某一天，他还会给我的父母主持葬礼。’不知怎的，我觉得假如有人愿意帮我，那应该是他。可是，等到礼拜仪式结束后，每当我俩的眼睛对视时，他就避开我的目光。他一直没跟我说什么话——没有劝告，没有同情的话——于是我决定：‘就这样吧，我不想信犹太教了。’为了摆脱痛苦，我放弃了我的宗教信仰。

我要把自己隔离出去，给自己寻找一个不同的身份，即使与原来的信仰截然相反。我的丈夫最终还是回头了，但我花了八年时间，才能内心平静地重新遵守犹太教的仪式。有一天，我去见拉比，带着愤怒直接面对他。但对我这么些年的伤痛孤独，他似乎毫不知情。现在他知道后，却怪我没有早点去找他，说这让他很难过。

我没办法确定他说的话是真是假，但我认为他就是太胆小，太圆滑，不愿意给自己找麻烦。毕竟，我丈夫在当地还是有影响力的。在我看来，这世上只是又多了个懦夫，或者说多了个没有善心的人，他无法超脱他的个人利益来帮我，却希望我的态度能让他觉得自己很重要。去你妈的，这就是我的心里话。那几个月里，我在心里扔掉了很多尸位素餐的家伙，开始寻找能满足我精神需求的其他途径。”

如果你跟瑞秋的情况一样，那么你对宗教领袖的失望，也会把你的信仰变成一个笑话，也会把你的上帝变成一个冷漠无能的雕像。无论你所幻灭的对象是神职人员还是上帝，你都很可能有一种被抛弃感，自己从中获得肯定和精神寄托的力量源泉原本是那么亲密、那么深沉，如今却抛弃了自己。请记住，在这个阶段，你产生这种感觉是正常的，它并不一定意味着你会永远丧失信仰。

丧失社会交往：“我能向谁倾诉呢？谁会支持我呢？”

当你遭到伴侣外遇的伤害时，你会有羞耻感、自卑感，这可能会让你觉得所有人都在议论你，躲瘟疫似的躲着你——不然的话，他们为什么不再给你打电话问好，不再邀请你出门呢？

你内心中的一部分想要采取主动，告诉全世界你是如何被侵犯的，另一部分却想要保持沉默，独自疗伤。这一刻，你渴望别人来认可自己是一个可爱的人，想抓牢每一个愿意听你倾诉并承认你受到伤害的人。下一刻，为了维护自己的脸面，为了不被人嘲笑，为了保护那个欺骗你的伴侣而怀有某种有悖常情的责任感，你又退缩了，把自己与外界隔绝开来。

玛丽，一位声誉卓著的投资银行家的女儿，从小被教育要保守家庭秘密，遇到问题就自己解决。当她发现丈夫有外遇时，亟需与家人和朋友倾吐心声的她，却将自己的内心封闭了起来。回首往事，她对我说："那个混蛋对我做了那些事以后，我竟然想保护他的名声，我把这视为我神圣的工作，真是难以置信。"但她丈夫不知悔改，还继续在外面鬼混，于是她转而寻求朋友们的心理支持。"让他担心自己的名声去吧。"她说。

假如你的父母健在，你很可能痛苦于是否将此事告诉他们。无论你决定如何，都会有很大的风险，你会问自己："他们知道了这件事，将来家庭聚会时大家会难堪吗？让他们敌视我的伴侣，会导致伴侣更难留下来吗？我真的想让父母知道自己在感情上出问题了吗？我想在情感上依赖他们——让他们再像抚慰孩子那样抚慰自己吗？我能面对他们的怜悯、非难与谴责吗？我想跟他们讲外遇中那些一地鸡毛、令人难堪的细节吗？一旦我在情感上再成为依赖他们的孩子，我将如何独立呢？"

假如你已经为人父母，你一定会痛苦于是否将此事告诉孩子。"让他们承受这丑陋的真相，明智吗？他们岁数还太小，能懂吗？"你渴望孩子的同情，又担心他们对自己的伴侣产生敌对情绪。你一边想着："是的，我就是想毁了他们之间的关系，谁让那个人毁了我。我就是想报复，我就是想让孩子们更爱我。"但你一边又想着——父母双方都是孩子不可替代的榜样，孩子从父母那里学会应该如何做人——这让你很犹豫，要不要强迫他们在父母之间选边站。你会问："我想让他们在破碎扭曲的自我意识中成长吗？这个真相会对他们的自我认知产生什么影响？他们成年后会不会更可能搞外遇？他们会害怕对亲密关系负责任吗？他们会为发生的事责怪自己吗？又或者，假如我能迅速弥合自己的婚姻，他们可能就永远不知道这件事了呢。”

向朋友倾诉，你也顾虑重重。你会想：“我能相信他们替我保守秘密吗？会不会把事情搞到尽人皆知呢？大家都不想跟关系不和的夫妻有来往，这样一来，我们岂不是每个周六晚上都得独坐家中？要么出于真的义愤，要么出于想让我好受点，我信任的那些朋友很可能会说我伴侣的坏话，这样一来，我们夫妻一道出席朋友聚会岂不是很尴尬？最糟糕的是，如果有的人站在我伴侣那边怎么办？”

有的人会认为，婚外情具有传染性，如果与受婚外情影响的人过于亲密，就可能影响自己的伴侣关系。要意识到这一点，这很重要。对这些人来讲，他们忌讳不忠行为，所以不要对他们期望太高，也不要把他们表现出的冷淡当作是针对你个人的。很可能是他们有了被威胁感，被他们自己都不理解的东西所威胁，又或者他们自己的伴侣关系也很脆弱，比他们自己所知道或愿意承认的情况更加脆弱，所以他们对你冷淡。

大多数朋友会想帮助你，安慰你，只是不知道说什么好，或者不知道从哪里说起。哪怕是葬礼也有表达哀悼的仪式，祝福者会讲一些安慰人的套话；但对于伴侣不忠的情况，就算是挚友可能也不知道怎么安慰你。他们不确定该说些什么、该做些什么，所以可能避而不见，或者不跟你联系。他们可能正在从你身上寻找线索，想知道你是否需要陪伴，想知道你是否不愿独处。要意识到这一点，这很重要。通常情况下，他们远离你的动机是出于尊重，他们认为你希望保留隐私。你可能需要邀请他们，请他们回到你的生活中。

有的人可能会想到去找心理治疗师聊一聊，因为心理治疗师是自己不认识的人，态度中立，愿意倾听，也会尽力帮助自己。这似乎是个最合乎逻辑的办法，但你可能也很纠结要不要这么做。有一位被丈夫背叛的妻子告诉我："我犹豫了好几个月的时间才给你打了预约电话，我以为你会被我的秘密吓到。"这个女人终于来找我的时候，只把她丈夫当时的外遇情况都告诉了我，只字未提之前发生的许多次一夜情。她后来承认说："虽然听起来很疯狂，可我当时害怕你会建议我离开他，而我还不确定自己是否这么想。"她以为如果接受治疗，她就会被迫决定自己是否想要结束婚姻，而她真正想要的却是想弄明白自己的矛盾心理（第三章、第四章将帮你做此探讨）。在第一次预约治疗快要结束的时候，她站起来说："现在，我知道自己为什么来这里了。我需要大声把心里话说出来，需要把发生在我身上的事情带给我的情绪理清楚。我不需要知道未来会怎样。我到这里来是为了自己，是为了让自己起死回生。"

向别人敞开心扉，这个行为充满危险。父母、孩子、朋友、心理医生——在你困难的时刻，他们都有可能帮你，但也都有可能令你与他们疏远。该相信谁，该说多深的话，都很难讲。没有规则，也没有对错。你所能做的，就是斟酌坦白的结果；除了你自己，无人能权衡你的风险和需求。

无论你决定做什么，都不要把自己孤立起来，不要让自己的生活变得更加孤独。如果你认为挚友不希望你去找他们，或者你在社交场合总得表现得轻松愉快，那么你很可能会把自己封闭起来，压制自己迫切寻求心理安慰的需要。如果有这么一群人，他们会让你的生活变得健康而有意义，即便你一开始感到不舒服和难为情，那也主动伸出手吧，让自己重新融入他们。

丧失人生目标——甚至是生存意志：“有时候，晚上开车回家，忽然想把车开向路边撞死，一了百了。”

当你无法想象自己以后还会爱或被爱时，当你失去认同自我或生命价值的能力时，当活着比死去更加痛苦时，你出现自杀的念头也就不足为奇了。对于另一半的外遇，最可悲的反应就是：失去活下去的意愿。

宝拉有一个智障女儿，还怀着二胎，这时她得知丈夫跟她最好的朋友西比尔上床了。她告诉我：“有一天，我感觉活不下去了，我想不出任何活下去的理由，我觉得自己失败极了。西比尔有手腕，又性感。我自以为的这两个最好的朋友，联合起来背叛了我。我尚未出生的孩子本该至少拥有我能给予的一切，或者世界能给予的一切，我心里这么想着，手上却关上车库门，把女儿安置在我旁边的位子上，打开发动机。我是不是疯了？我想我是疯了，充满悲伤，充满怨恨。我忽然意识到，这么做太疯狂了，我有义务为了孩子们活着，也许我丈夫也是出于疯狂才做出这种事情的。在某种程度上，我理解他是一时放纵，是想从对女儿的责任中逃离，是出于对我们下一个孩子健康的焦虑。我决定跟他谈谈这些想法。从那以后，我们一直在一起，重建我们的婚姻。我觉得我们活得很艰难，比大多数人都要艰难。不过，我们能够一路走来，这归功于我们能战胜痛苦并原谅彼此的人性，我当时是这么想的，今天还是这么想的。作为父母来讲，我们都对孩子有愧，但愿我们的关系能够弥补生活未赐予我们的东西。我们终于开始学会承认面对的痛苦，学着像朋友那样团结起来。”

生命中没什么事件比伴侣的背叛更具破坏性了，对宝拉而言是这样，对你而言也是这样。不过请记住，抑郁就像清晨的浓雾，它让你看不清真相；有自杀的念头和将自杀付诸行动，结局是不同的。如果你觉得自己可能伤害自己或者他人，可以到医院挂急诊或打电话向朋友诉说：“我抑郁了，请保护我。”你想杀死的对象不是你自己，而是你的痛苦。

你当下要做的事情就是尽量忍受绝望，即使你还不知道如何缓解它。此时此刻，你可能很难相信我对你说的话。但你必须有信心，你终将再次学会珍重自己，并和你珍惜的人建立真正的情感联结。

性别差异：性别差异会影响你对外遇的反应吗？

男性和女性往往赋予伴侣外遇不同的含义，这反过来又影响他们对此的情感反应。重要的是不能一概而论——某些人情况如此，其他人则未必——不过，有证据表明，大多数人的反应至少在部分程度上是有性别差异的。无论生理上和文化上的性别差异有多么不稳定、不准确，意识到这些差异，应该能让你对伴侣外遇引发的反应有所了解，让你不那么崩溃和孤独。这应该也有助于伴侣更好地理解你。

一般来讲，女性更可能想要修复并保持关系；男性更可能想要寻求结束关系并另觅新欢。女性往往会感到沮丧并攻击自己；男性往往会发怒并暴力攻击他人，哪怕是幻想也好。女性可能更倾向于把此事归因于自己卑微不堪，男性可能更倾向于把此事归因于自己性能力不足。女性可能会夸大外遇事件的重要性，需要更长的时间才能痊愈；男性可能会藏匿痛苦，然后继续过日子。

性别差异之一：女性试着维持关系；男性喜欢转身逃离

女性："也许我们可以找到解决办法。"

男性："别麻烦，回不去了。"

如果受伤方是女性，她更有可能努力维持夫妻关系[6]——部分原因是她的出身一直教导她取悦别人、克制自己。[7]如果受伤方是男性，他则倾向于止损，然后寻找替代者，寻找某个人来给予他觉得自己应得的关爱。一般情况下，女性在情感上遭到践踏，她们会保持沉默或隐藏自己的感受。迫于维持表面和谐的压力，她们往往压抑真实的自我，压抑"我对此不满"的内心诉求。我们这个社会向大众传达的信息是：女性的工作就是维持与他人的关系，这也是衡量她自我价值的标准。有一项有趣的研究[8]表明，八岁左右的女孩被男孩欺负后，在被问及自己的感受时，她们知道自己在愤怒，并会将这个情绪表达出来；但十二岁左右的女孩被男孩欺负后，在被问及自己的感受时，她们则回答"我不知道。"有充分的研究表明，随着女性年龄增长，受到伤害时，她们中的许多人不再相信自己的直接感受。遭遇不忠的女性，如果无法意识到伴侣在伤害自己，如果为了维持关系而不再直接正告对方自己的负面感受，如果害怕"吹哨"[9]，那说明你已经被社会训练得很到位了。

还有一个原因导致许多遭遇不忠的女性寻求维持关系，甚至是已经破裂的关系，那就是她们认为并害怕如果自己不如此，以后就只能一个人过了。1986年，哈佛大学和耶鲁大学的研究人员班尼特（Bennett）、布鲁姆（Bloom）和克雷格（Craig）做了一项著名的婚姻调查研究[10]，该项研究认为单身汉短缺，这让很多女性陷入了恐慌。虽然苏珊·法露迪（Susan Faludi）在1991年指出该研究的数据严重夸大事实[11]，但还是在女性群体中造成了失婚恐惧症[12]并延续至今，这类女性认为到了四十岁以后，自己的结婚机会几乎为零。[13]

就经济状况而言，离婚女性比离婚男性的压力更大，部分原因是她们承担了更多的抚养孩子的责任[14]，部分原因是她们的前配偶更有可能去支付自己的养车费用，而不是抚养孩子的费用。[15]虽然两性收入差距正在缩小，但女性往往从事较低级的工作，或在类似的岗位上挣到的钱比男性挣到的少——只占男性挣到的77%。[16]仅仅出于这些实际的原因，许多女性就会努力维持自己的婚姻。

对于男性而言，男性传统上更有经济保障，更有信心能换个伴侣，因此男性遭遇伴侣外遇，就不大可能努力让配偶回心转意。由于男性很少用夫妻关系是否成功来评判自己，当婚姻关系破裂时，男性往往觉得自己没什么可失去的。因此，在遭遇伴侣外遇以后，女性倾向于保持沉默；男人则倾向于逃离婚姻，眼不见这个痛苦之源，以求抹去自己的伤痛。

性别差异之二：女性变得郁郁寡欢；男性变得恼羞成怒

女性："我生命中最重要的情感关系失败了。"

男性："如果让我碰到妻子的情人，我会杀了他。"

女性对伴侣外遇的反应往往是攻击自己。男性对伴侣外遇的反应往往是怒火中烧，他们会攻击伤害自己的人，至少在头脑中会做如此假想。

根据梅奥诊所（Mayo Clinic）最近的数据，女性患上临床抑郁症的几率是男性的两倍。[17] 原因之一是，女性倾向于把评判的矛头向内指向自己，而不是向外指向他人。另一个原因是，女性更有可能用自己与他人的关系来评判自己，并将自我价值等同于自己是否被爱。如果情感关系产生动摇或已经失败，女性更有可能感到沮丧并收缩自我意识。她不仅失去了伴侣，她也失去了自己。[18]

与之相反的是，男性更有可能将愤怒指向妻子或她的情人，而不是自己。[19] 有攻击性的男人往往必须克制自己，以免做出暴力行为，但即使是被动的、内省型的男性，也会在头脑中假想攻击“仇敌”。无论是哪种情况，愤怒情绪让男性觉得自己强大，能够掌控局面，从而抵御诸如羞耻感和自我怀疑等不安情绪。有些男性会把伴侣视为受害者，被其情人引诱操纵的受害者。他们把愤怒指向伴侣的情人，以避免面对这样的痛苦：你的伴侣之所以出轨，是因为她对你非常不满。

性别差异之三：女性觉得自己不是个好伴侣；男性觉得自己不是个好爱人

女性：“我表现不够好，没能让丈夫满意。”

男性：“我阴茎不够好，没能让妻子满足。”

如果你是遭遇丈夫不忠的女性，你可能会把丈夫的背叛归因于自己表现不够好，这个表现不仅仅指床上的表现。你可能会认为，伴侣出轨是为了爱而不仅仅是为了性，吸引他的不仅仅是身体。这样一来，你可能会比你的伴侣更关注其婚外情的意义。当他坚持说“我从没爱过那个女人，我从没想过要毁掉我们的婚姻，我没把那场外遇当回事”时，你可能要花很长时间才能理解或相信他的解释，但又很想相信他说的是实话。

如果你是遭遇妻子不忠的男性，你会倾向于认为妻子的背叛是为了更好的性满足，这种想法让你觉得自己的性能力不足并心生嫉恨，由此还可能导致对妻子或其情人的暴力行为。男性往往会忽视或轻视除了性以外的其他问题，比如沟通方式、亲密程度，而这些可能是伴侣非常看重的东西。如果你想挽救你的婚姻，可以先问问自己的伴侣：在你们的婚姻关系中，她觉得有哪些方面还有欠缺？为了让她感受到你的爱意与欣赏，你能做些什么？

性别差异之四：女性心有执念；男性转移注意

女性：“我没法不纠结他有女朋友。”

男性：“我才不愿想她的风流韵事。”

对女性而言，其生命中最亲密的关系是否成功，跟其自我意识是密切相关的。因此，女性往往比男性更执着于伴侣的外遇，更有可能执着于伴侣对她的欺骗，而不顾及其他一切。在这个过程中，伴侣的谎言会让她变得越来越痛苦，在很长一段时间内都无法信任伴侣。[20] 她反复回想伴侣外遇的细节，反复以此伤害自己，让自己处于不安之中。

与之相反的是，男性对伴侣外遇不会过多地反复考虑，他们会花更多的时间积极参加体育活动，来让他们觉得自己掌控局面、能力不凡。[21] 他们似乎更能将痛苦隔离开来，然后继续前行——通常是再找一个伴侣。

这些性别差异真的会影响你对伴侣外遇的反应吗？如果你是男性，你会像女性那样抑郁并自我攻击吗？如果你是女性，你会像男性那样对自己的性能力耿耿于怀吗？

当前研究表明，男女性别模式确有不同，但这并不意味着它们就能套用在你身上。事实上，有时情况可能正好相反。毕竟，遭到伴侣背叛的女性肯定有能力彰显愤怒。关于这一点，欧里庇得斯早在两千多年前就知道了。他在《美狄亚》的故事里，写了美狄亚被丈夫抛弃，为了报复丈夫的不忠，她杀死了自己的孩子和丈夫的情人。让我们把时间调回到两千四百年后，有一次在某日间脱口秀节目中，我作为节目的嘉宾专家，只见一位妻子奔过舞台，对跟她丈夫上过床的一个保姆大打出手，场面上倒没有太强的希腊风格，但悲剧色彩一点也不少。

至于遭到伴侣背叛的男性，要说他们从不纠结于伴侣的不忠，或者不曾努力让伴侣回心转意，那也很荒谬。这里绝不是说哪种情绪反应就是男性或女性的专属特征；我们在这里讨论性别差异，只是为了帮助你和你的伴侣，让你们在无望的人生阶段里，对彼此的行为模式有一个更加全面的看法。无论你是男性还是女性，遭遇了伴侣的背叛，你所承受的失落都是深刻而复杂的。

爱默生曾经说过，能从所爱之人的背叛中挺过来，是走向成功的必备能力。在某种程度上，这句话讲得很好。不过现在，你不止应该挺过来，还应该开始疗愈。为了开启疗愈的旅程，作为受伤方，你要接纳自己最初的情绪反应——过度反应、自我归罪，心态绝望——你要明白，这些反应是完全正常的、可以理解的；或者，考虑到你的对策有限，考虑到你所蒙受的巨大损失，至少在当时的情况下，这是你能做出的最适当的反应。你要原谅自己失去了自我，并从内心里重建自我。

为了重塑你们的关系，你还要接纳伴侣对外遇事件的反应，无论对方的反应跟你的反应有多么不同。在本章中，背叛你的伴侣通过你的眼睛来看待不忠事件；在下一章中，你将通过你伴侣的眼睛来看待不忠事件。无论你相信与否，背叛你的人可能也在挣扎着想要理清这一切。

第二章

不忠方的反应：置身抉择的迷宫

“回到婚姻的感觉就像是服刑。但是，我总不能抛弃孩子啊。”

“我没想过要爱上别人，但我就是疯狂地爱上了。现在我无法决定该放弃哪段感情。”

“我知道自己出轨了，但我不是有意伤害你，我对你的爱从来没有停止过。我们就不能继续过下去吗？”

既然外遇已经曝光，你心中可能就会有这些挣扎。你的这些挣扎，显然跟你伴侣面临的问题很不一样。无论你的感觉有多么糟糕，跟被你欺骗的人比起来，不忠事件对你的打击绝没有那么具有破坏性，那么让你晕头转向、五内俱焚。

这是为什么呢？首先，你的自我意识没有遭到攻击。事实上，你的情况很可能恰恰相反——拥有一个情人，这种体验证实了你的自我意识。你会觉得有两个人要你，而你的伴侣会觉得自己没人要。外遇还让你对自己的世界有一种新的掌控感，你的权力更大，选项更多。与此相反，因为无法确定未来，你的伴侣可能会畏畏缩缩，无法安心。

尽管你伴侣的失落感跟你的截然不同，并且更加伤人，但我相信，你正在体验你自己心中的地狱。交待了秘密以后，你的心理压力应该会大大减轻，暂时会轻松一点，但是心中很可能照样存在矛盾。你可能一边难以抵挡情人的吸引，一边厌恶自己的欺骗行为，厌恶自己让孩子跟着受苦。鉴于自己给他们造成的痛苦，你原以为对伴侣的怨恨可能有所软化并变成了悔恨。对于你们之间的关系，你可能会决定再给双方一次机会，却发现伴侣并没有准备轻易放过你。你为选择而苦恼，为每个选择所需要的妥协而苦恼，这时你会发现，自己陷入充满选择的雷区——寸步难行，既不能留下，又无法离开。

你挣扎着要重整自己所谓的混乱生活，这时你要提醒自己，你的伴侣可没有心情欣赏你的困境。你对是否离开情人深感矛盾，你对失去灵魂伴侣或莫逆之交而深感悲伤——所有这些，你的伴侣为什么要在意呢？这些都是你自己的问题，你需要独自解决。你若想以此得到伴侣的同情或理解，只会导致进一步的疏离。

尽管你的伴侣可能坚持要有一个无条件的承诺，但在这个脆弱的时刻，你很可能没有准备好，无法做出某些不可逆转的人生决定（这些人生决定我们将在接下来的两章进行讨论）。你的当务之急——你的伴侣也同样如此——是看清自己强烈而矛盾的情绪，并认识到，在这段人生旅程里，你产生这些情绪是多么地恰当正常。下面列举了外遇曝光后最常见的情绪，看看能否找到与你情况一样的：

- 如释重负
- 没有耐心
- 长期焦虑
- 不再内疚
- 痛失情人
- 愧对孩子
- 孤立无援
- 充满绝望
- 寸步难行
- 自我厌恶

如释重负："我厌倦撒谎了。"

一旦外遇真相曝光，人们心理上通常都会如释重负。即使暂时不知情况怎么发展，你也可能会觉得，自己从谎言和欺骗带来的麻烦中解脱出来了。你甚至会觉得自己身心净化了。

安德里亚，三十九岁的家庭主妇，在丈夫杰夫发现她有外遇以后，她反而如释重负："兼顾两种人生的日子太荒谬了。我无法继续欺骗下去，更别提那种压力了。假如我知道周三下午要跟男朋友做爱，周二晚上就要先跟杰夫做爱，这样杰夫就不会很快又想做爱了。我开始害怕杰夫提出做爱要求。杰夫最终发现此事以后，我发誓离开男朋友，于是我的生活多年来第一次清晰明朗了。只过一种人生的感觉太棒了——总待在一个地方，我该待的地方。”

马蒂，已婚，四十七岁，股票经纪人，对于自己走出外遇这条刺激的快车道，他很高兴：“我曾经对那么多人撒过那么多谎，都不知道自己是谁了，也不知道自己对谁说过什么话。我无法分清自己不同的生活，也无法分清真实与谎言。我总是害怕出差错，害怕被抓个正着。我和情人过了一个晚上后，就要赶紧跑回家，路上遇到红灯就会骂，神经一直紧绷着，知道自己回来晚了，知道自己进门会面对妻子的盘问。我年纪太大了，不适合干这个。当她最终当面质问我时，我求之不得地说出了真相——我如释重负。”

就像马蒂那样，坦白秘密可能让你觉得一切都好了，但不久之后，你很可能就觉得事情变得更加混乱和复杂。

没有耐心：“我都已经离开情人，向你坦白一切了。你还想怎么样?”

一旦事情败露，你可能会急于主动重建关系。这不仅仅是你想要重建关系；更自私的说法是，你不想在每次面对伴侣痛苦时感到愧疚。然而，伴侣的思维方式可跟你不一样。你想着要减少伤害并继续过下去，但对于你做得很明显的努力，对方反而可能感到愤怒。正如婚姻家庭顾问戴夫·卡德尔（Dave Carder）指出的那样，伴侣被背叛后，“需要跟背叛者迷恋情人那样同等强烈的愤怒感，需要跟背叛者婚外喜悦那样同等强烈的痛苦感，需要跟背叛者欺骗自己那样同等强烈的报复感。”[1]

你现在可能会心生歉意，但又没有耐心。“伴侣一直在言语上攻击我，让我产生负罪感，但这似乎解决不了任何问题，只会让我们俩越走越远，对此我要忍受多久？”

克里斯，三十九岁，汽车经销商，他为自己跟妻子坦白了性出轨而感到骄傲，他甚至觉得自己没有罪过了。在父母的敦促下，他再次成为了基督徒，认为自己的眼泪已洗刷了自己的罪过。他原谅了自己，并希望妻子也能原谅他。然而，他的妻子却不为所动。“他觉得自己纯洁了，他倒是好过了。现在所有事端都推给我了。我该拿他的欺骗怎么办呢——我要欢欣鼓舞吗？”

震惊、怨恨、愤怒、绝望——这些都是你伴侣非常典型的情绪反应。但是，如果你期望对方的这些情绪很快消失，那只会增加你的挫败感。没有妙法捷径，没有神奇咒语。对你发挥治愈作用的，只能是梅拉妮·贝蒂（Melanie Beattie）所谓的“经历各种事情”[2]——那些微小具体的行动，那些累积下来的瞬间，它们会让你的伴侣相信，你已经能直面自己的口是心非，直面自己的丑陋自我，可以放心地再次信任你了（第六章将讨论这些）。这需要时间积淀。当下，你需要的是坚持，要尽可能地有同情心、忍耐心，关心你伴侣的情绪困扰，让对方感到安心，让对方感到尊重，让对方愿意冒险重新爱你。

长期焦虑：“我只要让自己忙起来就没事了。”

既然外遇已经曝光，有一种驾驭焦虑的方法就是让自己忙事情，这些事情有的有目的，有的没目的，有的是为了建设新生活，有时是为了避免去想外遇的事。

你越是困惑，越有可能强迫自己从事各种活动，以转移自己的注意力。诸如电视、健身、网上购物，都能转移你的注意力，只要能让你远离你真正要做的事——直面自己、直面生活。

戴夫告诉我："向妻子坦白并和情人分手后，我急切地想有一个全新的生活。我从来没有给自己机会去思考，更别说去感受什么了。在一个星期内，我就戒了烟，开始了健身，给我们家卧室新设计了侧室，重整了我的办公室，买了昂贵的新玩具——一艘更快、更时髦的船。做这些事，就是为了有所改变。但过了好几个月我才意识到，对于真正的问题，我根本没做任何事。"

正如戴夫发现的那样，这些逃避现实的策略有可能暂时平息你的焦虑情绪，让你自以为掌握了生活，以为一切都回到了正轨。但是，强迫性忙碌——正如上一章所指出的——只在表面暂时修复了问题，它转移了你的注意力，但那些问题仍深深藏于你的内心和你的婚姻之中，并且更加让你不安。而如果你们要一起建立新的生活，那些问题最终还是需要解决的。让生活积极起来是挺好；想要重新开始生活，也可以理解。翻开新的一页，总是让人感觉很棒。但是，你还是需要及时理清自己的感受，直面并处理导致你出轨的那些问题。

不再内疚："我在做自己想做的事，这种感觉很好。"

即使外遇曝光，你也可能几乎没有或完全不会对自己的行为感到内疚，不会为破坏了夫妻彼此信任的契约而懊悔。

你给伴侣造成了痛苦，却对此显得冷漠无情，这可能会让你伴侣产生情绪，一触即发。有一位病人名叫格伦，当他那不忠的妻子承认并不为外遇有丝毫歉意时，他告诉我："她真是麻木不仁，这事对我来讲是终极的侮辱。她说她想要我跟她和好，但对背叛我这件事却没有丝毫悔意。她对我的感受视而不见吗，还是因为我对她无足轻重？"

如果你像格伦的妻子那样，不觉得内疚或觉得没必要道歉，有五种常见的原因：

1. 你已经决定放弃婚姻，并利用外遇来加快进程。
2. 你有性格障碍，无法对任何人产生同情或悔恨。
3. 你对伴侣感到愤怒。
4. 情人让你身心愉悦。
5. 你对不忠的认知观念开释了你的外遇行为。

第一种原因，本书没什么需要说的。第二种原因，超出了本书讨论范围。让我们看看其他三种原因。

对伴侣感到愤怒

对伴侣感到愤怒，这可能有很多原因。你可能觉得，你在跟伴侣的关系中得不到什么滋养，伴侣认为你的付出是理所当然，伴侣只是在利用你。你可能觉得，你放弃的太多而得到的太少，牺牲了重要目标或梦想，自己太久没有得到真正的个人满足。你积攒了很多怨恨，因而没给其他情绪留下多少空间。

当你有外遇甚至在外遇曝光以后，你对伴侣当然更多的是愤怒而不是内疚了。原因在于，这两种情绪是负相关的：愤怒越大，内疚越少；对伴侣的怨气越大，对自己的自责越少。你所体验到的愤怒，可能是对伴侣曾如何待你的合理反应，又或者是你对自己行为感到内疚的一种防御手段（大约两千年前，古罗马历史学家塔西佗就已写道："憎恨被你伤害的人，这是一种人性"）。让人难以辨别的是，愤怒总让人觉得它是合理的——愤怒是人类情绪的一个基本特性。

愤怒往往自带一种伪善的意味，它可能会让你觉得，你有权去别处获取在家里求而不得，而你又自认为应得的爱和关注。约翰的情况就是如此，结婚二十五年以后，他对妻子大发雷霆，脱口而出："你这个臭婊子，老子忍你太久了。老子走。这就走。"

约翰的愤怒看上去很合理，表现出他想要解脱的姿态。这蒙蔽了他的双眼，让他看不见自己长时间不着家，不关心孩子，也没能让妻子感觉到爱，并且还让他认为，他的婚外情很正当，是公平的回报。但如果他从愤怒中走出来，就有可能看到自己并不是那么无辜，而妻子也不是那么差劲。

对外遇身心愉悦

沉醉于情人的干柴烈火与浓情蜜意，远离婚姻关系中的世俗义务，你可能不关心甚至也不考虑外遇对他人的影响。有一位病人告诉我，"我感觉非常快乐，顺应世界时尚，我不想分析这件事。事实上，我根本不想考虑后果。我只想继续。"人性总是把意义归于感觉，你感受到的纯粹喜悦会暗示你，终于体验到真爱了，不要有任何内疚。当然，这并不意味着你的婚姻关系注定要完了；这可能只是表明，此时此刻，外遇对你有很强的吸引力，让你神魂颠倒。事后回头看，你就会意识到自己陷入了情感旋风，因而无法理清自己，直至尘埃落定。

为不忠开释的内心认知

你可能没有负罪感的第三种原因是，你持有某些认知，这些认知开释了你的通奸行为。有些认知在你们夫妻关系确定前就已形成，并反映了你长期以来对爱和承诺的理念。有些认知则可能是应景的合理化解释，用以保护你的自尊心，压抑你的内疚感，允许你的出轨行为。相信了这些认知，你可能就不会对自己的出轨感到内疚了：

- “只要我爱那个人，就可以有外遇。”
- “只要我不爱那个人，就可以有外遇。”
- “只要我的伴侣不知情，就不会伤到他 / 她。”
- “一夜情，玩玩嘛，又不会改变我们的关系。”
- “我只能活一次，应该尽可能玩玩。有些需求从情人那里得到满足，有些需求从配偶那里得到满足，挺好的啊。”
- “外遇让我更幸福，能让我当个更好的伴侣。”
- “外遇不破坏家庭，还满足了我的需求。我这么做，也是为了孩子。”
- “不应该有一夫一妻制。”
- “我对冲动没法控制。”
- “我的生理本能就是出轨。”
- “男人都是色狼。”

- “每对夫妻都各有秘密。”
- “我有权把自己的另一面隐藏起来，不让伴侣知道。”
- “既然我的伴侣很可能知道我的事也没当面质问，那就没问题，只要我不招摇就行。”
- “我不应该牺牲我的需要，就为了伴侣感到安全或幸福。”
- “我从未承诺要做个完人。”
- “如果全心全意只对一个人好，我一定会受伤的。”

我的建议是，你的情绪底下藏着各种认知，除了上面列出来的，可能还有别的，你要看见这些认知并问问自己：

- 这些认知正确吗？
- 这些认知有用吗？这些认知现在还对我有帮助吗？

你可能会发现，有些认知正在削弱你与伴侣产生亲密关系、对伴侣保持忠诚的能力，那么你就要修正或丢弃这些认知。请记住，如果你对不忠的态度是支持的，那你出轨的可能性更大。

有一个名叫莱恩的病人曾对我说，男人都会出轨。但是，他仔细观察这个认知后，才意识到这是在他儿时形成的，是为了让自己不对出轨的父亲心生厌恶而形成的，但到成年后，他仍然保有这个认知，带着这个认知走过了三段婚姻，发生了一次又一次一夜情。他终于明白他不是他父亲，他用以保护自己长达二十多年的认知，已经不适用于现在的自己了。他意识到，就算产生了某个认知，也不一定要让它发生作用，不一定要让它变成事实。

痛失情人："这个让我觉得自己如此特别的人，我永远忘不了。"

结束外遇后，你可能会为抛弃情人而感到内疚，经年累月地为此深感伤痛。

你有自责情绪，这是可以理解的。情人是你生命里的新伴侣，是你生命里的救星，把你带进曾以为遥不可及的性亲密、性兴奋的世界。你可能会觉得，有人理解自己了，有人关心自己了，而这种理解和关心是你做梦也想不到的。或者你只是觉得，有了情人的生活更有趣，更有活力。最重要的是，情人可能已经改变了你的生命体验——以某种深刻的改变增强了你的自尊，让你感觉自己更加聪明、更有能力、更有魅力、更加性感、更有冒险精神。简而言之，正如埃塞尔·斯佩克特·珀森（Ethel Spector Person）在《爱之迷梦与致命邂逅》（*Dreams of Love and Fateful Encounters*）中所言，浪漫爱情可能会助你"克服自我的束缚"。[3] 情人赠你如此珍贵的人生礼物，你因为抛弃对方而心生内疚，这是很自然的，尤其是在你曾或明或暗地承诺过要跟对方在一起的情况下。

有一位名叫约翰的病人，外遇了他三十五岁的艺术老师，外遇结束后，他的内疚情绪就很典型。"她给了我——或者说，是我夺走了她生命中最美好的年华。现在，她老了五岁，找对象生孩子的机会大大减少了。我欠她很多，哪怕是为了回归家庭而抛弃她，我也觉得自己像个无赖。"

内疚是你可能会感到的一种情绪；悲伤则是另一种——悲伤于失去

一个可能让你重拾青春的人，悲伤于失去一个让你瞥见美好生活的人。这种悲伤可能会在任何时候悄然袭来，甚至在几年以后：有所听，有所见，有所嗅，就突然涌出一股情感洪流。

“我和迪恩分手一年多后，有一次我在麦当劳排队，”爱丽丝告诉我，“我敏感地闻到前面陌生人用的须后水，就是他用过的那种，我身体一下子就不舒服了，不得不跑出去透口气。”

伯特说：“我跟琼说，我要回到妻子身边，那时我以为生活会变得简单一些。我告诉自己，‘眼不见，心不烦。’可我越见不到她，就越想起她。我一直克制自己不要给她发电邮，不要假装去碰见她。我不后悔回归家庭，但我有时还是很想念琼。”

对抛弃情人心生内疚，这可能比外遇本身更令伴侣愤怒：关心情人的感受甚于关心我的感受，而我还要跟这种人住在一起，还有比这更侮辱人、更丢人格的事情吗？然而，还有一件事情比其余的一切，甚至比你的内疚都更伤人，那就是：你继续为失去情人而悲伤，即便你说要努力重建家庭。这种悲伤可能不会减弱你自己重建婚内信任的努力，却可能会打击你伴侣的努力。如果你现在要求伴侣理解你的悲伤，只会自取其辱。

反过来讲，你的伴侣也不应该要求你做出保证，要你做到跟情人在情感上一刀两断。这种事你可能做不到，这会把你置于两难境地：要么撒谎，要么说实话，而说了实话，你的伴侣心里更不是滋味儿。你的伴侣需要认识到，你对这个人的爱可能是真的，任何诋毁这种爱的行为，只会招致怨恨。再反过来讲，你需要记住的是，你的伴侣正在遭受痛苦，所以可能会贬低你的情人，但你的伴侣之所以这么做，只是为了恢复其失去的自尊，赢回你的心。

你们双方都应该考虑的是，你这个婚姻中的不忠方，你深切看重的未必是你的情人，而是情人带给你的感受；你要寻求的不是伴侣的替代者，而是改变自己的基本自我意识；如果你们双方都愿意敞开心扉，做出改变，那么你也许可以跟你的伴侣一道，找到你所需要的东西。你们俩的生活里可能还会有你情人的阴影，但这并不意味着你们无法拥有丰盈充实的生活。

愧对孩子："我当的什么榜样?"

身为父母的你，可能会担心自己的外遇会对孩子产生不好的影响，担心他们对你的感觉。还有什么比失去孩子的爱和尊重更可怕呢？在你的内心深处，你希望孩子把你视为可敬仰的父母，而不是困顿迷失之人，不是抛弃他们的人。

比尔有个十六岁的儿子叫约翰，当他想象着把自己有新女友希瑟的事儿告诉儿子时，心中便充满了负罪感。比尔的第一段婚姻里，妻子出车祸丧生了，他独自把一岁的约翰拉扯大。现在，比尔进入第二段婚姻已有六年，而他却面临着一个棘手的抉择。"我疯狂迷恋着希瑟，"比尔告诉我，"但又不想让约翰再失去一个母亲。现在正是他的青春期，我怎么能再次伤害他呢？如果我再次让他没了家，他将永远不会原谅我。"

同比尔一样，对你来说，无论怎么把自己有了新人的事情告诉孩子，都有风险。你在家里没有得到满足或者魂不守舍，他们可能不会理解，更不会同情；他们只知道你在威胁这个家庭的存在，威胁他们现在的生活。他们可能会用他们的方式在心中开释你的行为，因为他们需要继续依附于你；他们也可能会敌视你，因为你剥夺了他们的美好童年。

蒂娜有个十八岁的女儿，当她想要跟女儿解释为什么在跟另一个男人约会时，她女儿厌恶地转过身。“我不明白你为什么不能跟爸爸谈谈，让他知道你不开心。你告诉我，你讨厌他很被动，但你为什么不直接跟他说：‘哎，我要你为我多做点事——付账单、预订晚餐、修马桶这些事。只要帮我分担一些就行。’我们一家人共同经历了那么多，这个问题真的严重到你没法解决吗？我恨你拆散了我们家。我恨你只想到你自己。”

如果你也是父母不忠的受害者，你可能更会愧对自己的孩子。一想到要把自己的孩子扔到同样一种残酷的两难困境中，你一定会再次体验到自己的童年创伤。

弗兰克的情况就是如此。弗兰克十三岁时，父亲为了另一个女人离开家，弗兰克不得不在两个家庭之间做出选择。“我恨父亲对我做出这种事。”他说。可在三十年后，弗兰克却发现自己走上了父亲的老路，准备为了情人而离开妻子，自己的孩子们也不得不在两个家庭之间做出选择。“我应该离开婚姻并让孩子们受苦，还是应该留下来并克制自己呢？”他问道，“这就像是在选择要空气还是要水啊。”

在弗兰克的解决方案里，没有一种是无痛方案，所以他什么都没有做；他既没有离开妻子，也没有离开情人，他只在等待合适的时机——当然了，这个时机一直也没来。他先是等到二儿子行了受诫礼，然后等到女儿高中毕业。时间就这样过去了。弗兰克从未真正解决困境，他还在困惑，还在痛苦，他只能游走在每一段关系的边缘。

正如弗兰克那样，你的内心里可能有两种声音在激烈斗争：你内心的小孩会鼓励你倾听自己的激情，要活在当下；你内心的父母则责无旁贷地提醒你，要对家庭负起更大、更长远的责任。该听哪个声音，则很难说。或许，你现在能做的就是安慰自己：无论你做什么，都不能让你完全快乐，也不能满足你所有的需求；无论你做什么决定，将来都会后悔的。（第三章、第四章将帮助你解决这些矛盾心理。）

要度过这段艰难的时期，你可能会发现这个办法很管用：你要提醒自己，孩子们会长大，你可能会有很多机会跟他们谈心，谈谈发生过什么事情，而他们对你和你外遇的感觉，也可能会随着时间的推移而发生改变。不仅如此，对于发生过的事情，你自己的看法会发生改变，你的解释方式也会发生改变。

孤立无援：“没有人支持我。”

一旦你的外遇曝光，受影响的就不止你和孩子的关系了。你的父母和许多朋友都可能苛刻地评价你，不再像平时那样给你情感支持。

最残酷的可能就是来自父母的拒绝。巴里对我说：“一开始，我妈妈每天都打电话给我，说我把她气病了。直到我不接她电话，她才不讲这种话了。最近她对我好一点，问我过得怎么样，但我明白她一直在审视我，纳闷她哪里做错了，我怎么把生活搞得一团糟。”

如果你的父母笃信宗教或价值观保守，则可能认为你堕落、下贱，是家庭的耻辱；他们会向你施压，让你不要搞外遇，要跟伴侣在一起。你可能开始疑惑："他们是关心我，关心我的幸福吗？还是只关注抽象的人生教条，担心他们的朋友说闲话？"

有些父母会为你的行为而责怪自己，却根本不听你说什么激情或痛苦。家庭的岁月静好——这就是他们对你的希望。他们最不想听的，就是你婚姻出问题，就是你在情人怀里的欢悦。

对于你们婚内的冲突，你最亲密的朋友可能也没做好倾听的准备，特别是那些了解你和你伴侣的人，他们可不想在你们这个事情上站队。有的人可能不做道德评判，或者觉得自己的婚姻关系很脆弱，不想被你的情况危及自身，因而不愿支持你的感受或帮你说话。有的人则会用他们对爱和承诺的看法来批判你，而你想要的不过是对方带着同情的倾听。

蒂娜，五十四岁，职业高尔夫球手，她根本不想跟家人说自己有个年轻的情人，却以为可以跟最好的朋友金妮说说自己的焦虑。然而，金妮并没有给她安慰，反而怒吼道："克制一下你自己吧！你有四个孩子呢！"

为了避免家人和朋友批评，你可能会跟他们保持距离，有空就跟情人呆在一起，跟情人的朋友们来往。这可能会让你们俩纠缠得更深，达到超乎你想要的程度，超乎你准备的程度。

你会很想摆脱孤立无援的感觉，很想周围的人都迎合你的想法和感觉。但是，如果你真想诚实地审视自己，就要找与你没有利益关联的人谈一谈——你要找的人，要既能坚定地支持你，又能让你承认自己在婚姻问题中也负有相应的责任。但是你别忘了，不管这些人有多么乐于助人，他们只能了解你的部分情况——也就是你有选择性地向他们展示的那一部分，或者你了解自己的那一部分——并且他们对事情也有个人动机和个人倾向。在他们中间，只有很少的人能足够了解你并给你明智的建议，或给你需要的支持。

在这样一个脆弱的时刻，你有一个明智的选择，就是去咨询心理治疗师——他们立场中立，因此能够尊重你的感觉，帮助你理清混乱的局面。

充满绝望："我俩之间已根本找不到出路。"

外遇曝光后的早期阶段，你可能觉得你俩之间已是情感的死亡集中营，根本没有机会赦免或逃脱，有这种想法很正常。你可能出于许多原因而决定留下来——害怕孤独、感到内疚、为了孩子、经济安全感、道德责任感——但是，你很可能认为你们之间的爱已经永远消失，你的伴侣已经无法满足你的需求。

你的想法可能是对的，但你也可能是因为偏袒情人而歪曲了事实。杰瑞的情况就是如此。杰瑞，五十五岁，工程师，他总在赞美情人辛迪，总在责备妻子朱迪。杰瑞告诉我："辛迪好像比我自己还了解我要什么、想什么，我觉得她欣赏我，她接受真实的我。朱迪根本不理解我，我觉得她也不可能做出什么改变。为了孩子我打算跟她过下去，可我觉得这是在坐牢。"

杰瑞认为妻子不能支持他，这种认知变成了自我应验的预言。杰瑞和妻子交流时，从来没有让她听到自己的需求，从未给过她改变的机会，也从未试着看她能否满足自己的需求。

然而，只要你不让绝望情绪支配自己的行为，情况可能就没那么悲惨了。假如你只因现在感觉不好就不给伴侣取悦自己的机会，那就太可悲了。

寸步难行：“我不知道该走哪条路。”

是离开伴侣还是留下来，是跟情人私奔还是说再见——这些重要的抉择很可能让你寸步难行、无法决断，既不能选，又不能不选。你只知道，你无法同时应付两种生活了——这太难了。

乔伊，三十四岁，职业基金筹资人，婚龄七年，圣诞节公司聚会的时候，她在玩闹嬉笑之间就失控了。“那天夜里我待到很晚，喝得太多了，想借酒劲疯一下。埃文邀请我跳舞时，他给我的感觉太棒了，我被迷住了。不知不觉，我们接吻了。我从来没考虑过后果，因为我从来没想过要跟他有什么发展，但两周以后，在他的公寓里，我们见面并发生了关系，接下来的事情我就不必多说了。我从没想过会爱上一个人，但我已经爱上了，现在我不知道该怎么办了。我丈夫是个正派人，我也没觉得婚姻不幸福，但我也没打算放弃埃文。我无法回到婚姻里，假装自己甘之若饴。我真的整个儿陷进去了。”

亨利，五十岁，上市公司董事长，他也遭到了同样的情感折磨。亨利同意留在妻子身边，专心解决夫妻矛盾，但他对情人伊迪又无法放手。有一天，在孤独迷茫之中，他请伊迪吃午饭。这让他觉得既兴奋，又焦虑。他承认：“我像个傻子似的，在桌子底下抚摸她，吃吃地笑，像个十八岁的毛头小子。但我太想要她了，没法控制自己。我是一个成年人了，一家大公司的总裁，可我到底在干什么啊，跑来跑去像个发情的动物？一边跟妻子说‘我们共同解决问题吧’，一边还跟伊迪偷偷摸摸。跟她呆在一起越久，我就越迷茫。”

同亨利一样，你的矛盾心理有一部分源自这样一个事实：你在没有真正理解后果的情况下，或者在没有明确意识到的情况下，就卷入了一场婚外情，现在感觉被自己无法控制的情感裹挟了。你可能会觉得，生活如此令人沉醉，而这种感觉本已消逝多年，因此你无法从这种兴奋中解脱出来。

你很难平衡好两边关系，很想随便找个解决方案，但这些方案既不清晰又不明确，而且似乎都需要做出妥协。你和配偶的关系可能并没有那么糟糕，你和情人的关系可能也没有那么美好。你可能开始疑惑：“如果我把投入外遇的柔情与关怀同等地投入婚姻，婚姻会一样美好吗？”

外遇现在是可能让你心神飞扬，但如果你们俩住到一起，在光天化日下近距离看到彼此，就可能被打回凡尘，在生活琐碎中缓行了。如果你们能认识到彼此的真实面目，而不停留在想象中的那种模样，你可能会发现自己走出一段无益的关系，又走进另一段无益的关系——而且还有了拖累；你要付赡养费，还要每隔一个周末去探望孩子。就像脱开系绳后摇晃挣扎的一艘船，这时的你可能什么也不想要，只想逃离所有人，将有关爱情的一切未来都换成平静和孤独。

在左右矛盾中，你会发现一大堆没有明显答案的问题接踵而来：

- “我还爱我的伴侣吗？”
- “爱是什么？”
- “我正常吗？”

- “我这么做正当吗？”
- “我怎么找到答案？”
- “为什么发生这种事？”
- “我怎么摆脱出来——从哪段关系里摆脱出来？”

爱并不纯粹，爱是由许多复杂的，有时也是矛盾的感情组成的。你心里一面会说，“要是能跟情人彻底分手，忠于伴侣就好了，”另一面又会说，“要是能跟情人私奔，忘掉过去就好了。”

无论你如何决定，你的伴侣都会因你对另一个人的情感而备受打击，并且怀疑你们能否重归于好。修复关系是一段艰难的旅程，走到这个阶段，你们俩都需要直面许多矛盾情感，不要匆忙地对未来做出定论。对于任何事情，人类本就不止有一种感觉，尤其是对于爱。

自我厌恶：“我没什么要辩解的。我觉得自己很不堪。”

无论你现在对爱情生活有什么感觉——如释重负、自在掌握、左右为难、受困其中——你可能都会为自己违反了教义或家庭价值观而深感羞愧，因为这些价值观要求你遵守誓言，坚持婚姻。抛开了自己的重重顾虑，伤了伴侣的心，有过外遇后，你可能会觉得自己背叛了身边所有重要的人，包括你自己。

格蕾丝，婚龄十二年，她在跟健身俱乐部网球教练上床以后，深感自责。她对我说：“我在婚姻中感受不到爱。我的丈夫几乎不碰我。假如他知道我想做爱，就想着法子拒绝我，都到这种地步了。他总是掌控一切，而我却孤独得发疯。可是，这种不正当的关系让我觉得自己像个妓女。我真是不敢相信，自己竟然如此轻易地背弃了忠诚、承诺、诚实的理念，这所有一切我自以为信奉的价值观。我终于得到了渴求的爱、关注和肯定，但为了得到这些，我违背了书中的教导，也出卖了自己的灵魂。如今我得到被爱的感觉了，但我自己都看不起自己了。”

有时候，你会没来由地对伴侣不好，甚至很恶毒。乔，三十二岁，电工，“我都不敢相信，每当我和梅格约会的时候，对妻子的态度有多么糟糕。”他对我说：

“我打算跟几个要好的同事们搞个棒球派对——在一起玩玩，喝喝啤酒，吃吃比萨，再看看电视上的季后赛。这个‘同事们’里有梅格，我们不仅仅是朋友，这对其他人来说已经不是秘密了。我知道妻子不想参加派对——她怀孕了，也不喜欢棒球、喝酒——我还指望着她和以前一样，周末出门转转，跟她姐姐呆在一起。

“我满脑子想的都是跟梅格共度良宵。可在派对正要开始的时候，苏珊流血了。她给医生打了电话，医生安排她第二天做刮宫手术。她不想给任何人添麻烦，提出要在汽车旅馆过夜，这样就能睡个好觉，而我也可以继续开派对。我同意了。第二天，我还让她自己开车去了医院。”

乔摇了摇头，继续说：“我知道你一定很厌恶我。我的行为无可原谅，我在妻子最需要我的时候抛弃了她。我只能说，外遇的时候我完全昏了头，就像个自私的白痴。我觉得，我的所作所为不是出于我真正的性格。我觉得，我是迷失自己了。”

有些人对自己感到厌恶，是因为他们试图刺激伴侣做出跟自己一样不光彩的行为，把伴侣拉低到跟自己一样的道德水平，以使他们的自我形象在自己的眼中看起来更好一些。

锡德，二十六岁，工商管理在读硕士，他感觉自己正在利用妻子英格丽德，让她为自己扫清结束婚姻关系的路障。“我故意折磨她，希望她报复性地同样对我，这样我就有理由离开了。我想把她拉下水，让她也不干净，让她分担分手的责任，免得所有的罪责都落在我身上。我甚至试图让一个朋友引诱她，希望让她与别人有染，让她跟我一样。后来，我又带她去看夫妻关系心理治疗师，让治疗师来做善后工作，让她觉得应该自己主动离开。最让我难受的是，她对我很好——这真让我受不了。等到我告诉她我要离开时，她却帮我收拾行李。我把她的生活搞得一团糟，她却在那里主动帮我收拾行李。她的善良让我感到窒息，我奋力挣脱了她，这才能喘口气。”

后来，锡德与妻子英格丽德终于离婚，四年后，他反思自己的行为：“我对她很不好。我不该对她那么恶毒。当时我太年轻，不知道自己是谁，不知道自己想要什么，也不知道如何维持婚姻。我一直痛恨自己的是，我在感到很不幸福的时候没有直接退出，反而把她也拉下了水。”

内疚是一种有益的提醒，提醒你要认识到没有诚实地面对自己，提醒你要活得更有信念。不过，如果你内疚到把自己贬得一文不值的地步，你就什么都认识不到了；如果你内疚得以为自己一无是处，你就是在欺骗自己，从而丧失了认识自己的可贵机会。因此，我的建议是，你自责的时候不要针对你自己这个人，而要针对你不喜欢或认为自己有所不足的那些性格特质，以及让你一边搞外遇一边还欺负、欺骗伴侣的那些性格特质。一旦你分析出自己的这些消极特质，就可以着手重塑它们，并建设性地改变自己，原谅自己。

在自己的性格特质里，可能会让你自责的有：

- 没有安全感，对自己没把握，只要有人吹捧你，献殷勤，你就很容易上钩；
- 有未得到满足的需求（陪伴、感情、交流等方面），但又不对伴侣讲，然后到其他地方寻求满足；
- 觉得自己的需求理应得到满足，却无视他人的需求；
- 渴望刺激和新奇，无法忍受婚姻中的日常平淡和按部就班；
- 忽视或未意识到自己的内心矛盾，并把自己的不幸福归咎于伴侣。

你可能想深入了解自以为不好的自我心理特质，但如果你只盯着自己不好的地方，而无视伴侣不好的地方，这对自己是不公正的。你无权将自己发生外遇的责任归咎于伴侣——毕竟，没有人强迫你出轨——但是，你有权指出伴侣如何让你感到不满。

性别差异：性别差异会影响你对外遇的反应吗？

性别差异会影响你对外遇的情绪反应，也影响你的伴侣对外遇的情绪反应。正如我在上一章中指出的，这些差异表现得并不精确，但能让你对自己的行为更多了一层理解。

目前关于婚外情态度与行为的研究表明，女性更倾向于为了爱和陪伴而外遇，[4]男性则往往只为了性。[5]如果是为了爱，女性就有可能认为自己的不忠是情有可原的；如果不是为了爱，男人就有可能会认为自己的不忠是情有可原的。[6]女性也比男人更容易为婚外情而痛苦。[7]

这些研究结论并不会让伴侣原谅你的外遇——你总说你控制不了自己，总说你只是做了天下男人或女人都会做的事，这并不能让你开脱自己——但是，这些研究结论可以帮助你的伴侣了解你在想什么，并由此引发你们讨论外遇事件的意义，讨论你们关系之中的缺陷。

性别差异之一：女性寻求灵魂伴侣；男性寻求玩乐伙伴

女性："我终于找到一个可以对其敞开心扉的人。"

男性："我和情人很多事情上都合得来——性、网球、爵士乐。"

一般来讲，女人发生外遇的目的是想体验一种情感联结，一种在其婚姻关系中缺乏的情感联结。她们在寻找灵魂伴侣，寻找关注其感受并能深度对话的人。女性喜欢交谈，她们通过互动交谈来培养亲密关系。《纽约客》刊登了一幅女子招男妓的漫画，就调侃了女性这一癖好。漫画中的男妓说："嗯哪，宝贝，我听你的，我整晚都听你的。"[8]正如性治疗师乐于指出的，女性的性唤起通常始于卧室之外；伴侣先跟她有情感前戏（不仅有身体接触），以增强其温暖感、安全感，这反过来也会促进其产生性反应。出轨的女人在发生性关系之前，通常会跟出轨对象先建立起亲密关系。一旦有了身体接触，她们就会致力于让彼此的关系更加忠诚稳定。

与之相比，男性更容易发生不带情感的外遇。他们往往乐于跟情人做各种活动，无论是性活动还是非性活动，并通过非语言活动来感受亲密。[9] 通常情况下，男性发生某次外遇，往往始于男性被女性的身体所吸引，而不是为了双方的友情；男性留恋于该外遇，是因为双方再发生性关系已无障碍，而不是因为双方有了对彼此的理解或亲密感受。外遇中的男性不像女性那样容易对婚姻感到不满。[10] 在同性恋人群中，按照罗伯特·赖特（Robert Wright）的说法，男同比女同“显然更容易滥交，更容易发生不带感情的性行为”。[11]（按照他持有的达尔文式解释，男性每年可以繁殖数百次，女性每年只能繁殖一次，因此男性对性对象不会像女性那样本能地挑剔。）正如剧作家爱德华·阿尔比（Edward Albee）在《三个高个子女人》（*Three Tall Women*）中概括的那样，女人因为孤独而出轨，男人因为自己是男人而出轨。

认识到这些性别差异，男性和女性都可借此控制外遇带来的伤害。比如，如果你是女性，你可以问自己：你向伴侣表达婚姻不满时，表达方式有多直接？你到底要得到什么，才能恢复失去的夫妻亲密感？因为受伤方在得知伴侣有外遇后，往往会悲痛地认为伴侣从未给过自己机会来解决她的不满，而事实可能是她的表达方式不直接。

而如果你是男性，你可以问问自己：你为什么要跟外遇对象在一起？在外遇那段时间里，你的婚姻有多不幸福？对于男性来讲，外遇一开始只是外表的吸引，接着有可能会迅速发展成双方的性激情，然后演变成强烈的情感联结。外遇可能最终导致你换了个伴侣，虽然一开始你对伴侣并没有多么不满意；但到后来，你会发现，新的婚姻又跟以前的婚姻一样充满了冲突。

性别差异之二：女性以自己的外遇有爱而释怀；男性以自己的外遇无爱而宽心

女性："但我爱过他。"

男性："但我并不爱她。"

如果自己的外遇中有爱，女性更有可能认可自己的行为；而讽刺的是，如果自己的外遇中无爱，男性则更有可能认可自己的行为。女性在感情上和性爱上往往更依恋自己的情人，这也是女性外遇更易导致离婚的原因之一。[12]

一般来讲，只要一时放纵且无人发现，男性会认为婚外性是可以接受的，甚至是可以被社会宽容的。他们往往不会把性约会看得太重，认为它无关紧要，是个意外，是暂时释放一下。[13]

性别差异之三：女性为外遇而痛苦；男性为外遇而欣喜

女性："外遇把我的生活搞得很复杂。"

男性："外遇让我的生活变得有活力。"

一般来说，对于自己的性出轨，女性往往比男性要经受更多的内心冲突，并且一般都不大可能认为自己有外遇是正当的。[14]正如我前面指出的，女性一旦卷入外遇，就更有可能跟情人产生情感纠缠，并且很难将性和爱分离。在最近一项对女性不忠的研究中，凯萝·包特温（Carol Botwin）发现，女性通常不像男性那样能在外遇时心无拘束；她们会有更多的痛苦和负罪感，对婚姻更加不满，对情人更加依赖。[15]

女性出轨后，也会因自己没有陪伴孩子而更感内疚。在家庭里，孩子主要是母亲在照顾，而当她们去跟情人约会时，往往会把孩子交给保姆或日托机构——这种欺骗会让她们更加觉得自己的行为不正当。那些有违“自我克制、自我牺牲、自我谦卑、自我约束”[16]等传统女德的女性，当她们要当独立女性，且无论出于何种原因都要把自己的欲望放在首位时，则更有可能感到内疚。

男性似乎更能将自己的外遇和自己的生活主流分开。跟女性相比，男性往往很少花时间去思考人[17]，很少花时间去回忆人际关系中的某些重要时刻，[18]因此外遇在男性的生活中往往不占重要地位，不会令其沉迷。[19]男性比女性更会享受不带亲密情感的性关系，或者跟陌生对象的性关系，这在一定程度上解释了为何男性更加迷恋色情片；正如男性凭空就能产生性唤起——只要对着色情画面就行——他们也比女性更能享受与陌生人之间的性刺激，而不用担心产生什么情感纠葛。根据最近一项全国性行为调查，男性中每天至少有一次性幻想的占 54%，而女性中有此想法的只占 19%。[20]

如果你是女方且有外遇，你可能已花了很多时间去想念情人。但是，请准备好，你可能不愿意听到这句话：花这么多时间去想情人，会导致你对这段不正当关系投入更多的爱和特别的情感，而这些都不是这段关系本所应得的。跟许多女性一样，如果你很难为纯粹的性出轨辩护，你的负罪感就可能让你夸大对婚姻的不满，放大对情人的爱。

如果你是男方且有外遇，你可能会欺骗自己，让自己相信可以保持简单的婚外性关系。不幸的是，对你来说，你的情人可能会以其典型的女性反应，要求更多的亲密和承诺，从而改变你的游戏规则。如果这样的事情发生了，那你就要跟外遇曾带给你的自由和兴奋说再见了。

最后的提醒

为了将男性不忠和女性不忠区分开来，我冒险将两者的区别放大，甚至具体化地加以说明。正如我们在上一章所述，这些性别差异往往很模糊，甚至情况可能恰恰相反。当然会有男性在婚姻之外寻求女性的友情，而不仅将对方当作玩伴。如果凯萝·包特温在《被诱惑的女性》[21]中所述正确，如果达尔蔓·海因（Dalma Heyn）在《美国妻子的性爱沉默》[22]中所述正确，那么就存在一种新型女性——包特温称之为“先行者”[23]——她们会主动出击，找到愿与其做爱的情人，并欣然接受这种相对来说无负罪感的性体验。

但在我看来，你们大多数人还是有着很人性化的目标（否则你就不会读这本书），想要理清困惑，想要找到对自己最好，同时也对他人适当公平的做法。无论你是男性还是女性，把你先天或后天的性别反应考虑进去，还是有好处的。但除了性别反应之外，还有更多的其他影响因素。

到了这里，你和你的伴侣已经迈出了第一步，那就是：明白外遇之后自己的感觉是什么样的。现在，你们要准备走出下一步：为你们的未来做出一个合理、健康、明智的决定。先让我们更加仔细地审视你对爱情的认知，看看这些认知是如何误导你，让你屈从于一段毫无回报的婚姻，或是抛弃了一段完全可以继续下去的婚姻。

第二阶段

检视期：
该留下还是离开?

第三章
探究自己的爱情观

在一段爱情关系里，藏着很多结局。

——克拉丽萨·品卡罗·埃斯蒂斯（Clarissa Pinkola Estes）博士

《与狼共奔的女人》

一旦外遇曝光，你就要决定重归于好还是结束婚姻。无论选择哪条路，我都建议你慎重，不要只凭感觉行事。无论多么强烈的感觉，都是基于假设，而假设往往极度主观，可能并不现实、毫无用处，或者根本不是真相。你现在觉得正确的事情，以后可能后悔当时太冲动，没经过大脑思考，但事情已不易逆转了。

在各种选择中，有两种选择是死胡同。第一种选择是留下来，根本不去想外遇发生的原因，也不努力防止外遇再次发生。这种选择通向的是平静的——或者说并不那么平静的——绝望人生。第二种选择是留下来，但你们中间至少有一个人还会继续出轨，而对方则陷入抑郁或愤怒。

这种选择也没有什么希望。

抛开某些特例不论（譬如双方都同意保持一种“开放式”婚姻关系，或者一方身体或精神上对性事不活跃，而另一方则选择留下以提供身心上的帮助和支持），我不知道在哪种情况下继续发生婚外情还可以有益于婚内双方。实际上，长期的婚外情只会破坏夫妻为解决其亲密关系缺陷的种种努力，我从来没见过它对夫妻关系还会有什么好处。

实际上，你们只有两种具有可行性的选择。

第一种选择是跟伴侣同心协力，努力改善你们的关系。对受伤方而言，该选择的危险在于，你可能会盲目地受伴侣吸引，无论怎样都要维系婚姻。这是单向的爱。你说：“我只想要我的伴侣回心转意。”可是，你会快乐吗？

另一种选择是挥手作别，各自生活。对不忠方而言，该选择的危险在于，你可能会盲目地受情人吸引，无论怎样都要跟情人在一起。这是浪漫的爱。你说：“如果我对你的爱如此强烈，那它肯定是真爱。”可是，果真如此吗？

在你做出不可逆转的决定之前，先让我们仔细观察这两种爱。不要匆匆忙忙做决定。

单向的爱：“如果我不是那么爱他，就不会容忍他那样对我。”

单向的爱，是指你对伴侣强烈而莫名的爱，这种爱让你想跟伴侣继续在一起，无论你们的关系已多么不正常。这种爱的盲点是——换言之，你看不到的是——你的伴侣对你有多么不爱，你的伴侣对你有多么不好，而你做什么都无法改变这一点。

尽管在外人看来，你们的关系显然存在着一方对另一方的剥夺或侮辱，但你们中间有些人就是一直在坚持。你茫然地说，“可是，我爱这个人啊，”仿佛这就足以证明你对他的爱。

你会固执地，有时甚至是绝望地想让伴侣留下来，让伴侣回心转意，而不去看看这个人是否适合你。你的自尊心如此低下，你的权利意识如此不成熟，你对爱的概念如此有限，你甚至都不想问一问：“我的基本需求是什么？在这段关系里，我有哪些基本需求得到了满足，有哪些基本需求被全然拒绝？我的伴侣能做出对我有意义的改变吗？我的伴侣想要改变吗？”

琳达的丈夫承认自己和声乐老师有了外遇，但他拒绝和琳达谈论这件事，他还继续跟情人时常见面，经常到很晚才回家吃饭，或是干脆在城里过夜。他叫琳达不要过问，不要闹出什么不愉快的场面，也不要假装一切正常，不要假装还有爱意。（他讨厌她对他好；他觉得这样很造作。）

琳达找了一个又一个心理治疗师，寻找吸引丈夫回头的良方。但她不知道的是，她真正要寻找的是失去的自我——这个自我让她明白，她正在感受的剧痛和空虚，其实源自她正爱着一个极其自私并且蔑视她的人。

我第一次见到盖尔的时候，盖尔的丈夫克雷格刚刚向她承认，自己在十四年的婚姻中发生过十七次婚外情，盖尔对此十分震惊，无法相信。盖尔发誓说：“我们的婚姻很美满，克雷格非常适合我。”她对丈夫的信心极其坚定，简直可比之于相信太阳每天都会升起。然而，当她开始有意识地梳理婚姻的残骸时，她的选择性失忆症消失了，记忆变得更准确、更详细。比方说，她记得克雷格上床的时候，身上总是黏糊糊的，全身是汗，还想跟她做爱。那时候她会嗔怪几句，而他则不当回事儿。现在想起来，她呆住了，意识到那天他可能早就跟别人发生了性关系，并且还根本没想去冲洗一下。她还记得有一次，她的乳房长了个可疑肿块，做完乳房X光检查以后，她从医生办公室出来，克雷格开车送她回家。在路上，克雷格一直用手机和股票经纪人聊天，没开一句口问问她检查结果——她既失望又愤怒，但却从未承认过。

盖尔跟我谈过很多次，才得以剥离自我否定的那层外壳，直面自己在整个婚姻中感受到的那些贬抑，直面自己完全没能受理心中的怀疑。有一天，盖尔说："如果我不是那么爱他，就不会容忍他那样对我。"她有能力承认丈夫伤害她了。尽管这并没有减少她对丈夫的爱，但这是朝正确的方向迈出了一步。

盖尔回顾了自己和父母的关系，这才开始理解自己为何对自己、对婚姻都抱有很低的期待。盖尔的母亲十分谦卑，通情达理得过分，盖尔的父亲凶蛮无理，爱玩女人，却总是辱骂妻子，说她不忠。对此，她母亲的反应就是大门不出，呆在家里更加卖力地干好家务，丈夫有什么性要求，总是尽量迎合。她对盖尔说："如果你想让丈夫忠诚，那么他想做爱的时候，你就永远不要说不。"

盖尔从小就认为，被爱的意思就是被占有。在她的婚姻中，她是为丈夫工作，对家庭以外的事情没有任何兴趣。只是当她对爱的理解变得更广，超越了她在父母那里得到的经验，超越了她在克雷格那里得到的经验时，她的内心才开始燃烧起来。她意识到："我想要更多，我也理应得到更多。"

埃里克·卡普兰/作，©1993《纽约客》

“我知道。但是，我觉得可以改变他。”

如果你跟盖尔的情况一样，你也需要问问自己：“对于伴侣是否具备爱的能力这件事，我不是一直在欺骗自己？对于这个人的行为，我是不是为他辩解得太久了？对于那些背叛或欺负我的人，我的内心或过往经历中，是否有什么东西迫使我去讨好他们？”

本书的目的并不是为了让你相信自己有过某种生活的权利，也不是让你相信自己可以独立创造这种生活；但是，如果你怀疑自己，你可以去获取专业的帮助以纠正自我形象，免得不知不觉中再次陷入情感的荒原。

当然了，你如何对待伴侣也很重要；你以负面行为对待伴侣，就有可能激起对方同样待你。你态度淡漠、言辞挑剔，伴侣也会待你以冷漠或挑剔，对此你不应感到丝毫惊讶。你们的关系产生困顿，你的所作所为自有责任，但你也有权认为，伴侣同样有责任。

记住：有的人有人格障碍，这让他们无法或无意愿做出改变，无论是在情感上还是心理上都是如此。盖尔的丈夫克雷格就是个例子，他很可能属于自恋人格。这类人会认为，他们有爱的权利，可实际上他们没有建立真正情感联结的能力。他们感到空虚，他们依恋别人只是为了增强自己。他们无法理解互惠的概念——两个人相互促进、互相给予。这类人往往不会感到内疚或自责，因为他们没有共情能力。如果你向他们表达需求，他们可能会认为这是批评，这是威胁，甚至认为你要抛弃他们。[1]

如果你的伴侣是这类人，那么要想让你们的关系继续下去，你可能不仅需要良好的意愿，或是需要一本自学自助的书。夫妻关系心理治疗可能同样无效。由于他们难以面对内心冲突，不信任他人，且无法处理人际关系，自恋者往往无法容忍治疗中需要涉及隐私，从而放弃治疗，或频繁地更换心理医生。如果你处于跟自恋者的关系中，你可能必须一直奉承对方；即使如此，你的伴侣可能还会有委屈感、被剥夺感，并最终放弃你。

因失去伴侣而心理崩溃的自恋者，可能会陷入深深的抑郁，这反而可能让他们变得容易改变。但是，他们若要重建关系，必先重建自己。如果你想等对方走完这个过程，你务必现实地考虑这个过程需要多长时间——几个月，几年，甚至一辈子可能都不够。

自恋者是人格受损型。另一种情况是反社会人格，这类人强迫性说谎，在履行工作和家庭义务时不负责任；由于他们制控冲动的能力较差，往往会发生肢体暴力和违法行为。[2]这类人在一夫一妻制的婚姻关系里，通常维持不到一年。

有的人还会有所谓的边缘性人格障碍，通常表现为情绪不稳、焦虑不安、麻木不仁、充满敌意。跟这类人结婚，很可能会让你长期处于愤怒、不安或疲惫之中——假如你能如实看待自己的感觉。

除此之外，还有其他一些类型的个体抗拒改变，让人难以与之维系人际纽带：有的人酗酒，有的人吸毒，有的人喜欢打人，有的人喜欢骂人，有的人性表达方式轻佻不当，有的人根本不愿认真对待你的问题，不愿与你共同加强夫妻关系。这并不是说，只要你有不满，你的伴侣对你而言就已无可救药，你就应该离婚。不过，我倒是鼓励你睁开双眼，看清你们关系的真相，学会承认自己被侵犯了。爱的感觉是你自己争取的；爱的感觉不应是无论你怎么被伴侣对待，你内心都得产生某种过度活跃的、源源不断的爱。小心不要编造“为自己赋能的虚构故事”——对外遇的错误解释会让你觉得一切都很好，而事实并非如此，这会诱使你选择“一直原谅下去，而不是有可能使对方做出改变”。[3]

为了避免错判你的伴侣是哪类人，你可以在贝克（Beck）、弗里曼（Freeman）和戴维斯（Davis）合著的《人格障碍的认知治疗》（*Cognitive Therapy of Personality Disorders*）一书中读到更多有关人格障碍的内容。[4]最后，你必须自己做出判断，你的伴侣是因为性格障碍而无法改变自己，还只是在这个情绪动荡的时期没有动力去爱你。其中，属于不可逆转的占多少，属于通过训练可以改变的占多少，属于永久性心理受损的占多少，属于随着夫妻关系境况变化而改变的占多少——这些问题都很重要，只要你已不再把你的伴侣当作王，只要你已睁开眼睛看到单向的爱里所包含的欺骗与扭曲，你就更有能力找到这些问题的答案。

浪漫的爱："那是让我如此幸福、如此被爱、如此鲜活的一个人，我愿意为此赌上一切。"

这里所谓浪漫的爱，指婚姻中的不忠方对情人强烈而莫名的爱，这种爱可能会让你想要离开你的伴侣，不管你们曾经有多么幸福。

你认为："我对情人的爱肯定是真爱，否则我不会感受到如此强烈的爱情化学反应，也不会愿意为了这个人牺牲这么多。"这种爱的盲点是——换言之，你看不到的是——你所谓的伟大激情，与其说是与情人本身有关系，不如说是与你未被满足的童年需求有关系，与你当前生活中面临的挑战有关系。如果你跟情人的关系持续下去，你肯定会飘飘欲仙，而为了这个飘飘欲仙，你可能会放弃一段本有可能挽救的、有益终生的婚姻关系。

情人让你身心陶醉，配偶让你痛苦失望，对此你有几分认识？一个是短暂的热恋，一个是永爱的约定，对此你有多少区分？既然浪漫的爱是如此美妙，为何要拒之门外；既然内心本能地想要逃离，为何要留在婚姻里？

如果你跟情人你侬我侬，可能就不会想问这些问题，只想享受这段爱的旅程了。不过，我还是请你继续读下去，探索浪漫的爱是什么以及不是什么；如此，你将来就不会后悔自己选择留下或是离开，毕竟做出决定后，情况可能就无法逆转了。

让我们先来看看，当你想到情人或看到情人时，你内心可能发生的情感变化、认知变化和化学变化。

浪漫爱情中的情感变化

埃塞尔·斯佩克特·珀森在《爱之迷梦与致命邂逅》中写道：在浪漫的爱里，满满的都是“心醉神迷、如痴如醉、心驰神往、极乐无边”。[5] 这种崇高的情感关系，即常说的强烈爱情化学反应，让你觉得自己遇到了绝佳伴侣。珍妮特·温特森（Jeanette Winterson）在《激情》中写道：“也许所有的浪漫都是如此，不是对等双方订立的契约，而是日常生活中没有寻到出口的梦想与欲望的一次爆发。只有戏剧里才能如此，当烟花绽放，天空也为之变色。”[6]

在浪漫的爱里，情人往往成为你生活的唯一焦点，充满你的身体和灵魂。你有一种强烈的欲望，想与情人度过每一个自由的瞬间，想与之融为一体。你会一直想着情人，你想为这个人做一些事情，想跟这个人一直做一些事情。人类总是喜欢赋予自己的感觉和行为以意义，而你也就把你的反应解释为真爱了。否则，还有什么能解释你这充斥天地的执念呢？

你在情人身上投入的时间和情感越多——买礼物也好，发短信也罢——你可能就觉得自己对情人的爱也变得越多。同样，你在伴侣身上投入的时间和情感越少，你可能就觉得自己对伴侣的爱也变得越少。

浪漫爱情中的认知变化

当你坠入爱河，往往会发生一种感知扭曲，你会将对方理想化，赋予对方比他人更多的正面特质。在你的眼里，你爱慕的对象会变得美丽动人、才华横溢、激动人心、感情细腻；最重要的是，他 / 她会完美地匹配你。有人认为，从进化论的观点看，出现认知扭曲的目的是为了将男女双方维系在一起，以完成抚养孩子的基本任务。[7]不管原因是什么，通过夸大和选择性地关注情人的正面特质，同时选择性地忽略有问题的特质，你对情人的爱恋，是与你长相守的伴侣无可匹敌的。

与此同时，你可能还会用同样扭曲，但却是负面的词语来形容你的伴侣，与形容你的情人恰恰相反。无聊、压抑、无趣、挑剔——这些都是你用来诋毁你伴侣的字眼，以开释你去彼取此的行径。埃塞尔·斯佩克特·珀森写道："就算没有嫌弃配偶，也视之为平平之辈。就算没觉得婚姻很差，也视之为令人厌倦。"[8]这种看法或许能让你从婚姻里心无挂碍地抽身离去，但它很可能是扭曲的认知，经不起推敲。

浪漫爱情中的化学变化

安东尼·华尔士（Anthony Walsh）在《爱的科学：爱及其对身心的影响》一书中写道：爱是"一种自然的高潮"。[9]换言之，你体验到的强烈激情是有生物学基础的，这个基础就是，你的身体里确实充满了类似于安非他明的化学物质，如多巴胺、去甲肾上腺素和苯乙胺。然而，这些化学物质尤其是苯乙胺的惊人效果并不会永远持续下去。身体逐渐对它们产生耐受性，需要分泌更多才能达到同等的愉悦状态。当爱情进入下一个阶段，大脑会释放一种叫做内啡肽的新化学物质——这是一种天然的止痛剂，能让你平静并获得一种安宁感。这些化学物质让你从狂热的迷恋，走入更亲密、更持久的感情。

这种关于爱的生物学模型是有局限性的，其局限性在于，在这种模型里，从浪漫的爱过渡到成熟的爱似乎很平稳，毫无困难，就好像是你大脑和身体分泌了化学物质，就自动地把你从一个情感阶段带入另一个情感阶段。然而，在任何一段长期关系里，你和你的伴侣可能会经历一段持续性的幻灭期，然后是间歇性的干枯期。我们不知道你在这些困难时期里会有何种生物化学反应，但我们知道，你要为爱的变迁做好准备并接受它，以使你们的关系挺过这段时期。

直面爱情婚姻中不现实的期望

如果你们的关系达不到你对爱情的期望，问题可能并不在于你们的关系，而在于你的想法。导致你不满的可能不是你的伴侣，而是不现实的期望。这些期望包括：

- “我和我的伴侣之间，在任何时候都应该存在一种深深的默契。”
- “我的伴侣应该提前知道我的需求。”
- “爱，不应该通过经营而得到。”
- “伴侣本就该信任我，这不应该通过经营而得到。”
- “伴侣就是应该来爱我。”
- “爱情化学反应不是对的，就是错的。”
- “我的伴侣应该无条件地爱我。”
- “只要我有需要，伴侣就应该对我提供情感支持。”
- “爱是一种感觉，无法强迫，无法制造。它要么存在，要么不存在。”
- “美满的婚姻没有冲突。”

- “如果我不幸福，那就是伴侣的错。”
- “我们不应该刻意去感受彼此的性欲；要么顺其自然，要么干脆不做。”
- “如果激情消失，感情也就消失。”

思考有关爱情的这些观点，自己思考，再跟别人一道思考，问问自己相信哪些，它们对你来说有多现实、有多大用处。你可能认为，这些观点都不成熟，有这种观念的人还没你社会经验丰富，对感情的领悟力也不如你，因此不屑一顾。但是，你可别被骗了。你不满情绪的背后，很可能就隐藏着其中某些观点。

在你的不幸福里，有多少是源于不现实的期望（如果是这种情况，那么你需要做出改变），又有多少是源于你的伴侣不能满足你的基本需求（如果是这种情况，那么你的伴侣需要做出改变），这很难精确衡量。这一个很复杂且非常主观的问题，你只有探究自己的内心深处，才能做出判断。然而，对爱抱有不切实际的想法，可能会让你大失所望，这包括：

- 你期望你的伴侣是朋友、同志、保护者、玩伴、导师、情人——当然了，根据你的即时需要，还要自然地、得体地扮演好你想要的角色；
- 你期望你的伴侣只做你想做的事情，而当你正忙的时候，他/她也能高高兴兴地自忙自的。
- 你期望你的伴侣在方方面面提升你——让你觉得自己更聪明、更有爱、更有能力，而绝不会让你感到自卑；
- 你期望你的伴侣与你融为一体，成为你，但又不要过于狂热或依赖你而使你窒息，更不要说让你厌烦；

- 你期望你的伴侣知道你的需求，并能准确无误地表达出来，即使你不讲理的时候也要如此；
- 你期望你的伴侣原谅你的人性弱点，自己却拒绝接受对方的瑕疵。

如果你发现自己对爱的所求太多，但又想让自己的爱能够持续下去，那么你就要好好修正你的期望，或者设定某些更加适合你们当前状况的新期望。如果期望较为适度、较为可行，你就会更加宽容，更容易体谅对方，也会为成熟婚姻关系里自然产生的幻灭做一些缓冲准备。

谢丽尔·默瑟（Cheryl Mercer）在《成年人》里描述了亲密关系的样子，下面有其一段文字。有的人从中读到的可能是暗淡无光、简单呆板的日子，有的人读到的则可能是深沉成熟的感情。

> “奇怪的是，当我想到婚姻时，让我最感神往的不是我跟男人在精神上的崇高结合；那种梦想轻易想象不得。恰恰相反，让我感到奇妙的倒是双方共同参与的小事，正是这些小事将男人女人在熟稔的亲密关系中绑在了一起；在其划定的疆域里面，他们一起做爱，一起选择家具，一起计划假期，为了橱柜空间大小而争吵，共用牙膏，一起像去年那样庆祝圣诞节。我自己就一直徜徉在爱河中，所以对于如何跟伴侣共同生活，我还是知道一些的——要有点私密笑话，要有几个共同朋友，在谁来煮咖啡、谁去拿报纸的事情上有默契，自在地听对方重复他/她爱讲的老故事。在我看来，男女双方承诺永远分享生活中的点滴——而不仅

仅是生活中的重大时刻——这才是深刻的人性，其亲密程度甚至胜过与某人的第一次做爱。”[10]

幻灭：从浪漫的爱到成熟的爱

爱不是静止不变的。彼此心生不满，就会疏远；彼此感情回归，又会靠拢。有的人不懂这个过程，欢乐时光没了，就抽身离去，以为痛苦时光会永远持续。他们要么逃之夭夭，要么郁郁寡欢，要么走进外遇。有的人则把这种起起落落视为动态过程里的一部分，如果能够有所预见并且理解其运作方式，就能丰富其夫妻关系，使之重新充满活力，甚至获得某种额外的助力。

爱的感觉既不牢靠也不恒定，而是有其自然变化周期。如果你能接受此观点，就会更有准备，以承受满足期之后的感情动荡，并看到未来会如何发展。根据某些研究者的记录，不满周期每隔四年出现一次。[11] 还有一些研究者则线性跟踪记录爱情各个阶段，从浪漫期到幻灭期再到成熟期。

按照心理学家巴里·戴恩（Barry Dyn）和迈克尔·格伦（Michael Glenn）所说，[12] 第一阶段是爱意增长和彼此承诺的时期；第二阶段是爱意缩减和产生背叛的时期，此时你们双方都变得不愿意做出妥协，不愿意做出改变，开始互相冷淡，很多行为模式都退回到双方有关系之前的样子。这时候，你们可能会对彼此感到非常失望，陷入争端，而争端的主题总是那么相同的几个，只是以不同的形式不断出现在你们婚姻的生命进程中。如果这些家庭争端没有把你们分开，没有磨掉感情，如果你们能接受彼此的缺点，那就有可能进入爱情的第三阶段——互相妥协、互相适应、互相融合、相濡以沫的时期。

由此可见，走过爱情的浪漫前奏，随后必然有幻灭期，这是走进更为牢固、更加安全、更显亲密的夫妻关系的先决条件。原先被你神化的那个人，居然也有各种缺点。原先你以为自己的生活是童话故事，现在看来仍是烟火男女，根本没有什么“从此幸福地生活在一起……”。你对伴侣的批评可能会升级，变得更加尖锐，而性兴奋水平则在下降。如果你想跨越夫妻关系中这些波涛汹涌的危险海域，那就必须接受今时不同往日，在恋爱时期让你兴奋、让你舒适的种种事情都在减少。

如果你是不忠方，你可能会对伴侣产生诸多抱怨。然而，你对情人的感觉如何呢？有一位律师，为了她的暑期实习生而离开了丈夫，她跟我的谈话就很典型：

“情人有哪些方面让你不喜欢？”

“完全没有。”

“你们会为什么事情发生争吵？”“我们不争吵。”

“展望未来，你觉得你们俩会发生什么矛盾？”

“我觉得不会发生。”

浪漫的爱情令人目眩却又似是而非，如果你还没有走过这个阶段，那么你很可能尚未觉察情人身上很多令你反感的地方。正如夫妻关系心理治疗师斯图尔特和雅各布森所言，这是因为“恋爱期是人生最大的欺骗期”。[13] 你体内会分泌出种种化学物质，让你神魂颠倒、满目生辉，让你无视情人的缺点。然而，不可避免的爱之幻灭就在前头。

每一段持续的关系都有烦恼失望之时，只要双方不是随时都有相同的需求，这就是产生痛苦之源。你今天喜欢对方身上的某些品质，明天就可能讨厌，未必因为对方的言行不合你意，而是因为你自己内心有矛盾。上周你惬意于对方的关注，今天你就可能憎恶，认为对方干涉了你的独立自由。上周你欣赏对方的殷殷情意，今天你就可能弃如敝履，认为被对方关注得太多。除非你被爱情蒙蔽了双眼，否则根本无法只看这一面不看那一面，根本无法认可这一面否认那一面，根本无法将你的爱恨分离，它们是同一个人的一体两面（详见第五章）。

人们离婚和再婚的时候，总以为自己会更幸福。然而，统计数据显示情况并非如此。婚姻关系研究方面的领军人物约翰·戈特曼（John Gottman）表示，二婚失败率甚至高于初婚：初婚离婚率为 50%，而二婚离婚率为 60%。[14] 如果二婚家庭里有继子或继女，二婚离婚率则上升到 70%。记住，哪怕是全美国最幸福的夫妻，也无法解决婚姻中约 69% 的问题。[15]

当你决定是要离开，还是要留下来重建信任时，我的建议是，你看待婚姻的眼光要更长远一些，看待伴侣的眼光要更客观一些。对于那些爱情化学反应过强的人，这就意味着，他们要看到浪漫爱情里的盲区，敞开心胸，跟伴侣一起迎接可能到来的并不那么炽烈，却更加温暖、更加持久的爱。

恰如初秋时节，浪漫爱情在冷却的过程中难免产生失落感，但这个过程也同时开启了通往更加成熟、更加忠诚的夫妻关系的大门。此后，双方接受彼此的爱恨，在有爱的关系里容忍各种矛盾情绪，即使受伤或不安，也依偎在一起。

不要轻易放弃你的伴侣。问问你自己：“是我们的关系出了问题，还是我自己出了问题？我不再爱，是因为伴侣无法给我所需，还是因为爱之幻灭暂时给我痛苦——从前的我被那幻梦所引诱，以为爱情永恒，以为伴侣永远美好，以为再也无需质疑彼此是否合拍。”在《与狼共奔的女人》一书中，克拉丽萨·品卡罗·埃斯蒂斯如此生动地写道：

> “每一个女人和每一个男人，他们心中总有一部分在抗拒：在所有的爱情关系里，肯定有爱之死亡的一席之地。我们假装可以就这样爱下去，而不去想我们的爱情幻梦会死亡；我们假装可以继续在一起，而不去想我们有各种小期望会死亡；我们假装一起往前走，而不去想我们的情感悸动会死亡。然而，在爱情里，在精神层面，一切都会死亡，一切……有哪些会死亡呢？幻梦会死亡，期望会死亡；贪婪地妄想拥有一切，妄想一切美好永驻——所有这一切都会死亡。有爱，自然就有爱之死亡。正因如此，我们才会明白，为何要动用那么多的自我力量与深情切意，才能做出爱的承诺。”[16]

你的爱情观从何而来

爱是一种感觉，也是一种观念。你认为什么是爱，你从爱中期望什么，将极大地影响你寻找什么样的伴侣，影响你对伴侣的满意度。

由于爱情观通常反映了儿时你的父母或养育者对待你的方式，或他们对待彼此的方式，回顾并探究这些关系在你成长过程中对你的影响将会很有意义。

曾就职于约翰斯·霍普金斯大学（Johns Hopkins University）的性学家约翰·蒙尼（John Money）说过，所有人的大脑里都有一个独特的潜意识向导，把我们引向自己的理想伴侣。当我们进入青春期时，这张“爱情地图”就已经印在我们大脑回路中了。约翰·蒙尼说，如果我们的爱人与我们大脑里的“爱情地图”吻合度或相似度足够高，我们就会体验到爱。[17] 相似度越高，产生的爱情化学反应越强。

如果你儿时的养育者以身作则，给你看到的是成熟的爱，那么你体验成熟的爱的几率也会增加。如果你儿时的养育者本身的爱情模式不正常，未能给你安全感，也未能让你感觉到爱，那么将来吸引你的伴侣，虽然与你儿时的养育看上去可能有所不同，但最终还是会以同样一种病态的，但却是为你所熟悉的老法子来待你，再次揭开你的旧伤疤。[18]

有一位病人名叫约翰，他母亲患有哮喘，父亲酗酒，工作也不稳定，总是换工作。约翰被迫承担了太多的家务——不但要购物，还要做饭，甚至还要在父母吵架后收拾残局。大学一年级，约翰迷上了黛比，一个患有抑郁症的女孩。约翰倒是觉得很自在，自得其乐地照顾黛比，在第五次约会的时候就向她求婚了。约翰的幸福持续了大约六个月，在这段时间里，他觉得自己就像儿时那样超负荷运转。他对黛比无私奉献，这曾让他觉得自己很有价值——因为黛比需要他，他对黛比而言很重要，他把黛比照顾得很好——可是，现在他觉得自己要被压垮了，觉得自己身陷囚笼，满腹牢骚。

还有一位病人名叫玛丽，从小就受父亲的批评和贬低。她迷上了彼得，因为彼得总让她努力工作以求得认可，却又从不认可她。你可能会认为，按说玛丽应该会喜欢跟他父亲相反类型的人，按说玛丽应该喜欢能够无条件地支持她、相信她的人；然而，只有像彼得那样的人，只有能让玛丽重新感觉到她旧有的、熟悉的自我的人，只有能让玛丽以儿时习惯的那种自我认知方式体验自我的人，才能激起她爱的感觉。玛丽对彼得的依恋是不正常的，但在某种无意识层面上，这又让她有了家的感觉。

如果你是外遇的受伤方，你的童年模式可能有助于解释，为什么你会继续爱着你那不知悔改的伴侣；如果你是外遇的不忠方，你的童年模式可能有助于解释，为什么你会被你的情人所吸引。

如果你是外遇的受伤方，你选择留在一段不尽如人意的婚姻中，很可能是因为这就是你在儿童时期的全部认知的关系，也是你现在的全部认知，对你来说，这种关系就像是爱。你师从父母，受困其中，无法辨别什么才对自己最好。你无法承认自己正在遭到伴侣的忽视或伤害，即使很少得到或完全得不到回报，也选择留在婚姻中，从不分析，也从不评估自己的其他选项。

如果你是外遇的不忠方，你之所以憎恶伴侣，很可能是因为伴侣没能给你儿童时期未曾得到的东西，所以去别处寻求满足，把自己的未来托付给你几乎并不了解的情人。你不去解决自己对伴侣的幻灭，不去解决自己内心的矛盾，反而主动向外寻求满足，或者被动地让第三者来找到你。

你说，这次感觉不一样。你被强烈而心醉的感觉蒙蔽了双眼，一时信以为真。你会认为，这奇妙的激情具有治愈的力量，给了你全新的体验。你会觉得，这个人和以前伤害你的人全然不同，这个人让你感受到自我，给你一生求而不得的爱。于是，你就信了。

然而，将你如此不可阻挡地吸引到情人那里，并在你们之间创造了如此强烈的爱情化学反应的始作俑者，也许不是完美的爱情，而是你童年未竟的缺憾，以及你想从以往受虐和匮乏中解脱出来的期望。正如我所说过的，强烈的爱情化学反应，有可能是由一种不健康的爱情模式引发的。而平和的爱情化学反应，则有可能意味着你所选择的伴侣会让你用比儿时更为积极、更为充实的方式来体验自我。听到这句话，你可能会很不以为然。然而，如果一段感情一开始并不那么来电，双方早期经历带来的麻烦可能就会少一些，从长远来看，双方关系可能也会更满意、更持久。

最后，你可能还是会认为跟情人生活更好。爱是可以改变一个人的，它是锻造人生巨变的大熔炉，让你进化，让你提升，让你成为最好的自己。外遇可以再度唤醒你在匮乏关系、受虐关系里被扼杀的积极品质，让你焕发新的信心，离开死亡的婚姻，并获得一个更能积极回应你的伴侣。

然而，在你离开伴侣之前，我的建议是，你要仔细倾听来自你内心矛盾与失望的声音；它们可能会告诉你，在童年成长过程中，你错过了什么，而在目前的关系中，你需要做什么才能痊愈。在你逃离婚姻之前，问问你自己："从这段婚姻中退出，这是实现自我的真正途径吗？又或者，这只是逃避童年心理创伤的借口？"

无论选择什么样的伴侣，你都将经历爱之幻灭，都要努力维持关系才能使之活力盎然。你若另作他想，那就还是自欺欺人。

在本章中，我建议外遇中的受伤方和不忠方都要评估自己的爱情观。但对是否复合，你可能还有很多保留意见。下一章将帮助你面对这些问题并做出重大选择，决定是留下还是离开。

第四章

直面自己的疑虑与恐惧

在上一章里，我建议你在对未来做出任何不可挽回的决定之前，先审视自己的爱情观。在本章中，对于是否要复合，我建议你直面自己的疑虑和恐惧，不要为其裹挟而盲目走上将来后悔的方向。

你最好是自己单独解决这些问题。因为在伴侣面前，你更有可能捍卫而非质疑自己的立场，也不太可能承认自己认识上有错误。还有就是，当你自我审查自己的想法时，当你为避免伤害伴侣的感情而用委婉的语言表达自己的想法时，你几乎不可能对自己诚实。你要看到自己的矛盾心理，而不是粉饰它或淡化它。

让我们来看看，外遇以后男性和女性最担心的十件事。其中，有些与外遇的受伤方有关，有些与不忠方有关。但大部分都适用于双方。

1. “一旦有了这么多伤害，我们还能回得去吗?”

2. “你都已经出轨了，我怎么相信你不会再次出轨?”

3. “我们能做出有用的改变吗？还是我们根本就合不来？”

4. “是的，你是在做出一些改变来挽救我们的关系，但这些改变能持续下去吗，是出自你的真心吗？”

5. “你是想要我这个人，还是只想要那些外在好处（经济上的保障、完整的家庭、共同负担养孩子）？”

6. “我有留下来的理由吗？”

7. “我们应该为了孩子而继续在一起吗？”

8. “你做出那种事，不可能爱我了，继续过下去还有什么意义呢？”

9. “在我自己没确定复合之前，就花太多时间跟你在一起，对你太过用情，这不是有病吗？”

10. “跟情人多呆在一起，不是更有助于我做出这个关乎他/她的决定吗？”

请认真仔细地看看这些问题，它们会让你在这个分手还是留下的问题上做出一个更加明智、更加深思熟虑、更加提升自我的决定。

疑虑一（夫妻双方）：“一旦有了这么多伤害，我们还能回得去吗？”

人们通常认为，发生外遇以后，失去的爱情再也找不回来了，失去的信任也再也无法恢复。然而，我的要求是，在评判你们的生活时，你们不但要依据现在的感受，还要依据过去的感受。回头看！你们有过幸福吗，有过亲密吗？你们还记得恋爱时，是什么吸引了你们彼此吗？良好的预后，往往取决于早年间爱的力量。如果你们有一个强大的爱的开端——也就是说，你们都有建设性地处理彼此冲突的意愿；你们都有过爱的感觉，都有过共同的未来愿景；你们都有过互相满足的性生活，并在一起享受过很多满意的活动——那么，你们的关系可能比你想象的更有希望。然而，如果你们找不到多少可以建设双方关系的前期基础——如果过往回忆对你们来说几乎不管用，或者过往幸福极少——那可能就没有什么挽回的余地了。

回顾你们过往生活的时候，有一个危险就是，你们可能不会公正地看待过往，可能会戴着痛苦的有色眼镜看待它。注意不要为了迎合现在而歪曲过去。有一种很常见的情况就是，不忠方会选择性地记起过往中的不好时光，以开释自己的外遇行为，而受伤方则选择性地记起过往中的美好时光，以补偿自己的心理伤害，以此证明“我以前并非不好，是你现在把我弄得不好；我们的关系以前并非糟糕，是你现在把我们的关系说得糟糕”。

试着承认过往中真正的好、真正的坏，而不要戴着有色眼镜看待过去。在这种时候，夫妻往往会对双方关系做出对己方有利的、绝对化且简单化的表述。想要离婚的人，往往如此回忆：“我们是奉子成婚”，或者“我家庭地位最低，宝宝和狗都在我前面。”想要挽回的人，往往如此回忆：“宝宝出生的时候，我们很兴奋”，或者“我们在一起曾经很开心。”你若为开释今天的情绪而篡改过往的情感，那你将得不到什么好处。

预言会自我实现。如果你认为你们的关系无法重归于好，如果你认为做什么都不管用，这种想法本身就可能打败你。如果你已经在心中放弃了伴侣，你需要意识到这一点，并检查自己是否过早地或不合理地产生了绝望感。你们有过快乐，但这并不能保证将来也一定快乐——蜜月里的幸福可能敌不过共同还贷的日子，敌不过洗脏尿布的日子。不过，如果你们曾经快乐过，那么你们关系的预后还是比较光明的。

疑虑二（受伤方）：“你都已经出轨了，我怎么相信你不会再次出轨?”

如果你被背叛了，你可能会担忧再也无法信任伴侣了，你对你们的关系再也没有安全感了。这些担忧有道理吗？对于你可能承受的这种风险，显然并没有万无一失的评估方法，但有五个指标为你提供了解决问题的线索。

指标一：潜在的态度

口头认可夫妻互忠，未必能保证言行一致。但是，假如连口头保证都不肯给，那就没有太多信任的理由了。

我有一个病人，当她问丈夫为何不忠时，丈夫解释说：“我原以为你不会发现的。”她生气地说：“按照你的逻辑，如果你认为自己不会被抓住，就有理由出轨了？难道只有受到惩罚的时候，你才有是非心吗？”她丈夫认为，只要没被发现，就可以做任何事情，这更让她怀疑丈夫是否还能对她忠诚。她是对的。过了还不到两周，她就发现丈夫在当地一家酒吧里与他的一个老情人接吻。

回看第二章，我们会看到在不忠方的思维里，有很多为其不忠行为开释的认知观念。

我建议你与伴侣讨论下列观点以了解对方的想法，并对其将来的行为做出有根据的猜测。最常见的观点有：

- “只要我的伴侣不知道，那就没事。”
- “我只能活一次，应该尽可能地享乐。”
- “这种事不破坏家庭，还满足了我的需求。我这么做，也是为了孩子。”
- “不应该有一夫一妻制。”
- “我对冲动没法控制。”
- “我从未承诺做个完人。”
- “我的伴侣很可能知道我有外遇，但没有正面问我，所以只要我不张扬，肯定没事。”

有一个名叫莉娅的受伤方，基于上列观点，用自己的话去问丈夫：“你是不是还认为男人从生物学上讲注定会出轨？”

她丈夫说：“没觉得，但有时候情绪上来了就无法控制。”

她反驳道：“那你的意思是不愿为自己的行为负责喽，那我怎么能再相信你？我要你跟我说：‘我不能肯定，但我每天都在拒绝诱惑。想吃热巧克力圣代的时候，我就吃沙拉；非常累的时候，我就强迫自己去健身俱乐部；为了健康，我用上百种方法来约束自己；为了我们的关系，我也能这样做。’对于控制自己的冲动，你都如此不能肯定，那我为什么还要相信你不会再次出轨呢?”

受到外遇的伤害后，你很可能小心翼翼，不会过快地重新信任你的伴侣。毕竟，你没办法知道自己是不是被对方骗了，因为语言可以用来传达真相，也可以用来隐藏真相。不过，我建议你不要立即把伴侣的话定性为谎言，你可以听其言观其行，看看伴侣未来几个月是否言行一致。如果你真的想重归于好，为什么不给伴侣一个走出困境的机会呢?

即使伴侣对夫妻互相忠诚的看法似乎与你大相径庭，你也不要放弃希望。这个问题可能并非在于你们的观点水火不容，而是在于你的伴侣出于自我防卫，不愿在言语上做出让步。

汤姆的情况就是如此。当妻子因为他跟家里十八岁的保姆上床而说他道德败坏时，他回吼道:“世上有七十亿人，人人都想搞懂自己为什么而活；你算老几，凭什么对我指手画脚?”汤姆并非真的认为自己的行为正当，而是感到人格遭到了攻击，于是急着要自卫。跟其他家庭的情况一样，他们互相谩骂了好几天，但随着时间推移，他们彼此的观点就不像看上去那么水火不容了。汤姆同意跟妻子一起去咨询夫妻关系心理治疗师，以解决自己对婚姻的不满情绪。

指标二：有出轨前科

较之出轨初犯，有过出轨前科的人更有可能再次撒谎，再次出轨。

玛丽莲和马歇尔在一起有十二年了，当玛丽莲回忆过去时，发现从自己跟了马歇尔的第一天起，他就是个两面人。订婚的时候，玛丽莲在他的黑莓手机上看到一个陌生号码，打过去后，发现对方是他正在约会的女人。玛丽莲刚在医院生下第一个孩子，他就从医院出去四个小时，说是去买比萨。一周以后，玛丽莲接到了她家附近一个汽车旅馆的电话，问她是否在他们的房间里落下了一对耳环。

马歇尔的撒谎不止于性行为。他告诉玛丽莲，他上的是阿默斯特学院（后来知道其实是麻省大学阿默斯特分校），说他是西班牙人（其实是波多黎各人），说他父亲是医生（其实是实验室技术员）。对马歇尔来说，撒谎就是他的生活方式，是他根深蒂固的人际交往模式。玛丽莲最终还是当面质问了他最近的外遇，他承认了，发誓重新做人，说再也不会出轨了。玛丽莲回望他们共同生活的岁月，还是让马歇尔走人了。

我并不是说，一次外遇比十七次外遇更值得原谅，也不是说，一次外遇不会发展成两次外遇。不过，比起那些初次出轨的伴侣，长期撒谎、欺骗成性的人可能更难打破其行为模式。

指标三：坦诚交流的能力

能够意识到自己的需求，并能本着互惠妥协的精神进行商讨，这种伴侣更有可能留下来解决婚姻问题。无法意识到自己的需求，却希望你凭着直觉就知道其需求，或者因害怕产生冲突而把自己的需求憋在心里，这种伴侣很可能会滋长不幸感。他们认为自己的疏离感是你造成的，于是到别人的床上寻求满足。

当然了，还有些人只是缺乏沟通技巧，以前从没有袒露过心事，现在也不知如何表达自己。也许是生活的教导不让他们表露情绪，避免深度交流，隐藏自己的需求。因此，对你而言更重要的不是伴侣的沉默本身，而是让伴侣看到自己在沉默——这就是滋生不满的温床——并让伴侣跟你一起变得更加坦诚、更加直接。

打破沉默不是你一个人的事，但你可以鼓励伴侣敞开心扉，为伴侣说出心里话创造宽容与接纳的氛围。让伴侣不要顾及你的感觉，让伴侣相信你可以接受其体验到的事实。如果你们都能学会对彼此真诚，更加直率地说出自己的需求，在你们的关系中，就会形成解决问题的机制，并且降低一方出轨的可能性。

山姆，四十四岁，财务顾问，妻子比他小很多。山姆觉得妻子对他不好，但他自己并不承认这一点，也不愿与妻子就此发生正面冲突；在家里他压抑自己的愤怒情绪，并在外遇中寻求情人的陪伴。外遇事件对山姆的夫妻关系起到了催化剂的作用，给了他说出心里话的勇气。当夫妻俩坐在我的办公室时，积攒在山姆内心多年的愤怒喷涌而出。他火冒三丈地说："你总是嘲笑我大肚子，嘲笑我秃顶，太讨厌了。我晚上回家你头都不抬，只顾看杂志，太讨厌了。我挣的钱已经足够养活我们两个人，但你对我怎么花钱还指手画脚，太讨厌了。

山姆的妻子坐在那里，一言不发——她愣住了。等到山姆把一通火发完，她才深吸一口气，说："好吧。听到你抱怨，很好；知道你的想法和感觉，很好。我从来没有意识到你不喜欢这些事。我可以尽量改正——我会改正的。"

指标四：倾听与同情的能力

只顾自己的需求，不重视你的需求，这种伴侣更有可能再次出轨。所以，你有必要问问自己，你的伴侣能否：

- 把你看作一个独立的人，而不是其延伸物；

- 理解你经历的一切以及外遇给你造成的情感伤害；
- 对你的痛苦抱以同情，对你的痛苦有所悔恨；
- 倾听你的观点，即使你们观点不一。

如果你对这些问题的答案大部分为“否”，你就不要问自己“我的伴侣还再出轨吗？”而是问“我的伴侣为什么不再出轨呢？”

指标五：愿意探究外遇意义并承担适当责任

除非你的伴侣有寻找外遇原因并承担相应责任的意愿，否则你建立夫妻互相忠诚的希望很可能会落空。

有一位室内设计师，四十七岁，她就对我抱怨道：“六年前凯文有过外遇，但直到今天，他都拒绝跟我谈这件事。细节上我几乎毫不知情，但那件事就是横在我们之间。我能感觉到其存在。我认为他现在没有背叛我，可我对明天没有安全感，因为我不知道我以前哪里做错了，怎么错的，又或者，他是不是变了。我怀疑他也不知道。”

如果我们从外遇事件中没学到什么教训，也没做出什么改变，固有的问题便依然存在，出轨的诱惑也依然存在。

这部分内容是写给受伤方的，但也有一些要写给不忠方：如果你想探究自己为何有外遇，是什么导致了自己出轨，如果你真的对自己所造成的伤害感到抱歉，并真的想要有所弥补，现在是时候挺身说出来了，但你在说的时候不要话语刻薄，不要语焉不详。也不要反过来指责伴侣，不要为自己的行为找合理化理由，等以后你看问题的视角更客观的时候再来说这些；现在说，只会让你的伴侣质疑你承诺改变的诚意。只有当你表现出自己的内在力量，能够直面自己的缺点，能够接受自己对外遇的应有责任时，你的伴侣才会有足够的安全感与你一起投入未来。

疑虑三（夫妻双方）：“我们能做出有用的改变吗？还是我们根本就合不来？”

假设会塑造出自己的现实。如果你认为伴侣不适合你且不能为你做出改变，你就很可能会放弃这段关系，开始另作他求。但是，如果你把自己的想法当作有可能对也有可能错的主观现实，那么你就可以给伴侣一个机会来证明你的想法是错的。

为了验证你想法的真实性，你可以当面或书面告诉伴侣，你到底需要对方做出什么样的改变，才能感到更多的爱、尊重和关心。试着不要用好胜强迫的口吻来表达自己——不要威胁对方，不要向对方下最后通牒。试着用积极而不是消极的方式来表达自己的要求；这些要求要具体，不要笼统。比方说，“你从来都没有让我觉得自己对你很重要”，较之“你要回家吃晚饭，做好周末玩乐计划，主动提出性要求，这样就会让我觉得自己对你很重要”，后一句更能清楚地表达你的需求。

关于表达自己要求的方式，我最常听到的有：

- “你要控制好自己的脾气。别讲带刺的话，告诉我你在烦什么。”
- “别喝酒了。”
- “想什么就说。”
- “我想做什么，哪怕你不想，也得跟我一起做。”

- “多夸我。告诉我你喜欢我什么，爱我什么。”
- “更爱我一些嘛。”
- “在抚养孩子方面（上足球班的时候接他们，给他们讲睡前故事），你要多上点心。”
- “告诉我你平时在干什么。”
- “对我的生活要有兴趣。”
- “如果我想独处，你别在意。”
- “少担心未来，多关注现在。”

为了保证自己明确了解伴侣的需求，我建议你们采用一种常用的交流练习，叫做镜像对话法，或者坦诚倾听法。甲方告诉乙方自己有什么烦心事，需要乙方做出哪些改变。接着，乙方复述甲方说过的话，直到甲方感到乙方充分理解了自己的意思。然后，角色互换，重复上述步骤。

试着仔细倾听伴侣希望你做出的改变，不要有防备心。接着，判断这些要求对你是否公平，是否可以实现，问问自己：

- “从这些请求中，可以看到我的哪些方面——哪些是可爱的，哪些是令人讨厌的？”
- “我能做到伴侣想要的那样吗？”
- “我愿意试着去做吗？”
- “这些改变会提升我自身，还是有损我人格；会有助于我的成长，还是威胁到我的福祉？”

- “伴侣对我的这些抱怨，在以前或最近，我有否从他人那里听到过？”
- “伴侣要求我改正的这些行为模式，是否在我的父母或我童年时代的其他榜样身上同样出现过？这些受到指责的行为，是否是我从他人那里复制过来的？”

对于伴侣的要求，你的第一反应可能是：“你是要我变成完全不同的另外一个人。”也许你是对的。伴侣往往对你说，“哪怕你只要……”接着，就要求你具备一个完全不是你性格的特质。然而，在这个婚姻关系充满动荡的时期，哪怕对方提出了最微不足道的要求，也可能被你看作毫无道理。如果你陷入权力之争的思维中，那你就更会寸土必争。有可能出现的情况是，你的伴侣只是要求你做出某些并不危害你的小改变，却能让你们以一种全然不同的方式重新体验彼此。

如果你的伴侣向你抱怨过，你的老情人向你抱怨过，你的家人朋友也向你抱怨过，那么你可能真要直面自己身上的某种缺陷了，因为这种缺陷让你无法跟他人建立更亲密的关系。如果你想要维持一段成熟的关系，那你就要做出改变。这是一颗难以下咽的苦药，但或许你伴侣要求你做出的改变，会让你成为一个更加可爱的人呢。

不过，在做出改变的时候，你也不应不假思索地以为，你就是那个唯一需要改变的人。如果你现在情绪抑郁，或者急切地想跟伴侣复合，那么你应有所防备，不要因此而应允对方不可能的事情，或者应允太多。

（有一位女士对丈夫说，希望他在夫妻关系中承担90%的工作。这位丈夫缺乏权利意识，富于自我牺牲精神，又害怕失去她，于是他答应了："好吧，我来做。"）

记住，你的伴侣为了弄清楚自己为何不幸福，或者不想为这不幸福承担自己的那份责任，他/她可能转而挑你的毛病。这种心理会明显地表现在：

- 当初吸引你们走到一起的理由，现在成了你的伴侣要求你改变的东西（比如，当初欣赏你天生爱自由，如今斥之为没有责任心）；
- 你拥有你伴侣所缺乏并无意识中羡慕的某些品质，反而因此遭到其指责（比如，你有独立做事的能力，反而因此遭到个性谦卑的伴侣的指责）；
- 你的伴侣试图贬低你或征服你；
- 你的伴侣要求过多，需求无度。（有一位丈夫对妻子说："这个社区我说了算，公司里我说了算，家里我也要说了算。"有一次，妻子让他进厨房前先脱掉沾了泥的运动鞋，他就炸了毛，生气地说："这是我的家，别教我怎么做事。"）

如上情况也同样适用于你。如果你在要求伴侣做出改变，那就应该先检查自己不满的根源，而不是不假思索地认为问题出在伴侣身上。不要随便发泄你的不满，不要在伴侣还没做出应对的时候你就转身走人，你先要内省，先要检查自己的不满是否合理。我建议你问问自己：

- “我提的要求是否超出了伴侣或常人的能力？”
- “当我觉得力不从心、没人爱我、没有安全感时，是否就会怪到伴侣头上，我是不是一直都是这样？”
- “我是因为自己觉得不幸福，才觉得伴侣令我失望吗？”
- “我的不满情绪有多少是我自己造成的？是因为我不切实际的期望吗？是因为我未竟的内心冲突吗？是因为我的需求过度吗？是因为我对伴侣及夫妻互动模式的认知扭曲吗？”

人们往往对伴侣的缺点洞若观火，对自己的缺点却不知所以。四十七岁的商人杰伊就是一个很好的例子。“我可养不起我老婆（琼），”他抱怨道，“她的品位太高档了，这让我觉得自己很没用。”他认定自己永远也满足不了她，就跟一个年纪只有他一半大的女人私奔了，而这位新欢从不问他要任何东西。为了证明自己大方，他给她买了各种奢侈的礼物。

杰伊考虑要不要回归家庭，他递给妻子一张列有很多要求的清单，上面第一条写着：“我送你礼物，你要多一点谢意，别让我有养不起你的感觉。”

对此，琼大惑不解。她一直认为丈夫在经济上做得很成功，能与他共享如此奢华的生活，她觉得很幸运。杰伊提醒她说：“有一次我们在香港，你走进一家特别奢侈的商店，试戴一款价值十万美元的南海珍珠项链。你当时没说什么，但我知道，你想要我给你买。我们回家以后，我想要你买辆奥迪，但你觉得不够好，非得买辆雷克萨斯。你让我有种感觉，觉得自己档次很低。”

琼听着，显得难以置信。她肯定地说，她是为了好玩才试戴那条项链的。至于车子，难道不是因为杰伊自己两种品牌都喜欢，然后告诉她随便买哪一辆都行吗？

杰伊没有看到的是，他自己在责怪琼，而这种责怪源自他觉得自己能力不足——这种感觉始于其童年时期父亲对他的忽视；成年后做家族生意，他又不如其父，这更是加深了他的这种感受。当然，作为妻子，琼可以说些好话来让杰伊更有成功感、更有安全感——比如，在丈夫送她礼物的时候，她可以更为热情地表示谢意，而不是像她以前那样有时候还把礼物退回去——但是，杰伊对婚姻的不满既反映了他妻子的问题，更反映了他自己的问题。单凭他妻子一个人，是永远无法治愈他受伤的自我意识的。

“我是否应该为了伴侣而改变自己？”“伴侣是否应该为了我而改变自己？”这些问题没有简单的答案。你们要求彼此的东西，可能是自私且不合理的，但也可能是你们都需要的催化剂，让你们超越过去的自我，为一段更加深刻、更加持久的关系开辟道路。

你也可能会走出这段关系并爱上另一个新人，想以此逃避沉重的自我审视带来的烦闷和困苦。然而，假如你不检查导致外遇的原因，不为自己的不满承担一定的责任，无论是做人还是作为伴侣，你都可能失去一次成长的机会。

疑虑四（夫妻双方）：“是的，你是在做出一些改变来挽救我们的关系，但这些改变能持续下去吗，是出自你的真心吗？”

你一直在恳求又或者在默默期待伴侣做出的改变，突然之间，伴侣十分自觉地在做了，这种情况也是经常会发生的。体胖的伴侣开始雇私人教练健身了，不陪孩子的父亲开始腾出时间陪孩子了，这都是有可能的。

这些改变刚开始会让你觉得未来充满希望，但你可能很快就会怀疑伴侣做出这些改变是否出于真心，是否会持续下去。你甚至还有可能感到恼怒。你会想：“这些年来我一直吵着要伴侣有所改变，可为什么是发生外遇以后，我们可能要分手了，伴侣这才做出改变呢？”

这些改变也可能让你害怕，因为这会让你相信伴侣，可在相信以后，伴侣会不会再次做出令你失望的事情呢？如果你是外遇的受伤方，你可能会问自己：“我这是受对方摆布了吗？一旦我愿意重归于好，对方会认为一切都好了，接着又会故态复萌吗？”如果你是外遇的不忠方，你可能会担心：“伴侣做出这些改变只是为了引诱我回归家庭，是想骗我放弃我的情人吧？一旦我回归了，伴侣会不会再度洋洋得意起来，让我后悔当初没有一走了之？”

如果你的伴侣拒绝在你认为重要的事情上做出改变，或者言而无信，那么你打包走人有可能是明智的。但是，如果你看到了对方正在做出努力，那你可以先搁置怀疑，先降下猜忌的路障，真正给伴侣一个走出困境的机会。你必须打开心门，才能让伴侣走进你的生活。

疑虑五（夫妻双方）：“你是想要我这个人，还是只想要那些外在好处？”

你有个希望，就是希望伴侣想要你这个人，如今这个希望比以往任何时候都要强烈。你有个怀疑，就是怀疑伴侣想要复合的动机，如今这个怀疑也比以往任何时候都要强烈。如果你的伴侣想要复合，你很可能会认为这不是为了你，而是为了那些跟你有关的很多好处。这种想法也许不是有意的，也不一定是事实，但它很能影响你在这段关系中是去是留的决定。

有一位名叫盖尔的病人问我：“为什么我要接受丈夫回归呢？他是害怕没了孩子，没了草坪，没了金毛猎犬，没了五十四英寸的电视吧。谁知道呢？也许他知道单身并不是那么美好，所以想有个人帮他去洗衣店取衣服了。我不确定他是不是为了我这个人而回归的。”

杰夫，不忠方，他也怀疑自己对配偶是否重要。他抱怨说：“朱迪想让我回头，因为她需要我帮她还信用卡账单，而且她还想要孩子。可是，她爱的不是我。她只是需要一个男人。”

如果你的伴侣决定重归于好，你想知道自己在他 / 她的考量中扮演何种角色，这很正常；如果你的伴侣似乎只是看重你能出钱还贷，或者你是其长期饭票，那么你认真地考虑分手，这也很正常。不过，如果你希望伴侣只是因为爱你这个人而决定重归于好，若非如此你就觉得自己被伴侣看轻、觉得自己太过妥协，那么可以说，你对婚姻的看法未免很不现实。

即使在恋爱期，你的伴侣之所以被你吸引，可能也并非完全为了你这个人，而是为了一个理想化了的你，为了你能提升其自我形象。经济保障、情感安稳、有人陪伴、家庭里的舒适感和熟悉感、生病或年老时的家人支持——这些都是维系感情长久的要素。所有这一切，都是维持夫妻双方关系，满足夫妻双方需求的动机，它们跟爱情本身一样基本而深刻。如果你觉得婚姻幸福，就不会介意伴侣因为你能带来的好处而珍重你；实际上，正因你知道自己能在多方面满足伴侣，你甚至还会觉得愈发自豪。然而，如果你觉得婚姻不幸福，你就可能认为伴侣是出于外在原因爱你，觉得自己被利用了还得不到对方的感谢。[1]

承认这一点可能很痛苦，但在外遇曝光后，夫妻可能都会更加看重对方给自己带来的一揽子好处，而不是对方本人。不过，对于让夫妻走到一起的各种因素，我们也没法算清每一种各占比多少。如果你决定重建亲密关系，你可能就会发现，你们的生活已千丝万缕地交织在一起了，而你这个人及你所带来的种种好处是不可能切分开来的，也最好不要切分开来。

疑虑六（夫妻双方）："我有留下来的理由吗？"

你也可能会担心，自己为了错误的理由而留下来。也许你的担心是对的。

有一位病人承认道："我留下来是因为我信天主教，就是这样。我许下了承诺，就一定要永远遵守。但是我很痛苦，这让我不得不怀疑自己在做些什么。"

还有一位病人告诉我："我的家族里从来没有人离过婚，我不会动离婚的念头。可是，我父母的婚姻死气沉沉，我害怕继续呆在那种婚姻里。”

如果只是出于内疚、恐惧或责任感而留在婚姻里，你就得重新考虑一下自己的决定，要不就做好心理准备，一辈子呆在自我囚禁的生活里：你是牢笼里的囚犯，但开门的钥匙在你自己手里。

让我们来看看，有哪些留下来的理由值得商榷。

理由一："我无法独立生活。"

如果你留在婚姻里，是因为觉得自己经济不独立、情感不独立，那就停下来问自己："我这样对自己公平吗？我是否低估了自己离婚后正常生活、养活自己并创造充实生活的能力？"你可能害怕一个人过。但是，当你更加客观地审视自己的生活时，你就会发现，自己以前就是一个人过，过得也很好；又或者，你会发现，自己以前一个人过得不好，但那时的自己更青涩，生活资源更少，财务承担力更弱，生活负担更重。

你可能认为自己在经济上依赖伴侣，却低估了自己获得工作的能力与手段。你以前工作过吧？你是不是夸大了从伴侣那里获得的安全感、被保护感、被照顾感呢？有这么一个女人，曾认为自己无法独立生活，而当她得知供养她的丈夫把他们大部分毕生积蓄都赌输掉了之后，正是她力挽狂澜，才没让银行没收他们的房子。

因此，你要问问自己，失去伴侣后你会害怕什么，这一点很重要。让这个想法显得可怕或令人沮丧的原因往往就是你自己赋予的——你觉得自己不够好，无法吸引别人；你觉得自己身上有些地方根本就不可爱。让你感到不安的原因，与其说是要面对一个人过日子的现实，不如说是你对此事的负面想法。如果你能诚实地面对自己，就有可能意识到，你一直关注的是结束婚姻后自己会有多么孤独，却没有注意到在这段受虐与匮乏的关系中，你已经很孤独了。

理由二："我的宗教信仰告诉我，婚姻誓言不可侵犯、不可破坏。"

虽然你的婚约已被亵渎，但你的宗教信仰可能仍会劝你，婚姻是神圣的，离婚是有罪的，宽恕是神圣的。

宗教教义可以赐生命以意义，让人遵循明确的道德规范，让人追求精神的满足，让人获得心灵的慰藉。[2]有关婚姻关系的现有研究表明，如果你的宗教信仰能强化你内心深处要复合的强烈愿望，那么你改善夫妻关系质量的成功几率相对较大；然而，如果你的宗教信仰是自上而下地约束你不要离婚，那么你成功的几率就相对较小。[3]倘若宗教信条是你留在婚姻中的唯一理由，那么你最终可能只是为了满足自己的信仰，而不是为了满足自己，也不是为了满足伴侣。

理由三："一想到离婚，就觉得太过沉重。"

一想到要离婚，你可能就难以承受。我有一位病人，一边想象着分割财产的场景，一边自问道："iPad 归我，笔记本归我丈夫？现在要我办这种事，真是太难了。"然而，一想到自己对伴侣外遇的怀疑证据确凿，想到自己就要和这种怀疑常相伴了，她又要问自己到底哪种选择更差了：是忍受分手的创痛呢，还是留在破碎的婚姻里度过余生呢？"一种是短痛，另一种是持续一辈子的长痛。"不久以后，她还是联系律师准备办离婚手续了。

理由四："我有责任照顾好伴侣。"

有些人可能会担心，如果自己离开，伴侣就会崩溃。这种担忧可能出于重建夫妻关系的良好愿望，也可能出于对分手的恐惧的一种掩饰，出于对独自生活的不安，出于想让伴侣需要自己，出于追求适合自己的生活时的犹豫不决。

如果你一切所为都是为了牺牲自己成全婚姻，那么你的伴侣很可能更想摆脱你，然后寻找真心愿意与其共度一生的人。如果你不是以有意义的方式跟伴侣相处，就无法恢复或滋养伴侣的自我意识，而伴侣则很可能另觅良人来获得心理支持。

疑虑七（夫妻双方）：“我们应该为了孩子而继续在一起吗？”

因家庭分裂给孩子带来不良影响，身为父母的离婚人士会深感痛苦。他们理应感到痛苦。

虽然父母离婚时孩子的年龄、性别、心理调适能力等因素对研究结果有影响，[4] 大多数研究结果仍然表明，较之完整家庭的孩子，至少在父母离婚后的头两年，离异家庭的孩子整体成长情况更差，这体现在孩子的学业成绩、行为、心理调适、自尊，以及社会能力等方面。[5]

不过，我们还可以同样清楚地看到，最能决定孩子幸福的并不在于家庭完整，而在于父母离婚前、离婚中及离婚后，孩子受到父母矛盾的冲击程度。较之生活在父母冲突程度高的完整家庭里，孩子在父母冲突程度低的离婚家庭里的生活似乎更好一些。[6]

社会学家康妮·阿隆斯（Connie Ahrons）对九十八个离异家庭的研究发现，这些家庭里的夫妻双方都认为，为了孩子而维持婚姻是错误的，他们当初应该早点分手，他们的孩子“即便生活在父母离异的家庭里，只要这个家庭现在氛围诚实、运作正常，孩子也会过得很好。”[7]当然，人们往往会编造各种理由，以开释自己的行为；假如这些夫妻当初决定维持婚姻，努力解决问题，他们可能会对此得出不同的结论。

没有人会鼓励你们任性地分手，你们应该先试着解决婚内冲突。然而，假如你们只是为了孩子而硬要呆在一起——如果你们只是出于内疚、恐惧或义务而徘徊于痛苦不堪、死气沉沉的婚姻——从长远来看，这样可能对孩子反而没好处。因为这会给孩子一种令人遗憾的爱情示范，一种你们不愿他们成年后重蹈你们覆辙的婚姻模式。更重要的是，如果你在婚姻中没有得到满足，变得极度抑郁、自我关注，产生情感退缩，你的孩子可能也会受到你的不良影响。

如果你决定分居或离婚，你和孩子之间是有些物理距离，但跟你与孩子的情感距离相比，前者对他们的伤害要更小一些。无论你们是否还住在同一个屋檐下，你们本身就是孩子的家庭；而孩子的心理调适能力，更多地取决于孩子与父母的情感联系，而不仅仅取决于跟父母住在一起。如果是你这一方离家而去，或者你只能偶尔见到孩子，那你应该尽量关心孩子，跟孩子保持情感联系。正如琼·凯利（Joan Kelly）在离异心理调适研究的综述里指出的，“在父母离婚之初，心理状态良好并与父母亲密有爱”的孩子，只要在父母离婚之后“继续与父母保持有意义的亲子关系”，就可能继续维持良好的心理调适能力。[8]

就孩子的调适能力而言，你决定离婚并没有那么重要，重要的是你是否愿意跟前配偶建立“育儿伙伴关系”。[9]凯利发现，如果父母避免在孩子面前发生直接、激烈的冲突，那么，那些在父母离婚前就有积极适应能力的孩子，在父母离婚后便仍有可能继续保持大致不变的积极适应能力。除非“父母一方让孩子负责父母之间的信息传递，向孩子问出一些涉及对方的冒昧问题，或者导致孩子觉得需要替一方隐藏某些信息、某些情绪”[10]，否则孩子不会出现抑郁情绪或异常行为。换言之，除非孩子感到自己夹在父母的冲突之中左右为难，否则他们都能相对安全地挺过父母的争斗。

而在做出抉择之时，请记住：你们的选项不止于维持不幸的婚姻或快快乐乐地离婚；你们还可以通过解决你们之间的差异和不满，努力让婚姻完好无损，使之成为一段具有价值的婚姻。对于大多数孩子来说，如果他们有选择权，应该会希望自己的父母继续和睦相处，这一点没什么好奇怪的。至于做父母的你们，如果你们心中有足够的理由复合，就不仅可以为了孩子保住核心家庭，还可以教会他们人生中宝贵的一课——曾经互相伤害甚至互相憎恨的人，是可以学会重新爱上对方的；分手的人，是可以重归于好的；人与人的冲突，是可以成功解决的；亲密关系有了危机，是可以通过有意义的改变而更加牢固的。

疑虑八（受伤方）：“你做出那种事，不可能爱我了，继续过下去还有什么意义呢？”

如果你认为伴侣不可能一边跟别人睡觉还一边爱着你，或者永远不可能再次爱上你，你就有可能陷入绝望或愤怒，从而放弃你心中想要挽救的关系。

有的人可能会把痛苦藏在心里，想着“我真失败”“我竞争不过别人”“我不可爱”，诸如此类，并把自己的婚姻看做糟糕的笑话。有的人可能会把痛苦发泄出来，先发制人地实施反击，抛弃那个抛弃你的人。由于你的伴侣似乎比你的选择更多，关系破裂后失去的东西也更少，这反而可能刺激你愈发想要占到上风。尽管愤怒可能只是掩饰了你的自我贬低、充满需求、满怀嫉妒、幻灭无助的感觉，它却可能会让你觉得自己变得强大起来，导致你不愿停止愤怒。

有人伤害了你或用他人来取代你，你想弃之而去并宣称自己一个人会过得更好，这是很自然的——毕竟，我们当中有谁不愿意相信这种人弃之不足惜呢？然而，我还是要劝你，不要在情感受创的时候做出不可逆的人生决定。你认为伴侣不爱你或者从未爱过你，这未必是真的。发生外遇的原因，可能与你或你们的生活关系不大，甚至完全无关。你的伴侣嘴上没说太多，心里却可能既惭愧又后悔，想跟你一起努力恢复关系，只要你愿意接受这种可能性。

有一位名叫贝蒂的病人告诉我：“因为我丈夫出轨太多次，我都打算离开他了。我在想：‘如果爱不能转化成爱的行为，那爱是什么？’但他终于明白，也让我明白，他之所以跑到其他女人那里，不是因为他跟我在一起感到不幸福，也不是因为他爱那些女人，而是因为他害怕与任何人建立亲密关系——他担心如果别人懂了他，就会看穿他。当我明白了这一点，就不再像之前那样觉得他是在排斥我个人了；在他看心理治疗师，努力克服自己问题的时候，我会尽量保持耐心。这才刚刚开始嘛。”

如果你处在抑郁中，试着不要在情感上自虐，不要沉湎于自己的受害者身份之中，要朝外看，看到这段外遇所揭示出来的你的伴侣的受伤自我。如果你感到愤怒，试着向伴侣展现出你愤怒的软肋——也就是说，让对方理解你愤怒底下的恐惧、伤口和屈辱。无论你的感觉如何，是抑郁还是愤怒，你都需要把你的痛苦讲出来，要让你的伴侣听到你的痛苦——要搞清楚这个人是否愿意倾听你的痛苦，要搞清楚这个人是否愿意对外遇承担其理应承担的那份责任。

疑虑九（夫妻双方）：“在我自己没确定复合之前，就花太多时间跟你在一起，对你太过用情，这不是有病吗？”

有的人可能会认为，应该跟伴侣保持距离，在确定自己是否想要复合之前不要太爱对方。这个策略的问题在于，它实际上肯定会加深你们的隔阂。毕竟，如果你不愿积极与其相处，那你又怎能期望对其产生更为正面的感情呢？

鲍勃开始和劳拉有外遇的时候，他觉得跟妻子苏珊还住在一起不合适，所以就找了个公寓，从家里搬了出去。由于不确定这两边关系会怎么发展，他就每周与苏珊见一次面以保持两人之间的联系，并落实家里的一些实际问题，比如带狗去看兽医、探望生病的亲戚、支付家庭账单等等。

但鲍勃不再跟妻子过性生活，即使感觉还有爱，也不对妻子表露出来（她生日时不给她打电话，她有了新工作的第一天也不祝她好运）。他坚持认为：“只要我跟别人还有瓜葛，事情就要做得体体面面。”

鲍勃并不是生苏珊的气，也不是对劳拉有多着迷，但他现在的生活就是以劳拉为中心，劳拉成了他唯一的伴侣，唯一的朋友，唯一的性伙伴。鲍勃后来承认："我觉得我和苏珊算是完了，但她求我不要全然离开她，我也乐得如此。我要回家的话，她就做我最爱吃的菜，等着我吃晚餐，还一起跟我们共同的好友去看电影。我们还像往常一样坐在客厅里，喝着热巧克力，四仰八叉地躺在大沙发上看书。一开始我感觉挺尴尬，甚至有些怪怪的。但渐渐地，我意识到自己有多么想念她。这让我们重温了以前的快乐时光，也帮我做出了留在婚姻里的决定。"

你，受伤方，可能想与伴侣谈谈外遇的意义之类的沉重谈话，而你，不忠方，要愿意随时面对这种谈话，以表现出你关心自己造成的伤害并愿意做出改变。但现在的情况是，为了将生活拉回正轨，你们需要的不仅仅带着痛苦谈论外遇事件，因此我建议你们偶尔还要把这些先放一放，让你们的关系喘口气。做一些曾经令双方快乐的事情，会很有好处。

有一位朋友告诉我，她和丈夫经历了一次马拉松式的夫妻关系心理治疗以后，两人一起去吃中国菜。"我们吵了一个晚上，吵得脑子都混沌了。我们分享蛋卷，互相嘲笑对方在心理治疗师眼里的样子，而那顿饭是我们几个月来最美好、最亲密的一段时光。"

如果在某些时候，你们两人中有一方涌起了爱意，想要在身体上表达出来，我建议你要明白无误地让对方知道，让对方决定是否接受你的主动。虽然你们可能分居了，只要你们都在真诚努力地克服矛盾心理，只要你没有让你的伴侣觉得你急于复合，你们就可以有情感上的交流，甚至可以有性生活上的互动。

我知道这种做法对你来说有多可怕：作为外遇中的受伤方，这种做法会让你易于受伤，有被对方再次践踏尊严的风险。如果你觉得伴侣的性挑逗威胁到你，或者侵犯到你，你当然要尊重自己的感觉并与对方保持距离。但是，只要不涉及性事，你仍然可以享受对方在身体上、语言上表现出来的爱意，甚至从中获得情绪滋养。如果在其他什么时候，你的伴侣愿意直面夫妻间某些更为紧张的问题了，这时你也会觉得更加容易面对。

你们现在的互动有可能非常敏感，但如果互相回避，就只会在彼此之间筑起更高的围墙。你有可能认为，在你克服矛盾心理之前，你的伴侣不想跟你发生任何关系，但你有可能错了。在你们共度美好时光之前，你给自己施加的压力可能是你自己诱导出来的，而不是你伴侣要求的或期望的。

疑虑十（不忠方）：“跟情人多呆在一起，不是更有助于我做出这个关乎他/她的决定吗？”

如果你坚持要和情人在一起，每一个空闲的时刻都要在一起，以便得知你们的关系会如何发展，这种体面的借口底下可能仅仅只是欲望而已。不过，你也可能真的是困惑于自己的强烈情感，可能真的在寻找一种方法，以解决自己对于夫妻和好的矛盾心理。

这种做法很偏心，其问题在于，它会让你在外遇中越陷越深，从而很少甚至无法了解自己对伴侣的情感。如果你想要的就是浪漫，那就去浪漫吧，让自己尽情地与情人呆在一起，但你要意识到，这会让你离伴侣越来越远。在小说《分离》中，一个已婚七年的丈夫，外遇的受伤方，把自己与妻子的新情人做了个比较：“曝光就曝光了罢，知道就知道了罢……暴力征服总是战胜温柔以对，哪怕只是暂时……而爱着的人就这样输给了被爱的人。”[11]

等到以后，激情褪去，矛盾出现，你可能就会更加挑剔地审视你的情人，更加有爱地看待你的伴侣。但等到那时，你可能已经失去伴侣，无法回头了。

跟外遇对象呆在一起，这不会让你有个好视角来做出明智的选择，只会让你更加靠近外遇对象。即使你对外遇对象的情感依然强烈，如果你想考验夫妻关系是否牢固，那你就要在伴侣这边花些时间与精力了。

下定决心后再做决定

一个重要的人生抉择摆在你面前：是重建夫妻关系，还是转身离开。正如我见过的大多数夫妻所想，你可能认为，这个困境最好的或唯一的解决方法，就是倾听自己的内心。甚至人际关系专家也把内心的感觉放在首位。有一位杰出的心理医生，在结婚二十五年后离开了他的妻子，跟他的一个学生结了婚；当我问及此事时，他停顿了一下，然后说：“情人让我觉得自己还活着。”正是如此。我原以为，他会从自己的学术积累中拿出一套复杂的心理学理论来解释，但他的感觉如此强烈，如此正确，让他觉得完全没必要仔细研究就得出了结论。

不过，我倒是建议你深思熟虑以后再做决定，要靠认知，而不要靠情绪。我不是说你别管自己的情绪，而是说你要分析藏身情绪底层、助力情绪形成的看法——有关你的伴侣、爱情、婚姻的种种看法。

大多数成功度过外遇打击的夫妻，在刚开始疗伤的时候，都笼罩在一种矛盾感的阴影之下。如果你希望感觉到了百分之百的决心或确定性再行动，你就永远无法开始行动。最重要的是，你得有意识地选择迈出开始的一步。如果你是外遇的不忠方，一定要先终止与情人的性关系或情感关系，至少要暂停一下，时间长短由你和伴侣商定。如果你是外遇的受伤方，一定要向伴侣正式表明，你希望伴侣回到你的生活里。此外，你们俩还应按本书所述步骤，全身心地投入夫妻复合的治疗流程。这并不是说你们必须对未来充满信心，只是说当你们努力改变看待问题的方式，改变对待彼此的方式时，你们必须表现出对未来充满信心的模样。先把负面情绪放一放，彼此承诺，有技巧地建立互信与亲密关系，以此证明彼此的诚意；也只有到那时，你们才会感到彼此之间更多的爱与被爱。如果你非要等到更肯定的感觉后再积极行动，那么你们的关系将很难持续下去。

开始行动

即使你已经决定复合，也可能会对“后续难熬的康复手术”（我一位病人的说法）感到不知所措。这里有几个实用建议助你启程。

时间投射

想象一下，如果你按照伴侣的要求做了一些改变，而伴侣也按照你的要求做了一些改变，你们的关系将会如何？记住：改变虽小，作用巨大。

现在试着想象一下半年后、一年后、五年后，你们享受彼此的陪伴，明白决定继续在一起是正确的抉择。如果你能想象自己把痛苦和绝望抛到脑后，从外遇中学到教训让你们的关系焕发新生，你就更有可能想象成真。

做出承诺

做出承诺，可让你们的共识形式化，给你们明确的努力目标，让你们衡量关系的进展。有一对夫妻达成如下共识：

“我很关心你，也觉得你很好，所以我想解决这个问题。虽然我不是百分百喜欢这个决定，也不是百分百相信这个决定对我来说是正确的，但是鉴于我们经历的事情，要求达到百分百也很不现实。我保证努力解决我们关系中的问题，做出你最需要我做出的改变，包括我们的沟通方式。我希望你跟我在一起会幸福，我会努力让它成为现实。”

坦诚倾听

对于伴侣的语言刺激，不要听细节，不要纠结于字面意思。你们之间已有太多的误解、太多的尖刻，最好“戴上过滤耳罩”，有所听有所不听，而不是摆出防御姿态，对伴侣的每一项指控都心怀怨恨。试着听懂伴侣的话外之音，听懂话里隐藏的伤痛。你们都在努力搞懂到底出了什么问题，努力恢复自我意识，想在共同的生活中实现某种平衡。只不过，现在没人知道真相。

展望未来

不忠事件发生以后，虽然修复婚姻关系很不容易，但解除婚姻关系也没那么简单。对于那些能够诚实审视自己内心的人，那些跟伴侣有过强大的、积极的爱情回忆的人，那些曾经努力支持伴侣的职业发展与生命压力（往往由原生家庭造成的经济压力、不安全感、姻亲问题、健康问题、未竟目标、强匮乏感）的人而言，你们若想清理自己的内心创伤，你们若不想牺牲双方的美好回忆，而是要更加牢固有爱地结合在一起，这可能就是你们极好的，甚至可说是一生难得的机会。我劝你们不要轻易放手离开。

本书的后续部分将帮助你把受伤的过往转变为有爱、有希望的未来——这种经历本身就能深刻地治愈你。下一章将帮助你揭开外遇事件隐含的意义和历史。

第三阶段

恢复期：如何重建共同的生活？

第五章

从外遇事件中学习

多么可怕的过往，它在等待着我们。

——波兰诗人安东宁·斯洛尼姆斯基（Antonin Slonimski）

我们常常把错误归咎于伴侣，却没有看到，我们外部关系的冲突与我们自己一生的内心冲突有关——夫妻关系中经历的伤痛，与我们自己固有的内心伤痛有关。

为了让不忠方承担责任，受伤方往往会想："是你在和别人鬼混；这事别赖我。"不忠方则会想："我需要你的时候你总不在我身边；是你把我逼走的。"你们对外遇各持己见，你们的观点都是站在自己的立场，所以当然互相冲突，而且你们往往都把该事件看得过于简单。以下双方的观点就很典型：

女方："我丈夫甚至在这件事以后还勾三搭四。"

男方："我妻子有疑心病。"

男方："她总在公共场合和我顶嘴，让我下不来台，太无礼了。"

女方："他从不让我讲话，一直是他说了算。"

女方："他不理我，让我觉得自己可有可无。"

男方："我怎么做她都不满意。只要我花点时间做自己的事，她就认为我不理她。"

本章内容要求你们停止互相指责，双方都要为外遇事件承担适当的责任。这不是要各打五十大板；双方责任不可能完全一样，因为一方出轨并不是另一方要其出轨的。然而，你们俩与其在担责问题上锱铢必较——有多少是你的错，有多少是我的错——不如都看看自己在家庭问题上的责任有多大。

下列问题可能有助于你顺藤摸瓜地找找自己的原因：

- 你早年的生活经历是怎样伤害你的，这种伤害又怎样破坏你现在的关系？
- 你是如何被原生家庭里的不忠伤害的？
- 你不喜欢伴侣身上的那些特质与你喜欢或妒慕的那些特质有什么关系？与你自己缺乏的特质有什么关系？
- 外遇发生的时候，让你感到压力很大的生活事件是如何让你失衡，如何影响你婚姻问题的？

让我们以此为观察镜，好好审视你们的关系，再结合你们的审视结果，进入非常具体的训练环节。

直面破碎的自我：探索你早年的生活经历是怎样伤害你的，这种伤害又怎样破坏你现在的关系

在童年时期，当你与父母、兄弟姐妹及其他重要人物相处时，当你看到他们如何彼此相处时，你也会随之发展出某种主导性的情感方式、思维方式和行为方式，并形成你所认识的那个人——你。你童年时期的照顾者可能已经不在了，但你的这种自我意识，可能会随着时间的推移而变得更加坚定，并影响今天的你与他人的关系。你熟悉的这个自我，虽然有可能缺陷重重，但你还是盲目地、固执地紧抓住他 / 她不放。这个对象是你最了解的人，是你一生相伴的人，是你觉得在一起最舒服的人。

以下列出你童年时期可能经历的一些情感；试着找出符合自身情况的那些，并自行做出补充：

正面情感：安全、满足、信任、被照顾、被赞扬、被尊重、被接受、被重视、被鼓励表达想法。

负面情感：害怕、匮乏、不信任、孤独、嫉妒、无聊、被剥夺、被忽视、有压力、不被爱、羞辱、批评、压抑。

这些列出及未列出的情感，会影响并界定你成年后的心理舒适区。如果有人让你再次经历类似的情感，无论是正面的还是负面的，都有可

能成为你如今寻找并被其吸引的情人。

长期怀有这些情感，你可能就对“你是谁？你可以或应该从他人那里期待什么？”等问题形成某种主导认知图式——也就是说，形成根深蒂固的看法和信念。例如，如果你曾被父亲或母亲抛弃，你就可能会认为，你爱的人将会离开你；如果你在情感上或身体上受到虐待，你就可能会认为，这个世界并不安全，你需要小心，以防再次受到伤害。

你还学会了以特定的方式与人相处。你学会了怎么说话与怎么做事以得到想要的东西，学会了消化或承受被人拒绝的痛苦。你对某种程度的亲密（或不亲密）感到舒适，并学会了如何保持这种状态。最终，在那个被称为“家”的私密小世界里，你成为了你的日常互动的掌控者，或是受害者。

你根据自己的先天禀赋和儿时获得的有限能力，尽了最大的努力让自己过得安全，过得快乐。但是，如果你错过了以下任何一种重要的成长体验，就有可能永远无法充分成长为一个心理健康、有安全感、还有能力的成人。[1]

1. 有安全感。
2. 自主独立。
3. 人际情感关系牢固。
4. 受人尊重。
5. 能自由表达自我。
6. 能轻松释怀并享受快乐。

7. 能在现实约束里正常生活。

如果没有这些重要的成长体验，你在成长过程中就可能受到情感创伤，而这些创伤就会影响你选择伴侣，影响你与伴侣的相处方式。情况如下：

随着你们相处时间的推移，这个可能吸引你的人，会让你重蹈早年（可能未竟的）爱的经历。

在恋爱的理想化阶段，这个人似乎拥有能够治愈你的神奇力量——能消除你过往的伤痛，把你从过去熟悉的自我中解放出来。可是，随着时间的推移，你可能会发现你选择的这个人，又唤起了你内心中童年时经历的那些根深蒂固的负面情感。[2]

你可能会再次以童年期形成的不良经验，对伴侣的言行进行某种解读。

这种现象有点像“手里着锤子，看什么都像钉子”：你会根据你的早期经验，在别人身上看到你所知道的或你正在寻找的东西。举个例子，如果你儿时没有自主权，你就可能觉得自己的配偶很有掌控欲，不管对方是否真是如此。正如阿娜伊斯·宁（Anaïs Nin）所写：“我们看到的不是事物的本来面目，我们看到的是我们的本来面目。”[3]“在这个意义上，”临床心理学家杰·S. 艾弗然（Jay S. Efran）写道，“我们所有的感知，实际上都是向内的洞察，而包含其中的一种最难以摆脱的幻觉就是，我们能够看到独立的外部现实。”[4]

你可能在不自觉地操纵伴侣，让伴侣以你熟悉但又令你不快的方式来对待你。

也就是说，你在不自觉地诱使伴侣对你不好，以便你以同样扭曲的旧有习惯去体验自己、体验世界、体验他人。[5]因此，如果你父母解决冲突的方式是忽视你的需求，你也会诱使伴侣忽视你的需求。

现在，让我们来看看前面列出的七种形成性成长体验，看看如果成长过程中缺失了这些体验，将如何损害你今天的人际关系。

无安全感

原生家庭给孩子造成无安全感，通常有以下两种情况：

1. 父母在身体或情感上抛弃了孩子，使之在成长过程中长期焦虑或长期处于匮乏状态。如果你是这样的孩子，成年以后，在与他人的关系中，你就会非常容易、非常频繁地感受到他人的拒绝。你心中有个被人抛弃的图式："我爱的人会离开我。"
2. 你爱的那些人，他们曾在身体或精神上虐待过你，使你在成长过程中有了怀疑感、被恐吓感、被羞辱感。你成人以后，在与他人的关系中，就会非常容易、非常频繁地感受到他人的控制与征服。你心中有个不信任他人的图式："我爱的人会伤害我。"

让我们来看看，这两种伤害性的体验——抛弃和虐待——会如何影响你与伴侣的相处。

不忠方

由于你无法"冒着一切风险全心全意地爱"，[6]你会找个情人，以拉开你和伴侣的距离，或降低夫妻间的情感热度。你的外遇会减少你对某人情感依赖的恐惧，因为你认为，你在情感上依赖的这个人将不可避免地离开你或伤害你。你的外遇还让你有了秘密，让你感到伴侣不了解你这个人，从而至少给你一种暂时的自由感和掌控感。

你的外遇还可以用来惩罚你的伴侣，甚至可以用来伤害伴侣，以补偿自己曾经的被伤害。由于你早年被所爱的人背叛，你现在就背叛了你爱的人，来为过去受到的伤害寻求补偿。[7]如果你小时候曾被强权虐待，你现在就会追求强权，让他人无法伤害自己。把权力分享出去，就是把自己置于危险之中；使用权力，就是保持掌控力。这样一来，你的夫妻关系就成了一个战场，成了你争夺夫妻关系主导权的家庭战场。

简的父亲酗酒。到了简十岁的时候，母亲收拾东西，带着简离开了家，搬到另一个大陆定居。从那以后，简再也没有见过父亲。有一天，她无意中听到妈妈在电话里对父亲说："简是个好孩子，她也是你的孩子。你要主动了解她，她需要你。"十七年过去了，父亲没有来看过简，而简给父亲写了几十封信，父亲也从未回复。简嫁了人，那个人在她嘴里就是个"情感冰山"，跟她的父亲一样。简觉得自己在婚姻中无足轻重，感受不到爱。从结婚开始直到现在，她很少告诉丈夫自己很孤独，却不断用发生一夜情来报复丈夫。于是，他们的婚姻变成了角力赛，胜利的一方就是不太需要对方的那一方。简向我吐露心事说："他自以为聪明，但他对我的私生活一无所知。如果他没时间陪我，我就自己找个伴。"

受伤方

如果你在童年时期被人遗弃，你就无法与他人建立亲密可信的关系，所以你在心理上离不开伴侣，或者要求伴侣拿出更多的时间陪自己。你还会用毫无根据的怀疑去质疑伴侣（这些怀疑源自你的过往，并且发生在你伴侣外遇之前）。

如果你童年时期被强权虐待，你在成年以后就会变得太好说话、消极被动，你会觉得自己陷入困境，并暗自憎恨那个强势地把你的生活管得毫无死角的伴侣。又或者，你会模仿曾经的施虐者，变得专横跋扈、控制欲强，一直忽视或拒绝伴侣的需求。无论如何，你的行为都很可能让你的夫妻关系变得紧张，让你感觉到跟童年时期一样的疏离感。你甚至可能促成你最害怕的事——被伴侣抛弃。

希拉的父亲有滥交史；她记得自己曾在深夜躲在房间里，听父母为了此事而争吵。父亲从未对他们坦白认错，父母也从未分开过，但家里的气氛总是很紧张，很悲伤。希拉在社区学院读了两年以后，嫁给了萨姆。萨姆在单位大权在握，每天早上他出门去纽约上班，希拉都在纠结萨姆会背着自己做什么。希拉的怀疑越来越强烈，直至质问丈夫为什么故意在办公室待到很晚，是不是跟助理睡到了一起。面对她持续的质问和怒火，萨姆忍无可忍。萨姆告诉我："她变了个人，没法安抚。我没法让她相信我的爱，除非我把自己关在家里不出门。闹了一阵以后，她赢了；我感觉筋疲力尽。我真的害怕回家了，我开始跟同楼层上班的一个女人约会了。从那以后，我一直在跟她见面。"

无法独立

父母阻碍孩子形成自己的身份、发展独立的生活、相信自己的决定，这会导致孩子成长过程中依赖他人，脆弱无能。如果你是这样的孩子，成年以后，在与他人的关系中，会觉得自己被他人的情感需求所控制，而当你试图独立行事时，你会感到内疚或害怕。你心中有个缺乏自主的图式："我自己做不了主。"

不忠方

对你来说，外遇可能是一种反叛，是从过于亲密或令你窒息的关系中独立的宣言。在你成长的家庭环境里，你的边界被忽略，你的隐私不存在，于是你学会了用隐秘与借口来维护你的自我意识。在伴侣面前，你无法做回自己，于是你觉得自己需要走出这段感情来喘一口气。

大卫从小没了父亲；母亲是大屠杀幸存者，无论在身体上还是在精神上，她都害怕失去她唯一的孩子，因此拒绝让大卫带朋友来家里。每一天，她都会陪大卫从学校走回家。大卫感受到了母亲对他生活令人窒息的侵袭，而他自己则依赖母亲，性格软弱。对他来说，爱意味着与另一个人融为一体，失去自我。他告诉我，"我和母亲的关系就像飞蛾扑火，太近了危险，远离了又不能。"

成年后大卫被穆丽尔所吸引，因为穆丽尔就像他的母亲，一样感到害怕，一样没有安全感，而且非常需要他。在他们的婚姻中，大卫努力寻找一种方式以便既能与她在情感上联系在一起，又能保持独立，真实地面对自己。大卫需要她的爱，只有这样才能感觉完整，才能克服自己独自一人的恐惧，但在迎合她需求的时候，他又会感到压抑与憎恨。他告诉我："我的肩膀扛着两个受伤的女人，一个是母亲，一个是妻子。为了她们，我牺牲了自己。"他觉得，只有找妓女才能满足自己的需求。

受伤方

对你来说，独自一人生活令你害怕，所以你会嫉妒伴侣的独立性，只要伴侣独立行事，你就会感到焦虑。你希望自己不出力，伴侣就能丰富你那贫乏的生活。又或者，你会反而变得非常独立，从不允许伴侣出力帮助自己。

安娜是独生女，从小母亲对她就很呵护。三岁的时候，安娜在后院玩，母亲进屋叠衣服去了。等她回到后院，安娜不见了。母亲在街上找到了她，当时她坐在路边，一直在哭。她是被一个男的绑架了，那个男的把她抱进了车里，哄骗她帮他手淫。

从那天起，安娜的母亲满心内疚，对安娜保护得更加严实，决不让女儿独立行事。在家里，不准她锁卧室门；在大学里，不准她住校外。由于母亲的谨小慎微，这也不许，那也不让，安娜未能发展出与外界互动所需的效能感与掌控感。成年以后，她跟一个特别顾家的男人结了婚，并一直享受他的保护。然而，她的消极、依赖和缺乏主动逐渐让丈夫不胜其烦，就跟一个看上去更加活泼、更能交流、更有“真实感”的女人有了外遇。

无法与他人建立情感联结

父母没有以温暖、滋养的方式与孩子互动，会导致孩子在情感真空中长大，从而感到孤独，无人关心，有空虚感。如果你是这样的孩子，成年以后，在与他人的关系中，你会觉得他人很冷漠，于是你也冷漠，从一段关系游离到另一段关系；又或者，你会拼命地寻求他人的关注，求而不得，越发求之。你心中有个情感匮乏的图式：“没有人理解我。”

你的成长环境未能培养出你的爱的合作能力，因此你很可能无法发展与他人的亲密关系，包括与你自己。忠诚、亲密、责任分担——对你来说，这些只是抽象的概念。

不忠方

你四处风流，到处睡觉，希望总有一次会找到一个跟你真正长久的人。为了逃避空虚感，你对性有一种强迫症般的渴望，渴望许多短期性刺激带来的新奇感。你觉得长久的婚姻关系枯燥得一眼就能望到头，充满了幻灭，这让你无法忍受。

查克在离异家庭长大，父亲很自恋，以自我为中心，忙于做生意，因此顾不上查克。查克告诉我：“我们父子应该是从没有深度交流过。有一次，他跟人吹嘘我很厉害，但他夸大了事实。我是在一局内把对方三个击球手打出了局，而他见人就说我投了一个无安打好球。他这个人根本就不懂我。”

十九岁的时候，查克喜欢上了玛丽莲。约会六个月后，查克发现玛丽莲和自己最好的朋友上了床。两人平息了此事，随后结婚，但查克一直觉得自己没法满足玛丽莲。第一个孩子出生后不久，查克就开始招妓。虽然玛丽莲婚后对他忠诚，但查克认为她态度冷漠，心也不在一块儿，他总是提起玛丽莲过去的不忠行为，为自己招妓找借口。在内心深处，查克害怕夫妻之间的忠诚。他认为，即便让玛丽莲走近自己，她心中也不再有爱。因此，查克与她保持一定距离，从未试探过她是否与自己一条心，是否会张开双臂接受他。他和陌生人发生性关系，他占着道德高地对伴侣发怒，这些都是为了让自己与伴侣保持一个安全的心理距离。

受伤方

你的家庭环境从未教你如何用爱与人交往，也未教你在孤独的时候如何向外界伸手求援。成年以后，你就会拒绝爱或者强求别人给不了的东西，以此获得心理补偿，而这些都会迫使伴侣离你而去。

莎拉从小就没得到父母的关爱与教导。她母亲患有抑郁症，很少离开卧室。父亲是律师，长期在外地工作。有一次，在莎拉十二岁的时候，父亲搬到一间公寓里，独自在那儿住了好几个月。父母都没有关心过她的感受，也没有跟她解释发生了什么事。在成长过程中，莎拉没有感觉到爱，只有孤独与失落——没有家庭的归属感，没有“我们家”的感觉。她嫁的男人也只顾自己，对她来说，没有情感上的关心。莎拉告诉我：“有时候，吸引他注意的唯一方法就是对他大吼大叫。”最近，他提议两人分居。莎拉怀疑他和别人有染了。

无法尊重自我

父母经常批评孩子，就会让孩子觉得自己有负期望。父母不表扬、不鼓励孩子，孩子在成长中就会觉得自己有缺点、不可爱，没人支持自己，觉得自己不如别人。如果你是这样的孩子，成年以后，在与他人的关系中，就非常容易感到他人的嘲笑、拒绝或责备。你心中有个自我评判的图式：“我不够好。”

不忠方

由于个人能力有问题，若有仰慕者帮了你，你就会很容易陷进去。

如果你的女性特质或男性特质遭到了威胁（例如流产或破产），你就可能找个情人以掩饰自己的耻辱感或自卑感。你觉得情人很特别，所以吸引了你，但这可能只是因为你需要恢复受伤的自我——你需要感觉自己更性感、更受欢迎、更有魅力。

克里斯的父亲约翰是一位著名律师，他很宠爱他的几个儿子——除了小儿子克里斯。约翰读的是哈佛大学，他的其他儿子也都上了哈佛，只有克里斯上了一所州立大学。其他几个儿子都成功地做了律师，只有克里斯开始做女装运动服。家人们开玩笑说他是不肖子孙，他表面大笑，但内心却很受伤。

克里斯之所以跟丽塔结婚，是因为丽塔尊敬他，这让他感觉很好。可是，当克里斯的生意走下坡路时，丽塔也无能为力，没法帮他消除耻辱感。只要丽塔提出了什么建议，在他听来就像是父亲在说："你就是这样，什么事都做不好。"克里斯有个销售经理名叫黛比，小他十四岁，是她帮克里斯重振旗鼓，挽回了他的自尊心。于是，克里斯跟黛比就在一起了。

受伤方

由于个人能力有问题，你无法与他人建立强亲密关系。你的消极个性让双方感觉都不好，从而把伴侣往外推。

父母离婚以后，苏珊跟母亲过。然而，母亲要做全职工作，女儿又很任性，她无法兼顾。苏珊又被推给了父亲。但父亲已娶了一位比他小的妻子，她公开抱怨苏珊打扰了他们的生活。苏珊从来没觉得有个属于自己的家，到哪里都不受欢迎。后来她嫁给了罗伯，希望罗伯能让她感受到完整的家。然而，她的匮乏感让她很难去爱别人。终于，罗伯受不了，跟她的闺蜜出轨了，这更是加深了她的缺陷感。

无法表达自我

你的父母从不让你发出自己的声音。成年以后，你就会尽量取悦别人，通过压抑自己来避免人际冲突。你已经习惯了被压抑、被误解、被控制、被排斥的感觉。如果你是这样的孩子，成年以后，在与他人的关系中，你就会认为他人在控制你且毫不在意你的需求。你心中有个自我压抑的图式："我的需求算不得什么。"

不忠方

你把自己的需求藏在心里，暗自愤恨自己付出的比得到的多，然后去别处满足需求。你维持表面的和平，却在心里感到很受伤，感到自己不被承认，感到很孤独。

弗里茨的父亲在事业上很成功，在家里大权在握。母亲总是微笑着附和父亲。家里从不起什么波澜。成年后，弗里茨去父亲的公司上班，娶了一个名叫罗伯塔的个性很强的女人，对她很用心，经常送礼物给她。一开始，他们的夫妻关系似乎很融洽，但没过多久，罗伯塔就开始批评他是活在父亲的阴影下，要靠父亲的庇护。弗里茨嘴上没反驳她什么，但心中充满了怒火，最终和自己年轻的簿记员有了外遇。

受伤方

你压抑自己的需求，使夫妻相处愉悦，给夫妻关系裹上了一层甜蜜的外衣。但是，你内心中却充满了厌倦和沮丧。你时不时地爆发出敌意，这种敌意加深了夫妻之间的裂痕。你的压抑不是导致伴侣不忠的原因，却让你自己处于忍无可忍的境地。

明迪的母亲不让家里生起事端，免得产生压力，刺激了她那患有哮喘的丈夫。明迪从小就知道，决不要惹是生非。她最终嫁给了萨尔，一个有着不自知的优越感的麻醉师。她花时间去迎合萨尔，而萨尔却只顾着自己。他以自我为中心，不管伴侣的感受，这让明迪心生怨恨，但她什么也没说。她对我说："我不能规定爱必须怎么样。但如果我对他好，他会想跟我呆在一起的。"

然而，明迪似乎再怎么对他好也没用，他们的关系继续恶化。明迪越来越见不到萨尔的面，直到有一天，她把萨尔和护士捉奸在床。

无法释怀与享受快乐

父母不让孩子随顺自己的心意，孩子在成长中就会心思沉重，压力重重。如果你是这样的孩子，成年以后，在与他人的关系中，你就会承担太多的责任，接着又觉得自己被利用了。你努力追求完美，由此导致你会过度约束自己，过度约束伴侣。你很容易认为别人软弱，认为别人懒惰，认为别人不愿意分担。你心中有个严苛标准的图式："什么事情都会落在我头上，我得把它做好。"

不忠方

由于你从小就被教导得极负责任、苛求完美，你心中寻求的情人，是能让你找回部分被剥夺的童年的人。你以为是情人让你的童年感觉重新觉醒了，但实际上，这是因为你终于允许自己放纵了，允许自己冲动了，你不再用心中的严苛规则来约束自己，转而满足起自己的即时需求来。

基思高中毕业以后，就去了一家培训中心工作以赚钱养家，养活失业的父亲和残疾的弟弟。他对这两个人怒其不争。后来，基思跟米歇尔结婚了。这个女人很孩子气，想到什么就做什么，基思的性格有多么严肃，米歇尔的性格就有多么欢乐随性。可不久以后，基思就对米歇尔能够兼顾工作玩乐的本事心有怨言了——她一有时间就去健身房，呼朋唤友，流连吃喝，而他却总在工厂里苦熬上班。他抱怨道："她什么都不管，总在占我便宜。"基思终于不再恪守勤奋工作的道德原则，他放纵起来，在网上用聊天软件跟一个来自罗马尼亚的艳舞女郎勾搭上了。

受伤方

由于你从小就被束缚在严苛标准之下，你养成了强迫性的习惯，这些习惯导致你成年后的生活缺乏乐趣，缺乏浪漫，缺乏创造力。你跑得又快又急，都没有时间停下来闻一闻生活中玫瑰的芬芳，甚至都没有意识到你的伴侣已把玫瑰送给了别人。

多萝西的情况就是如此。她的父亲奉行清教徒的生活观念，对她为人处世要求严苛。多萝西的丈夫厄尼醉心于诗歌，无暇解决家庭开支问题，也没空跟其他家长合作拼车送孩子上学。多萝西想改变他，可越是如此，夫妻距离越远。多萝西的固执，让厄尼觉得很不自在。正如她要把生活弄得井井有条，她提的那些要求也都合情合理，但却让人觉得无了无休，很有压迫感。终于有一天，她叫厄尼把垃圾带出去倒掉，厄尼却把临时保姆带了出去。

无法自我约束也无法接受现实约束

父母为孩子包办太多，或把孩子教育得自以为高人一等。如果你是这样的孩子，成年以后，就会缺乏自律精神，总希望得到特殊照顾；如果他人对你设限或强制你按规矩办事，你会感到不快。你不太能意识到自己侵犯了他人的权利，却很容易感到他人侵犯了你的权利。你心中有个应得权利的图式：“凡事以我优先，我应得到我能得到的一切。”

不忠方

由于你妄自尊大，你的伴侣可能觉得你很难相处，而你自己却意识不到自己的性格特质对他人造成的影响，不大可能注意到伴侣的想法。恰恰相反，你可能觉得伴侣无法满足你的需求，从而感到很委屈，认为你没有得到自己应该拥有的东西。由于你的成长环境里没有成熟的互惠模式——即相互给予和索取的模式——你不知道自己对爱的要求是过分的，不知道是你未能滋养伴侣在先，所以你无权享有自认为应得的那种待遇。正因为你对伴侣期望得太多而对自己要求得太少，你对家庭产生不满、出现外遇，在你眼里似乎就完全正当了。你不想面对自我反省时产生的心理不适感，因此你不太可能接受心理治疗，也不太可能会读到这本书。

霍华德的父母很有钱，热衷权力、地位与外界的认可。他们对儿子几乎不加管束，曾不止一次地请律师摆平了儿子的违法行径。霍华德成年后有过好几段婚姻，总在疯狂地恋爱，等到孩子出生后，他就会觉得孩子剥夺了他的地位，让他成了边缘人，所以又一次次地离婚。

受伤方

你不习惯自我约束，不习惯直面自己的失败，因此你也不太可能会读到这本书。你可能还在尽力让自己看起来很强大，或者在尽力寻找能帮你保有这种感觉的人。你觉得自己理应被照顾，却很少为之付出努力。然而，你伴侣的外遇会迫使你正视自己的不完美，让你明白你要成为一个更值得爱的伴侣。

米歇尔的母亲独力抚养了五个女儿，并发誓要给米歇尔无忧无虑的童年。米歇尔没什么自律心，总可以逃避责任——清理洗碗机、找暑期零工——却不受什么惩罚。母亲从没有鼓励她胜过别人。“人生苦短，”母亲对她说，“享受生活。”

成年后，米歇尔嫁给了基思，但基思很快就厌倦了她奢侈懒散的生活方式，坚持要她找份工作。她对基思发出的最后通牒愤愤不平——直到基思开始跟其他女人约会，她这才发现自己是可以被替代的。

训练环节

你在童年时期可能受到的伤害，以及这些伤害如何影响你的性格形成、择偶倾向乃至外遇事件中你所扮演的角色，是不可能用一本书罗列完的。即便你的父母曾经以某种方式对待过你，你也并不必然就会与某种行为或信念绑定在一起。不过，我们确实容易将受伤的自我带入最亲密的关系中，在跟伴侣相处时，重温我们童年时期的抗争与痛苦。尽管它们可能很苦涩，也不能滋养我们，但毕竟那是我们所熟知的，我们往往还是会甘之若饴。

至于你对婚姻的种种不满，我们很难弄清其中有多少是你伴侣的原因（你伴侣在用你童年时期体验过的那种方式来对待你），有多少是你自己的原因（你在诱导伴侣用这些导致双方关系不正常的老套路来对待你）。[8] 为了把这两者区分开来，你需要更多地了解自己的缺陷，更多地了解不完美的自我。我建议你试着回答以下问题，以作为开端：

1. 本章节所描述的七类成长体验，我缺乏了哪一种？
2. 在我的成长过程中，最主要的或者说最熟悉的是哪一种感觉（见第 134 页所列清单）？
3. 导致我产生这种感觉的，是我和父母的关系、我和儿时重要照顾者的关系、我和兄弟姐妹的关系，还是他们之间的关系？
4. 在母亲对待我的方式里，缺少了什么？我未被满足的最大需求是什么？它如何影响我的成长，影响我对如今自己的感觉？
5. 在父亲对待我的方式里，缺少了什么？我未被满足的最大需求是什么？它如何影响我的成长，影响我对如今自己的感觉？
6. 在母亲对待我的方式里，我最喜欢哪一点？它如何影响我的成长，影响我对如今自己的感觉与看法？
7. 在父亲对待我的方式里，我最喜欢哪一点？它如何影响我的成长，影响我对如今自己的感觉与看法？
8. 从父母对待我的方式里，在爱的层面上，我学到了什么？
9. 从父母对待彼此的方式里，在爱的层面上，我学到了什么？
10. 在我生命中，还有谁对我很重要？在爱的层面上，他们教会我什么，又是如何影响我对自己的看法？

11. 我是如何怪罪伴侣让我噩梦重现的？
12. 伴侣是如何怪罪我让他/她噩梦重现的？
13. 我是如何伤到你敏感的旧伤疤的？
14. 你是如何伤到我敏感的旧伤疤的？
15. 我是如何刺激你做出令我旧伤复发的那种反应的？
16. 你是如何刺激我做出令你旧伤复发的那种反应的？
17. 在我能给予你的东西里，你最看重的是什么？
18. 在你最需要从我这里得到的东西里，什么才能让你有安全感、价值感？

跨代伤害：你是如何被原生家庭里的不忠伤害的？

原生家庭里的不忠，可能会影响孩子成年后对不忠的感受和看法。如果父母一方不忠，孩子的成长环境就很可能充满秘密，家庭气氛紧张，孩子的边界感模糊，要求安全稳定的权利被剥夺。原本应在晚上照顾你的保姆，可能突然开始服侍你的爸爸了；原本是你父亲最好的朋友，可能变成了你母亲最好的朋友了——还变成了你的继父。父母中的任何一方都可能结识新欢，不再跟你玩了，而你对此毫无办法。又或者，父母中有一方向你吐露另一方出轨的秘密，接着又恳求你永远不要泄露出去。父母中不忠的那一方沉浸在外遇的激情中，可能没时间陪你，因此会躲开你或惭愧地离开你，以逃避你谴责的目光。父母中受伤的那一方可能精神极其抑郁，满脑子都是配偶的外遇对象，从而无暇顾及你的痛苦。他们可能会竞相寻求你的支持或原谅，而忽视或不管你的痛苦。

如果你是这样的孩子，成年以后，即便父母的不忠已被承认或平息了很久，你仍有可能伤痕累累，仍有可能对自己抱着种种负面情绪，并把它们带入夫妻关系中。由于你的内心充满了不安全感，你可能很难把自己视为一个有价值的、可爱的、值得他人对你好的人。当自我意识的核心里充满了被遗弃、被背叛以及怎么努力都不管用的感觉，无论爱或被爱，都很不容易做到。

现在，让我们来看看原生家庭里的不忠是如何影响你的。

原生家庭里的不忠如何影响子女家庭里的外遇不忠方

如果父母中有一人出轨，你就更有可能出轨。[9] 乍一看，这似乎很奇怪。为什么要效法破坏你童年的人呢？难道你不想让自己的家庭生活有全新的牢固架构吗？答案是你当然想，但你并不相信会有这等好事，所以你用外遇在你与伴侣之间创造出一个安全距离，以保护自己不被再次伤害。你从父母那里得到了教训：爱，就会将自己暴露于伤害之中。对伴侣忠诚，就会依赖伴侣，就会被伴侣伤害；对伴侣不忠，伴侣就伤不到你。

迈克永远不会忘记自己的父亲离家的那一天。那天是他十三岁生日，他发现母亲在厨房的桌子旁哭泣。三个星期以后，父亲突然回来了，回来拿他的高尔夫球杆和古驰领带。母亲告诉迈克，虽然父亲嘴上不承认，但事实上他已跟另一个女人同居了。迈克从来都没有感到父亲为有他这个儿子而骄傲，现在他确信了。成年以后，迈克回首往事，他意识到就在那一天，他跟自己立下了一个约定，绝不会全心全意地爱任何一个人——他信守了约定。甚至在娶了芭芭拉以后，他还是一如既往地放荡不羁。

正如迈克那样，外遇可能会让你获得可以掌握生活的地位——为了避免再次产生父母出轨带给你的那种感觉，你变成了这种父母，难道还有什么比这更好的方法吗？你认同了施害者，以此摆脱了受害者的角色。你不再是被抛弃者；现在，你是抛弃别人的人。你不再是在情感上的被剥夺者和被虐待者；现在，你是剥夺和虐待别人的人。你再也不会受伤害了，现在是你说了算。

多年来，安德里亚一直知道父亲出轨，母亲常年抑郁。她一刻也无法容忍那个家，想找到属于自己的有爱有温暖有承诺的亲密关系。但在一天晚上，她觉得自己对于未婚夫根本无足轻重，于是扯着嗓子骂了他，然后开车去酒吧，扑到一个已婚男人身上。凭着这干脆利落、虚无主义的一击，她企图从过去的痛苦里摆脱出来。她跟我说："我不需要约翰（指她的未婚夫），换掉他，跟其他人也可以。灯一关，所有的鸡巴都一样。"

你憎恨出轨的父母，但你的外遇却让你转而憎恨自己——你对导致家庭破裂的父母充满了愤怒，现在你对自己充满了愤怒。你让自己成为自我鄙视的对象，这样你就不必为儿时失去那个出轨父母而悲伤了。比起直面曾经让你感到失望的父母，有时候憎恨自己（你认为自己意志薄弱、道德败坏、自私自利、容易冲动、"不是好人"）会更加容易，更简单明了，尤其是在你的自我鄙视带给你的自身缺陷感与父母曾经带给你的那种感受如出一辙的情况下。你嘲笑自己、鄙视自己，这样你就可以在心理上仍依附于已离你而去的父母，并获得可以掌控自己痛苦的感觉。

珍妮特的母亲因病化疗，而父亲却在外乱搞，但珍妮特从未直面自己对父亲的愤怒。她反而去睡了闺蜜的丈夫，于是愤怒变成了耻辱，她把攻击的矛头向内指向了自己。她对我说："我把所有的价值观都抛到了九霄云外。"她把愤怒隐藏了起来，但问题在于，这阻止了她与任何人建立真实的关系——包括她的父亲、丈夫，或者她自己。

虽然原生家庭的不忠观不太可能直接导致你自己的不忠行为，但它有可能已经奠定了你的心理基础。[10] 如果你的成长环境对通奸视而不见，还有诸如"男人哪有不偷腥的"或"只要伴侣不知道就没事"之类的论调，你在成年后出轨几率就更大。思想是可以跨代影响的。

原生家庭里的不忠如何影响子女家庭里的外遇受伤方

我有很多病人的情况是其父母有外遇，其伴侣也有外遇，这并非巧合。尽力留住背叛你的人，或者刺激此人做出背叛你的行为，你就会重新体验到儿童时期被拒绝的感受。这并不是说你乐见自己的伴侣另寻新欢；你并非有意识地去寻求被抛弃的感觉，也并非刻意地去寻求痛苦。你可能只是在无意识地寻求，寻求某人以你童年时期体验到的方式来对待你。即使你的伴侣很忠诚，你仍然有可能从其行为中解读出你想看见的东西，然后做出强化自己主观偏见的种种反应。

埃迪的父亲很专横，他不停地在外勾三搭四，一有机会还会毒打生性敏感的埃迪。二十岁的时候，埃迪被逼着娶了名叫艾莉森的女人。艾莉森也很专横，也很放荡。埃迪对艾莉森的情感复制了他童年时期对爱的体验：一方是凌辱者，一方是受害者。结婚两年，艾莉森出轨了三次。埃迪终于无法忍受；他重拾自尊，突破了性格束缚，离开了艾莉森。

后来，埃迪爱上了琳达，他发誓再也不要重蹈覆辙。然而，他已经习惯被支配的模式了，不知道如何在相互支持的夫妻关系中生活下去。“这肯定是爱。”他告诉我。可是，埃迪接着就意识到，自己一直在精心制造种种冲突以破坏自己的幸福。哪怕琳达只瞄了一眼某个男人，埃迪就会不断质疑她的忠诚。在我的办公室，琳达不在，埃迪向我贬低琳达及他们的夫妻关系。他一直在说：“我其实没那么爱她。她没那么迷人，也没那么特别。”

同时，他还在责备自己，怪自己试图毁掉他人生中遇见过的最美好的东西。他这是为了重温自己被父亲抛弃，接着又被前妻艾莉森抛弃的体验吗？他贬低琳达的价值，这是为了让自己觉得不那么依赖琳达，从而不那么容易受伤吗？是为了测试她的爱吗？是为了强化那种自觉不值得别人来爱的自我认知吗？

埃迪从所有这些解释中看到了某种悲哀的事实，于是努力说服自己再也不要破坏自己的婚姻了。这不是一件容易的事。相信伴侣爱你并对你忠诚，这是很难的；如果你人生经验与之相反，那就难上加难。你会想，既然以前被抛弃过，难道这一次就不会再被抛弃了？

历史重演

有时候，童年时期经历的背叛与成年时期经历的背叛会惊人地相似。我并不认为成人注定要重复童年时期的旧模式，或者蓄意地重建旧模式，但这种情况确实是有规律地发生了，这实在令人不安。下面是我的病人分享给我的两个典型案例。

劳里快要出生的时候，父亲为另一个女人离开了母亲。劳里一边长大，一边还要服侍后来被诊断有精神分裂症的母亲。三十四年后，劳里肚子里第三个孩子才九个月的时候，丈夫对她说自己爱上了另一个女人，要离开家。劳里在医院里独自生下了女儿，她怀着一种可怕的似曾相识之感，把女儿带回了家，一个没有父亲的家。

斯蒂芬妮从小时候起，母亲就酗酒，父亲就不忠。青年时期，她就照料着父母，经常告诫他们，说改变生活方式很重要。为了逃避自己的父母，她和哈尔订婚了，却发现哈尔不但是个酒鬼，还跟另一个城市的另一个女人订过婚。她又开始经常告诫哈尔，要他改变生活方式。

无论你伴侣的外遇和你父母的外遇有何相似之处，如果你在人生早期经历过背叛，那么你如今遭到的背叛对你的伤害可能会更深，因为它重新打开了通往你脆弱内心的通道。这并不是说你如今的被侵犯感是不真实或不深刻的，而是说它被你的早期创伤污染了。早期创伤需要被承认，然后单独处理。你要先剥离早期创伤，然后才能恢复受损的夫妻关系。

训练环节

我强烈建议，夫妻要互相告诉对方自己童年时期经历的父母不忠事件。谈一谈你当时的感受，这种感受如何降低了你的自我价值感，如何降低了你对夫妻关系的安全感、信任感。把你们的隐秘往事披露出来并不能缓解如今的外遇事件带来的烦恼，但这能帮助你们了解自己对此事反应的深度和强度，还能让你们觉得彼此更加亲密——两人更像是盟友，而不像是敌人了。

我还强烈建议你们要跟孩子讨论这件事，讨论的深度要在他们能理解的层面上。你们要鼓励孩子承认自己的感受——悲伤、愤怒与困惑——并陪着孩子一起面对这些感受。如果你们能够承认孩子的痛苦——坦诚倾听，不加辩解——你们就有可能帮助到孩子，使其在成年生活中避免与之类似的人生错误。你们要为自己对孩子造成的伤害而道歉，要为自己对孩子不管不顾、麻木不仁而道歉。你要对孩子谈谈你自己，还要确信伴侣也同样这么做。你们要欢迎孩子反复提及此事，只要他们自己愿意。不要害怕孩子看到你们的痛苦，不要害怕让孩子看到你们对家庭未来的希望。以后，你们或许还想跟孩子分享自己的想法，谈谈你们个人因何导致婚姻出现问题。你们可能还想跟孩子谈一谈自己在原生家庭里体验到的父母不忠事件，以及这些体验对你的影响。

为了治愈原生家庭不忠所带来的伤害，让自己现在的婚姻关系继续下去，我的建议是：你要试着把过去和现在分开；童年时期你父母某一方曾经背叛了你，让你心怀怨愤，现在你要把这个情绪处理好。有一种方法，就是给那个人写一封信，尽可能地修改好，直到你觉得此信能准确表达你想说的话。如果这个人还活着，你可以把信发过去。发过去的目的不是为了让对方做出同情回应（如果做出了，那也很好）；同时，你还要做好心理准备：对方可能毫无回应，或做出抵触性回应。发过去的最重要的目的是，让自己全面接纳自己的感受，坦然面对过去。

我有一个病人名叫迈克，他的父亲有过外遇。三十年后，他给父亲写了一封信。他那曾经自我封闭、令外人无法走进的内心，也终于通过写信的方式打破了沉默。

亲爱的爸爸：

自从您离开我和妈妈，我等了将近三十年，这才向您提起这个话题。我希望，现在跟您讨论此事还不算太晚。我写信倒不是为了责备您，也不是为了让您感到内疚。实际上，我是希望通过谈这件事，让我们能更好地了解彼此，或许还能弥合我们之间仍然存在的一些距离。

爸爸，我一直想问您，您为什么不跟我说一声就走了，您为什么离开了那么久，您为什么（好像）不了解或者说不关心这对我的影响？我觉得我对您一点都不重要。实际上，我一直觉得我的成就不足以让您感到自豪。您能告诉我，您为什么要那样做吗？不管您给我什么解释，应该都没有我想象中的那么糟糕。

我不责怪您离开，因为您觉得婚姻不幸福，甚至也不知如何跟妈妈解决这个问题。如今我也结婚二十二年了，我知道维持一段婚姻有多难。我在很多方面都很失败。我甚至有过不忠行为。

这么多年来，我都无法面对自己对您的愤怒，因为您离开了我，因为我几乎从没有感到您爱我并为我感到自豪，因为您走以后就得我来照顾好妈妈。不过，至少是为了自我保护，我已经意识到您的所作所为跟我无关——那时候我只是个孩子，没有做错任何事。我随便在哪个方面也都没什么缺陷。对于发生的事情，我已经学会了不再往心里去。

当年您离开的时候，我十三岁，那时候我就决定，再也不让任何人走近我的内心，我也不会再爱任何人。我遵守了自己的诺言。可是，最近（我的妻子）芭芭拉发现我有外遇后，我们开始有了更为坦诚的交流。我开始觉得，没必要再跟她保持距离，我不想过这种受既往控制的、内心孤独的日子了。就像我今天主动跟您联系，我也在主动靠近她。

如果您愿意回信，我会很高兴。如果您不能回信，我其实只是想让您知道——我只是想把自己的心里话大声说出来而已——我再也不要把自己的精力用于伤人害己了，我再也不要让自己有不安全感了，我再也不要与世界保持距离了。我原谅您，因为您肯定是为了婚姻不幸而离开。我原谅您，哪怕您曾以那样的方式离开。我祝福您，希望您现在过得更好。我也祝福我自己，希望自己现在过得更好。

对了，我的孩子们都很好。欢迎您跟他们联系。我相信，他们也想更了解您。

爱您的

迈克

一体两面：你不喜欢伴侣身上的那些特质与你喜欢或妒慕的那些特质有什么关系？与你自己缺乏的特质有什么关系？

当婚姻进入幻灭期，你可能会对伴侣的优点视而不见，却选择性地关注其缺点。你甚至可能忘记伴侣在你眼中曾有过优点。如果你们俩想要平稳度过这段时期，你就要明白，伴侣身上那些你喜欢与不喜欢的品质往往是一体两面的，你不能要这一面不要那一面；你的不满情绪，与其说是伴侣造成的，不如说是你自己未解决的内心冲突引起的。

贝基最初觉得史蒂夫性格稳重，很有吸引力，可随着时间的推移，她又逐渐讨厌起来，觉得史蒂夫缺乏主动精神。贝基没弄明白的是，性格稳重与性格被动其实是一体两面的。问题不在于史蒂夫有变化，而在于贝基对史蒂夫的同一种行为先后强加了不同的含义：前一天还喜欢他带来的安全感和生活方式，后一天就讨厌他让人有束缚感。当她回首童年，往事十分糟心——父亲吸毒成瘾，母亲间歇性躁狂——她这才意识到，自己对丈夫的批评（说他固执，说他不快乐）源自自己对丈夫的期盼（图他安稳，图他可靠），源自自己内心的匮乏感。

维姬的父母很挑剔，她整个童年都在努力地取悦父母。大学时期，她被一个跟她性格完全不同的男人吸引，觉得他很自足。他们结婚后，维姬满足他的种种需求，并鼓励他不用管她的需求。没过多久，维姬受不了了，觉得很无助，一如在原生家庭的感觉。现在，她对伴侣的性格有了不同的看法。过去她认为对方自足，现在她认为对方自私。过去她认为对方自立，现在她认为对方冷漠。

我把这种情况——伴侣的某种基本性格特征既引发了你的爱，又引发了你的恨——称为一体两面。[11]

在这个一体两面的等式里，你认为是消极的是“负面”特质，你一开始被对方吸引的或者现在仍然吸引你的是“正面”特质。把这些特质放到一起，你会发现，它们都不是孤立存在的；你认为是好的特质，也必然有着坏的一面；从另一个角度来看，那些让你反感的特质，也可能有吸引你的一面。

下面列举的负面特质，可能曾是你认为的正面特质：

负面特质	正面特质
缺乏主动、缺乏激情、缺乏冒险精神；无聊乏味	稳重、可靠、平和、知足
总是寻求他人肯定；优柔寡断、软弱无能	体贴细心、通融随和
心不在焉、只顾自己、不负责任	有创造性、为人灵活、顺其自然
不开笑脸、强人所难、过于物质、有压迫感	自律、高效、实干、负责、成功
道德败坏、欲求不满、性欲过剩	无拘无束、性致盎然、充满激情
拘谨隐晦、鬼鬼祟祟、没有活力	安静、平和、神秘
自我中心、爱出风头	为人亲切、善于社交、友好合群
压抑、沉重	深沉、体贴
愚蠢、肤浅	爱玩、机变
无界限感、令人窒息、欲求不满、控制欲强	体贴细心、慷慨大方、乐于助人、热心参与
冷漠、疏远、无情、自私	独立、自信、稳重、坚强、自立
歇斯底里、情绪不稳	情感丰富
傲慢无礼、控制欲强	掌控力强、很有能力

重要的是，你要看到自己未解决的内心冲突如何让你只盯着负面特质，并阻止你对包括自己在内的任何人感到满意。玛吉·斯卡夫（Maggie Scarf）提到“一个人性格中未被承认的、被否定的及完全未被整合的部分”，并对此解释说，“你曾经在自我里无法接受的东西，现在变成了伴侣身上那些你无法容忍与接受的东西。于是，夫妻各自内心的冲突就演变成夫妻之间的冲突。双方都认为，只要对方改变，家庭就能实现和谐。”[12] 换言之，你所讨厌的伴侣身上的特质，有可能与你讨厌自己身上的特质有关。这些特质也有可能是你所缺乏的，是伴侣拥有、令你

妒羡的。

基思和米歇尔的案例，就很能说明某些问题。基思的父亲喜欢偷懒，整天想着投机取巧，他一下子冒出这个暴富计划，一下子冒出那个暴富计划，结果总是栽在上面。基思怨恨父亲没有承担起该担的责任，他认同母亲，是母亲用她在超市上班得来的薪水支撑起这个家。对基思来说，爱就是自我牺牲。

成年后的基思很能吃苦，他目标明确，十分上进。然而，尽管他能迅速有效地达成一个又一个目标，他还是经常觉得若有所失。他告诉我："我被生活逼着往前走，常常感到很烦躁，觉得生活没有什么乐趣。"

基思最初被米歇尔吸引，是因为米歇尔开朗温暖，能享受当下，安于命运的安排——这正是基思最缺乏的特质。但在不久以后，基思就开始耽于这些特质的负面属性了。在基思看来，米歇尔过去是顺其自然，现在变成了不负责任；过去是爱玩，现在变成了不自律。基思很恼火，自己得养着米歇尔，还得供着她的摄影爱好。基思心想，如果她能玩，为什么自己不能玩呢？于是，基思租了个单室公寓，跟一个邻居的妻子"在办公室加班到深夜"。在那里，他第一次从过于认真和压抑的自我中逃离出来。他不想破坏自己的婚姻，但又不知如何让自己在婚姻中感觉好一点。这事被米歇尔发现了——她看到基思在自动取款机上取了大笔的钱，就问他怎么回事——自那以后，基思开始审视自己。他发现，在自己对婚姻的不满里，不仅有米歇尔的问题，也有他自己的问题。

他承认："我意识到，她不是造成我所有不快的根源，也不是唯一需要做出改变的人。父亲曾经是我们家经济上的无底洞，我不想妻子也如此。

但我知道，我在这一点上过于敏感了，米歇尔不是我父亲，她对我很好——她让我开心大笑，还让我看到了生活中除了赚钱，还有更多的乐趣。”

基思不再认为是米歇尔身上令其恼火的特质影响了夫妻关系，他还在努力寻找夫妻关系中对他有吸引力的方面。

他告诉我：“我总是对她逃避责任的行为感到恼火：回到家里，她不把买来的食品杂货放好，不把洗过的衣服叠好，而是跟朋友打电话，要不就是查收电子邮件。不过，我既然已经接受了她的好，就要接受她随之而来的不好。虽然我讨厌她不自律，但我欣赏她享受生活的态度，哪像我这样啊。”

为了加深这种新思考，基思做了个表，一列记录令他烦恼的特质，另一列记录着他对该特质的欣赏或妒羡之处。他是这样写的：

米歇尔的负面特质	米歇尔的正面特质
做事拖延	活在当下
缺乏自律	顺其自然
对赚钱不感兴趣	以人际关系为重
不修边幅	不拘小节
不负责任，铺张浪费	无忧无虑
幼稚	乐观
要人照顾，被宠坏了	改善了我们的精神生活质量

现在，让我们看看米歇尔这边的情况。对这段婚姻，米歇尔也不是很满意。虽然出轨的是基思，但米歇尔自己也不止一次地幻想过搞外遇。

从小时候起，米歇尔的母亲就负担着很多家庭责任，因此她鼓励女儿活在当下。但米歇尔对此并不感激，她抱怨说：“我妈妈就没对我指望过什么，她好像认为我天生就没有什么创造力，好像我什么都不会，好像我只会享受。”米歇尔被基思所吸引，是因为基思看上去很相信她有艺术天赋。而且，基思很专心，很有创业精神，跟她完全不一样；基思还帮助她如何管理和引导自己。

但三年以后，同样还是基思的这些特质，却要把米歇尔逼疯了。米歇尔告诉我：“我以前觉得他很能干，现在觉得他只是个工作狂。他鼓励我发展自己的事业，但这不是因为他喜欢我摄影，而是因为他不想养我。”

为了帮助米歇尔看到基思的正面特质——也就是当初吸引她的特质——我让她把基思的负面特质列出来，并把这些负面特质与她曾经爱过的基思的正面特质对应起来。她是这样列的：

基思的负面特质	基思的正面特质
控制欲强、不愿分享权力、在决策中不能与人合作	足智多谋、很有能力、干劲十足
强人所难、有压迫感、无聊无趣	很有条理、很有成效、有专注力
在金钱上没有安全感	有责任感、激励我工作
过于物质	提供了高品质的生活

该训练让她意识到，自己反感的东西与仍在吸引自己的东西有关，这也帮她重新认识到伴侣的可爱之处。该训练还让她明白，自己憎恶伴侣的地方（他的物质主义、他那强迫症式的职业作风）与自己一直缺乏的特质（坚持不懈、雄心勃勃）有关。如果她想让自己对伴侣更满意，那就必须更深入地审视自己的问题。

她告诉我：“我妈妈从没有让我工作过，她让我认为我有权依赖别人。基思想改变既有规则，我讨厌他这样。但我也能明白，他要求我尽自己的一份力，这并不是小气，也在情理之中。”

训练环节

正如基思和米歇尔的情况那样，你们的特质也是一体两面的，因此你要对自己的不满情绪换个角度思考一下。你还可以从中明白一点：伴侣虽然令你生气或令你沮丧，但这并不必然是他／她的错，也不是你找错了人；虽然有时你可能认为你们俩不适合，但长期来看，情况可能恰恰相反。你选择这个人——一个可能与你截然不同的人——是有原因的。这个原因可能是伴侣身上有你无法企及或无法发展出的特质，可能是你羡妒那些特质，可能是你无法表现出那些特质，所以你被吸引了。正是伴侣身上受你批判的那些特质，很可能会让你有所提升，有助你超越受限的自我。

为了帮助你看清这一点，我建议你问自己以下问题：

1. 我不喜欢伴侣身上的哪些特质？
2. 我反感或憎恨这些特质，揭示了我的哪些方面？这是否表示我在某个方面不接纳自己？
3. 这些负面特质，跟伴侣身上那些我所喜欢的、初次吸引我的正面特质有何相关？
4. 我被伴侣的这些特质所吸引，揭示了我的哪些方面？我自己缺乏这些特质吗？我妒羡这些特质吗？

人的特质是一体两面的，这促使你要用全新的方式来看待你们之间的差异，要用调和、容忍，或许有时还要用拥抱的方式，接受伴侣及你自己性格中的阳光面和阴暗面。

追溯时间线：导致外遇的人生重大事件

看清直接或间接导致外遇事件的人生重大事件，会帮你更好地理解发生外遇的原因，让你有信心防止再次发生外遇。

这里所说的人生重大事件，指的是会造成内心情感失衡并改变人际关系本质的危机事件或其他压力事件——例如，所爱之人的出生与死亡，或健康状况、经济状况的改变。

如果这些事件与你内心特别脆弱的地方相重合，那么其影响就会更大。比如，如果在成长过程中对被遗弃、被拒绝很敏感，那么较之事业受挫，养育你的父母去世则更有可能令你消沉。如果你在成长过程中对能力或成就很敏感，那么较之个人生活挫折，事业受挫更有可能让你消沉。[13]

人生重大事件可能会让外遇事件中的受伤方难以相处，并把其伴侣推得更远。这类事件可能会让外遇事件中的不忠方变得更加欲求不满、情绪不稳，更容易受到诱惑。你之所以发生外遇，有可能是你想要从某个损害了你自我意识的外在危机中恢复过来。因此，外遇更多的是与你的内心有关，而不是与夫妻关系中的具体问题有关。

下面谈一谈某些常见的可能导致夫妻中某一方心理失衡并发生外遇的压力源。

疾病或事故

你或你爱的人得重病或出意外，或者医疗诊断说有生命危险。在这种情况下，你会觉得脆弱，觉得人终究不免一死。一想到自己尚未完成、尚未经历的事，你就感到恐慌。又或者，一想到自己会被抛弃，你就感到恐慌。

四十二岁的时候，巴里得了心脏病，他回顾自己的一生，认为来日无多了。他想："在死之前，我要做很多事。"于是，他二十年来第一次停止工作，带着年轻的秘书去欧洲周游了一番。

特蕾西得了卵巢癌。特蕾西的丈夫维克多顿时害怕了，害怕失去她，害怕自己已经如此依赖她。他有了外遇，这样他就能在妻子离他而去之前，先获得抛弃她的感觉，以对自己的情绪有掌控感。

死亡

你爱的人（不是你的伴侣）去世了。在这种情况下，你深深地感到失去了此人给你的支持和安慰，而且这是伴侣无法替代的。又或者，你会从此人对你的评判中解放出来，自由地走上毫无约束的全新道路。

凯特告诉我："我儿子自杀以后，我痛苦万分，而当我把痛苦归罪于丈夫后，就觉得好多了。为了寻求安慰，我就找上了别人。"

道格为自己辩解说："母亲容不得我离婚，而我也无法忍受她反对我离婚。她去世后不到一周，我就离开了妻子，跟我爱的女人住到一起了。"

搬迁

搬到新社区以后，你失去了熟悉的环境，没有家人朋友的陪伴。在这种情况下，你找情人以获得心理补偿。又或者，你变得消沉孤僻，导致你的伴侣在外找情人。

马克以前在皮奥里亚工作，升职以后到了曼哈顿。他的妻子觉得很孤独，觉得丈夫不管自己，就生气不理马克。马克这边呢，因为没有人跟他一起庆祝事业上的成功，觉得很孤独，也觉得妻子不管自己，于是跟助手在一起了。

地位提升

夫妻一方在权力或资源掌控上有了提升。在这种情况下，如果此人平时习惯于依赖伴侣，现在因为事业蒸蒸日上，其经济上、情感上会变得更加独立。而以前习惯于在家里居主导地位的那一方，现在因为觉得自己地位下降，害怕被伴侣抛弃（“既然你不再依赖我了，你肯定会离开我的”），便通过外遇来获得掌控感或被需要的感觉。

迈克尔觉得自己比妻子厉害，只要他能冲着妻子指手画脚，他们的婚姻就能过得下去。然而，当妻子回应了他的不满时——减肥三十四磅，还考回研究生院以完成学位——他却觉得受到了威胁，便跟他那年轻的声乐老师有了外遇，因为她让迈克尔重新获得了权力感与重要性。

个人失败

你有了自认为的失败经历——失业、不孕、破产。

在投行工作的罗恩被解雇了。一周以后，他在当地酒吧喝酒，在那里遇到了几个同在华尔街做金融工作的人；最后在一家汽车旅馆里，他跟其中一个债券交易员搞到了一起。他承认道："当时我觉得一切还在掌控中，我很有竞争力，只是做得不是特别成功。"

人生转折

你经历了改变自己婚姻关系本质的重大人生转折，比如怀孕，生了孩子，或者孩子离家上大学（空巢综合征）。

迪克回忆说："孩子出生后，我妻子觉得其他都不重要。我觉得，她心中完全没有我了。所以，我就出去找了别人。"

酒瘾毒瘾

夫妻一方染上酒瘾或毒瘾。

亚当的妻子霍莉解释说："我不知道亚当对事业心灰意冷而染上了酒瘾，但我知道他好像只关注他自己，对我不感兴趣。我觉得他不管我，我很孤独。所以，当我的治疗师撩拨我时，我心里挺美的。"

追溯时间线：案例展示

导致发生外遇的原因，通常不是一个孤立事件，而是几个并发事件。我建议你和伴侣一起努力找出这些事件，不要互相指责，而是要好好讨论这些事件是如何为第三者创造介入空间的。

迪安和玛丽开始讨论的时候，他们把人生重大事件按时间列了出来，并探讨每个事件是如何破坏婚姻关系的。

人生重大事件	反　应
7月 我们从芝加哥搬到了纽黑文。迪安在一家连锁酒店工作，这份工作压力很大，老板很难伺候。玛丽失去了家人、朋友的陪伴。	迪安：“我害怕被解雇。我觉得应该为玛丽的幸福负责，但我讨厌这种负累。自从父亲离开后，我花了很多年来照顾母亲，我无法忍受自己再次陷入那种境地。” 玛丽：“我觉得孤独，觉得被忽视了。我需要迪安来让我开心。”
8月—11月 玛丽想要个孩子，试着受孕。	迪安：“我是想让她高兴，但我不确定自己是否准备好了。我们过性生活成了尽义务，还要通过测量体温来决定。” 玛丽：“对我来说，这是一段快乐的时光。迪安从未表现出他有矛盾情绪。”
12月 玛丽怀孕了。迪安去看他最好的朋友，他朋友的第一个孩子刚刚出生。	迪安：“我看到朋友的日子过得很疲惫，生活变得很局促。我觉得，好日子的大门快要向我关上了。”
1月 玛丽的哥哥出了车祸，很严重。迪安庆祝他三十岁生日。	迪安：“对于那些预料不到或无能为力的事情，我很担忧。” 玛丽：“去医院探望哥哥花了我很多时间，真的没怎么陪迪安。”
2月 玛丽流产了。	迪安：“我觉得松了一口气。我觉得我连自己都照顾不好，更别说照顾整个家庭了。” 玛丽：“我觉得自己没用，意气消沉，对迪安不理不睬。”
4月 迪安有外遇了。	迪安：“我觉得自由了，觉得自己很有能力，一切尽在掌握——从前的劲头又回来了。”

看清这些人生重大事件并不会让玛丽原谅迪安的外遇，但却有利于她不那么对自己介怀。既然知道婚姻出问题，责任并非全在于自己，这就减轻了她心中的负担，让她有信心冒险重新去爱迪安。在迪安这边呢，他会发现，自己对婚姻的不满情绪与玛丽关系不大，这种情绪更多地来

自全新生活带给他的压力，以及他过往生活中未竟的责任。

这个训练教会了你们也教会了他们，生活本身就是敌人——日复一日的种种压力加在一起对我们所有人都是负累，我们需要合力去抗击这种压力，而不要相互搞内耗。

责任分担：关于改变的训练[14]

该训练是教你如何做出改变的。该训练可以帮助你归整本章讨论的所有抽象概念，当你发现自己内心有冲突时，就能用非常具体且图形化的方法来解决问题。该训练向你展示需要做出的具体改变以管理夫妻差异，降低夫妻一方再次出轨的机会。

仅仅改变你的行为方式还不够，假如你想克服旧有模式，你还需改变自己的思维方式与感觉方式。因此，我把该训练刻意简化分为三个部分：

1. 行为部分——你如何对待伴侣。
2. 认知部分——你赋予夫妻互动何种意义和期待。
3. 情感部分——你对伴侣的感受。

你将一步一步地学会：

- 看清你做了什么而烦扰或激怒了伴侣；

- 看清哪些想法和感受导致了你的行为；
- 看清伴侣希望你做出哪些具体的改变；
- 养成某种态度或观点让自己接受改变；
- 观察感觉如何随行为态度改变而改变。

训练内容包括：写下或思考你对下列问题的回答。对于这些问题，夫妻双方可以一起做，也可以单独做。为了让我的要求更为明晰，此处附上一个案例供你们研究，你们可根据自己的情况进行调整。

触发事件

到底发生了什么？坚持记录事实；不要解释这些事实对你而言意味着什么。

案例研究

基思夫妻俩去滑雪度假，直到假期第三天，基思还未主动提出过性生活。基思坚持他们早上七点起床，出门就去滑雪。米歇尔本想这几个早上可以睡懒觉了，顺便做个爱，但她还是同意了基思的计划。她想途中停下来吃顿营养早餐，但她知道这样基思会很不高兴，于是什么也没说，而是在去登山缆车的路上，在加油站那里买了松饼带上。终于，她忍不了了，对基思吼道："我都不知道你为什么要带我来度假，我要做的似乎只给你带来不便。你只想着做你想做的事。对你来说，我似乎就像个陌生人。"基思没说话，只是继续往前开车。

查明冲突

你的行为：你哪些行为伤到了伴侣?

案例研究

基思：我看重从滑雪中把所得利益最大化，从而无视或拒绝了米歇尔的需求；我从未抽出时间跟她亲热。

米歇尔：我无视自己的需求，迎合基思的计划，最后又对他发火。

你的认知：你是怎么想的，或者说是怎么以为的，从而做出那样的举动?

案例研究

基思：缆车票很贵，所以我们应该尽量多去滑雪。米歇尔早上做事很慢。她可能想停车吃早饭，但如果我不提，也许她就算了。至于性生活，以后再过吧。

米歇尔：基思宁愿和简（他的老情人）在一起——我对他没有性吸引力，他不爱我。我想要什么，在他看来不重要。在这段关系里，我没有发言权。

你的感受：这个冲突让你有什么感觉? 按照 1% 到 100% 的比值，分别评价每一种情绪。

案例研究

基思：不耐烦，100%；恼怒，90%；为难，100%；焦虑，80%。

米歇尔：被忽视，90%；不被爱，100%；怨恨，100%；被控制，90%。

解决冲突

你的行为：你的伴侣希望你做出哪些具体的行为改变？你的伴侣希望你用怎样不同的方式对待他 / 她？

案例研究

基思：米歇尔希望我放慢节奏。她希望我问她想做什么，制订计划要符合双方兴趣。她希望我不带怨恨地为她做事，不要觉得是在为她而牺牲自己。她希望我学着享受跟她亲近的感觉。她希望我为夫妻亲热留出空间。

米歇尔：基思希望我直接告诉他我需要什么，而不是一边同意他的计划，一边还觉得自己被忽视、被控制，然后朝他发火。如果我决定了按他说的办，他不希望我揪着这点不放对他摆脸子。他还希望我明白，他的强势与他对我的爱无关——他就是这种人。

你的认知：你需要采取什么样的态度或观点，才能甘心做出这些改变？

案例研究

基思：外出活动不能取代亲密关系，埋头做事不能取代搞好关系。在情感方面，我的父母很少教我。我得想想了，想想我希望自己和米歇尔的婚姻要如何改变。我知道自己滑雪后会很累，没法做爱，所以要么早上做，要么就得缩减白天的滑雪时间。我背叛过她，现在她需要我在性方面对她表现出兴趣，让她觉得我需要她。不过，我要是认为这么做仅仅只是为了她，那是自我欺骗。我花了时间去做爱，一般都是很高兴做这事儿的。

我为照顾父母而放弃了童年的快乐，所以我讨厌为任何人去做什么事，包括为米歇尔。但是，我错误地把每一次迁就都当成了自我牺牲。

这个假期不仅仅是我一个人的。

米歇尔：我知道基思这个人。他希望钱花出去后，要尽量值回来。我若对他这个行为耿耿于怀，就是在伤害我自己。他爱我，他喜欢和我做爱。他只是不知道如何停下来，不知道如何放慢节奏。他知道自己被这个动机驱使着，而且他也不太喜欢自己性格里的这一面。有时候，我很佩服他有条理、有效率，也很感激他帮我开创事业。

我将不再为了迎合基思而顺从他的安排，不再无视我自己的需求，不再事情过后又恼他欺负了我。如果早餐对我很重要，我就告诉他半小时后再去滑雪。

小时候，我在觉得自己被忽视的时候，往往先压抑自己，然后还是爆发出来。可是，对基思大吼大叫会引起他的防御心理，容易让他在心里否定我。所以，我跟他说话要冷静而坚定。对他大吼大叫，他就不愿意听。

你的感受：你现在感受如何?

案例研究

基思：不耐烦，60%；恼怒，30%；为难 70%；焦虑 30%。

米歇尔：被忽视，40%；不被爱，25%；怨恨，35%；被控制，25%。

跟基思和米歇尔一样，你们也要从争吵的具体内容中抽出身来，要看得更广一点，看看此次争吵在你们的冲突模式中处于什么位置。大多数夫妻的婚内争吵，为的只有那么几个缘由。具体细节上会有变化，但造成冲突的缘由，几乎总是几件老掉牙的当事人早年敏感事件的变种。

正如我在治疗实践中看到的许多夫妻一样，你很可能会感到惊讶，惊讶于这些事件在自己的生命中重复上演——惊讶于无论你们争吵的内容是什么，你都在用跟从前一样的不当方式，继续误解自己的伴侣并产生互动，由此经历跟从前一样的那些自己熟知的痛苦情绪。例如，基思开始认识到，自己倾向于看重做事效率而不是看重夫妻亲密，他把自己的每一次迁就都看作是一种牺牲，并且在情感问题上很内向。米歇尔开始认识到，自己倾向于不喜欢受到约束，不喜欢按部就班，总觉得自己被忽视、没价值，先压抑自身感受，然后还是爆发出来。

通过责任分担——看清导致他们出现矛盾的是哪些反复出现的信念和行为，找出具体的替代方案，写出新的行为剧本——基思和米歇尔学会了管理夫妻之间的冲突，有时还能站在更高的位置看待冲突。这需要夫妻双方都做出努力，互相承诺，要有自我意识，互相敞开心扉，以成熟的心态对待一切。这不是随便就能达到的。然而，为了夫妻关系与各自更为完整的自我，一旦双方开始做出改变，就会从彼此那里得到更为积极的回应，夫妻之间就会更为牢固地联结起来。

我希望，你在更深地意识到自我，明白自己努力要成为什么人的基础上，也要更好地去理解你与伴侣的关系，汇聚你们的智慧，培养自己的同情心和原谅心，包容彼此的缺陷与早年的创伤，共同规划一个更好的未来。简言之，我希望你们共担责任，婚姻更加美满有爱。

现在，让我们把注意力从过往的教训转到当下；既然理解了外遇发生的原因，那就让我们学习如何从中恢复。下一章将讲述恢复信任的具体步骤。

第六章
恢复信任

对于不是那么美丽的女子，爱心不是赐予的礼物，而是努力的回报。

——威廉·巴特勒·叶芝，《为我的女儿祈祷》

信任不是赐予的礼物。信任必须通过努力而获得；它不但需要口头上的保证，还需要行为上的具体改变。不忠方要以明晰具体的行动，向伴侣表明“我要对你忠诚；跟我在一起，你放心。”受伤方要敞开心扉，勇敢接受自己再次信任伴侣的可能性，同时还要支持伴侣为重新赢得你的信任而再接再厉。受伤方不能一直惩罚不忠方，不能一直冷落、疏远不忠方，否则不忠方可能会放弃复合。受伤方要清楚地表达出伴侣能为你做些什么，给出一张能让其回归到你生命中的线路图。

这里所说的信任，当然指你相信伴侣会继续对你忠诚。然而，还有一种信任也很重要——对夫妻双方都很重要——那就是，如果你决定冒险回到这段关系，你要相信伴侣会着手解决你的种种不满，不让你后悔决定复合。

本章的第一部分，将指导你改变自己的行为，以重新唤起这两种信任。本章的第二部分，将驳斥某些破坏你增强信任能力的常见认知观念。第一部分将改变你的行为，第二部分将克服你对改变的抗拒。通过这两个步骤，你将大有可能放下外遇事件的影响，重建一段爱的关系。

第一部分：改变你的行为

如果你想改变自己对待伴侣的行为，那就可能要时不时地表现出比实际情况更加有爱、更加宽容、更有安全感的样子。如果被动地等着感情自动回归，那就很可能要等到这段关系结束了。陷入怀疑与恐惧，可能也会导致这段关系结束。首先要用更有意识、更加积极的方式来改变你的行为，爱的感觉就会随之而来。

在以前，你可能会在夜晚回家，咕哝着打声招呼，默默地翻阅邮件，然后冲上楼洗漱或回几个电话。你当时未必是想把伴侣拒之门外——经过一天的工作，你可能只是想放松一下。但现在，在发生外遇以后，为了更好地培养夫妻关系，你需要做更多的事情。你就像是一场亲密舞蹈的编舞，需要仔细谋划你希望你们两人之间发生什么，然后采取行动让它发生。你需要表露对你来说重要的东西，要从头训练自己对待伴侣的方式，传达出这样的讯息："我喜欢你，你对我很重要。"这听起来似乎是项艰巨的工程，而事实也的确如此；但是，跟你与伴侣斗来斗去所耗费的时间精力相比，这么做可能反倒要轻松许多。

夫妻可以做很多事情来恢复信任。我觉得可以实用地把这些事情分为两类，我将其定名为低成本行为与高成本行为。[1] 正如你可能猜到的那样，低成本行为对情感上的要求比较低，所以通常更容易做到。高成本行为则需要付出更大的牺牲。

低成本行为

下面列出一些建立信任的低成本行为，这些可能是你希望伴侣做的。其中有一些，你的伴侣可能已经做过了；其他一些，你的伴侣可能很少或从来没有做过。以这些行为为基准，把你希望伴侣做的列出来，并写在第 183 页“信任建立表”[2] 的中间栏。

如果你是受伤方，你要让伴侣做出一些行为，让你多感受到一些关心与欣赏，让你更有安全感（例如：“如果你偶遇那个外遇对象，你要告诉我”；“要不时地向我表达爱意，但不要用性挑逗的方式”）。如果你是不忠方，你要让伴侣做出一些行为，让你确信，你为恢复信任而做出的种种努力是有用的（例如：“如果你对我们的未来更乐观了，你要告诉我），以及让你确信，伴侣正在努力解决你对家庭的不满（例如：“我需要独处一会儿，你理解一下”；“如果你喜欢我和孩子的互动方式，你要告诉我”）。确保处理好夫妻关系的方方面面——沟通方式、闲暇安排、财务安排、性生活、照顾孩子及其他家庭成员、个人习惯等等。你要求伴侣做的许多行为，伴侣可能也会同样要求你。

下面列出示例清单：

- “如果你要出门旅行，把准确的行程安排告诉我。”
- “出门的时候，尽量不要在外过夜。”
- “如果你偶遇或听闻到那个外遇对象，要告诉我。”
- “你觉得我哪里吸引你了，要告诉我。”
- “我在哪方面让你感到性愉悦，要告诉我。”
- “如果你为我感到自豪，要告诉我，并告诉我为什么。”
- “白天的时候，要给我打电话或发短信。”
- “告诉我你的感受——跟我分享你内心深处的想法。”
- “如果你对我们的未来感到幸福，或者更加乐观了，要告诉我。”
- “按时下班回家，跟家人一起吃晚饭。”
- “多花些时间放在前戏上——亲吻和爱抚。”
- “你白天有什么烦心事，要告诉我。”
- “你白天有什么高兴事，要告诉我。”
- “我说话的时候，你注意力要集中；我们交谈的时候，你不要心不在焉。”
- “如果你觉得我让你失望了，要告诉我。”
- “愤怒的时候，试着放下，回到我身边来。”
- “陪我去上一次按摩课。”
- “在卧室以外的地方，也要表达你的爱。”
- “把（你带那个外遇对象去过的）那间卧室的家具换成新的。”

- “把你的感受直接告诉我。不要做闷葫芦，不要不理不睬，也不要咄咄逼人。直接说观点，不要故作幽默，也不要阴阳怪气。”
- “要问我的感受，不要从我的行为主观判断我的感受，也不要自以为明白我的感受。”
- “我难过的时候，要抱紧我，表示理解我；不要放弃我。”
- “为我们规划好周末生活，要有趣，要有新意。”
- “如果你对我说话的时候语气轻蔑、伤人自尊，尽快道歉。”
- “如果你对我们在一起没有安全感，要告诉我，而不要自以为我在欺骗你。”
- “跟我一起阅读有关改善夫妻关系的自助书籍，并一起讨论相关内容。”（推荐书目：B. Janet Hibbs 的 *Try to See It My Way*，[3] David D. Burns 的 *Feeling Good Together*，[4] 以及 Harville Hendrix 的 *Getting the Love You Want*.[5]）

列出愿望清单时，要确保：

1. 尽可能采用正面的、具体的表达方式。不要列出一连串抱怨。如果你只是记录伴侣的某行为会激怒或伤害你，那就没有把你想要的东西表达出来，而且必然导致伴侣产生防御心理。你要专注于你想让伴侣做什么——专注于那些能让你们变得更加亲密的可见具体行为。例如，不要提出某个笼统或消极的要求（比如，“控制欲不要那么强”），而要采用正面、具体的措辞，明确告诉伴侣你到底要什么（比如，“有时也要按照我的日程来安排事情，哪怕非你所愿，也要大度地接受”）。

2. 尊重伴侣的要求，这对伴侣来说很重要。每个人的愿望清单都是极度个性化的；让你感到安慰的事情（比如，“白天给我打电话，在意我的感受”），有可能只会惹恼伴侣。伴侣要求你做出的改变，你可能觉得很无聊、没必要，但这对你的伴侣来说很重要，你要对此表示尊重。

3. 在不同的日子里回应不同的要求。选择回应要求的时候，要有所变化。不要只重复回应那一两个要求而忽略其他要求。记住：你们每天为对方做的点点滴滴、充满关爱的小事，会给对方带来大有不同的感受。反之亦然。

4. 把愿望清单放在醒目处。把愿望清单设置到你的电脑主页上，贴到橱柜的门里，或者放到其他容易看到的地方，时时提醒自己去满足对方的要求。

5. 每次伴侣满足了你的要求，你要在“信任建立表”上记录日期。这个做法似乎带有强迫性，但通过承认伴侣为取悦你而有意作出的努力，你是在鼓励伴侣，伴侣也更有可能会继续努力。这个做法还可以纠正一种所谓的“选择性消极关注”的认知错误，即总是执着于消极面，对积极面视而不见。人们往往习惯于把糟糕的时刻记得栩栩如生，却不记得美好的时刻；当一天结束后，往往对那些失望的瞬间、不信任情绪升起的瞬间记得更牢，却不记得那些增益幸福感的瞬间。然而，通过记录伴侣正在做出努力的日期，你是在提醒自己，改变是有可能发生的。如果你对你们能否取得进展感到绝望，并且认为“我是唯一正在努力的人”，或者认为“我怎么做都没用——永远也得不到原谅”，你只需回头看看这张表上记录的日期，对照现实情况检查一下，就会更有感激之心，更加充满希望，也更有耐心走下去。

6. 先按伴侣的要求去做，不管自己对未来是否有希望。有时候，两个人似乎不可能和好了——这时你看着你的伴侣，心中想着：“你真能改弦更张，让我再爱你吗？又或者，你真能改弦更张，让我再次感受到你的爱吗？你是真的关心我？又或者，你没有心，只是在做做样子？”

这种时候，你要坚持住。你的这些怀疑，有可能来自你自己的恐惧和不安，也有可能来自你的伴侣——他/她和你一样害怕，一样感到受伤，于是暂时无视你的需求，以试探你重归于好的决心，试探你所做承诺的力度。如果你因为伴侣放弃而放弃，那么你就给了对方将分手归咎于你的机会。如果你继续做到伴侣的要求并且不再出轨，那么你的伴侣将被迫面对自己内心的挣扎，而不是来找你的茬。

7. 你们在更加了解自己，更加了解自己要什么才会有安全感和被爱感之后，应当在愿望清单上增加新要求并做讨论。玛莎的丈夫带她去参加公司聚会，从上第一道开胃菜的时候，他就把玛莎丢在那里，整个晚上几乎没跟她说一句话。第二天，玛莎在自己的清单上加了以下要求：“我们一起出去时，你要不时地跟我互动。如果你对我有爱，请搂着我或者握着我的手。你要把我介绍给你的朋友们，这才能让我觉得你为我而自豪。”

信任建立表

（甲方姓名）今日完成							建立信任的行为	（乙方姓名）今日完成						

一旦你更有意识地跟伴侣互动，你就会发现伴侣还有哪些行为让你高兴，还有哪些行为让你不安。把这些行为补充到清单上。你越能把自己在意的事情告知伴侣，就越有助于对方让你感到幸福。

让我们看看阿琳和蒂姆，看看他们是如何利用低成本行为来恢复信任的。

阿琳希望得到蒂姆更多的爱，蒂姆希望阿琳更能接受他这个人。阿琳跟一个同事睡过。她说，她不是不想跟蒂姆在一起了，只是因为觉得寂寞，觉得被蒂姆忽视了，才做了这件事。阿琳列出的低成本行为很简要，但切实地告诉了蒂姆如何去做，才能让她更多地感到蒂姆的关爱。

- “对我说话的时候，要面带微笑、全神贯注。”
- “对我说话的时候，要语气温暖、充满爱意。”
- “邀请我一道参加娱乐活动；提前制订计划，这样我才能心中有数。”
- “我们走路的时候，要牵着我的手。”
- “对我有爱意的时候，要告诉我。”
- “要告诉我，为什么爱我。”

蒂姆列出的低成本行为也很简要，但表达了他想做真实自己的需要，用他的话说就是“在我们的关系中，我要有空间成为我自己。”

- “我安静的时候，你可以问我在想什么；不要以为我在逃避你，或者对你有什么意见。”

- “我周末有几个小时要在办公室加班，请你理解。”
- “你要知道我说话比你慢，别打断我说话。用你的话复述一遍我的观点；让我愿意说出心里话。”
- “对我感兴趣的东西，比如政治，你要表现出有点兴趣的样子。”
- “多做点事情，以分担生活成本和居住成本。”

蒂姆和阿琳列出的希望清单，以及你和伴侣的希望清单，都不应看作对夫妻双方的强制性要求——因此，你尽管写下你在意的东西，不要有什么顾虑。讨论一下你需要什么，以及你期望什么积极的效果。一旦搞清楚伴侣的需求，试着尽可能地坚持做到，用你知道管用的方法去做到。在做出选择的十字路口，我建议你问问自己：“平时我一般怎么处理这种情况？我处理问题是什么模式？这种模式引起了伴侣的什么反应？如果我改变行为模式，会发生什么情况？”

后来，蒂姆和阿琳在一家餐厅吃饭，蒂姆不开口说话，顾自沉浸在自己的世界里，阿琳又跟往常一样想发脾气，这时她按捺住怒气，问自己：“蒂姆列出了希望清单，我能做点什么，他才会觉得自己更被我接受呢？他现在的行为，我是不是想多了，以为他是针对我？”于是，阿琳没有责备蒂姆，而是拉着他的手说：“你好像在想什么。发生什么事了？”蒂姆很感激阿琳的主动，于是告诉阿琳，他一直在留意旁边的那对夫妇，同时觉得自己是多么的不善言谈。他想起阿琳列出的希望清单，于是讲出了自己的真实感受，那就是：尽管没开口说话，他却感觉跟阿琳很亲密。接着，他拉着阿琳的手，吻了一下。

如果你们的感情受伤失血，低成本行为能给你们的关系输血，并很有可能迅速建立彼此的信任，让你们觉得彼此更有希望，情感关系更加紧密。可惜的是，对于受损严重的夫妻关系，这个低成本行为疗法还很不够，其效果往往在几周内就会消退。一方面，你们要继续做这些低成本行为（它们就像是启动器，先启动你们的关系，让你们再次相信彼此）；另一方面，如果你是外遇的不忠方，你必须准备好做出更多的牺牲。

高成本行为

正如我们在第一章中看到的，外遇一旦曝光，想要恢复关系，受伤方承担了超出其该承担的压力。虽然双方可能都在挣扎着想理清事态，但如果你是受伤方，那你几乎总是背负更多情感压力的那一方。这个时候，你要把控自己的执念；即便面对被拒绝的痛苦时想要嘶吼出来，你也要努力平息内心的愤怒；你要找回失去的自我；你的行为方式要能吸引你的伴侣；你要冒险重新依赖伴侣，重新与其建立亲密关系；你要原谅自己，还要原谅伴侣。

相比之下，如果你是不忠方，则往往倾向于结束这段关系。你都已经坦白了，都已经发誓要忠诚了——为什么，你在想，伴侣现在还是不信任你呢？一般情况下，既然认错了，你就觉得释然了，觉得干净了，准备继续生活了。你甚至会因为有过外遇而觉得自己是有吸引力的，所以情绪高昂。简言之，要伴侣信任你、原谅你，这合乎你的心意；而不信任你、不原谅你，至少不要太快地信任你、原谅你，则合乎你伴侣的心意。

因此，你们双方都需要做一些低成本行为，分担责任，把出了问题的婚姻关系纠正过来。而高成本行为则是不忠方要做的事，而且要独自承担。这些行为是你牺牲自己来送给伴侣的礼物，是表示忏悔的自我惩罚，用以弥补你已造成的伤害，用以重新平衡你们的关系。只是嘴巴说“亲爱的，相信我，我就在这里，不会走的”，这是不够的。你必须用做出“昂贵的”大动作来证实你的话——换言之，你要做出真正的牺牲，做出可能会让你感觉很不舒服、难以承受的牺牲。

高成本行为不应随意规定，也不应带有惩罚目的。高成本行为是伴侣向你提出的具体行为要求，或者你主动做出的承诺，以使伴侣相信你不会再次出轨，以及在这段关系中的投入不是愚蠢地浪费时间。

这里列出一些例子：

- “不要跟外遇对象的亲朋好友联系。”
- “从外遇对象所在的俱乐部或社团里退出来。”
- “把你的部分资产转到我的名下。”
- “把你的部分资金存入共同账户。”
- “把你的秘书（外遇对象）给别人当秘书；如果做不到，那就换个工作。”
- “跟我来个浪漫的假期旅行。”
- “为我支付读完大学的费用。”
- “你的银行月对账单、信用卡账单和电话账单，都要拿给我看。”

- “接受心理治疗，跟我商讨生孩子的事宜。”
- “尽一切可能戒毒、戒酒（去住院戒瘾所或定期参加互助组）。”
- “跟我搬到其他城镇。”
- “接受心理治疗，弄清你父母不忠对你的影响。”
- “跟我一起接受夫妻关系治疗，弄清外遇到底对你、对我以及对我们的关系产生了什么影响。”
- “当着治疗师的面，回答我所有关于你外遇对象的问题，这样我才能更加确定你在说实话。”

高成本行为和低成本行为的区别完全是主观的，每个人的判断标准不同。你觉得容易做到的事情（“把汽车登记在我的名下”），别人可能会觉得带有威胁成分，会损害其利益。你要采取的特定行为有多必要，部分取决于外遇事件的具体情况。假如你的妻子每周应酬的花费从个人账户开支，那么你可能就有必要要求查看她的银行对账单和信用卡账单。假如你的丈夫跟他的秘书有染，你可能有必要要求他换工作或换秘书。

如果你是不忠方，你可能会觉得特别难以完成这些高成本行为，因为这些行为威胁到你的自我意识（取决于你的收入或职业）。但为了你们的关系，你可能要做出妥协。我们来看下面这个案例。

罗伊是一个郊区小镇的知名律师，他经常跟酒吧里的女人搞一夜情。一天晚上，他的妻子芭芭拉提前回家，把他和他最近刚找的女人捉奸在床。她把这件丑事告诉了自己的一个朋友，这才发现镇上每个人都知道她丈夫喜欢玩女人——邻居们、她最常光顾的餐馆老板，甚至还有她儿子都知道她丈夫经常搞一夜情。芭芭拉告诉我："我难堪得没法面对他人，简直不能想象还要生活在这个镇子里。"

对于控制自己的性瘾，罗伊看上去表现得很真诚，他开始接受个人心理治疗和夫妻关系治疗，以证明自己的意愿。但是，芭芭拉还是对未来感到紧张。她快接近退休年龄了，又好面子。如果家庭破裂，她觉得没法给自己创造足够的经济保障，以维持哪怕一丁点儿目前的生活方式。"万一罗伊再次背叛我，还要离开我，我该怎么办？"她问道，"万一我觉得自己必须离开他，我该怎么办？我怎么才能养活自己？"

芭芭拉考虑着手止损，结束这段三十六年的婚姻，她想让法院来做出最适当的判决。然而，他们夫妻显然都还有继续过下去的意愿。于是，我鼓励芭芭拉向罗伊坦率表达自己的焦虑，并跟他一起列出解决自己焦虑的高成本行为清单。她提的要求如下：

- "我希望他继续接受治疗。"
- "我希望他把 75% 的资产转移到我的名下。"（她需要他用这种承诺来减轻自己的经济顾虑，并让自己相信丈夫是真心想要保持忠诚。）
- "我希望他能在其他城镇找份新工作，然后我们在那里定居。"（她觉得老家的人都知道了这件事，这让自己很没面子。）

罗伊愿意继续接受治疗，他也认为自己有问题，治疗对他很有帮助。他也乐意把大部分资产转到芭芭拉的名下，以切实证明自己做出的承诺。他们找了个律师，达成了协议。

至于第三项——搬家换工作——倒是让他很头疼。他觉得这个要求提得太过分，甚至是在实施操纵。他在老家做老本行已经有点地位了，换个地方另起炉灶则意味着失去现有的地位和收入。但是他明白，如果给芭芭拉回应得太迟、答应得太少，就有失去芭芭拉的危险。他明白芭芭拉要他重起炉灶并不是想伤害他，而是想让自己重新信任他，并消除自己的耻辱感。

罗伊终于答应了，他在设法调到另一个城镇工作。但幸运的是，截至调令批准之前，芭芭拉又觉得自己能够重新融入社会，不想离开老家了。罗伊愿意放弃对他很重要的东西——不惜一切代价，就是为了让芭芭拉重新信任他——这对她来说已经足够了。他不是单靠高成本行为来恢复信任的，而是在其他行为的共同作用下，高成本行为才成为了恢复夫妻信任的桥梁。

僵局：双方无法在高成本行为上达成一致

双方无法在高成本行为上达成一致，是因为你们在心中赋予了这些行为某些意义——这些意义既与你们的童年创伤有关，也与你们的当前冲突有关。例如，你们中的某一方可能因为小时候被忽视，导致其现在习惯争夺主导权；而另一方则可能因为小时候总是迎合父母，导致其现在不愿迎合任何人。因此，一方强制性要求另一方，另一方就有可能断然拒绝。

如果你们也陷入僵局，那就要退后一步，审视一下自己的问题（已在第五章做过探讨），看看它们如何阻碍你们达成具备实际意义的妥协方案。下面让我们看看埃德和米里亚姆是怎么做的。

埃德结婚四年了，而这四年里他几乎一直在跟秘书保持着婚外情。米里亚姆发现后，埃德发誓要对她忠诚。可是，米里亚姆却认为只要他跟秘书一起共事，自己就很难相信他。

一开始，埃德采取了低成本行为。他按照妻子的要求，六点下班（外遇时他经常很晚下班回家）；换了个秘书；白天给妻子打电话说明自己的行踪；还经常邀请妻子到公司一起吃午饭。

但是，米里亚姆觉得这些行为还远远不够。她需要更有说服力的东西。她觉得，如果埃德不能避免跟外遇对象在同一家公司共事，那就应该辞职另找工作。埃德被妻子吓到了。公司刚刚给了他股份，职业发展前景稳定美好；而且米里亚姆还有身孕。现在重新找工作，显然不是时候。

他们陷入了僵局。埃德认为妻子过度紧张，不肯原谅自己。在埃德看来，妻子提出那些高成本行为既自私又愚蠢，只是为了控制他而已。他对我说："就算我满足了她所有要求，她还是不再相信我，那又有什么意义呢？"两个人互不相让。

为了打破僵局，我建议他们审查自身，找出导致自己不愿妥协的个人原因。埃德的情况是，他的兄弟姐妹都很优秀，他从小到大都处于这种竞争中，总有一种根深蒂固的不自信感。因为缺乏自信，他总怀疑自己在人才市场的能力价值。米里亚姆的情况是，她一辈子都生活在一种被侵犯感的阴影下。她告诉我："我的继父对我性骚扰，而我母亲知道情况后，还是选择跟他在一起。她选择了他，而不是我。埃德的所作所为勾起了我所有的痛苦和悲伤。我明白了：我现在要他做出牺牲，不仅是为了以此再次相信他，还是为了以此抹平我自己多年来的痛苦。"

通过反思自身的问题，他们软化了各自的立场。值此书付印之时，埃德正在找新工作，并努力摆脱人生早期兄弟姐妹竞争的阴影。米里亚姆很感激丈夫做出的巨大牺牲，她变得更有耐心，更加信任他，学着不将生活中的所有坏事都归咎于他。

正如埃德和米里亚姆的情况，你们也要去了解为什么有必要做出某些牺牲，为什么有些牺牲难以完成。你们还要弄明白这些牺牲对伴侣意味着什么，并试着互相妥协。

第二部分：克服对改变的抗拒

无论你心里面有多愿意尝试这些建立彼此信任的练习，但我可以确定的是，你还是会抵触其中某些项目。这并不是说你是个坏人，不是说你不想改善双方关系，而是你内心里根深蒂固的认知观念在妨碍你。有些认知可能会阻止你表达自己的需求，有些可能会阻止你满足伴侣的需求，还有一些可能会强迫你忽视伴侣为你做的事。让我们来看看以下九种常见的认知障碍：

1.“我没有权利要求伴侣为我而改变。”

2.“如果我说出自己的需求，这只会伤害或激怒伴侣，加剧矛盾。我还是憋着吧，这样更好一些。”

3.“我的伴侣就应该知道我要什么，不应该让我来把它讲出来。”

4.“爱不是我能求来的。如果要我求才能来，我宁愿不要。”

5.“如果伴侣并非自愿，只是为了赢得我的信任而按我的要求去做，那就没什么意义。”

6.“伴侣按我的要求去做，只是为了骗我回心转意。只要我重新信任他，一切又会回到起点。”

7.“对伴侣建立信任的行为，我没必要感谢。”

8.“既然是伴侣伤害了我（或令我失望了），那就理应他/她先做出改变。”

9.“我都如此愤怒了，不能也不该让我来做建立信任的事情。”

认知障碍一：“我没有权利要求伴侣为我而改变。”

这种态度很常见，但无助于解决问题，因为它会让你沉默，切断你与伴侣的沟通，切断你与自己的沟通。它让你无法发现伴侣对你的不满作出回应的意愿，还让你的伴侣没机会改过自新。

你要审视自己的内心，问问自己：“想要伴侣为我做点事，为什么这么难开口？这种要求是理所当然的，为什么我缺乏这种意识？我儿时想表达要求的时候，是否被家长忽视或惩罚过？我儿时的成长环境，是否教会我不要给别人添麻烦？我的父母双方，是否有一方习惯性地无视自我需求？”

我建议你行动起来，克服这种认知障碍，完整列出你希望伴侣为你而改变的清单。你可能会发现，你被自己的头脑困住了，你没必要地把自己与人隔离开来，拒绝自己想被关爱的基本需求，而且已经拒绝得太久了。

认知障碍二："如果我说出自己的需求，这只会伤害或激怒伴侣，加剧矛盾。我还是憋着吧，这样更好一些。"

不惜一切代价想要维持表面和平，这种想法很常见，但却是恢复信任与亲密关系的危险障碍。泰瑞有外遇后，就是这种想法。她之所以出轨，是因为指望不上丈夫，她在家里得不到满足，除非丈夫能戒掉酒瘾。泰瑞应该告诉丈夫这一点，但她没有，而是希望一切麻烦自行烟消云散。

随着时间的推移，泰瑞逐渐认识到，要求丈夫做出改变，这并不是对丈夫的人身攻击，而是维护婚姻关系的好礼物。她认为自己畏惧表达的根源在于自己的父亲，父亲让她从小就毕恭毕敬，如果提出异议，就会得到惩罚。她对丈夫说："我从未被父亲允许开诚布公过，但我要对你开诚布公地说，我害怕跟你疏远。可是，我却做出了不忠行为，而且还不直接告诉你我需要你做出哪些改变，这反而把你推得离我更远。"

坦诚的交流逐渐克服了对坦诚的恐惧，这让泰瑞明白，除非勇于冒着冲突的风险，否则难言重建亲密关系，也不可能得到什么解决办法。

认知障碍三："我的伴侣就应该知道我要什么，不应该让我来把它讲出来。"

这种认知会导致误解和失望，我的病人海伦就是如此。海伦的丈夫理查德在外边玩了一个多月才回来，回来后，他一直不戴婚戒。在海伦看来，不戴婚戒的含义很明显：他还在犹豫要不要复合，要让其他女人觉得他仍然单身。但是，海伦对此什么都没说，只是怒火中烧。她告诉我："他知道我很在意这个事，干吗还要我提醒呢？"

我建议海伦在低成本行为清单上加上一条，要求丈夫戴上婚戒，并与他好好谈谈。海伦这才发现，丈夫是把戒指弄丢了，还不敢让她知道。开诚布公后，他立即买了个新戒指，很高兴地戴上了。

因此，你要知道伴侣并不会读心术，你要明确说出自己的需求，伴侣并不总能预见到你的想法，但这并不表明他 / 她不爱你了。认识到这一点很重要。

认知障碍四："爱不是我能求来的。如果要我求才能来，我宁愿不要。"

让伴侣去倒垃圾或者白天给你打电话，这相对容易；让伴侣说"我爱你"，这就难得多了。

多数人都不喜欢主动要求对方表达爱意，如果自己必须要求以后才能得到，就会觉得很没面子。然而，如果你觉得伴侣主动示爱很重要，那就把这个要求加入你的清单。你只要明确表示，你希望听到真诚的爱语。你要放开手脚，想要什么就说出来。

认知障碍五："如果伴侣并非自愿，只是为了赢得我的信任而按我的要求去做，那就没什么意义。"

有的人可能会看低伴侣为重建信任所做的努力，觉得这些不是自发的爱意表达，而是为了重建关系刻意做作。"我希望伴侣不要刻意，而要发自内心。"这种态度带来的问题在于，伴侣越是努力，你越觉得对方不真诚。如果你过于重视爱的感觉而不是爱的行动，那么伴侣可能无法接近你，而在当前这个时期，让伴侣做出行动可能是唯一能让其接近你的路径。

这让我想起了我儿子麦克斯六岁那年发生的事。那天，我们去佛蒙特滑雪。我看着他嗖嗖地滑着，他的表现让周围的大人们为之喝彩，我心中顿时涌起对他的爱。八个小时后，我们把车开进自家车库，精疲力竭，浑身湿透。麦克斯还在车里沉睡。一想到我要把他叫醒，把他拖上楼，再安顿到床上，我就几乎受不了了。我还考虑了一会儿，想着要不要就让他晚上睡在车里。坦率地说，当时我累极了，都感觉不到爱了。但是，我还是强迫自己表现得很有爱，耐心地把弄醒后发脾气的孩子哄上床。回头来看，我认识到这种自我引导的爱意表达，比我那天早些时候在滑雪场上自然涌现的爱意更加深沉、更加强烈。自然涌现的情感是真实的，但来得容易，成本低廉，因为我不用付出什么代价。

只有当我们训练自己，以爱的方式服务于我们的婚姻关系时（即便我们暂时没有感到强烈的爱意），才会通过爱的真正考验。感受不到爱意，才需要做出更多行动来表现爱意。这就要求我们深入内心，挖掘内心，然后表达出对我们真正重要的东西。以持久的情感和承诺去爱，定然是很深的爱。

认知障碍六："伴侣按我的要求去做，只是为了骗我回心转意。只要我重新信任他，一切又会回到起点。"

有的人可能会怀疑伴侣的诚意，把伴侣的努力斥之为欺骗。有一个不忠方对我说："我的伴侣讨好我，只是为了引我回头，她需要我赚钱养家。"有一个受伤方这么说："我的伴侣做出改变只是为了让我接受他，他怕离婚会分割他的财产。他现在会做出改变，但时间长了就难说了。”这种态度的问题在于，它会导致你们无法和好，无法恢复如初。如果你都不给伴侣机会来做出改变、赢回信任，你如何知道这没有可能实现呢？如果你总在伴侣做出的高成本行为与低成本行为中寻找欺骗意图，你又如何获得安慰与安心呢？我这么说，并不是要你打消疑虑——这不现实——而是说，你要尽可能地不管自己的疑虑，给自己一个机会，让治愈过程起作用。

认知障碍七：“对伴侣建立信任的行为，我没必要感谢。”

有的人可能会认为，成年人具备成熟的心智，没有必要哄孩子似的激励成年人，因此他们不愿把伴侣的积极行为列入信任建立表。有一位名叫汤姆的受伤方问我：“妻子对我好了点，我就要对此表示感谢？她弄乱的东西她自己去收拾，为什么我要表扬？她又不是个孩子。既然她要表现爱意，就不应该做了事情后，还要我来说她有多伟大。”

如果你跟汤姆想法一样，你终将明白，我们每个人都需要表扬和认可；我们每个人都要知道，付出的爱被看见跟没被看见是很不一样的。如果你拒绝承认伴侣为双方关系而做出的努力，你就是在打击伴侣，打击其做出你希望的那些行为。

认知障碍八：“既然是伴侣伤害了我（或令我失望了），那就理应他/她先做出改变。”

成熟的关系是，一方在任何时候都能不计较地为另一方多做点事；而这种“你先做出改变”的态度，则会破坏成熟关系的正常互动。这种态度还会让你做出心胸狭窄、报复心强、斤斤计较的行为，让你无法实施重建信任与关爱的训练计划。拒绝先低头能满足你的愤怒感，但无法治愈你的伤口。因此，我建议你养成这么一种心态："要改变伴侣的行为，最好的办法就是先改变我自己的行为。"这个建议的实质是，你要营造出伴侣很有可能满足你需求的氛围。即便没有成效，至少你知道，自己该做的都做了。

认知障碍九："我都如此愤怒了，不能也不该让我来做建立信任的事情。"

你有时可能过于愤怒，没法做出建设性的姿态，因此拒绝宽恕对方并与之和解。

有一位不忠方问我："我感觉不到爱，感觉不到被爱，你又怎么能指望我假装出来呢？我甚至无法想象牵着妻子的手。"

还有一位受伤方说："我气得看都不愿看丈夫一眼，更别说跟他一起做心理训练了。"

你有对抗心态是可以理解的，但这对双方关系会有反效果。对抗心态可能会让你觉得自己不那么脆弱，觉得自己发怒是理所当然的，但这种心态终将断送你们有可能复合的机会。因此，我建议你退后一步，问问自己：你拒绝做心理训练，是不是出于感情用事——这是一种认知错误，你觉得自己有某种强烈的感受，就以为它一定是事实；你觉得自己对伴侣非常生气，就以为自己占着理儿。

既然你生气的时候总归觉得自己占着理儿——这是愤怒的基本特征——我建议你就别浪费时间争论愤怒是否有理了，而是问问自己："生气有用吗？生气对我有什么好处？”这种时候，别问自己的感觉，而是要问这是否有助于你们俩的共同生活——要知道，只要你带着爱意行事，就会产生爱的感觉。正如诗人兼作家罗伯特·布莱（Robert Bly）所说：“走，于是就有了路。”[6]

面向未来

你们有可能要花费一生的时间来恢复信任，但这并不意味着你们每天都要在信任问题上纠缠不休。外遇曝光后的头几年，你们的关系可能既脆弱又不稳定，但在这段时间里，你们也可以有很多安心、快乐的时光。

人与人的信任很微妙且难以捉摸，只有通过长期守信与持续努力才能赢得。请让自己勇敢起来，让自己改变。或许你只有一次机会跟伴侣一起走进疗愈过程，因此我建议你要把握住它，自信地对待它——自信地处理好伴侣的怨恨委屈，你要表现出相信你们能够重归于好，能过上比以往更加稳定、更加有爱的生活的样子。

正如我的一个病人所说：“没有亲密，还可以有信任，但没有信任，就不可能有亲密。”有了信任，才会知道：“我可以把自己交给你，是因为你不会伤害我，是因为你会支持我，支持我在乎的一切。我可以敞开心扉去爱你，是因为跟你在一起我很安心，我会被你珍视。”本章中的训练项目能够帮助你恢复基本安全感。但是，你还需要继续学习，比如：如何更有建设性地与伴侣沟通，如何恢复性亲密，如何学会原谅。本书的后续部分将带你踏上这段更伟大的旅程。

第七章

如何谈论往事

很多夫妻错误地认为，只要双方快乐地、积极地生活在一起，就能恢复受外遇伤害的夫妻关系。快乐时光对疗愈固然重要——你们要抽空一起玩乐放松——但它们无法代替倾诉痛苦、倾诉不满的需要，无法代替被倾听、被理解的需要。除非你能真心倾听伴侣的感受，除非你能坦诚倾诉自己的心声，否则你们之间的积极互动就如同在腐坏的蛋糕上撒糖霜而已。接下来，让我们回到本章的主题：如何更为亲密地交流和倾听——也就是说，你要怎么说，才能让伴侣更明白你是谁、你需要什么；你要怎么听，才能让伴侣更容易接受你并对你敞开心扉。

学习建设性的沟通技巧（本章末尾会列出几条），这不难；难处在于，你是否愿意使用这些技巧。你可能会说："我完全知道该对伴侣说什么话来改善关系，但如果我说了，那我就太贱了。"你这种对抗心理的背后，很可能藏着某些长期存在的对交流与倾听的错误认知，比如："如果我说你如何伤到我了，就会把你推得更远。"又或者："如果我倾听你说话，就会让你觉得我认同你。”你要正视这些错误认知，否则就算新学这些沟通技巧，也是船到江心补漏迟。

坦诚交流

不管是近期曝光的外遇，还是不愿深入探讨的已知早期外遇，现在是时候进行一场坦诚深入的私密交谈了。不把此事从你们俩的内心里拖出来，就永远不能给它一个体面的葬礼，而且也是时候谈谈过去的恩恩怨怨了。对有些人来讲，这意味要解开郁结，释放不被自己承认的愤怒。对另一些人来讲，这意味要放下愤怒，表达不被自己承认的悲伤、恐惧与耻辱。面对有问题的婚姻，你们都要承认自己该承担的过失。

两种无效交流方式：沉默、暴怒

在做认知管理和情绪管理时，可能有两种常见的无效交流方式。第一种是沉默——把一切都憋在心里。第二种是暴怒——无节制地宣泄情绪。让我们来看看是什么认知导致了这两种交流方式。

沉默

如果你脑子里在上演太多的对话，那很可能是因为你没跟你应该交流的那个人交流——你的伴侣。为了避免更多的伤害与失望，你选择了沉默，但沉默也会剥夺你被理解、被满足的机会，剥夺你承认错误、重归于好的机会。说出你的感受与需求，这是爱的表达，也是亲密的前奏。

用安妮·罗杰斯（Annie Rogers）的话来讲，“说出心声”不仅是很有勇气的行为，[1]还是让伴侣回归的基础。

让我们来看看令你沉默的两种常见认知观念：

1.“如果我把内心烦扰告诉你，就会让我们更加疏远。”

2.“如果我承认自己有问题，你就会看轻我，或以此责备我。”

认知观念一：“如果我把内心烦扰告诉你，就会让我们更加疏远。”

受伤方

伴侣的回归让你很高兴，为了不会再被抛弃，你愿意做任何事，即使这意味着压抑内心的愤怒与烦扰。然而，被压抑的问题不会自动消失，反而会侵害你们的关系。

一位受伤方说：“于我而言，如果要我对霍华德再有亲密的感觉，我们的婚内状态就必须有改变。我要的不仅仅是安全感了。我要做回我自己，就是说我要开诚布公地说出我的感受。但是，霍华德不想跟我交流，我又怕他生气。他跟我讲：‘过去的都已经过去了，现在是现在；我只想继续过下去。’他都这么说了，我就没坚持了。可是，就这样我们也过不下去啊。”

还有一位受伤方对我说：“乔的外遇结束一年后，我听说他那个女朋友生了个孩子。从那以后，我一直偷偷从我女儿那里打听她的消息，因为我女儿跟她同一个工作单位。那个孩子的父亲是乔吗？我忍不住总是想。每次我看着乔，我都很想问，但没有问。我开不了口。所以，这个问题就横在我们中间：这个孩子不是他跟我生的，这个孩子是不是他跟她生的？”

如果你想疗愈自己、原谅对方，就必须让伴侣明白你遭到了多深的伤害。要做到这一点，你必须跟伴侣沟通此事，告诉对方此事对你最深层的自我意识造成了怎样的影响。请参阅第一章中列出的九种失落感，并跟伴侣讨论你在得知外遇事件后的体验。不要为了报复或为了撇清自己的责任而对伴侣发火，要让伴侣看到你内心所想，以迈向双方的和解。当伴侣感受到你的痛苦了，你就把痛苦放下吧。

不忠方

为了避免冲突，你可能会保持沉默，但你要知道，和平与亲密是两回事。把不满藏在心中并不是爱，对婚姻也没有保护作用，只会导致你们可能再次遭遇背叛。如果你是在等夫妻关系稳定点再说出来，我觉得你还是算了吧；对于这种事，时间的流逝不会让你的任务变得更轻松。现在就把心事说出来，否则肿瘤只会越长越大。

在发生外遇之前的几个月里，瓦妮莎过得很痛苦，但她什么也没跟丈夫说。相反，她还语气生硬地要丈夫跟她一道出门购物、办事。她的丈夫没有意识到婚姻里积累的危机，礼貌地拒绝了她的请求。瓦妮莎本应该告诉他：“哎，我很孤独。我要你多陪陪我。你只顾着工作，给我的感觉是我跟你一点关系都没有。我是说真的。听到没有？”如果他还不明白，那就告诉他：“我想搞个外遇。我觉得，我对男人还是有吸引力的”。或者：“我在想要不要跟你分手。我这么说可不是为了威胁你，而是想我们处得好一点。”

如果瓦妮莎能更早更直接地袒露心声，也许就不需要去找外遇了。不过，她很难做到这一点。她这辈子已经习惯了把自己的不满憋在心里。“沉默是金”“别找麻烦”“不值得吵”“时间会冲淡一切”——她从小受这种话的教育。但没有人告诉她：“没有矛盾，也就没有亲密；要直面自己的不满，否则你将一无所有，只有虚幻的安宁。”

认知观念二：“如果我承认自己有问题，你就会看轻我，或以此责备我。”

受伤方

因为是你受到了伴侣的背叛和伤害，所以你可能很难承认自己在此事上也有责任；但若承认自己有部分责任，至少在一定程度上有，你就可以从受害者的角色中解脱出来。与其被动等待伴侣做出改变，你倒不如主动做出改变，事情可能就会大有改观——认识到这一点，你就会充满力量。

不忠方

你可能同样不愿意承担责任，但你的伴侣需要知道的是，你已经懂得并后悔自己造成的伤害。如果你以自我为中心，对伴侣感受迟钝，或者对其抱有不切实际、要求过高的期望，超出其责任与能力范围，那么，现在你就应该承认错误并表示道歉了。你要记住：如果你想送给伴侣一份最为珍贵的礼物——让伴侣相信你不会再次出轨，那你就要愿意深入探究自己，直面导致外遇的个人原因，并坦诚负责地予以承认。

下面是我的一些病人开始治疗时讲过的话，你不妨看看其中有没有跟自己想法一样的：

- “事业刚失败的时候，我崩溃了。我觉得非常丢脸。”
- “妈妈去世的时候，我不知道怎么才能接近你，告诉你我有多么痛苦与孤独，告诉你我有多么需要你。”
- “就像我一直不能面对父亲的愤怒，我也一直不能面对你的愤怒。我很懦弱，任你糟践。所以，我恨你，毕竟恨你比恨我自己还要好受点。”
- “我一直觉得自己没有魅力，不够性感，也不聪明。有其他女人来献媚，我才觉得舒服。”
- “坦白地说，我不知道自己为什么有外遇，但我会接受治疗，我会找到原因并告诉你。你有让我幸福的部分义务，但没有义务让我保持忠诚。这件事情我自己会做到的，我保证。”

你们可能都不愿吐露自己深感后悔、深感羞愧的事情——你们认为一旦吐露了，你就不那么可爱了，更容易遭到对方攻击了。但是，情况往往恰恰相反。

我还记得自己在读五年级的时候，就多么痛苦地学到了这一课。对了，当时我以为不忠的意思是不能生孩子。那时候，我刚配上第一副眼镜。我戴着眼镜参加一场过夜睡衣派对，父母叮嘱我别弄坏眼镜。我照做了。但到睡觉的时候，地下室的地板上都铺着毯子，我找不到可以安全地放眼镜的地方，所以我把它塞到自己的枕头下面，以为这样就不会有人踩到。但我错了。第二天回到家，我担心父母会生气，又怕承认自己做事愚蠢，所以我装得轻描淡写。我一进门就大声叫着，“你们绝对想不到发生什么了！你们说对了！”接着，我就举起碎了的镜片。我的父母当然发火了——不是因为眼镜坏了，而是因为我漫不经心、不负责任、傲慢无礼的态度。如果我能表现出真实想法，那就应该对他们说：“眼镜坏了，我很难过。我真的很小心了，但我判断失误。我知道它很贵，对不起，我把它弄坏了。”我相信，这么一说，他们肯定会原谅我的。

坦诚和反省可以消除敌意，让你在伴侣眼里看起来更可爱，更有人情味。坦诚和反省还能让伴侣减少抵触心理，更有意愿面对自己在外遇事件中的责任。你越是责备伴侣，伴侣越不愿承担责任。你自己要敞开心扉，同时也要请伴侣开诚布公。

暴怒

沉默是把不满向内隐忍，暴怒是把情绪向外宣泄。正如沉默的背后隐藏着某些认知，暴怒的背后可能也有某些不良认知，正是它们在允许你不加节制地发泄怒火，实际后果是，伴侣要么对你置之不理，要么对你奋起反抗。让我们来看看其中几条：

1.“我要发泄。压抑情绪对身体不好。”

2.“除非我发火，不然你不会听我的，也不会理解我的痛苦。”

3.“我就是这种人。”

4.“发了火我才舒服。”

认知观念一：“我要发泄。压抑情绪对身体不好。”

有些心理治疗师仍认为，把情感不加节制地表达出来就是宣泄——这有点像放血疗法，通过语言排出困在心中的有害情绪。但是，现在多数心理治疗师认为，这种无情且无节制的发怒只会带来更大的怒火，发火的一方是这样，受攻击的一方也是这样。[2]

我不是建议你一直放低声调说话，也不是说发火总是不好、总是不对。假如你明明在生气却表现得笑容满面，伴侣也无法明白你的感受。然而，没完没了地生气总是令人不快的。你可以调整声音大小、注意说话用词，这样你的伴侣就没理由不听你说话了。也许你确实需要先释放愤懑情绪，才能生发更多的爱意，但只要注意方法，你完全可以避免在此过程中制造出更多的愤懑来。（本章末尾会列出一些建议。）

认知观念二：“除非我发火，不然你不会听我的，也不会理解我的痛苦。”

你可能不自觉地认为，会哭的孩子有奶吃，大吵大闹才能引起注意。也许你的想法没错——你的伴侣可能不愿关注你，除非你咆哮如雷了，他 / 她才会听你讲话，但也因此会把你视为不可理喻的疯子。在这种情况下，你的怒火没有合适的发泄口，必然会导致你更加愤怒。

又也许你想错了——即使你的怒火引起了伴侣的注意，也只会令其离你而去，让你比以前更加感到孤独、更加没人支持。而你如果不发火，就这么平静、坦诚地说话，你的伴侣可能会听得更加仔细，更能感受到你的痛苦或不满。

玛莎的丈夫有外遇，她本想对他发火："你这自私自利的猪，就因为你，我可能得了要命的病。你谁都不关心，你就关心你自己。"但她没说出口，而是这么说的："我对自己的身体很不安。你做的事情都要把我逼疯了，你知道吗？你有可能让我染上艾滋病了。我无法想象，你到底觉得有什么能如此重要，都让你不顾及我的生命了。"

认知观念三："我就是这种人。"

你可能坚称自己是一个"很情绪化的人"，说话风风火火。可是，给自己贴上这类标签，只是为自己的错误行为做辩护，为你歇斯底里的怒火找理由。如果你还想让别人明白你的内心想法，就不要躲在这种错误认知里，用这个廉价好用的借口说你无法改变自己。

认知观念四："发了火我才舒服。"

很多人一旦开始争吵，就一发不可收拾，觉得自己必须发泄得心满意足才会停止。这种想法会导致双方战斗结束后，你还在那里恋战，不肯从中走出来。这种做法的问题在于，它可能导致你的伴侣产生挫败感，对你产生防御心理，不愿承认你说得有理，不愿跟你继续讨论。如果你想要别人听你的想法，那就要看对方懂了没有，懂了就立即打住，不管自己有没有说满意。不要以为唠叨不休或者再说一遍就能把你的观点讲清楚。否则，你更有可能会遭到对方反呛，或者把对方说跑了。

提醒一下：外遇引发的愤怒有可能导致暴力行为，或许是针对伴侣，或许是针对你自己。有些人，甚至是那些从不动手打人的人，都有可能无法自控，做出令人震惊、危及自身的行为。

托本有了外遇后，他和凯西都无法理智地交流此事。一天晚上睡觉前，凯西情绪激动，歇斯底里地说要自杀。托本在负罪感的支配下，拿起一把刀抵着自己的喉咙，对她说："杀了我吧，我是坏人。"凯西僵直着身子走进洗手间拿安眠药，托本猛地把一个盘子砸到了地板上。一片碎屑飞到了他的脸上，划破了他的嘴唇。他们愣住了，互相对视，一言不发，都在想："上帝啊，我们在干什么？我们这都怎么了？"

这些突发事件看似极端、异常，却在外遇事件后的夫妻关系里经常发生。当你觉得情绪纷扰、自我意识受创、家庭关系破裂时，你必须学会识别暴力行为升级的早期迹象，在夫妻对抗失控之前抽离战场。不要酒后跟伴侣起争端，酒精只会加剧你们之间的敌意。不要威胁对方说要离婚，你们的关系太脆弱，经不起这种恐吓。如果发现自己的情绪上来了，就提醒自己，你此时可能没有很好的沟通技巧，没有很好的自我控制能力，无法驾驭"不忠"这样容易引发激烈争吵的话题，不管是什么令你烦恼，你都要先退一步，让自己冷静。你要暂时休战，可以这么说："我觉得我们的情绪都上来了。先到这儿，我们晚上五点再多聊聊吧。我真的很想听听你要说的话。"

双方同意休战很重要，约定具体时间再谈也很重要——这样一来，正在发火的人就不会觉得自己被拒绝了。

过往的经历如何影响现在的交流方式

想搞清楚你为什么会沉默或暴怒，可以回顾一下儿时你的家人是如何与你沟通的，他们彼此是如何沟通的。你表达自己的方式，就是从这些互动中学到的。这里列出一些例子：

- 父母总是互相大吼大叫，所以你从小就害怕与人发生冲突。
- 兄弟姐妹争强好胜，所以你学会的是，如果要让别人听你的，只能大喊大叫。
- 母亲个性谦卑，所以你学会了压抑自己的需求。
- 父亲暴躁专横，所以你学会了骂回去。
- 母亲喜欢批评人，所以你学会了忽视自己的心声，拣着别人爱听的说，以赢得外界的认可。
- 父亲不管孩子，所以你学会了用唠叨、尖叫或哭泣的方式，获得外界的关注。

你如今跟伴侣的交流中，很可能有童年经历的影子及心理影响。例如，如果你在成长过程中觉得被人误解，那么你现在可能会压抑你的需求，并认为伴侣不理解你。如果你在成长过程中觉得无人支持自己，那么你现在可能遇事就大喊大叫，并认为伴侣不听你的。

打破一生以来养成的思维模式似乎很有风险，仿佛在无保护的水域游泳。但是，投入进去，你就解放了自己，让自己以更亲密的方式与伴侣互动，让伴侣听到你的心声，让伴侣认真对待你的需求——或许，你以前还从未这样做过呢。

这里有两个截然相反的案例。一个案例是柯蒂斯，他在沉默中无法自拔。另一个案例是萨拉，她不再沉默，而是努力地克服它。

案例一：柯蒂斯和爱丽丝

柯蒂斯和爱丽丝带着一种不良沟通模式走进了婚姻。这对夫妻很般配，双方都配合对方扮演好各自的角色，直到柯蒂斯有了外遇。

柯蒂斯的父亲很强势，家里的事都由父亲做主，家里没有矛盾，至少表面上看风平浪静。即使柯蒂斯心里有气，也不跟任何人说，都闷在心里。跟爱丽丝结婚后，他和儿时一样，也是压抑着自己，对外表现得你好我好大家好。他迎合妻子，一如他迎合父亲，他的这种模式也让妻子忽视了他的内心需求。在他的婚姻生活里，似乎也没有任何矛盾。

爱丽丝的父亲也很强势，但她从不顺从他，而是立即以牙还牙。她和父亲经常吵架，而且吵得很凶。走入婚姻后，她落入了她父亲的角色，经常大骂柯蒂斯，骂他为人懦弱，做事优柔寡断。她开始鄙视他，因为他都不敢反抗她。

结婚二十年后，柯蒂斯搞砸了一笔大投资，爱丽丝带着轻蔑辱骂了他。柯蒂斯什么也没说，但积压多年的怒火终于让他离家而去，搬出去跟自己的会计同居了。两个月后我见到了柯蒂斯，他还为爱丽丝不支持他而愤怒。他对我说："我一辈子都在迎合她的情绪。可我就要她支持我这么一次，她都不给。"我向他指出，他们夫妻在一起的这些年里，他从未向妻子发出警告说自己不幸福，从未要求妻子对此负责，也从未要求妻子改正态度。他从未对妻子说过："听着，我现在需要你的支持。我是一直都在支持你。如果你没有同情心，没有人情味，不支持我，那我就离开你了。"我问他，这么多年来，他已经教会了妻子无须支持他，现在又怎么能指望她改变行为方式呢？

柯蒂斯本来仍有机会对爱丽丝敞开心扉——因为爱丽丝已经深深后悔自己的待夫之道，并希望丈夫回家——但他还是跟往常一样沉默，继续把自己的需求埋在内心不说出来，因此两人没能复合。

案例二：萨拉和约翰

萨拉的结局要好一些。萨拉的母亲患有糖尿病，父母从不关注她的需求，她自己也从不把需求强说出来。有时候，她累积的愤怒也会爆发，就像乔治·艾略特所说，"无声的另一边是咆哮"，但最后她总是为自己发火而感到内疚，然后陷入沉默。跟约翰结婚后，她仍是这种沉默和暴怒交替的模式。

约翰跟他的秘书有过外遇，外遇结束一年后，他对萨拉说办公室要开圣诞聚会，他要很晚才能回家，然后邀请萨拉跟他一道参加。萨拉很生气，她咆哮着说："你显然还在跟那个女孩来往。如果你真把我当回事，希望我参加，你就不会等到最后一刻才邀请我，明知道这时候太晚，我来不及打扮出门。"

约翰虽然觉得理亏，但还是坚持说自己忘了跟她讲，因为这个聚会对他来讲没什么意思，而且他忙于工作，就把这事忘了。萨拉有些相信他的话，但还是继续数落他。

那天晚上，约翰没等聚会结束就提前回家了，萨拉想和他讲和，但沉默的习惯让她开不了口。第二天，萨拉告诉我：“约翰跟往常一样，每次吵架后，倒头就睡。我知道，他在吵架后想睡就随时能呼呼大睡，而我就整夜睡不着觉。到了早上，我就会感觉难受，对他更是有气。我们白天谁都不先开口说话，等他下班回家，我又会疯了似的对他大喊大叫。真的，我跟他关系亲密的时候，才能安心入睡。但我习惯了沉默，不敢主动开口。我在心里对自己说：‘你这个傻子，为什么不能直接说对不起，然后要他抱抱你呢？你想要什么，又总是不敢开口——有这么难吗？跟他说话。’

“我主动跟他说话了。我转过身，可怜巴巴地对他说：‘我睡不着。我打开床头灯看会书，可以吗？’‘可以，没关系。’他说完就闭上了眼睛。

“我躺在那里，在心里对自己说：‘我简直没法相信你会这样！现在，你最不应该做的事就是看书。行动起来，告诉他你想要什么。’于是，我把他摇醒了，对他说：‘约翰，我做得太差劲了。对于我们今晚的吵架，我感觉很不好——我对我们的关系没有安全感，我很气自己找你吵架。请不要不管我，自顾自地睡觉。抱抱我。’

“约翰睁开眼睛笑了，挪了挪身子，给我让出了一个位置。他是让我靠过去。这一次，我接受了他发出的邀请。

“为自己说几句话还这么难，真是难以相信。我内心深处有东西把我封住了，我要战胜它。我这辈子一直是这样，不是沉默，就是爆发。可是，当我终于找到自己的心声，给了约翰支持我的机会时，我也就体验到了全新的自我——能更好地与人交流，能更好地互相支持。”

跟外遇对象道别

很多不忠方没有正式道别就不再跟情人见面了。如果你是不忠方，无论你出于什么理由——心中有愧、怕受诱惑、无法面对——你的伴侣都会认为，你是在犹豫要不要复合，你还在给自己留后路。这种情况可不是恢复夫妻信任的好土壤。只要情人给你写信或打电话，肯定会令你和伴侣大吵一顿。

向伴侣表达自己想要复合，你有三个好办法。首先，你必须毫不含糊地跟外遇对象道别。不要沉默或用委婉语来保护对方的自尊，不要给对方留下疑惑的想法。明确表示，你希望外遇对象去寻找下一段更有意义的感情。第二，你必须向伴侣保证永远不会再联系外遇对象；如果办不到，那就必须保证尽量少接触，尽量不要私下接触。第三，如果伴侣希望你每次跟外遇对象偶遇时都要报告，你就必须遵守；否则，如果伴侣碰巧得知真相，就会觉得你在搞地下情。

如何谈论外遇

谈到外遇事件时，受伤方要弄清自己想知道什么，不忠方则要想好怎么把它说出来。这些都是可能导致双方暴怒的问题，在谈话之前就应该想好。

受伤方

当你知道自己的伴侣在跟外遇对象分享秘密时——他们俩有共同知道的东西而你不知道——你可能难以接受，并坚持要伴侣把每一个令你痛苦的细节都告诉你。

但问题在于，当你问来的信息摆放在你面前时，那栩栩如生的画面感很可能会折磨你的内心，这与其说是满足了你的好奇，不如说是滋养了你的执念。你的痴心执念是可以理解的。但是，在你开始盘问对方之前，我建议你写下你的问题，问问自己："这些问题的答案能帮到我吗？能帮我们恢复关系吗？是会让我们捐弃前嫌呢，还是会乱上加乱？我问这些问题，是想达到什么目的？"

一位名叫特蕾西的病人对我说："杰克收集女人的黄色图片，我不介意这个。但是，当我看到他收集的肛交图片时，我就在想，他跟他那个变态女友是不是也做了这种事。我还是决定不问他，因为我不知道他回答我后，我该怎么办，毕竟一个人能接受的新东西是有限的。但是，我确实需要知道他跟我做爱的时候是否得到了满足，因为我对他喜欢的某些性爱方式还是不能接受的。"

不像特蕾西，大多数受伤方总喜欢刨根问底，导致最后还是自己难受。"你还想她吗？""跟我相比，跟他做爱更爽吗？""我们做爱的时候，你有没有想过她？""对我们的将来，你有没有疑虑？"——问这些事情都是在自戕，只是把刀子往自己心里插得更深。有什么意义呢？

如果受伤方因此被磨练成了套话专家，那么夫妻双方都是输家。三十六岁的出版编辑吉尔就是个例子。"霍华德（跟他的销售代表）外遇结束已经两年了，"她告诉我，"但我还是觉得有必要试探他。他答应过，跟她的谈话会对我如实交代。有一次，他们开过了销售会议，我去套他话。我慢慢接近他，就好像在打猎。我问他：'你最近见过珍妮特吗？'其实我知道他见过，他也承认了。接着，我在话里放了个套：'她跟那个亚利桑那州的男孩还在交往吗?’如果他答得出来，那就说明他俩的谈话超越同事关系了。可是，霍华德想转移话题。他说：‘你觉得这么个小姑娘还会对我感兴趣?我真是荣幸。’我可没打算这么便宜就放过他，就回了他一句：‘可真是啊，你就是这种人，有个小姑娘对你看上眼，你就尾巴翘上天了。’我就这么一直缠着问他，他只好举起双手表示投降，然后出门了。我这才意识到，无论他说什么，我都不放心。无论他有没有再犯事儿，我都想试探他。”

我能给出的最好建议，就是你要把注意力放在你们的关系上，而不是外遇对象身上。你要试着这么问：“你要我做什么，才能感到更多的关爱?”“在我们这段关系中，你有什么缺憾吗?”“你喜欢我怎么抚摸你?”——这些问题可以帮你忘掉外遇，不再执着于那个外遇对象。

有一位病人名叫安，她就体会到了这一点。她告诉我：“当我得知弗兰克有了外遇时，我想冲进那个贱货的办公室，把她对我的羞辱如数奉还。我想当着她所有客户的面，骂她是个臭婊子。但我还是决定不自降身份了，我给她写了一封信。我想让她知道，我是个有真情实感的人，她的所作所为是不对的。信写好了，但我没发，因为从事实来讲，问题不在她那儿，从她那里入手也解决不了问题。无论她是否理解她对我做的事，甚至无论她是否在意我的存在，这都无助于我，也无助于我的婚姻。”

不忠方

在我看来，在回答有关出轨对象的问题时，有权决定需要披露何种信息的人不是你，而是你背叛的这个人。伴侣想知道什么细节，你就应该回应什么。如果你试图隐藏真相、淡化真相以照顾伴侣的感受，伴侣就很可能认为你想掌控局面，逃避责任，或者蒙混过关。你可以告诉伴侣，得知真相没什么好处，反而会带来伤害，但你别指望伴侣会听你的建议或者相信你的话。

当然了，尊重伴侣的意愿来回答问题，并不意味着你就可以任性地说些残忍的话。你的用词要谨慎，你的反馈要表明你们的关系在朝积极的方向走。如果你的妻子问："我做爱有那个人好吗？"如果你只是回答"没有"，这不但没好处，而且很无情。但是，如果你回答"跟我们这几年的情况相比，跟她做爱是好一些，但那是因为不伦带来的刺激，而且有时我觉得你不想跟我做"，这样便完全可以说明情况。

如何用心倾听

用心倾听的意思是，搁置自己的感情和想法，走进伴侣的世界，从伴侣的角度来看待自己和外遇事件。这就意味着你需要不带防御心理、不带对抗心理地问自己："伴侣想要向我传达什么信息？这个人想让我明白什么？"

若要真正听到伴侣的心声，你就不要把伴侣看作敌人，而要视之为一个可能也处于痛苦之中的人，他 / 她想给你的信息不是"你很差劲"，而是"你对我很重要，我需要你的理解"。你可能要提醒自己，在某种终极的意义上，你们要讨论的不是外遇的真相，而是你们对外遇的看法有何不同。伴侣看待事情的角度可能跟你不一样，但如果你们想要变得更加亲密，那么你就必须学会倾听。

有一位名叫玛莎的不忠方，她发现自己无法自然而然地进入伴侣的内心，但她还是努力训练自己这样去做。当丈夫鲍勃对她说，“我根本感受不到你的爱”时，她的第一反应是要反驳，“你说什么！我都为你做了那么多！”但她忍了回去，试着理解他的痛苦，并表现出关注。她说：“听你这么说，我很难过。我做了什么，让你有了这种感觉？”这时她在心中告诫自己：“要让他说话。他是在表露对他重要的事情——也许跟你有关。你认为他的说法是对是错、是公平还是不公平，这不重要。如果你想接近他，就要倾听，就要试着体谅他说的话。”

想让伴侣知道你在用心听，方法有很多种。在此我特别推荐两种：复述反馈法、宽慰安心法。

复述反馈法

夫妻争吵时，往往他们自己都不知为何而吵，或者还没弄明白对方的意思就立即争了起来。复述反馈法可以帮助听话的一方听清楚对方在说什么，帮助说话的一方感受到对方真的在听。

下面我们来看看如何运用该方法。如果你们讨论某个话题时，其中一人开始生气不安，另一方就应暂停讨论，双方都向对方反馈自己听到的信息。这就是说，你们双方都要停止强迫对方接受自己的观点，并试着用心进入对方所感知到的世界。实际上，假如你想复述对方所说的重点信息，内容也好，意图也罢，你可以这么说，“所以，这就是你想让我理解的是吧。”接着，对方会根据其感受，对你理解的充分程度打分，分值从 1 分到 10 分。达到 9 分就算通过。如果没通过，对方就再重复一遍你没听明白的信息，这时你要努力“捕获”该信息，如有必要，重复多次，直至对方满意。如果刚开始没听明白，导致对方给你的评分不高，你不要感到屈辱或心情沮丧。还有一种常见的情形是，你向对方复述反馈信息以后，对方这才意识到自己没把想说的表达出来；你之所以没听到该信息，只是因为对方没说。如果对方处于心烦意乱的状态，你可能还要重复多次，直至其觉得已被理解。

萝贝塔和尼尔为如何安排闲暇时间有了矛盾；他们想商量着办，但总是没法好好商量。尼尔（受伤方）总想着两人要多呆在一起，萝贝塔总想着少呆在一起。尼尔觉得萝贝塔冷漠，拒人于千里之外；萝贝塔则觉得尼尔不自信，太黏人。有一天，萝贝塔坚持独自去办事，两人顿时吵了起来。尼尔运用复述反馈法，仔细听她说话，试着把她说的内容反馈回去。他说："你希望我给你一点时间让你自己去，这并不表示排斥我，是吗？你觉得我想跟着你，就是为了监视你，这样才能确信你不会再次对我不忠，是吗？对你来说，这不是爱，而是囚禁，是吗？"

萝贝塔也倾听尼尔的话，并复述了他的看法："你想让我明白，因为是我不断地拒绝你，所以你很没安全感，而且你一直觉得我心中没有你，是吗？如果我有时请你一起出去玩，你就会更放心让我独自出去，是吗？"

他们都认真倾听了对方的话，也都感到了对方在认真倾听自己的话。

宽慰安心法

这种倾听技巧[3]旨在减少双方在争议问题上的对立感，从而有助于你们寻找共同立场。如同复述反馈法，宽慰安心法强迫自己关注伴侣说话，而不是想着如何反驳对方，以化解双方的矛盾冲突。

在该训练中，你们要轮流站到对方的立场上，找出部分真相——你真正认可的那部分——并落落大方、令人信服地接受它。

埃德跟情人桑迪外遇结束后，仍然在同一家公司上班，因此他跟妻子米里亚姆有了争执。有一天，他们夫妻俩到我的办公室做咨询，我让他们试试宽慰安心法。埃德没有为自己辩解，也没有回避冲突，而是站到米里亚姆的立场上，说出自己承认的那部分真相。他对她说："我的工作环境肯定令你特别烦恼。如果你知道我每天都会碰见桑迪，那么你就更加难以信任我，也没法不为桑迪而纠结。你希望我换个工作，哪怕收入少点，这我能理解。"

听到埃德明白自己的感受，米里亚姆好受多了，她也站到埃德的立场上看问题。她说："我知道你左右为难，又想取悦我，又怕找不到好工作。我知道，我是说了对我来讲钱不重要，但我又要花不少钱。把一份又好又稳定的工作扔掉不要，是挺难的。再找一份工作，更是耗费心神和信心。"

这次交流，对他们而言都是一个转折点。以前，他们谁都不承认对方的立场具有合理性。承认这一点会削弱他们自己立场的合理性，但同时也有助于缓解他们的矛盾，让他们成为合作者，一起解决共同的婚姻问题。

同样，你也需要知道的是，无论你们为什么而争论，伴侣的话总有一定的正确性。你要找到这个正确性，并且肯定它。你的肯定很可能会把你俩从自以为是的极端姿态中拉回来，让你们变得更加亲密。

最后，你俩都必须学会用心倾听，把伴侣的抱怨当成礼物，当成服务于你们关系的礼物。要重建关系就必须更好地了解彼此，这就意味着，你们要接受伴侣的真实感受，认真考虑伴侣想从你这里获得的东西。如果你俩能开诚布公而不总是攻击对方、防备对方，你们就能形成一套冲突管理机制，使你们在婚姻关系中感受到更多的理解与关爱。

你为什么不愿倾听？

有三种常见的认知观念可能会降低你倾听的意愿，我们这就来分别看看。（所谓倾听，我指的是用心倾听，这不仅意味着你要有听伴侣说话的意愿，还意味着你要有体谅伴侣观点的意愿。）

1. “听你抱怨，就等于承认‘你说得对’。”
2. “听你抱怨，就等于在纵容你发火。”
3. “听你抱怨，就等于说‘我原谅你了’。”

认知观念一：“听你抱怨，就等于承认‘你说得对’。”

倾听不代表你同意对方的观点；倾听只是意味着你关心对方，所以才会试着理解对方在说什么。倾听是倾听，认可是认可，如果把这两者混淆，你可能就不愿倾听，也就不知道你们到底在争论什么了。你只有倾听伴侣的抱怨，才能开始理解对方的意思，并做出合适的回应。

认知观念二：“听你抱怨，就等于在纵容你发火。”

有的人可能会担心，倾听会让伴侣更嚣张；如果你是那种害怕冲突的人，你应该是不想火上浇油的。但是，倾听可以宽慰对方。换言之，用心倾听就是将心比心，它不会加剧冲突，反而会缓和冲突。伴侣感受到你的认可和理解，可能就会软化态度，更加信任你，并以更有爱意的方式来回应你。试试吧，你可能会发现，倾听是你的一种强有力的手段。

认知观念三：“听你抱怨，就等于说‘我原谅你了’。”

有的人难以做到倾听，是因为把倾听等同于原谅了。但是，二者是不一样的。正如我所说，倾听只意味着你愿意去听伴侣口中的真相，而不是接受其说法了，也不是原谅对方，免除对方的责任了。倾听能为原谅扫清道路，但这仅仅是个起点。

过往的经历如何影响现在的倾听方式

在你成长的过程中，你已经习惯了家人以其含蓄或直接的说话方式向你传达信息。有些话滋养你的生命（比如，“我尊重你的意见”“你让我活得很有意义”“我们意见不必统一”）。有些话消耗你的生命，比如：

- “你最好小心点。”
- “你快把我逼疯了。”
- “你这个白痴。”
- “你做决定可真差劲。”
- “我受够你了。”
- “你不讨人喜欢。”

- “你都不知道自己在说什么。”
- “你应该为自己害臊。”
- “都怪你。”
- “你什么毛病？”

从某种意义上讲，你的思维已经被儿时的经历编程了。因此，如今你习惯于用这些你熟悉的，有时候还是无效的交流模式去解释你听到的内容，并由此扭曲了伴侣对你发出的信息，失去了客观的、建设性的回应能力。

五十八岁的律师乔希就是个很合适的例子。乔希的父亲很霸蛮，对儿时的他管得事无巨细。如今，妻子艾米对他说话，他从中理解到的往往是艾米在“干涉”、“控制”和“征服”他。艾米认为自己只是有话直说，是想帮他一把。比如，她会建议乔希在鸡尾酒会开始的半小时前，不要吃带洋葱馅的三明治；住旅馆时，要把电视音量调小点。她说的事情各不相同，但乔希对她话的解读总是一样。他对自己的反应也说不出个所以然来，因为他意识不到他这是在自寻烦恼；他只觉得自己受艾米的摆布，她就像他父亲似的，把他当个孩子；他只觉得要逃离艾米，自己才能让情绪恢复平衡。当然，逃避无法解决他们的婚姻问题，也无法治愈他的个人问题。

正如乔希那样，你也要意识到你的敏感处，你的信息过滤机制，你的过往伤口——不管你怎么称呼吧——这很重要，因为它们可能会导致你误解伴侣的话。你要记住，你自认为听到的信息，跟伴侣要传达的信息可能很不一样。如果你误读了伴侣的想法（比如，伴侣在生气不安的情况下说出“我不喜欢你，我要跟你分手”），你可能做出不当的反应（比如，你说那就离婚吧），从而刺激伴侣做出了符合你第一反应的事情（认为伴侣确实不喜欢你，打算离开你）。

你很容易根据自己的个人固有模式理解伴侣说的话。既然知道了这一点，你就退后一步，问问自己：“伴侣对我说的话，有没有其他意思，能不能做其他解读？我是否在刺激伴侣用我父母的模式来跟我交流，从而强化了我的童年体验？”

为了验证自己是否准确解读了伴侣的话，你可以问伴侣：“你说的话，让我有种（不被支持、被轻视、被控制的）感觉，但我也知道我很容易产生这种感觉。不知我对你的话理解得对不对？”你的询问给了伴侣再次做出解释的机会，也给了你再次敞开心扉倾听的机会。

表达矛盾与倾听矛盾的性别差异

男性与女性在冲突中的表达方式与倾听方式往往不同。虽然性别差异并不适用于每个人，但知道这些差异也许能帮助你更有建设性地与他人沟通，并容忍他人做出原本会令你恼怒不安的回应。[4]下面有几个常见的例子：

1. 女性需要情感上的支持，而男性往往给出解决问题的建议。男性认为自己出主意是出于关爱，想帮点忙；而女性通常认为男性态度居高临下，毫无同情心。

2. 男性觉得与对方共情会显得自己愚蠢虚伪。他们很难相信，只要自己倾听或同情对方，对方就会心存感激或从中获益。女性天生更能共情，她们懂得共情的价值。

3. 男性对情感冲突往往有躲避心理，因为他们会感到生理压力。男性紧张的时候，脉搏率和血压会上升（导致生理上的不适），因此他们想要逃避。与此相反，女性向对方表达抱怨时，会感到与对方的关系变得更近；如果男伴对此置之不理，她们的自主神经系统就会感到非常难受。[5] 当女性想要表达愤怒或痛苦而男伴总是逃避时，女性就会被迫做出残酷的选择：要么不管不顾地说出来并导致两人关系疏远，要么沉默地把话憋在心里并导致自我疏离。"当……女性因为伴侣有外遇、情绪上无回应、威胁要离去等情况而生气时，她可能会担心把自己的感受说出来后，会导致对方更加愤怒或兑现该威胁。"[6] 女性的沉默往往会导致精神压抑、失去自我。

如果受伤方是女方，不忠方是男方，双方沟通上的性别差异往往会更大。女性本就比男性更想倾诉痛苦，作为受伤方，女方又有更多的痛苦需要倾诉。男性本就比女性更想避免冲突，作为不忠方，男方想向前看，就这么过下去。这种沟通方式上的差异，让彼此都有挫败感，从而让双方关系更加疏远。

为了克服这些差异，双方须达成协议：男方不要回避冲突；女方不要咄咄逼人。

男方应该走进冲突，并试着理解伴侣的感受。你应该向她表明，如果她能在短时间内冷静下来，用更为平静的语调说话，你就会留下来跟她对话，并努力理解她的观点。

女方应该接受伴侣的安慰，冷静下来，精简讨论时间，以此支持伴侣做出的努力。你还应该把伴侣的建议看作对你的帮助与关爱，而不是看作对你的贬低或控制。

比尔，不忠方，在一次夫妻对话心理治疗中对我说："每当我跟珍妮特的关系开始好转，她就旧事重提，对好的一面全盘否定。我试着去倾听，但好像没什么用。过去的伤痛永远也消失不了。我们还要这么继续下去吗？"

我告诉他："你急着继续过日子，但是当你对生活表现得很乐观时，珍妮特就会感到害怕。她害怕再次受到伤害。她害怕你只是大事化小小事化了，而没有从中吸取任何教训。在她看来，你的乐观就是自私，带有操控目的——让她不给你造成痛苦就轻易原谅你。以下是我的建议：比尔，每当珍妮特想跟你倾诉痛苦时，你都要用心倾听——哪怕她要倾诉五千次，你都要用心倾听五千次。你有了倾听的意愿，她的痛苦就有可能减轻，她倾诉的需要就有可能变小。珍妮特，你不能只向比尔倾诉心中悲伤，你还要向他分享积极情绪——你体验到的任何有关温暖、关爱和希望的感觉——这样一来，比尔才会受到鼓励，明白他为你所做的那些努力是有用的。如果你，比尔，能敞开心扉，感受珍妮特受到的伤害和愤怒，而你，珍妮特，能放手让自己得到痊愈，你们俩就更能开创共同的未来。"

建议

以下是有关夫妻交流的一些建议，请牢记在心：

- 不要认为你听到的就是对方想说的。你可能只是在听你已知的信息，或想听的信息。
- 学会设想交流能否达到效果。在开始交谈之前，先想想你希望你们的关系走向何方，并问问自己："我需要说些什么，才能达到目的？"试着不要用旧有的、熟悉的模式去交流，因为那些模式已不能让你达成目的。例如，说话时不要带着讽刺的口吻，这样会让对方反感（"我猜你对我要说的不可能有兴趣吧"），而要训练自己，坦诚表达出你想缓和关系（"我想告诉你我对此事的真实感受；你要认真听我说话，这对我很重要。"）。
- 相较讨论内容，讨论方式往往更重要。你们彼此交谈时，不要忘记表达出："我喜欢你，我相信你，我为你自豪，我关心你。我愿意听你说，我在意你的感受。"
- 不要苛责对方说出的每一个字眼，要允许对方回应得不完美。当你知道对方想跟你沟通时，你要保持耐心，保持专注。要透过对方的话，听懂其真实意思。

想更有建设性地说话与倾听，是有很多沟通技巧的。《婚姻规则》[7]和《改变婚姻的十节课》[8]就给出了许多条。下面列出一些：

- 倾听伴侣说话时，不要为自己辩解（“是的，但是……”），不要贬低对方（“你真是小题大做”），不要拒绝交流（“我拒绝谈这个事”）。
- 不要谩骂伴侣；双方轮流说话与倾听。
- 让伴侣把话说完；不要插嘴打断。
- 你表达了自己的观点并得到了伴侣的复述确认后，要把该议题放下，至少要放下一会儿。
- 一次只谈一个话题。
- 说话要具体。不要说“你总是这样”或“你从不那样”。
- 可以批评伴侣的想法或行为，但不要攻击伴侣的性格（比如，可以说“你遇见了老情人，却对我撒谎说没遇见，这让我没法相信你”，不要说“你是个病态的撒谎精”）。
- 不要断定伴侣所作所为的背后动机。（最好说“我认为……”或“我的想法是……”，而不要说“你这么做的原因肯定是……”）要知道，你的认知是你的个人看法，不一定正确。要给伴侣一个确认或修正的机会。
- 如果你觉得伴侣的语气拒人于千里之外，你就说出来，要求对方用更平静或更尊重的语气跟你说话。不要一走了之，或让矛盾升级。
- 对方跟你说话的时候，你要看着对方的眼睛；专注于对方讲话。
- 如果你太忙、太累、太烦，导致自己无法专注听伴侣讲话，你要说出来，另约时间交流。然后，你得坚持把该议题聊完。

让伴侣明白你想知道什么，这很重要。以下是我的病人提出的一些常见要求，你可以据此自主加上你的要求：

- “如果你要我安慰，直接告诉我。不要以离婚来威胁我，试图引起我的注意。”
- “如果你觉得我们关系很亲密，或者对我们婚姻有了信心，要告诉我。”
- “如果你生气了，要告诉我；不要把伤痛藏着不说。”
- “不要发火，要心平气和地直接告诉我你生气的原因，或者你想要什么。”
- “告诉我你为何生气、为何烦恼，但说的时候要尊重人，不要侮辱人。”（最好说“你跟你父母交流的时候，扭曲了有关我的事实，这让我很难和他们搞好关系”，而不要说“你还是个需要依赖父母的宝宝”。）
- “跟我谈话的时候，你可以谈你自己，谈我们，但不要把那个外遇对象扯进来。”
- “我问那个外遇对象的情况时，你要坦诚，不要顾及我的感受而有所隐瞒。”
- “告诉我，你父母对你的说话方式是怎样的？他们对你的说话方式如何影响了现在你对我的说话方式？”
- “告诉我，你认同我说的哪些话？”

- “除非我主动寻求你的帮助，否则你不要以为我希望你帮我解决问题。”
- “对于你给我带来的伤害和失望，你要坦诚向我道歉。”
- “你要主动提出讨论此事，这样我才不会孤掌难鸣。”
- “对于我们之间的问题，你要承认你是有责任的。”
- “告诉我有哪些人知道了我们家外遇的事，然后跟我一起想办法阻止此事被更多人知道。”
- “不要害怕被我看见你哭泣，不要害怕让我知道你流泪意味着什么。”

坦诚交流是恢复亲密关系的必要条件，肉体亲密也是如此。性亲密有很多表现方式，不止于生殖器性交这一种。下一章将帮助你再次获得性亲密。我很理解，以你们目前的状态，你很难想象再与对方有肉体接触——要你的伴侣知道你的需求并取悦你，要你知道你伴侣的需求并取悦他 / 她。但是，既然你已经掌握了一些沟通技巧来帮助你表达自己的期望和担忧，也掌握了一些认知技巧来恰如其分地看待处理你俩之间的事情，你们就已经为重享床第之欢做好了准备。

第八章 恢复性爱

弗洛伊德曾经说过，夫妻做爱的时候，床上其实有六个人——这对夫妻，以及他们各自的父母。一方有了外遇后，就有了第七个人：不忠方的情人。本章内容会帮你们摆脱双方父母、不忠方情人的影响，让你们之间的关系变得有温情，重返性亲密。这里所说的性亲密，是指面对伴侣的时候，你们可以：

- 虽然赤裸相向，却仍有安全感、受保护感；
- 既有自我意识，又能感到双方在交流；
- 看重在床上表现出来的性激情与性嬉戏，但更看重情感亲密；
- 对自己的性爱缺陷有担忧和挫折感，但仍然觉得伴侣能接受和尊重自己；
- 能坦诚询问对方如何达到性愉悦，也能坦诚表示令自己产生不愉悦感的红线；

- 对彼此有同情心，知道彼此有脆弱与不完美的地方，但也正是这些不完美让彼此成为夫妻。

以你们的现状而言，这种程度的性亲密似乎遥不可及。

如果你是受伤方，你很可能渴望双方有身体亲密，但你却把伴侣推开，以保护脆弱的自我。特别是在卧室里，你格外没有安全感，格外觉得伴侣不想要自己——你会把自己跟伴侣的情人做比较，放大对方的身体魅力，看低自己的身体魅力。

如果你是不忠方，你很可能会怀念外遇偷吃禁果的刺激与新鲜。经历过那么高强度的刺激，如今伴侣的迟疑、敏感和拒绝可能很难唤起你的性兴奋。或许是你的伴侣给了你压力，或许是你给了自己压力，为了证明自己在床上还有爱，你反而无法尽情投入性爱之欢。

在你们努力重建亲密关系时，有两个认知错误可能会起到阻碍作用。一是在没有证据的情况下，就赋予伴侣的性行为某种意义（例如，如果丈夫无法勃起，妻子就认为丈夫肯定出轨了）。二是对自己和伴侣的性行为要求过于严格或不切实际，从而对夫妻性生活不满足（例如，丈夫认为妻子就应该知道如何取悦他）。

受伤方往往认为：

1. “如果你不想做爱或无法保持性欲，那是因为你觉得我不够性感，没有吸引力。”
2. “如果你不想做爱或无法保持性欲，那是因为你还在出轨。”

3.“我永远都无法像你的情人那样满足你。我跟他/她没法比。”

不忠方往往认为：

1.“如果我在床上没有满足你，你就会认为我对你失去兴趣或还在出轨。”
2.“我跟情人做爱感觉很好。既然跟你过性生活很乏味，问题肯定出在你这边。”

双方可能都认为：

1.“性爱应该轻松自然。因此，我们应该先相处舒服，而后才能发生肉体关系。”
2.“如果我让你碰我，你就会得寸进尺。”
3.“如果你有自慰，那就说明你不爱我了，我们的关系出问题了。”
4.“性爱就应该充满激情。”
5.“你就应该知道如何让我得到性满足。”
6.“如果我要求换个做爱方式，就会伤害你的感受。如果都听你的，又违背了我的感受。不如就这样吧。”
7.“我们应该同时达到性高潮。”
8.“我们应该达到多次性高潮。”
9.“我们应该通过性交来达到性高潮。”

10. “我们每次做爱都应该达到性高潮。”

11. “我们的做爱频率应该保持一致，而且应该同时想做。”

12. “如果我们的关系很稳固，并且我们都是正常人，那么做爱时就不需要性幻想，不需要使用性工具。”

13. “不要提及艾滋病检测或其他性病检测，这种话题太令人恼火。”

14. “我对自己的身体和做爱表现感到羞耻，我永远也没法克服这种心理。”

现在，让我们来看看这些认知是否有问题，并通过一些训练，帮助你们以更亲密的方式思考问题，做出行动。

受伤方的认知观念

认知观念一：“如果你不想做爱或无法保持性欲，那是因为你觉得我不够性感，没有吸引力。”

如果伴侣看起来对你的性趣不大，你可能认为原因在你，而不认为伴侣对此有责任。由于外遇带来的创伤，伴侣稍微显得不愿意，你都归因于自己性能力不足。

马克外遇结束后，他的妻子温迪总把夫妻生活上的问题归到自己头上。这种反应很常见。

温迪告诉我：“我一直在问自己，也许是我配不上马克。我要很长时间才能来那个，也不像以前那么润滑了。我很难放松自己投入进去。我一直觉得自己不够性感，对他没有吸引力。现在他让我觉得自己的判断是对的，我恨他。”

温迪沉浸在不自信中，她从来没有想过，马克可能也有自己的性焦虑，而他的不自信和她的内在缺陷一样，都是问题的重要一环。实际上，在他们有性关系之前，他的性焦虑就已存在。直到温迪把自己置身事外，客观地观察此事，她才意识到：

- 在自己认识马克很多年前，马克就一直为自己阴茎短小而自卑。他一直认为自己性功能不强，没有魅力，容易早泄，不能满足她。
- 外遇事件给马克带来了巨大的压力，他要表现出对温迪的爱——他知道自己不忠带给温迪很大伤害，让温迪觉得自己不想要她——这让马克感到紧张，可能就是这种紧张扼杀了他的欲望。
- 外遇事发后，马克可能认为温迪排斥跟他做爱；他又不喜欢闹矛盾，所以他有可能是怕被温迪拒绝，不想主动提出性要求。

跟温迪一样，你们也要弄清自己是否误解了伴侣的性反应。问题可能不在于伴侣对你有负面想法，而在于你以为伴侣对你有负面想法。你的伴侣最想要的，可能是在性爱中发生尴尬状况时你表现出同情，并帮着他 / 她一起克服尴尬。

如果你们分睡床的两边，互相不靠拢，不要想当然地认为伴侣不爱你，不想和你在一起。性生活只是夫妻之间的一种交流方式，而就目前状况而言，它可能又是给双方带来最大压力的一种交流方式。温迪意识到，尽管丈夫在性事上躲着她，但他还是尽量很有规律地提早下班回家，到了周末还会安排娱乐活动。所以，如果你跟温迪的情况一样，你也要注意的是，除了性生活以外，伴侣在什么时候想跟你在一起，且很享受你的陪伴。你要注意并滋养夫妻之间的积极互动，这一点很重要。夫妻交流未必都要跟性生活有关。

建议

1. 试着列出有碍伴侣产生性欲和性唤起但与你无关的原因。温迪列出了三个：

- 根深蒂固的性能力不足感；
- 对性爱有压力；
- 害怕被拒绝，害怕闹矛盾。

其他可能的原因：

- 想重获主导权，或重申控制权；
- 想伤害你，或惩罚你；
- 月经；
- 疾病；
- 疲劳或有其他压力；
- 药物、酒精或毒品的影响；
- 放松或亲密接触前，先把手头事情做完的强迫心理；

- 害怕坦诚相对，害怕受伤害，害怕被嘲笑；
- 害怕怀孕；
- 因缺乏隐私空间而敏感放不开（有孩子在家，或有其他亲人同住）；
- 对性事持禁欲态度（认为性事淫荡、肮脏或有罪）；
- 有同性恋倾向；
- 过去的性创伤。

2. 要让伴侣知道，你正在努力地、更加客观地对待他 / 她的性冷淡问题。对于该问题，你要以温和而不加评判的方式寻求帮助，找出其他合理原因。

3. 受伤方应当告诉伴侣，你不是在寻求美妙的性爱，而是在寻求重归于好的起点。用你自己的方式去问："我要如何才能让你相信，我只是想让我们更亲密一些？"你要让伴侣知道，性生活中的表现并不重要，是否有勃起、是否有高潮并不重要，重要的是，你们俩能共创一个彼此接受、彼此坦诚、彼此温暖的氛围。

4. 要珍惜共同度过的亲密时光，这种亲密不一定与性有关——一起看周日的报纸，一起做可口的美食，一起骑自行车，一起散步，都是可以的。

认知观念二："如果你不想做爱或无法保持性欲，那是因为你还在出轨。"

虽然没有证据，仅凭着模糊的怀疑，加上内心极其脆弱，充满了不信任感，几乎所有人都会得出上述结论。无论你收集了多少反向证据，这些未经证实的恐惧很有可能折磨你几个月，甚至几年，让你无法贸然亲近伴侣。

杰姬，四十六岁，会计。她发现自己总在揣摩丈夫的每一个举动，好像总在寻找证据来证实自己的担忧：他还在出轨。这种责难的做法让她的丈夫很有压力，让他无法在床事上证明自己。这当然也让他没了性欲，而性欲不强又反过来加重了杰姬的怀疑：他还在跟别人睡觉。我们用图表来展示他们夫妻之间的互动：

杰姬的认知观念
“吉姆在性事方面总躲着我，
因为他还在跟那个女孩上床。”

↗ ↘

吉姆的情绪反应和行为反应
他觉得很有压力，
无法完成性事。
他很沮丧，很愤恨。

杰姬的情绪反应和行为反应
她很愤怒，有被威胁、被背叛的感觉，行为冷漠、疏远。她用语言攻击吉姆，语气中充满了怀疑。

↖ ↙

吉姆的认知观念
“如果我不能立即勃起，她就会认为
我又出轨了。那我可就有得受了。”

你不能像杰姬那样想当然地认为，因为你有怀疑，你就有理了。如果事实证明你错了，你可能就伤害了你们的关系，而且伤害程度不亚于你的伴侣还在瞒着你出轨。

建议

1. 把事实和担忧分开。问问你自己：“不算我那些无端的怀疑，除了知道那次外遇，我还知道多少事实呢？”如果你有伴侣不忠的确凿证据，那么为你自己打算，是时候认真考虑要不要继续过下去了。但是，假如你只是一直怀疑，那你就得想想伴侣为了复合而做的努力——主动向你发起（你很看重的）交流，邀请你一起出差，又或许只是在白天给你打个电话问候一下。这么做本身并不会改善你的性生活，不能让你自觉惹火性感，但应该能帮你打消疑虑、摆脱执念，开始相信伴侣表示忠诚的誓言。

伴侣的性冷淡或性唤起出了问题未必是出轨造成的，原因可能有很多。其中的一些已列在第 236—237 页。回顾这些原因以打消你无端的担忧，可能会对你有所帮助。

2. 你可能无法消除内心的疑虑，但你可以试着不让疑虑主宰或破坏你的生活。这里有两个或许有用的技巧。

第一个技巧叫做停止思考法，很简单，但很有效。只要你的头脑开始想到伴侣是不是在跟什么人搞外遇，立即大声说或对自己默念（用什么词由你决定）：“停。又来了，我又把自己陷进去了。放下。”接着，集中精力，目光向外，留意或描述你身边快乐有趣的事情，或回忆与自己关心的人之间温暖有趣的互动。你也可以目光向内，深呼吸，放松肌肉。你可能无法强制大脑停下某些念头，但你可以慢慢转移它的注意力。

第二个技巧叫做挑战认知法，这种方法需要使用认知偏差表。你要做的，就是尽可能客观地记录事件，记录你的直接感受和想法。接着，系统地挑战或反驳这些想法，寻找自己的认知错误。

来看一个案例。吉姆承认自己以前出差时有过几次一夜情，但之后就没有了。他的妻子讲述了自己如何摆脱疑虑，避免家庭大战，因为那样会让他们更加疏远。

客观事件：吉姆从苏黎世回家后，立即去睡觉了。他对性事毫无兴趣。

情绪反应：害怕，感觉被拒绝，怀疑。

无意识的想法：“我敢肯定，他趁出差跟别人睡过了。我们都有一个多星期没过性生活了——他忍不了那么久。他出差后对我特别好，这也证明了他内心有愧，做了对不起我的事。”

理性回应：“你以为他的行为是针对你的，所以就妄下结论。他今晚不想要你，或许还有其他原因呢。比如呢？比如他很累——刚坐了八小时飞机。比如他明天有重要工作要做，而且已经很晚了。比如他怕自己床上表现不好，你会不高兴。

“不要瞎想，关注事实。他邀请过你跟他一起出差，因为你去不了，所以他就跟一个男同事住一间房。他每天都给你打电话。你去机场接他，他看上去很高兴。他还给你买了你最喜欢的香水。当然，他做这些未必发自内心——可能只是想让你安心。但这又有什么问题呢？恢复信任是需要时间的。他显然很关心你，想让一切恢复正常。你是有怀疑，但这不代表他做了坏事。放下吧。事实是，你今晚也很累。如果你没有不安感，你现在也不会对性事那么感兴趣的。”

认知观念三：“我永远都无法像你的情人那样满足你。我跟他／她没法比。”

总拿自己跟伴侣的外遇对象作比较，还总贬低自己，认为自己不够好，这种情况很常见。当你对自己的身体或床上表现有任何不满时，你都有可能羡慕起那个外遇对象，尤其是你不认识他 / 她的话。你觉得自己胸部太小吗？伴侣的情人肯定很大。你的阴茎看上去太软吗？伴侣的情人肯定坚挺如钢。你做爱时表现很无趣吗？伴侣跟情人肯定有过最狂野、最昏天黑地、最无拘束的性爱，他们一起达到过无数次高潮。

这种瞎想可能会让你自卑，觉得自己没人要，认为自己毫无优点，从而无法积极投入性爱。而当你们的性生活逐渐回到正轨后，你再看看这些瞎想，会发现它们其实就是外遇给你带来创伤，让你对性爱产生不安全感，从而表现了出来。

事实是，男人即使在家里得到了性满足，也经常会有外遇，女人出轨往往不是为了更好的性满足，而是为了感受更多的关爱、欣赏与尊重。[1] 从我的临床实践看，发生外遇的男女都表示，他们跟外遇对象发生性关系并不频繁，过程往往也很尴尬，要是真能如他们的伴侣想象的那般狂野，那倒好了呢。美国做过一项有关性爱习惯的权威全国调查，指出“身心满意度最高的是已婚夫妇……满意度最低的是未婚且无同居性伴侣的人，而人们一般以为该群体拥有最刺激的性生活。”[2]

这并不是说，外遇中的性关系就一定没有婚内的性关系热烈刺激；婚内的夫妻一边要掐着时间点，一边还要考虑照顾孩子，这种性爱的确是难以狂野起来的。由于自带反抗精神与偷情性质，不正当的性关系肯定比婚内性关系更显不同凡俗。但是，你不要灰心丧气。外遇中的浪漫终归是一种扭曲短暂的恋情，正如对你一样，伴侣对那个人的热度也会随着时间的推移而冷却。当外遇激情不再新鲜，当外遇行为失去禁忌之感，它往往就没什么特别了。

记住，如果你的伴侣决定跟你复合，那很可能是因为你有着某些更深刻、更持久的品质，那是婚外恋所无法比拟的。你要相信并找回你与伴侣都看重的那些自己的品质。你要相信自己值得爱，你要致力于重拾自我，你要告诉自己，你是一个很棒的人，你能让伴侣幸福，并能以无数种方式继续让伴侣幸福。

不要执着于伴侣的外遇对象，那会分散你的注意力，让你忽视当下真正要注意的问题：恢复亲密关系，包括性亲密与情感亲密。不要拿自己和伴侣的那个外遇对象做无用的比较，试着找到新方法，把你的创造力、能量和浪漫投入自己的性爱中；不要跟伴侣的外遇对象一争高下，跳出束缚自己的怪圈，把注意力放在夫妻关系上，着手解决让外遇对象钻了空子的地方。

在这里，我得指出你们夫妻双方都要努力；满足伴侣的需求，过上满意的性生活，这不是单方的事情。培养性亲密需要夫妻双方共同努力。

建议

1. 如果你觉得自己缺乏性技巧，或者只是不知道有哪些性技巧，为什么不去学一下呢？诸如《获得你想要的性爱》[3]或《为了彼此》[4]之类的性爱自助手册，都可以教你掌握自己的身体与性反应，把你的床技变得更加出色。你还可以观看限制级视频（有些视频有性教育作用，有些视频则把女性当作性观赏对象），向朋友咨询，或向性治疗师问诊。夫妻也可以互相学习，探索能给双方带来愉悦的一些做法（见第 261—262 页的训练）。

2. 如果你没有安全感，自己劝自己有时候是管用的。但有时候你还得把自己脆弱的一面展示出来，向伴侣寻求帮助和安慰。要把注意力放在自己身上——放在自己的不安、恐惧和困扰上——而不要放在伴侣的外遇对象身上，不要放在外遇细节上。不要问伴侣："你又去见那个女人了？"可以这么说："我一直在想你跟那个女人的事。今天我觉得很不安，我觉得这不是因为你做了什么，而是因为你好像有心事。你能让我心安吗？"

此时，你可以期待伴侣主动过来安慰你。如果伴侣不过来，你可能得问问自己是否要跟这个人共度一生了。

不忠方的认知观念

认知观念一："如果我在床上没有满足你，你就会认为我对你失去兴趣或还在出轨。"

你想得可能没错：你的伴侣可能认为，如果你的性反应很冷淡，那你的心思肯定在外面。但是，没有性兴趣和性唤起，这个压力也可能来自你自身——因为你对伴侣有内疚，你对复合有疑虑，你还夸大了伴侣对你的期待。伴侣最在乎的其实不是你的床上表现，而是你是否信守承诺。

无论你感受如何，说出来——这会减少性爱对你的压力，也可能会减少伴侣对你床上表现的误解。

三十九岁的口腔医生菲尔是不忠方，他对妻子说："我觉得，我必须表现得像个能力强大的种马，才能向你证明我的心在家里，这种压力实在让我受不了了。我真希望我们能躺到床上，互相拥抱，然后顺其自然，该做什么就做什么。"

你也要像菲尔那样，向伴侣解释一下你的性生活问题，不是因为你觉得伴侣不够吸引你，也不是因为你心里有别人，而是因为你担心自己会让伴侣失望。这些解释工作可能会帮到你。不过，如果伴侣还要指责你出轨了，还要指责你拒绝过夫妻生活，你也不要惊讶或反感。毕竟外遇曝光后，从你跟外遇对象彻底断绝联系开始，通常至少要十八个月才能让伴侣恢复你曾辜负过的信任。

建议

只有你才能帮伴侣恢复信心，推进其疗愈进程。你能做的事情包括：

1. 当你心中有爱、相处快乐时，你要让伴侣知道你的感受。当你对家庭生活心怀希望、乐观积极时，你要大声说出来；不要以为你不说出来，伴侣就知道你很幸福。比如你可以说："我今天上班的时候在想，你昨晚看起来真漂亮。""今天早上，我们躺在床上聊天的时候，我真觉得跟你很亲近。"——用什么词不重要，重要的是你在帮伴侣恢复信心。

2. 描述你喜欢伴侣身体的哪个部位，以及你们做爱的哪些细节。大部分人都喜欢别人称赞自己的外貌，想要听到伴侣称赞自己哪里有魅力。无论你选择说什么——比如"你穿那件衣服，可真好看"，"一见到你，我就开心"，"你那样摸我，我很舒服"——不要说谎，不要捏造，但也不要不说赞美话。要乐于赞美对方。

3. 说出你与外遇对象的性障碍。如果你能把自己遇到所有性障碍都告诉伴侣，这可能有助于打消伴侣的胡思乱想，免得他 / 她以为你和外遇对象的性爱十分完美。你的外遇对象从未有过性高潮；在为期九个月的外遇里你跟外遇对象只发生过两次性关系；跟你搞外遇的热乎劲儿相比，你和外遇对象上床的感觉根本没你想象的那么劲爆——诸如此类的事实能让你的伴侣弄清真相，让其不再胡思乱想，不再执着此事，而是继续好好过日子。

4. 如果你在跟伴侣有关系之前就有性障碍，或这种性障碍与伴侣无关，你要告诉伴侣。伴侣可能会错误地认为，对于你的性障碍，他/她是有责任的，因此你要澄清事实，这一点很重要。当伴侣没有了负罪感，他/她就可能减轻你的心理压力，甚至会帮你一起克服性障碍。

阿诺德，五十二岁，律师，自从他开始服用高血压药物，就一直难以勃起。外遇事发后，他总是回避夫妻生活，因此妻子以为自己对丈夫没有吸引力了。阿诺德对妻子说："自从我开始服用利尿剂，我就时不时地出现这个毛病。问题不在于你对我的吸引力，而是在药物身上。我想满足你，所以我有压力，而压力只能让情况更糟糕。"

5. 训练自己保持性欲望，不要气馁。如果你有性冷淡或性唤起障碍，不想有身体接触，那么你就可能需要训练自己保持性欲望。填写认知偏差表，这有助于你监控自己对夫妻生活的抗拒，直面你对夫妻生活的逃避，让自己保持性欲望。

为了克服自己的焦虑、羞耻和躲避，阿诺德记录如下。

阿诺德的认知偏差表

客观事件	周六早晨，我和琼（我的妻子）躺在床上，想着要不要跟她做爱。
情绪反应	焦虑、愤怒、麻木、气馁。
无意识想法	"真是可笑，都结婚十五年了，跟琼做爱还犹犹豫豫的。不过，她很敏感，对事情总是情绪化，搞得我都害怕自己硬不起来。如果硬不起来，她就会认为我跟别人做过，或者对她不感兴趣了。她甚至把我们上次做爱的时间都记录下来。还是单身好啊。"
理性思考	"你当然觉得不舒服了。是你造成的问题，而这个问题不会一夜过后自动消失，解决问题是需要时间的。她需要知道你会保持忠诚。如果你逃避她，她更会觉得你不接受她、不爱她；你这么做，只能进一步破坏你们的关系。你可能硬不起来，但那又怎样？你把能不能勃起这件事情看得太重——可能她也是如此。要让她知道你想表现得更有爱心、更加亲密，但她得停止对你的评判（这也适用于你）。她能接受吗？去吧，迈出第一步。主动找她。"

正如阿诺德那样，如果你总在躲避夫妻性生活，那么你也要用认知偏差表来帮助自己克服恐惧和挫折。但是，最重要的是你要有耐心，坚持下去，不断地向伴侣发出信息：你会保持忠诚的，你想共同解决夫妻性生活中出现的问题。

认知观念二："我跟情人做爱感觉很好。既然跟你过性生活很乏味，问题肯定出在你这边。"

跟情人做爱很好，跟伴侣过性生活就很乏味，于是就怪伴侣不好，这种情况很常见。你的想法可能没错：伴侣也许过于拘谨，不愿迎合你的要求。但是，造成这个问题的原因可能出在你身上。

你的很多举动可能都在暗中破坏你们的夫妻生活。让我们看看其中四种。

1. 你一直在伴侣和爱人之间作比较，这种比较不但不公平，而且毫无意义。你得停止这种比较。只要你还在期望夫妻性生活跟婚外性生活一样，你肯定会失望，从而让自己有了借口，逃避自己真正要解决的事情：让夫妻性生活焕发新生。是的，外遇中的性关系往往更刺激，但那又怎样？等到激情退去，幻象不再，如果你还跟外遇对象在一起，你可能就会遇到很多矛盾，跟你现在的婚内矛盾一样。熟能生厌，甚至还能生出鄙薄。无论你选谁做伴侣，都要面对这个现实。

2. 你没在卧室以外培养夫妻亲密感。如果你在卧室以外不重视、不关爱伴侣，又怎能指望伴侣在卧室内对你逢迎呢？不要抱怨你的性生活不美满，你应该向伴侣表现出温柔与关爱，至少像你对外遇对象那样吧。

查克对妻子就没有半点体贴可言。查克下班回家后就用电话和业务经理聊公事，两人谈笑风生，也不管妻子在独自一人给两个孩子洗澡，读故事，还要哄他们上床睡觉。等到妻子把一切忙完，终于钻进了被窝，他都已经洗完澡，准备过性生活了。他的妻子告诉我，“当时，我对他非常恼火，根本不想让他碰我。他说我性冷淡——我确实性冷淡——可他也不想想他有多么自私，这才让我冷淡的。”

3. 你不知道如何唤起伴侣的性欲。也许你自认为是个做爱高手，但你也许根本不懂如何刺激伴侣，唤起伴侣的性欲。你在指责伴侣没什么反应，但问题也许是出在你这边；而你的伴侣呢，知道你对批评很敏感，还在担心你的面子，没有给你纠正性的反馈。如果你想提高做爱水平，改善自己的性生活，就应该问问真正的专家——你的伴侣——以有所获益。

4. 你在跟伴侣有关系之前就有性障碍或性亲密问题，而你却把这些问题归咎于伴侣。指责伴侣有问题，总比对着镜子找自己毛病来得容易。你可能觉得，自己不受伴侣的尊重，对伴侣的性魅力不足，满足不了伴侣的性需求，这种情况已经有很长时间了；但是，如果你把这一切都归咎于伴侣一个人，那也是不公平的。

建议

1. 如果你旧情难忘，无法自拔，试试我推荐的停止思考法。一旦你发现自己沉迷于旧情，立即喊“停”（或用其他类似词语）打破执念，并把自己的注意力转到别处。

2. 你与其想着外遇对象，不如思考跟那个人的外遇经历是如何对自己产生巨大影响的。这段外遇经历，是让你觉得自己还很年轻，还有活力，还有魅力，还有存在感吗？如果你还希望自己在两性关系中得到满足，这些问题可以成为你探索自己心理弱点和心理渴望的线索。

3. 你可以用本章给出的认知偏差表，来质疑自己对爱情和浪漫的一些不切实际的想法。

4. 学着拓宽自己对性亲密的认知，性亲密不止于发生性关系。

夫妻双方的认知观念

认知观念一："性爱应该轻松自然。因此，我们应该先相处舒服，而后才能发生肉体关系。"

这些所谓的"应该"如何，其实很不现实，会自找挫败，必定让你们的性生活冷如坚冰；等不到解冻之时，你们中间很可能已经有一个人耐不住寂寞走人了。如果你指望你们现在就能在床上感觉自在，那是在做梦。你们更有可能出现的情况是，两人赤裸相对，彼此毫无遮拦，却可能都很敏感，都觉得尴尬。

你会问："那我该怎么办？明明自己还没准备好，快乐寥寥，别扭却不少，那我还要去做吗？"是的，就是要做。建立亲密关系，是一个需要双方付诸积极行动的过程。它需要双方在重归于好的问题上有明确的态度，是经过深思的抉择，是出于认知的决定。从你决定开始复合的那一刻起，这个过程就已经开始了，不一定要等到你觉得有动力、有信心或很确定的时候。你不能只是等着不动而一直问自己："对这么一个让我心情矛盾的人，我怎能敞开心扉呢？对这么一个给我带来伤害的人，我怎能与其亲近呢？”你要做的就是超脱这些感觉，抓住让彼此身体接触的机会。将卧室以外的夫妻情感变得更加亲密，这有助于重建双方的信任，但不会让双方的性关系自动改善。你跟伴侣之间要有牵手、爱抚、亲吻，让亲密的感觉在你们之间流动起来。你要行动起来，不要根据你的感觉去行动，而要根据你想要的感觉去行动。

主动向对方伸手，这可能让你有脆弱感；把自己封闭起来，这可能让你有安全感。然而，我的建议是，不要等到感觉舒适了再触摸对方；舒适并非来自靠时间来冲淡过去，而是来自不断积累的疗愈体验。发生身体接触，一开始你们可能会感到尴尬；然而，在你们有意展现自己的情感，有意冒险与对方和好之时，尴尬本来就是应有之义。如果你依旧走老路，落入熟悉的行为模式——避免亲密接触，持续不信任对方——这可能会令你舒适，但对恢复亲密关系而言，基本没什么用处。

建议

1. 我要特别强调一点：要让夫妻关系更加亲近，就必须再有肌肤之亲。你们可以当面或用文字告诉对方自己想被爱抚的方式。你提出的要求可能非常特殊，因此不要指望你喜欢的性爱方式，伴侣也会同样喜欢。尽量每天至少满足伴侣一个要求。

常见的要求有：

- “进屋的时候，要跟我接吻。”
- “散步的时候，要牵我的手。”

- “用精油按摩我的脚。”
- “给我按摩。”
- “抱我一会儿。”
- “睡觉的时候，跟我躺在一起的时候，要用胳膊搂着我。”
- “上床的时候，用手指轻抚我的眼睑和眉毛。”
- “轻抚我的头发。”
- “闹钟响后，跟我在床上多呆几分钟；躺在我怀里的时候，你的脸要靠近我的脸。”
- “散步的时候，要搂我的肩或腰。”

2. 按照性治疗师沃里克·威廉姆斯（Warwick Williams）的建议，夫妻应在性生活中形成“身体信任姿势”。夫妻首先应达成一致意见，选定双方都觉得安心的一两种姿势，然后进行实操。其理念是，要把身体亲密和心理信任融为一体。威廉姆斯推荐的姿势包括：

- 甲方侧卧、身体弯曲，乙方从后面抱住（“汤匙”姿势）。
- 双方面对面、手拉手地侧卧（可闭眼或拥抱）。
- 甲方以舒适安稳的姿势端坐，乙方将头枕在甲方大腿上，甲方轻抚乙方头发。[5]

在此过程中，双方可以说话，也可以不说话，可以穿衣服，也可以不穿衣服，可以做爱，也可以不做爱。要点在于，双方要借此再次发生身体接触，重新产生信任。记住：你无法真正靠近一个你不伸手触摸的人。

认知观念二："如果我让你碰我，你就会得寸进尺。"

你可能会担心，一旦有了身体接触，伴侣就会无视你的限制，让双方关系迅速升温，把你本来设想的慢节奏变成了一步到位。由于你不希望两人关系恢复得太快而让自己觉得不舒服，你设置了种种障碍，从而剥夺了两人亲近的机会。

利亚告诉我："我发现杰夫有外遇后，每次他想跟我做爱，我都不让他靠近我。我甚至让他睡到客房里。事实是，我想让他在我身边，想睡在他怀里，但我不相信他的外遇就此结束了，我也没做好进一步的准备。如果做爱，那就意味着'我原谅你了，现在一切都好了'。但情况还没好啊，我还在考验他。如果我拒绝跟他做爱，然后他到外面找了别人，我就知道他没有真心改过，也不是真的爱我。既然他做了那种事，我就有权让他证明自己已经回心转意。"

对于利亚的行为，杰夫则另有看法。在杰夫看来，利亚是在操控他——通过拒绝他来实现操控和惩罚的目的，尽管他真的在努力让她相信自己复合的意愿。杰夫感到很沮丧，这沮丧又变成了愤怒。出于自尊，杰夫不再主动提出过性生活。夫妻两人都感到孤独，都陷入困境，不知怎么办。（在下一小节里，我们来看看他们如何走出这个困境。）

如果你跟利亚一样，还没有做好发生性关系的准备，那么你就要看看自己准备好做什么了。除了发生性关系与禁欲，你还有其他的选项。记住，要重建亲密关系，就必须再发生肉体接触。外遇事发后，拒绝过夫妻生活可能会帮助你重获家庭主导权，扳回一局，却让你们的床上生活受损。斗争的天平向你倾斜，而你的生活却仍然无法恢复正常。

如果你跟杰夫一样，想跟伴侣做爱，那么你就要按照伴侣的进度表来，以做爱之外的其他方式重建信任，重获亲密。

建议

1. 告诉对方自己觉得舒服的性爱方式，对彼此不能接受的禁区表示尊重。你只想爱抚还是想发生进一步的性接触，都要以具体方式向对方发出信号。对此，有一对夫妻的办法就很有意思：有想法的一方，将他们蜜月旅行中购买的陶瓷青蛙放到对方的床头柜上，让对方自由决定要不要接受这个性“邀请”。还有一对夫妻，他们觉得既然受伤方的心理更加矛盾、更加脆弱，那么现在就由受伤方来决定是否过性生活。

2. 有一种流行的性训练方法叫做“感官专注法”[6]，可以帮助你们重启爱抚能力，探索自己希望如何被伴侣爱抚，还可以缓解你们在感觉性唤起、进行特定性行为、实施性交、达到性高潮等方面的心理压力，直至你们双方都做好准备。双方进入正题之前，要留出商定好的时间——我建议十五到二十分钟，不要太长——在此期间，一方按摩或爱抚另一方的非生殖器部位。双方都不要脱衣。下一次，双方互换角色，每一次均为一方按摩或爱抚另一方，让其感到快乐。接受按摩或安抚的一方不需要说话，也不需要做任何举动，如果被爱抚的时候感觉很好，可以抬起手指、轻哼出声或以其他某种方式向对方示意。

等到用这个方式时你们感觉舒服，就可以试着脱掉衣服进行按摩或爱抚，但同样不要触摸生殖器。再接下来，如果有了性交的想法，应先发出“绿灯通行”的性“邀请”信号——比如，将陶瓷青蛙放到对方的床头柜上。

认知观念三：“如果你有自慰，就说明你不爱我了，我们的关系出问题了。”

现在可以谈谈你们对自慰的态度了。关于自慰这个话题的传言特别多：有人认为自慰会长粉刺，有人认为自慰会永久改变生殖器的大小、形状和颜色，导致性能力下降。尽管各种宗教和文化仍认为自慰不好，但大多数人都在人生的某个时候有过自慰的经历，只是不说出来而已。《新金赛性学报告》调查过24对夫妻，其中有92%的丈夫和8%的妻子认为自己的配偶从不自慰，而事实上他们全都有过。[7] 金赛（Kinsey）在20世纪40年代和50年代采访过数千人，其中大约有94%的男性和40%的女性承认自己有以自慰来达到性高潮的经历。更多的近期研究证实了这个男性自慰数据，但女性自慰比例已增至84%左右。[8] 多数夫妻认为，自慰没有减少自己对伴侣的爱，也没有降低性生活质量，反而成为性生活的积极补充方式。[9] 近期，还有一项有关美国人性习惯的研究对24岁至49岁的男性和女性进行了调查；调查结果表明，已婚或同居的人群中，有85%的男性和45%的女性承认自己在过去的一年中有过自慰；[10] 有固定性伴侣的人群中，有25%的男性和10%的女性承认自己每周至少自慰一次；[11] 已婚人士比单身人士更有可能自慰。[12]

让我们再来看看利亚和杰夫的情况——在上一小节里，我们谈到这对夫妇互相设限，都不愿触碰对方了。一天晚上，利亚走进杰夫房间，撞见杰夫在自慰。她非常恼火，骂他做这种事就像个畜生。杰夫既尴尬又生气，他都不知道自己当时哪种情绪更多一些。“这总比到处乱搞要好吧，”他对她说，“你又不让我跟你睡。”

利亚也对杰夫的反应做过反思。后来，在一次夫妻对话心理治疗中，她告诉杰夫，每当他们有身体接触，杰夫要求做爱的时候，她就会感到压力并产生反感。

“好吧，”杰夫说，“但你得让我有其他发泄方式吧。”“看到你自慰，我被吓着了，”利亚解释道，“你又有了一件不想让我知道的事情，一个拒绝我的方式，你是在表明你不需要我了。”

“我没这个意思，”杰夫说，“我觉得自慰很健康，这样既能让我不需要逼着你跟我做，我也不需要到其他地方获得满足。你还有什么更好的建议吗?”

夫妻俩达成一致，同意共睡一张床，但杰夫要尊重利亚的意愿，不急于要求发生性关系。作为回应，利亚同意在杰夫自慰的时候会抱着他、亲吻他。他们互相做出的妥协似乎产生了效果。在接下来的治疗中，利亚告诉我：“跟他睡在一起，我就没有那种不安感了，我很欣慰他回到了我的床上。虽然这种状态不完全理想，但比之前的情况要好一些。”

建议

夫妻双方在性生活上要互相商量，达成一致，这很重要。不要故意难为对方，不要强势地给对方下最后通牒；要为彼此留出可选方案。试着对夫妻性生活持开放心态，在满足彼此亲密需求、性需求方面，可以有点创新精神。最重要的不是你们实施了何种特定的性行为，而是你们要像朋友那样一起解决问题，在彼此之间建立伙伴关系。

认知观念四：“性爱就应该充满激情。”

这种想法是一种理想化的性爱标准，要求自己的性爱一直达到此标准是不可能的。一段本已脆弱的夫妻关系，如果以此标准来要求，必然会让你感到失望和不安，并对自己和伴侣都感到不满。实际上，在外遇事件曝光后，夫妻性生活可能不但没有激情，反而很尴尬、很难堪。受伤方害怕被抛弃，因此不太可能在性爱中尽情释放。不忠方呢，正如我们已谈到的，他们可能想在性生活中表现好而心有压力，还会因为想起了外遇对象而心猿意马。

你们都要记住的是，鉴于你们因外遇而经历的煎熬，现在彼此之间只要有任何形式的爱抚动作，无论是否发生生殖器性行为，都可以说是非常亲密和勇敢的举动了。火焰刚刚生起，勿压太多薪柴。现在的重点是让自己重启温柔的感情，而不是迸发激情的光芒。

当凯萝的丈夫承认和他朋友的妻子上过床后，凯萝就希望自己跟丈夫做爱时能激情四射。如果没有达到预期，她就感到害怕，心情沮丧。她告诉我：“怎么做都不对劲，我们就像在做运动。这里很有问题。”

有问题的不是性事，而是凯萝不切实际的想法：她认为自己每次跟丈夫做爱时，都应当有某种强烈的性体验。正是这种不合理的期望，让她无法享受甚至无法感受丈夫给她的欢愉。

凯萝对激情性爱的理解也影响了她的生活体验：她觉得性爱有激情，才能证明自己有魅力，才能证明丈夫对她有欲望。由于她把激情看作丈夫爱她的保证，因此在她看来，激情是极其重要的。对她来讲，做爱不是夫妻重建情感连接的方式，而是一种日常工作，一种表演，一种考验。所以，这怎么可能不让她失望呢？

如果你跟凯萝一样期望得到十分的性爱体验，那么你可能只会得到三分。电影和杂志里的性爱往往是干柴烈火，但在现实生活中，性爱更像是温控时有偏差的中央空调。[13] 要想自己的性生活温馨有爱，你不仅要脱去衣服，还要脱去苛求的期待。

建议

1. 问问你自己："为什么激情对我如此重要？"我赋予了激情什么意义，导致它在我眼里如此重要？有了充满激情的性爱，是否就表明伴侣跟我在一起真的开心？表明我很有吸引力？表明他/她不大可能出轨了？表明他/她已经原谅我了？"

当你意识到各种想法都很主观时，你可能就轻松一些了——要知道，性生活中消极被动的伴侣，在生活中可能会让你开心、对你忠诚、对你包容；性生活中积极主动的伴侣，在生活中可能会令你痛苦、对你不忠、对你挑剔。重新界定激情的意义，你可能就会接受和享受当前的性爱，虽然它可能没你想象的那么热烈，但同样充满爱意。

2. 亲密关系不仅是强烈的爱情化学反应，其中还有柔情、关爱、理解与尊重，要尽量更加宽泛、实用、现实地看待亲密关系。

3. 性爱中最令人兴奋的事情之一就是伴侣春心荡漾，而最令人扫兴的事情之一就是伴侣一潭死水。因此，如果你希望伴侣性趣盎然，你自己就要做到性趣盎然。

认知观念五："你就应该知道如何让我得到性满足。"

有了这种想法，你倒是省事儿了。你把自己获得性满足的责任推给了伴侣，如果你的性需求没有获得满足，就去责备伴侣。没有什么比这种想法更加坏事的了，因为你不说出自己的需求，伴侣又怎么知道你想要什么呢？

因此，我开出的处方是：如果你想要更加满意的性爱，你自己就要更加积极主动地促成此事——这不仅仅是你的伴侣一个人的事。

我建议你：

- 明白自己的身体喜好；
- 敏感而坦率地向伴侣传达这些信息；
- 不管伴侣在取悦你时表现得多么笨拙，你都要用赞美和鼓励的方式加以回应。

四十三岁的古董商菲尔就有这种不良认知模式，他认为自己即使不说出来，妻子也应该明白他的需求；如果他的需求没有得到满足，他就会在心中暗自责备妻子。他告诉我："昨天晚上苏珊紧紧捧着我的脸，我知道自己有多么讨厌她这样。她这么做，让我想起了我的母亲。她应该知道我很不喜欢她这样，但从我们认识那天起，她就一直这样。"菲尔把自己的内心反应写到认知偏差表里。他写道："为什么她应该知道你的想法呢？你都从来没有告诉过她。你都从来没有告诉过任何人。你把什么事情都放在心里，然后抱怨没人理解你。你这辈子一直是这样，先前对你妈妈是这样，现在对苏珊还是这样。你喜欢的是什么，你得让她知道啊。给她一个让你开心的机会。你心里清楚，她是愿意让你开心的。”

你们中间有很多人像菲尔一样，不愿开口把自己的性爱偏好告诉伴侣——有的人认为自己不配，有的人担心被伴侣拒绝或责备，有的人担心伤害伴侣的感受，有的人受困于这个认知：“如果连这都要我提出要求才行，那就没意思了。”如果伴侣总能凭着直觉就知道你想要什么，而且不要你花费什么就给了你，那当然是太棒了。但问题在于没人能读懂你的心。而在外遇曝光之后，夫妻情感如此生疏的情况下，你要学会直接和果断，多为自己着想。

建议

1. 以身示范往往胜过发声要求，你可以以此向伴侣准确展示自己的欲求。比如，男方可以通过吮吸伴侣的手指，女方可以通过亲吻伴侣的嘴巴，向伴侣表示想要如何口交。这是超越语言的沟通，是用情色或挑逗的方式触摸你的伴侣，来让对方感到你想要什么。

2. 你曾抱怨过伴侣哪些令你讨厌的性爱行为，说两件出来。我有一个病人对她丈夫说：“我告诉过你不要捏我的乳头，这样很疼，可你还是捏我的乳头；还有，你在我上面的时候，把下巴都卡进我脖子里了。”她丈夫解释说，这是因为在做爱时，那一刻他全身心投入，都没有意识到自己弄疼她了。看上去他很愿意做出改变。

3. 留意自己明明想让伴侣取悦你却没说出口的时候，问自己：你觉得自己这样沉默不言，值得吗？它给你什么感觉？它带来什么结果？把答案写下来。当你想让伴侣取悦你并且勇敢开口说出来的时候，同样问自己上述问题，并把答案写下来。试着让你的伴侣意识到你内心的挣扎，并在表达自己需求的时候寻求其鼓励。

认知观念六：“如果我要求换个做爱方式，就会伤害你的感受。如果都听你的，又违背了我的感受。不如就这样吧。”

要求（或同意）新的做爱花样——比方说，尝试别的爱抚动作，换用新的体位或技巧——还有什么比这更微妙的事情呢？有的人想要有点新花样，却怕惹恼伴侣，导致双方关系更加疏远，因此说不出口。有的人被伴侣要求做点改变，觉得受到了侮辱，觉得被指使着去做冒犯自己尊严的事情，因此可能会断然拒绝。如果双方都沉浸在过往的痛苦回忆中，处在并不美丽的关系模式中，那么出现这种现象还有什么好奇怪的吗？

要求伴侣在性爱中有所改变

“我想让蒂姆知道，跟他性交我从未有过高潮，我想让他给我口交，”凯萝告诉我，“但如果我把这告诉他，我担心他会认为自己性能力很差，然后再去找别人来证明自己。所以，我宁愿假装高潮来留住他。”

蒂姆也有自己的秘密。“丽莎（其外遇对象）做爱让我感觉特别好，我想凯萝也能那样。”他告诉我，“跟丽莎做的时候，她会把腰部抬起来迎合我，我们都朝着对方动，这让我觉得她想要我。而凯萝就躺在那儿，一动不动，搞得好像献祭似的。我不知道她怎么回事，到底是生我的气，是不好意思放不开，还是觉得做爱没意思。我很想告诉她我想要什么，但这样的话，她会知道我是从丽莎那里学来的。那会让她更没有安全感，不如就这样吧。”

如果你们跟蒂姆和凯萝一样，可能就会把自己的性爱愿望藏在心里，避免引起让双方难堪的冲突。但是，不把心里话说出来，很可能会让你们在情感上越来越疏远，其影响甚至比夫妻性生活平淡更严重。

表面的和平不能代替内在的亲密。把自己的想法隐藏起来，可能会保护伴侣的感受。但是，你们的目标是要把关系搞好，而不只是得过且过，所以你们必须说出自己看重的东西，即使这个真实的想法会令人不适。也许最终你会发现，其实你的伴侣希望你早点说出来，还乐于有个满足你的机会。

考虑接受伴侣有关改变性爱行为的要求

要求性爱中有些新花样，这并不能改善你们的关系，除非你们双方都愿意考虑一试。我的意思不是说你必须同意伴侣的要求，而是说你要愿意以开放的心态对待伴侣的要求。

有一位名叫玛丽莲的病人，她就拒绝如此。她的丈夫是不忠方。当她丈夫要求她灌洗阴道以便给她口交时，她立即反驳道："我的阴道就是个自洁炉。如果你不喜欢它的气味，那你就别闻了。"

如果你跟玛丽莲一样不愿做出改变，这是可以理解的，却也可能会剥夺你让双方都感到愉悦，让双方关系更加紧密的机会。如果你的伴侣在真正做出努力，让双方性关系变得更加亲昵，在卧室之外也对你关爱有加，那么我建议你要正视伴侣的要求，不要视之为对你的批评、贬低，不要以为伴侣把你与其外遇对象作比较，而要把伴侣的要求视为改善夫妻关系的一份礼物。

不过，如果伴侣提出的要求令你厌恶，或者夫妻关系还没有好到你该接受这个要求的地步，或者这个要求有损你的个性或利益，那么你也不要答应得太快。一位出轨的妻子告诉我："一想到口交，我就恶心。但为了让丈夫相信我永远回归家庭了，我觉得必须这么做。"一位遭到丈夫出轨的妻子说："我丈夫喜欢性惊喜，所以我去机场接他时，只披了件雨衣，里面什么都没穿。他觉得特别刺激，而我觉得自己这辈子都没这么卑微过。我做得太过头了。"

对于不忠方，我建议你不要出于愧疚而去满足伴侣的要求；对于受伤方，我建议你不要只是出于不安，为了取悦伴侣而满足伴侣的要求。夫妻双方都不要仅为证明自己的爱或忠诚而对伴侣做出性回应。夫妻双方都要尊重彼此说"不"的权利。

建议

为了帮助你们更好地表达自己的性偏好，我建议你们围绕很多人觉得愉悦的下列性行为，分享彼此的看法。给每一种性行为打分，分值为1至3分：1分表示不喜欢，2分表示有点喜欢，3分表示非常喜欢。一定要把你自己对伴侣的要求加到表格后面去，要用积极具体的语言，不要用消极笼统的语言。比如，与其说"我讨厌你那么快就直接性交"，不如说"我想让你先亲吻、抚摸我达到十分钟，再做下一步"。记住，告诉并引导伴侣如何愉悦你，而不是要求伴侣必须怎样愉悦你。

甲方	乙方	我希望你能：
		上床前要洗澡并去除体味。
		上床前要跟我一起鸳鸯浴。
		上床前要刷牙。
		上床前几个小时不要抽烟，并且漱口。
		当我进入你体内的时候，你要用腿夹住我。
		像这样（加以解释）舔我的耳朵、手指、乳头……

（续表）

甲方	乙方	我希望你能：
		让我示范一下自己希望如何被抚摸。
		先跟我接吻，过一会儿再摸我的生殖器。
		用指尖轻抚我的身体。
		让我相信自己不用太长时间就能达到性高潮。
		即使你已达到高潮，你也要耐心等我，并让我觉得你希望我也达到高潮。
		轻抚我的睾丸。
		用润滑剂润滑我的阴蒂。
		提议换个新环境做爱。
		做爱时放点轻松、浪漫的音乐。
		上床前先跟我跳支慢舞。
		在我耳边低语你有多爱我。
		对我说下流话。
		脱光了再上床。
		穿性感内衣上床。
		想上的话就上我（别问我想不想）。
		上我之前先问问我的感受。
		在壁炉前跟我做爱。
		做爱后跟我依偎在床上，至少十分钟。
		我给你口交的时候，你也给我口交。
		有什么口交方式既能让我接受还能让你满意，你给我示范一下。

认知观念七至十："我们应该同时达到性高潮。""我们应该达到多次性高潮。""我们应该通过性交来达到性高潮。""我们每次做爱都应该达到性高潮。"

当我问我的病人："你们认同这些'应该'吗？"很多人都说："别开玩笑了。"可是，一旦没能实现这些期望，他们又往往很失望。我问他们为什么，他们回答："好吧，在理性上我不认同这些想法，但在情感上我是认同的。"或者"放在别人身上我不认同，但我觉得我应该做到"。

实际上，很多人都对自己性爱表现的要求非常高。因此，性障碍的常见症状是缺乏性欲，这没什么好奇怪的。既然目标线太高而够不着，谁还有精神头儿去跳呢？

有一个最为常见的误解：女性在不受压抑或在充分性唤起的情况下，不仅能够达到阴道高潮，而且较之手口刺激，她们也更喜欢通过阴道刺激获得高潮。[14] 实际上，从解剖学角度来说，大多数女性无法只通过阴道性交来获得她们想要的阴蒂刺激，因此永远也无法只用这种方式来达到高潮。

男性往往也会发现，他们需要或更喜欢性交以外的其他刺激方式，只是羞于承认罢了。过度在意通过性交来达到性高潮，会让他们感到心理压力。一旦未能如此，他们往往就会担心再也无法在性交中达到性高潮，或担心自己心理或身体有缺陷。

杰里无法让妻子达到性高潮，为此他很自责。他告诉我："这么多年来安都没来过高潮，我觉得都是因为我。我的不够大，来得也太快，我觉得不对劲。我对自己的表现——对我自己——有负面情绪，这也是我跟莎莉发生外遇的一个原因。性交的时候她很快就来高潮——这让我觉得自己像个男人，证明我没毛病。不过，我们在一起的时候，她让我懂得了她还需要其他刺激，也让我懂得了我以前完全不知道的女性生理知识。我简直无法相信我和妻子对身体了解得太少，不知道如何给对方快乐，不知道如何得到快乐。我意识到我一直在逃避我们在性爱中存在的问题；如果我早着手去解决，可能就没这些问题了。"

还有人不切实际地认为，每次做爱都应该达到性高潮。根据最近一项全国范围的性调查，大多数美国人都幻想别人有完美的性生活，并对性爱标准有夸张的要求。调查发现："尽管人们执着于性高潮，并普遍认为高频率的性高潮是性福生活的必要条件，但性高潮和性福生活之间并没有很强的关联。"调查对象中，大约有 75% 的男性表示自己和伴侣都能达到高潮，只有 29% 的女性说自己和伴侣都能达到高潮。然而，感到身心都能获得极度愉悦的男性和女性的比例相同，都是 40%。正如该调查的研究人员指出的，性高潮可能不是性满足的唯一标准，不然的话男性和女性的性满足水平应该体现出差距才对。[15]

你对性高潮的看法往往跟性高潮本身一样重要。如果你对性高潮抱有僵化且不切实际的期待，那么你就很可能会对自己的性爱表现感到沮丧和不满，觉得自己有问题。如果你更加看重性爱过程而不是性爱结果，那么你就更有可能拥有一次亲密有爱的性体验。正如英国作家伦纳德·伍尔夫（Leonard Woolf）所指出的，重要的是享受旅途，而不是到达目的地。

建议

让伴侣知道你想怎样获得性高潮，不要认为只有一种至高无上的途径——用厉害的阴茎来获取性高潮。

如果女性想通过性交达到高潮却未能如愿，无论你的伴侣是从上位（稍微高于你的位置）进入你还是从侧位（躺在你身后）进入你，你都可以试着刺激阴蒂来让自己达到高潮。你还可以用一点润滑剂、唾液或凝胶；还有一种常见的误解，认为性交中需要使用润滑剂很丢脸。

如果男性想通过性交达到高潮却未能如愿，你可以试着平躺下来，让伴侣给你口交、手交，或给你使用震动器。伴侣抚摸你的睾丸或亲吻你的乳头的时候，你也可以同时抚摸自己。你的问题可能在于你的态度：你认为真正的男人只能通过性交获得高潮。

夫妻双方都要找出令自己愉悦的性爱方式——哪些方式有效，哪些方式无效——并对性高潮不采取评判性的态度，而是认为："只要我们双方都舒服，不管用什么方式达到了高潮，这都很好，都是完全正常的。没有所谓正确的方式，也没有什么更好的方式。"

倾听你的身体，你的身体会告诉你它的喜好。

认知观念十一："我们的做爱频率应该保持一致，而且应该同时想做。"

外遇曝光后，夫妻双方的性需求会突然出现看似无法解释的变化，对此你们要有心理准备。不忠方可能会对性事毫无兴趣，而受伤方出于对自身性能力的怀疑，其性需求可能会增强。但也有相反的情况：不忠方可能很希望继续过夫妻性生活，受伤方则担心这种强烈的感情表达方式会伤到自己，导致其性需求不大。

芭芭拉是外遇的受伤方，当她发现丈夫有外遇后，她的性需求变得极其旺盛。她对我说："我想把他榨干，这样他就没有精力找别人了。我想向他证明，我可以给他性福，我可以像他的情人那样惹火。"

她把她的丈夫搞得不知所措。他对我说："我在尽量向她妥协，有时我没有欲望，但为了让她安心，也会迁就她；有时我会告诉她我没心情做爱，但会对她保证我爱她并忠于她。可是，只要她觉得我没有全身心地做爱，她就开始胡思乱想。我们以前性生活很和谐，但她现在这种需求让我实在受不了。”

鲍勃是不忠方，他在外遇曝光后把自我封闭了起来，不仅对妻子，而是对所有人都失去了性欲。他连自慰都停止了。他告诉我：“我已经完全没有了性生活。也许这是对我所作所为的自我惩罚，是在控制自己的性冲动，使之不再失控。”

起初，他的妻子担心丈夫对她没了性趣。接着，她又担心丈夫的性趣恢复后，会再次到外边寻欢。

如果你们跟这两对夫妇——芭芭拉和她的丈夫、鲍勃和他的妻子——的情况一样，那么较之你俩性欲水平的差异满意度，你们如何看待这种差异更能影响你们各自对另一半的满意度。如果你认为性生活和谐的夫妻的做爱频率应该完全一致，那么你就很可能会因为你们夫妻之间的性爱差异而感到恐慌，并向外寻求满足。如果你认为夫妻双方很难在任一给定时间里产生相同的生理需求，那么你就很可能会对你们夫妻之间的性爱差异持宽容态度，并在婚姻关系范围内采取妥协。

如果你是一位女性，还是一个受伤方，满足伴侣性需求的心理压力就更大了。大众普遍认为，满足丈夫的性需求是妻子应尽的义务，否则他有权另觅新欢。正如塞尔玛·吉恩·古德里奇博士所写的那样：“因此，妻子的责任就是要满足丈夫的‘性冲动’，或者在面子上假装着也要去满足，否则就会受到惩罚。即使在夫妻关系心理治疗中，妻子不迎合丈夫‘性冲动’的情况也往往被视为需要解决的问题。”因此，当你的丈夫向你求欢时，你要问问自己：“我的回应是出于尽好妻子的义务，是出于某种担忧，还是出于真实的自我？”而你的丈夫也应问问自己：“妻子答应跟我过性生活，是出于对我关爱，是出于担心失去我，还是出于她自己的性欲？”[16]

只要你自己没有妥协感、被迫感、怨恨感，只要你没觉得自己在为修复夫妻关系而孤军奋战，那么你迎合伴侣的性需求，倒也没有什么不妥之处。只要你的丈夫在努力让你更有安全感、被爱感，作为一个被出轨的妻子，你为了取悦自己的丈夫，甚至是出于害怕失去他而跟他做爱，我觉得倒也没什么不正常的地方。不可接受的情况是，夫妻一方总是无视另一方的权利和特殊情况，或无原则地应允另一方的需求。没有公平互惠，夫妻关系就很难变得融洽。

记住，无论男女，也无论你是外遇事件中的哪一方，你的性欲水平都会随着你的一生而波动。年岁会增长，我们的性欲也会随着荷尔蒙的变化而正常起伏。男性通常在青春中期至二十五六岁达到性欲高峰，而后逐渐下降。女性的性欲高峰期较晚——通常在30至40岁，而后逐渐下降直至老年，但在绝经后几年，性欲可能会上升。[17]

人生转折性事件也会影响性欲水平。一位名叫贝蒂的病人告诉我：“孩子出生后，我觉得自己都没什么性欲了。我简直成了个送奶工，日夜喂奶，一门心思扑在宝宝身上，想让宝宝健康成长。我根本想不到性生活这回事。埃里克（我的丈夫）搞得我很烦，他总要跟我上床——好像比宝宝都需要我——我烦他摸我乳房。现在，十八年过去了，孩子上了大学，情况也变化了。埃里克为了家用开支而加班加点，我的性欲却变得比他还要强。”

伴侣对性生活不感兴趣，这可能是最能让你产生孤独感的事情了。但是，如果你总把此事往坏处想，只会让你们变得更加疏远。我的建议是，你要超脱地看待伴侣的性冷淡现象，超脱地看待自己当前的性需求，尽管偶有失望与沮丧，也要设法找到一个维持亲密关系的方法。夫妻关系要想变得亲密起来，就要学会关爱伴侣，即便伴侣无法或不愿满足你的所有欲望。

建议

婚姻关系陷入困顿后，夫妻对彼此性反应的看法往往会走向极端；甲方被乙方视为冰冷的石头，完全不想性爱；乙方被甲方视为发情的兔子，总是要求发生性关系。下面的训练方法——我称之为“兔子和石头”训练法——将帮助你们更为现实地看待彼此的性欲，并达成双方都满意的妥协方案。

首先，请你们写下自己理想中的性生活频率（不受你自以为伴侣想要何种性生活频率的影响），以及你自以为的伴侣理想中的性生活频率。其次，写下你勉强愿意接受的性生活的频率（为了迁就伴侣你愿意接受的性爱频率）。再次，写下你自以为的你伴侣愿意满足你性欲的频率。这个训练可能会让你们发现，你们的性欲差异比你们预料的要小，你们为达成双方满意的解决方案所需的妥协也比你们预料的要少。

下面是瓦莱丽和托德夫妇的情况：

1. 瓦莱丽想过性生活的频率是怎样的？

瓦莱丽的回答：一周一次。

托德的回答：一个月一次。

2. 瓦莱丽勉强愿意接受的性生活频率是怎样的？

瓦莱丽的回答：一周一到两次。

托德的回答：一个月两次。

3. 托德想过性生活的频率是怎样的？

瓦莱丽的回答：每天。

托德的回答：一周两到三次。

4. 托德勉强愿意接受的性生活频率是怎样的？

瓦莱丽的回答：一周三次。

托德的回答：一周一次。

这对夫妇从中发现他们误解了彼此，两人都笑了起来，然后达成了如下妥协方案：为了满足托德，每五天至少做爱一次，同时为了尊重瓦莱丽（除非她自己有需求），不得超过这个频率。双方轮流主动发起性要求。轮到托德的时候，他一般是在晚上向瓦莱丽提出性要求；接下来，则轮到瓦莱丽等上整整五天后提出性要求。双方约定，如果某一方不想履约，可以考虑将不想履约的情况记录在认知偏差表上，以便夫妻双方讨论并改约到其他时间。

有一次，瓦莱丽不想做爱，想要延后履约，于是她写下了以下负面想法："我很生气。托德的妈妈来我们家，可他就把他妈妈丢给了我照顾，也不管我有一份报告急着要写出来。他不尊重我是否有时间，就想着所有人都服从他的安排。"

接着，她又反过来劝自己："你生闷气都有一整个星期了——为什么到了现在才以不跟他做爱来惩罚他呢？你在刚生气的时候就应该去找托德，给他一个机会来处理这个问题。不要落入心理陷阱，把托德当成你那个凡事总把自己放在第一位的父亲；你也不要变成你母亲，只是为了你而跟你父亲在一起，即便心有愤怒，也只能用冷漠包裹起来。就像你在做心理治疗时那样，你要告诉他你的烦心事是什么，并让他用复述反馈法说出你的感受。接着互换角色，他说你复述。不要把性生活当作惩罚对方的武器。如果你直言不讳，他会更有可能支持你的。”

瓦莱丽没有把托德拒之门外；她倾听了自己丰富的内心声音，找到了自己愤怒的原因，并承认了自己的错误行为模式。第五天，瓦莱丽按照约定，主动向托德提出了性要求。

认知观念十二：“如果我们的关系很稳固，并且我们都是正常人，那么做爱时就不需要性幻想，不需要使用性工具。”

很多人可能认为，性爱的唯一正确方式就是全身心关注对方并激起彼此的性欲。你会认为，正常人是不需要、不想要情趣用品或心理刺激来激发性欲的。

你可能会认为，如果喜欢或需要情趣用品（震动棒、色情视频之类）来增强性欲，那么就表明夫妻关系出了问题，或者表明自己性变态、下贱、不忠、不正常、有毛病。

实际上，正如做菜有许多种做法，唤醒性欲的方法也只多不少。在性爱上过于拘谨的问题在于，这可能会让你无法体会其中极其有趣、极其刺激的某些感受。而在你们之间关系陷入困境之时，就更不应该舍弃夫妻嬉戏与感官之乐了。

按照某种说法，我们最重要的性器官是大脑，大脑的活动会显著影响身体的性反应。如果你在做爱时，满脑子都是热辣的画面，甚至是某种禁忌的想法，你可能会更加激情满满吧。如果你在做爱时，心里老想着“伴侣从来都不把盘子收到洗碗机里”，那就不大可能有什么飘飘欲仙的感觉了。

性幻想可以很自然地把你从愤怒、不满的感觉中解脱出来，让你不再纠结于那个外遇对象——在这个微妙的时刻，无论有什么在干扰你的性唤起，性幻想都能帮到你。性幻想还可以给你的身体器官发送性信息，刺激阴茎勃起、阴道润滑，增强性反应。

“但是，有了伴侣的刺激难道还不够吗？”你可能会问，“一边跟伴侣做爱，一边还想着别人，这是不是很淫荡？”我的回答是：不是。幻想着跟别人做爱与真实地跟别人做爱，这两者截然不同。正如著名的性治疗师海曼、罗皮·克洛指出：“幻想某件事，不意味着你真去做那件事。实际上，性幻想的魅力就在于它让你自由地想象，想象在现实生活中不可能发生的各种性行为。”[18] 如果你爱一个人，你就不能被其他人所吸引或者幻想跟其他人做爱——这样的理念是违背人性的。对他人产生性幻想是件很正常的事情。重要的是，你和伴侣都在期待着做爱，你们在床上过得很值得、很愉快、很亲密、很有意思；与此同时，再来点性幻想，又有何不可呢？

我只是建议你们不要把外遇对象当作性幻想的对象，虽然要指望杜绝此事确实不大现实。不忠方以前就对外遇对象有过性幻想并付诸实践，但最好到此为止吧。受伤方一想到自己的伴侣与第三者激情拥抱的画面，可能会激发出性欲，但这些脑海中的画面在带给你性欲上刺激的同时，还可能会激发你的不安感。只要你的性幻想里出现外遇对象，你就该切换频道了。

有一种方法就是，训练自己想象那些不会给你带来不安感的画面。南希·弗莱迪的《恋爱中的男人》[19]和《我的秘密花园》[20]这两本书里就有很多大胆直白的性幻想，前者是写男性的，后者是写女性的。其中某些情节可能会让你欲火中烧。

还有一种增强性欲的方法就是，在性爱中使用情趣用品。有的人对这个建议有抵触情绪，因为他们对情趣用品有成见。如果你想感受一下情趣用品的乐趣，那你就要用全新的眼光来看待它们，正如我的病人约翰那样。

约翰对自己的妻子朱迪不忠，这给妻子带来了伤害，现在他们正在恢复关系。朱迪告诉约翰，在分居的几个月里，她开始使用震动棒来自慰。现在他们要过夫妻生活，朱迪想继续使用震动棒来让自己达到性高潮。约翰认为，朱迪的要求无异于当面打他的脸。约翰告诉我："因为我有外遇，她就是想报复我。这就等于说，'就像你不要我那样，我也完全可以不要你。'"

朱迪解释说，她喜欢跟约翰做爱，但她只通过阴道性交无法达到高潮，就想在使用震动棒时让约翰在身边摸她。约翰一开始很抵触，但随着时间的推移，他们不断地交流，他重新看待了此事，也逐渐能够接受了。有时候看着朱迪自慰，约翰也变得很有欲望。

外遇受伤方玛吉也跟自己的伴侣有类似的情况。她能看到丈夫为复合而做出的努力，因此当她丈夫提出某些视觉上的性要求时，她也努力去迎合，并尽量不让自己有卑微感。她丈夫买了黑丝连体内衣要她穿上，要她一起看色情电影，她同意了。但到了第二天，她又觉得自己很下贱。她对我说：“他要用这些东西让自己兴奋起来，但这跟我有什么关系。如果他爱我，如果他喜欢我的身体，有我就足够了啊。”

经过心理辅导，玛吉意识到自己的认知很主观，于是反过来劝自己：“他有外遇之前，就给我买过这种无聊的小玩意儿。他一直喜欢看我穿性感内衣。他一直喜欢看色情电影。但这并没有让他变坏，也没有让我在他眼里失去吸引力，没有让他少爱我一些。为什么要从中解读出一些根本没有的事情呢?”

最终，玛吉和丈夫找回了亲密无间的感受，但这不是因为他们使用什么特殊的情趣用品，而是因为他们愿意考虑接受彼此特有的性爱好，并且不带任何评判。

建议

1. 在过性生活的时候，花点时间做一到两个内容大胆直白的性幻想，让自己惬意地兴奋起来。可以在自慰时性幻想，也可以在洗澡时一边抚摸自己一边性幻想。

跟伴侣做爱时，你可以在性幻想与真实性爱的感官体验之间来回切换。不要完全沉迷于性幻想而无法自拔；但是，当出现有关伴侣或外遇对象的负面想法时，要毫不犹豫地丢掉这些想法，走进幻想之中。

尽情享受，放飞思绪，想象那些令你兴奋的场景。性幻想之所以令人兴奋，就是因为它突破禁忌、新奇刺激；最能挑起你欲望的性幻想，可能就是在现实生活中你觉得不应做出或有违道德的事情。记住，没有必要让伴侣知道你在性幻想，没有必要让伴侣知道你在幻想什么。把他人作为性幻想的对象这件事算不得婚外情。关于此话题，第十章“网络空间里的外遇”会做进一步讨论。

2. 邀伴侣同去情趣用品店，实体店和网店都可以。有些器具可能让你觉得恶心，有些则可能让你大笑。有些器具你可能想用一用，那就跟伴侣说说吧。跟伴侣说说你对这些器具的感受。

认知观念十三：“不要提及艾滋病检测或其他性病检测，这种话题太令人恼火。”

外遇事件曝光后，在恢复夫妻性关系的过程中，你们肯定都要面对一个令你们极为焦虑的问题——是否染上了诸如艾滋病等性传播疾病。

尽管你，不忠方，坚称自己跟外遇对象发生的性关系很安全，你的伴侣可能还是需要更多的医学证据而不是你的话语保证，因而在你们俩都通过体验测试之前，都不愿意跟你发生性关系。如果你对此很排斥，那你心态上就错了，你倒是要问问自己，为什么会有如此强烈的戒心。你对伴侣的要求有成见，所以你很愤怒，尤其是你把这一要求看作伴侣在控制或惩罚你；但是，无论伴侣的动机看起来多么令人愤怒，从道德层面上讲，你没有权利让他人遭受严重或致命疾病的风险。为了帮你克服这种想法，我给你如下建议来劝慰你自己：“艾滋病（或其他性传播疾病）是真实普遍存在的，会危及人的生命。把他人的生命置于可能的危险之中，是说不过去的。去做体检就是表明我尊重伴侣的感受，表明我对夫妻关系的忠诚。伴侣提出要我体检，我是可以视之为一种强迫，但假如伴侣在对我的健康状况毫不知情的情况下，真的同意与我发生性关系，这种无私与信赖的行为又该是多么可怜呢。此外，我都已经撒过（这么多次）谎了，凭什么伴侣就该相信我在外遇中发生的性行为很安全呢？”

如果你是受伤方，你当然有权要求伴侣接受体检；实际上，这是唯一负责任的做法。不过，你尽量不要把这种要求当作回避性生活的方法，也不要把它当作发泄怒火或痛苦的手段。如果你担心性生活会威胁自己的健康，那就大声说出来。给伴侣一个缓解你焦虑的机会，让伴侣重新获得你的信任。

建议

你们两个都去做体检。你跟医生的预约情况和体检结果，都要告诉伴侣。要主动去做这件事，不要让伴侣来催你。

认知观念十四：“我对自己的身体和做爱表现感到羞耻，我永远也没法克服这种心理。”

羞耻感往往会妨碍夫妻性生活——对自己的身材感到羞耻，对自己的做爱表现感到羞耻。如果你把这种感觉藏在心里，就会压抑你自然的性喜好，让你无法畅快地享受性爱与释放自我。为了让夫妻关系更加亲密，你要看清让你感到羞耻的是什么，然后勇敢地把它说出来。向伴侣说出你隐秘内心中最令你感到羞耻的性问题，肯定会让你感到焦虑不安，但这也给了你伴侣一个机会，让其反驳你的认知，并接受你本有的样子。

要说出来，羞耻感才能得以消除。

建议

下面列出了很多人感到羞耻或尴尬的原因。我建议你们对此进行讨论，并补充讨论你们自己的情况：

- “我的身材很难看。”
- “我的胸部太小 / 太大。”
- “我的阴茎太小 / 太大。”
- “我的不够硬。”
- “我的阴茎形状很怪。”
- “我的乳头凹下去了。”
- “我无法通过性交达到高潮。”
- “我在床上就是个榆木疙瘩，不会来事儿。”
- “我的性需求太古怪。”
- “我发出的声音太吵。”
- “做爱时我太安静了，我放不开。”
- “我的阴毛很难看。”
- “我太胖 / 瘦了。”
- “我的屁股太扁 / 软 / 肥。”
- “我的高潮来得太快。”
- “我的高潮总也不来。”
- “我无法让你来高潮。”

- “我的阴道太松 / 太小。”
- “我从来没有过高潮。”
- “我不够润滑 / 我太过润滑了。”
- “我担心自己的阴道很难闻。”
- “我不知怎样让你舒服。”
- “我说不出口，没法告诉你怎样让我舒服。”
- “我无法放开，觉得完全释放激情很尴尬。”
- “我害怕放开后会失控。”
- “给你口交的时候，觉得自己很下贱。”
- “把你的阴茎放进嘴里，我怕会噎死。”
- “我怕你会射到我嘴里。”
- “我想着在跟同性做爱。”
- “每当我提出过性生活，都觉得自己太过主动。”
- “我喜欢看黄文和黄片。”
- “我想在做爱时偶尔用用震动棒。”
- “你不在我身边的时候，我会自慰。”

倾听伴侣心声的时候，你要意识到，伴侣现在很信任你，所以才告诉你个人隐私信息，这一点很重要。你要极其小心地对待这份信任。如果伴侣的认知与你的相悖，你当时就要说出来。我有一位名叫维拉的病人，她跟丈夫说，她特别讨厌自己乳头周围的黑毛——用她的话来讲，长着那些黑毛，让她觉得自己不像女人——她丈夫则开玩笑说：“我的鼻毛和耳毛太茂盛，它们会长出我的鼻子和耳朵，我曾经也很烦恼。我们都不完美，你别笑话我，我也不会笑话你。”

说出自己的羞耻感，让伴侣帮你缓解或克服它，你们之间的亲密关系就少了一个大障碍。

结　语

害怕亲密，害怕改变

当你对性欲、性唤起和性高潮改变了看法，当你不再纠结于那个外遇对象，当你可以现实地看待性激情和运用性幻想，当你认可了自己在性生活方面的问题，你可能仍然害怕复合，害怕再次爱你的伴侣。

害怕重新投入受损的关系，害怕敞开心扉再次接受伴侣的爱，害怕自己心怀希望——在外遇之后努力重建亲密关系的伴侣中，这些情况很常见。

与此类似的还有害怕做出改变。当你意识到夫妻关系模式失调已久、根深蒂固，跟你的自我意识连为一体时，你可能会说：“我就是这种人，现在要我变成另一种人，已经太晚了。”

有一位受伤方告诉我：“这就像你走下路沿，穿过马路，不知道走到对面后，情况会是什么样子。如果我变得更有爱，更性感，更直接地表达我的性需求，我对丈夫的感受可能大不一样，对自己的感受可能也大不一样。我可能变成另一种人。我总是感觉自己被忽视、被剥夺，总是失望。但如果我不像这样了，我又会变成谁呢?”

无论你的不良认知观念有多么不好，你都会自然而然地重复这个熟悉且经常使用的模式。但你可以做出改变，并能让夫妻关系变得比你想象的更加亲密。

如果你想在此基础上更进一步，那就努力看清自己排斥伴侣的动机并勇于承担责任，看清自己是如何毁坏了伴侣为了解你而做出的努力。你可以回想外遇事件发生之前，回想你们俩相遇之前，回想自己童年以来跟生命中重要之人的不良相处模式。你可以有意识地让自己学会新的、更有爱的婚姻互动方式。

试着劝说自己不要害怕。为自己打开一扇小窗户，给自己一个机会重塑自我，重塑自己的婚姻关系。不要在婚姻中虚度时日，盲目地固守童年时期形成的亲密模式。不要虚耗精力，徒然地让夫妻关系变得冷淡。问问自己："我还在等什么呢？我还要等到何时才能准备好重新去爱呢？我们还有多少机会可以共同努力以重归于好呢？"确实，你只有做出很多改变，才会获得安全感，才会修复一定程度的信任感，才会"把你最隐秘的情感和恐惧放到伴侣的手心，并知道伴侣会谨慎地对待它"。[21] 但我还是建议你们打破导致你们分离的心理封印，开启重归于好的旅程。

更为亲密地重建关系

现实地看待你们的性关系，将大大加强你们的情感关系和精神契合。正如半个多世纪前玛丽·波登笔下所言："我们并非都是天生的爱人或高明的爱人——天生会爱，习惯会爱。我们都是纷纷扰扰世间的普通人，软弱无力，笨手笨脚，内心善良，迷茫着，孤独着。我们真正想要的，就是有一两个朋友，还有一个我们高兴时能陪我们高兴，我们遗憾时能陪我们遗憾，我们身处逆境时能对我们不离不弃，能跟我们风雨同舟的伴侣。”[22]

彼此温柔以待、情感安心紧密，这是夫妻关系恒久忠诚的核心，它带给人的喜悦和满足，远超浪漫爱情中那转瞬即逝的电光石火。托姆·冈恩（Thom Gunn）有一首诗《拥抱》，就写过爱的甜蜜与满足的模样。[23]

那天是你的生日，
我们跟老友尽情吃喝，
一直到夜半时分；
老友见证我们这一路，
我醉醺醺地跨上床。
我已舒服地躺着，
昏昏沉沉地躺在半边床上。
我打着盹睡着了。
有一个拥抱唤醒了我。
突然从背后来的拥抱，
把我们全身贴到一起：
你脚背贴着我脚后跟，
我肩胛骨抵着你胸膛。
我们并没有做爱，

但我已经感觉到，
你全身心的力量，
把我紧紧地锁住。
我们仿佛还是二十二，
激情还未蜕变成亲情。
虽然我很快入眠，
了无时间空间的痕迹，
但我只想沉浸在
你安全有力的怀抱里。

性亲密和情感亲密是密不可分的，它们彼此成就，彼此滋养。两者都要求你们善待彼此，在本质上成为彼此的依靠。两者都会给你们力量和远见，即便在你们感觉不到爱与被爱的时候，也能让你们依偎在一起，坚持走到最后。

第九章
学会原谅

原谅同爱一样，既是一种感情，也是一种观念。如果你对原谅的认知很极端、不切实际，那么你可能永远都不会原谅对方，又或者过快地原谅对方。在本章中，我们将探讨一些最为常见的有关原谅的错误认知，以便你能做出更加成熟、更加明智的决定，决定自己是否可以、是否愿意原谅对方。记住，我这里谈的不仅仅是原谅不忠行为，还有夫妻关系中很多不太明显但同样会导致失望的行为，或是伴侣令你失望，或是你令自己失望。

阻碍你原谅对方的认知观念

关于原谅，以下是几种不切实际的观点：

1. “原谅是突如其来，一步到位的。”

2. “一旦做出原谅，就意味着对伴侣的负面情绪消失了，取而代之的是正面情绪。”

3.“一旦做出原谅，就意味着承认自己先前对伴侣有负面情绪是错误的，或不合理的。”

4.“一旦做出原谅，就意味着不求任何回报。”

5.“一旦做出原谅，就意味着忘记曾经的伤害。”

字典上的解释也佐证了这种不切实际的观念。《兰登书屋英语大词典》[1]就很典型。该词典对“原谅”的定义是：“1. 赦免或免除（罪责、债务等）；免除。2. 放弃全部索赔主张；免除（债务、义务等）。3. 饶恕（某人）。4.［对……］不再怨恨；宽恕敌人。5. 免除［……的］债务或责任。”很多宗教权威和神学家可能还会加上一条：“放弃报复的权利。”[2]

虽然这些定义有助于我们理解“原谅”的抽象概念，却可能让人难以做到，同时心生疑惑：“如果这就是原谅，那就算了吧。只有圣人才能如此做到这种不加条件、不管不顾、自我牺牲式的原谅。”

正如我在《让我如何原谅你？》（*How Can I Forgive You*）[3]里说的那样，原谅不是受伤方单方给予的纯粹无私的行为。原谅是夫妻合作的行为，它始于外遇曝光后你向伴侣诉说痛苦之时，并在夫妻重建信任和亲密关系的过程之中，在双方修正言行心态的过程之中逐渐形成。原谅是自愿的，但必须日复一日地努力才能达成。

认知观念一：“原谅是突如其来，一步到位的。”

记得我儿子艾伦刚开始上托儿所的时候，他这里转转，那里翻翻拼图玩具，然后对我说："我不去，那里太难受了。"当然难受，如果要他上托儿所当天就必须学会所有东西的话。

同样，如果要你现在就原谅伴侣，你也会觉得这困难得超出了自己的能力。你会坚称："这可能要一辈子的时间才行吧，也许一辈子还不够。"我会说："你说得对，完全正确。原谅是一个缓慢的过程，它贯穿你们的这段关系。它没有终点，你们永远也无法拆掉人生的脚手架，说一句："我们终于可以停止回忆过去，宣布大功告成了。"用卡夫卡的话来讲，人类发展的决定性时刻具有持续性。

对于伴侣做过的事，现在你或许能原谅10%，随着双方重建关系，你或许能再原谅70%，然后就做不到更进一步了。这已经很好了。哈佛医学院临床精神病学副教授朱迪斯·刘易斯·赫尔曼在她的心理伤害研究[4]中写道："创伤的解决从来没有终点，创伤的恢复也永远无法圆满。"即便你完全原谅，你也未必是个好人；即便你无法原谅，你也未必是个坏人。你只能依己所能、依伴侣的表现给予原谅。

认知观念二："一旦做出原谅，就意味着对伴侣的负面情绪消失了，取而代之的是正面情绪。"

有些人抵触原谅，可能是因为他们把原谅看作"仇恨的终止"[5]——伤害带来的痛苦没有了，取而代之的是爱和同情。

在我看来，这种想法很浪漫但不现实，因为在我多年的临床实践中，从来没有见到有人能在情感上有如此转变。在现实生活中，心理创伤不会彻底痊愈，不会消失，也不会有更为正面的情绪能够奇迹般地取而代之。无论你是受伤方还是不忠方，伴侣如何辜负你的记忆即便在多年以后都有可能让你感到痛苦。想要把一切抹去，好似什么都没发生过，这是痴心妄想。

如果你是受伤方，你不太可能同情伴侣因为外遇事件而遭受的煎熬；你可能永远都不会理解，或者不想去理解伴侣放弃外遇对象而忍受的悲伤。这种情况很正常。假如你原谅了对方，一旦想到对方的欺骗，心中也并不会升起温暖、舒适的感觉，但在情绪上可能不会那么敏感了，也不会被痛苦和愤怒咬啮了。在夫妻关系中，你会拥有其他更为正面的情绪体验，你对伴侣的敌意变得不那么重要，而是与正面情绪共存。你以更大的生活维度去看待那个外遇事件，明白它是什么——是你们生活的一部分，但不是全部。你会明白伴侣不仅仅是背叛者，你也不仅仅是受害者。[6]

如果你是不忠方，你可能永远也不会彻底原谅令你失望的伴侣。这种情况也很正常。正如成熟的爱，在原谅中也会有爱恨交织，也会有种种相互冲突的情感同时发生。一旦做出原谅，正面情绪不会取代消极情绪，它们会共存下去。你的怨恨还会存在，但你同时还会意识到伴侣并非一无是处，外遇对象并非完美无瑕，你也未必那么无辜。

认知观念三："一旦做出原谅，就意味着承认自己先前对伴侣有负面情绪是错误的，或不合理的。"

有些人抵触原谅，可能是因为他们觉得原谅就是宽恕、谅解或伴侣的错误行为，大事化小。这样一来，似乎就否认了对方做过不公的事情，否认了你感到伤痛与表达愤怒的权利。这样一来，似乎"伴侣对我做的事也并不那么可恶，并不那么重要了”。

然而，原谅并不意味着你要否认伴侣做过错事，它只意味着你免除了对伴侣的惩罚。正如马乔里·汤普森牧师所言：

“宽恕别人，就是别人伤害了我们而我们却有意识地放下心中对其的审判，无论该审判多么合理。我们选择这么做，表明我们要放下怨恨和想要报复的欲望，无论这种报复看起来多么公平……这并不是说，我们要彻底遗忘实际存在的创伤，而是要打破我们不断重温此事的怪圈，中止每次重温旧怨而产生的新恨。而且，宽恕只是免除了此人应当受到的惩罚，并没有降低其行为的严重程度。其行为仍然要受到谴责，只是在宽恕者愿意的程度内免除了行为的后果。”[7]

你可以在原谅伴侣的同时，坚持认为伴侣做得太过分。实际上，除非你认为自己受到了不公的对待，否则你也没有什么可以宽恕对方的。贝弗利·弗拉尼根（Beverly Flanigan）在《原谅不可原谅的人》[8]（*Forgiving the Unforgivable*）中写道：“学会责备是学会生活的一部分。有的人犯了错。有的人应该被指出犯了错。有的人可以被原谅。”[9]

认知观念四：“一旦做出原谅，就意味着不求任何回报。”

有些人拒绝原谅，可能是因为他们把原谅看作不指望任何回报的某种赦免。“伴侣伤害了我，凭什么我要免除伴侣做出补偿的义务？”“凭什么我把过去一笔勾销？”

如果你把原谅看作自我否定、自我妥协，那么你很可能会把它与丧失权力、顺从虐待联系起来，你会认同尼采的观点：原谅是弱者的选择——是无法维护自身权利、无法得到公正解决办法的人的选择。[10]

然而，原谅不一定让你变得软弱，也不一定让你的伴侣变得不负责任。如果你的目标是两人和解，那么宽恕就是要求得到回报的。如果你的伴侣已经去世或者你无法接触其本人，那么你可以在心中单方面“放下”此人，以把控自己的痛苦，进行自我恢复。但是，如果你想重建关系，那么你们就要共同努力。原谅是两个人共同努力的过程；你不可能原谅那些拒绝承认错误，拒绝补偿对你造成伤害的人——你当然不能和这种人建立重要的亲密关系。正如朱迪斯·刘易斯·赫尔曼所指出的：“只有作恶者以忏悔、悔改和补偿来寻求并争取宽恕，才能获得真正的宽恕。”[11]

如果你的伴侣想在身心上跟你复合，那就必须努力做出具体的行为来赢得你的原谅。对方不努力就能获得你的原谅，正如你不求回报的单向的爱，会强化这样一种认知：维持亲密关系是你一个人的事情，你的伴侣不需要分担复合的责任。但凡你有一点点自尊，就能发现这种认知观念是有偏差的。

临床心理学家罗伯特·拉温格在《宗教与心理咨询》中写道：“尽管跟对方和解可能是理想结果，但从心理上讲，必须让对方通过努力来得到谅解。原谅那些不承认伤害你的人——或者更糟糕的是，把他们的伤害行为合理化，认为自己活该受伤，这就是再次承受伤害。”[12]

认知观念五：“一旦做出原谅，就意味着忘记曾经的伤害。”

有的人拒绝原谅，可能是因为害怕忘记曾经的伤害。他们认为，记住过往的伤害，可以防止此事再次发生，还可以让伴侣明白，带给你的伤痛不是可以轻易抹杀的。

但事实是，无论受伤方是否原谅，都永远不会忘记自己是如何被伴侣欺骗的。多年以后，还是能回忆起自己得知伴侣有外遇的那一刻，以及令你痛楚的外遇细节。如果你是不忠方，则很可能希望伴侣原谅自己，忘记发生的事情，这样就可以进一步获得和解；但是，你不能急于求成。你可能不在意你造成的伤害，但你的伴侣很可能在意。

原谅伴侣，并不意味着你会忘记所受的伤害，而是让自己不再纠结于此。你那些痛苦的记忆很可能还很鲜活，但已被你放置到内心的某个角落。你还会看到自己的伤痛，但那只是你生活图景的一部分，你的生活中还有爱的时光——正是有爱的时光，才让你选择继续跟伴侣在一起。过往可能还会刺痛你的心，但它也可能给你某些重要的教训，并激励你做得更好。

简而言之，原谅必然意味着有意遗忘，关于这一点荣格心理学派分析师克拉丽萨·品卡罗·埃斯蒂斯如此写道：原谅就是“拒绝想起令自己愤怒的事情……刻意地不再沉迷其中……从而不再落入窠臼，而是想着创造新生活、获取新体验，活出新境界。”[13]

促使你轻易原谅的认知观念

未经努力就轻易取得的原谅是廉价的原谅。你之所以原谅伴侣，不是因为伴侣值得原谅，而是因为你感到某种压力，这种压力要么源于他人，要么源于自己对原谅持有某种不切实际或道德层面上的认知。轻易地原谅或过早地原谅，都会将你的痛苦生生掩埋起来，剥夺了你和伴侣直面外遇事件、正确修补彼此伤口的机会。

下面是三种有关原谅的常见认知观念，可能让你在伤害未被承认和解决之前就轻易原谅了对方：

1.“原谅对方，对自己总有好处。”

2.“原谅对方，表明你是个好人。”

3.“原谅对方，会消除彼此冲突，推动双方关系向前发展。”

认知观念一：“原谅对方，对自己总有好处。”

人们通常认为，原谅不仅是你给伴侣的礼物，也是你给自己的礼物，它让你成为最好的自己，给你幸福感，让你身心健康。曾任加州富勒神学院神学与伦理学教授路易斯·史密德斯写道，你原谅他人，好似“你赦免了一个囚犯，而你会发现，你真正赦免的是自己。”[14]

如果你的伴侣伤害了你或辜负了你，你可能会指望用原谅来疗愈自己并继续生活。你可能会试图在心中原谅伴侣，好把自己从痛苦与幻灭之中解放出来，不再用这些情绪消磨自己，而是拿回自己内心的能量。你希望，原谅了伴侣，你就会摆脱受害者的角色，继续好好生活下去。

原谅对方对自己肯定有好处——这种认知观念很流行，普罗大众和专业人士都很认同，但尚未在研究中得到证实。实际上，在某些案例中，这种做法却产生了相反的治疗效果，导致当事人的自我价值感降低。[15]

“过于轻易地原谅别人，可能是缺乏自尊的表现，是在情感上向对方表明，我们自认为没有权利，或者我们没把自己的权利太当回事。”[16] 杰弗里·墨菲在《宽恕与怨恨》中如此写道。墨菲接着指出，自愿成为别人的受气包，这并不是爱或友谊，而是精神病学家卡伦·霍尼所谓的“病态依赖”。[17] 我自己的临床经验也表明，对方不努力就能获得你的原谅，这并不能治愈亲密关系中的创伤；这只不过是用微笑和礼貌来掩盖伤痛而任其溃烂。

认知观念二：“原谅对方，表明你是个好人。”

有些人可能受家庭与宗教教育的教导，认为原谅是救赎——是好人向敌人所做的自我牺牲。你原谅他人，就表明了你悲悯无私，从而为你自己保持或创造了殉道士或圣人的自我形象。

但是，原谅本身并不值得赞赏——除非你自认为隐忍与不寻求公正的解决办法是值得赞赏的。实际上，你自认为的宽宏大量，可能只是为了在道德上凌驾于伴侣之上，让自己不用面对外遇事件中属于自己的那份责任。你自认为的自我牺牲，可能是为了一个更大的目的，就是让你的伴侣处于你的控制之下，让其背负永远无法还清的感情债务。

认知观念三：“原谅对方，会消除彼此冲突，推动双方关系向前发展。”

有些人可能太急于和好，所以愿意做任何事，甚至主动原谅对方。如果你是依赖性人格，或者你原生家庭的父母酗酒成性、虐待孩子，那么你很可能在面对冲突的时候，习惯性地否认或忽视自己受到的伤害或心中的怨恨，以求大事化小小事化了。你学会了掩盖自己的不满，以维持跟伴侣的情感关系。你会轻易原谅伴侣，因为你无法承认或表达自己的愤怒，你害怕引起爆发性冲突，害怕双方关系疏远，害怕孤独生活。

这种权且原谅——说要原谅对方，但原谅方对伤害方在态度或情绪上都没有好转[18]——其问题在于，随着时间的推移，它很可能会加重原谅方的抑郁和悲伤，滋长其内心对伤害方的敌意。过于轻易地原谅，原谅方在人际互动中往往表面客气温和，但会不时地说风凉话或表现出公开的敌意。结果就是双方关系总笼罩在怨恨之中，总是小吵小闹，要么就是互不理睬，维持表面和平，陷入自我压抑——这种婚姻关系缺乏生命力，没有真实感。

有一位名叫帕特的病人，她对丈夫的原谅就是典型的权宜原谅。帕特的丈夫有了外遇以后，夫妻俩没有详加讨论，帕特就原谅了丈夫，将此事抛诸脑后。她告诉我："我知道亨利一直爱着我，我不需要他来求我原谅。"尽管亨利八年来再也没有出轨，但他们之间仍然磕磕碰碰，无法完全信任，也无法真正亲密。

正如我说过的，"表面上和平友善"解决不了任何问题。如果想真正原谅对方，就不能把已发生的事隐藏起来，装作看不到。你需要伴侣理解你的痛苦，为其所作所为懊悔、道歉并表现出重归于好的诚意。为了疗愈婚姻关系，你需要原谅伴侣，但前提是你的伴侣必须安抚你的伤痛。

自我原谅

除了原谅伴侣对你的伤害，你还应考虑原谅你对自己、对伴侣、对家人做得不好的地方。

如果你是受伤方，你可能应考虑如下方面：

- 过于天真，盲目信任伴侣，对伴侣不忠毫不起疑；
- 伴侣背叛了你，你却苛责自己；
- 为了维持关系，即便伴侣做出不可接受的行为，你也一再容忍或为其找借口；
- 对自我和爱情的认知不成熟，觉得自己没资格要求更多；
- 把自己和外遇对象作不公正的比较，伤害和贬低自己；
- 不顾一切地挽回伴侣，你的所作所为令你在外遇对象、在家人、在朋友面前颜面尽失；
- 失去自我，忘记自己真正看重的自我品质；
- 把孩子当夹心板，要孩子爱你、支持你，要孩子站在你这边反对另一边；
- 受外遇事件的困扰，心烦意乱，没有心思陪孩子；
- 努力保护孩子和父母的感情，拒绝孩子和父母的支持，毫无必要地把自己孤立起来；
- 在家里激起伴侣不满（比如，不认真对待伴侣的抱怨，专心做事业而不管家庭，只管孩子不管伴侣，过于挑剔，太不靠谱，需求过多）；

如果你是不忠方，你可能应考虑原谅自己的以下行为：

- 需求过多，觉得自己的需求有权得到满足，乃至于侵犯伴侣权利；
- 令你的伴侣（你的爱人，你孩子的父或母）置身危及生命的疾病的威胁中；
- 一旦心有不满就归罪伴侣，全然没有意识到自己的错误认知、不当行为以及不切实际的期待如何损害了你们的关系；
- 在态度上，为自己的欺骗行为找合理化借口，淡化自己不良行为的严重性；
- 不把自己的重要需求告诉伴侣，不让伴侣满足自己的这些需求；
- 对爱情抱有不切实际的想法，无法忍受婚姻关系中的幻灭；
- 对自我和爱情的认知很不成熟，不知如何创造和维持亲密关系，不知如何在婚姻关系中获得满足感；
- 给孩子、家人、朋友造成麻烦。

无论伴侣如何让你在家里没有幸福感，作为不忠方，你都要为自己的不忠负全责，但你也要原谅自己不忠带来的伤害。你还要原谅自己对孩子造成的伤害。你要教会孩子，两个相爱的人可能也会犯错误，但要勇于担责，共同努力，重获新生；通过你们以身示范，孩子可能更容易学会这一点。

如果你们能学会接受自己只是会犯错的凡人——受到各种条件制约，内心充满困惑，虽然生活让你们不明所以也无法控制，但你们却一直努力地活着——那么你和你的伴侣可能就会更容易原谅你们自己了。自我原谅并不表示赦免，它不免除你对自己言行的责任。但是，它可能让你不再自轻自鄙，不再陷入“自我否定的不良感觉”[19]之中，而是让你相信自己，“我能做得更好”。通过自我原谅，你会怀着一种温和的同情，明白你是谁，你为何这么做，并重新找回你最看重的自我品质。

承诺的合约

承诺本身没有太大的意义，但如果伴以相关的具体行为，就会让伴侣相信你有心做出改变、重归于好。承诺还会让你诚实做人，专心做事。因此，我建议你们订立以下合约，或者把以下内容纳入你们自己订立的合约中：

＿＿＿＿＿＿**【伴侣的名字】**

我们的婚姻经历了一场破坏性的危机。我很感激能有这样的机会，跟你一起重建崭新的、更为坚固的关系，这个关系将基于弄明白我们自己是谁、我们要从彼此那里获取什么。我明白，仅有忠诚，不足以创造成功的婚姻。

我现在认识到，我以前经常把自己的不满责怪于你。我以前不知道如何审视自己，不知道如何在自身的不幸福中寻找自己的原因。我以前总是期待你要满足我，要让我心情快乐，要安慰受伤的我。我以前总不明白，我个人的问题会导致我误解你、苛待你，还会让你无法了解我，无法满足我。我想要爱你，也想要你爱我，但我每次都让你离我更远。

【不忠方要加的内容】

我现在认识到，我的忠诚观和爱情观曾让我以为自己有权不忠。回首往事，我现在认识到我这种观念从何而来又如何影响了我。我不再期待你达到我理想中浪漫爱情的标准。我现在认识到了我出轨的原因，既然有了这种认识，我就不会再次出轨。我要全心全意地对你忠诚，这不仅是语言保证，我还将通过行为来证明。

诱惑总是存在的，但我承诺：

- 监管自己的人生并承担责任，对你保持忠诚。
- 信守诺言，跟外遇对象分手，用实际言行证明外遇对象不会危及我们的关系。
- 在我们共同生活的情况下，努力解决我自己的问题。
- 永远不再欺骗你，让你不再对我有猜疑，不用再来探查我，让你不会害怕再次信任我。

【受伤方要加的内容】

- 我感谢你为重建信任、复归亲密所做的努力，你可以放心，我会对你敞开心扉，如果你切实谋求我的原谅，我会原谅你，我会与你一道重建我们的生活。

- 我将努力让自己强大起来，不再发火，不再压抑情感，而是直接与你沟通。
- 我将继续检查自己，承担外遇事件中属于我的责任，承担外遇事件发生前，我们婚姻既有问题中属于我的责任。我现在认识到，我不仅仅是个无辜的受害者。

【双方都要加的内容】

我原以为自己理解婚姻美满是需要真正付出和牺牲的，偶尔的沮丧与被剥夺是免不了的，但我现在认识到，我以前没有真正理解爱一个人意味着什么，需要做什么。

- 如今我对你的忠诚不是基于一时的情绪，而是基于充分考虑了你为我们这段关系所做的一切，以及我所需的一切。
- 虽然有时我们彼此伤害甚至彼此憎恨，但我不会基于每日状况来评估我们的关系。我决定跟你在一起，是为了长相守。
- 我将努力正确看待自己偶发的婚姻不满与幻灭感，接受你在我看来的不完美。于我而言，有你足矣。[20]
- 我会尽量耐心。我不指望我们会自然而然或轻而易举地重归于好。
- 我要跟你携手并进，努力创造我们共同的未来，一个乐观且欢乐的未来。
- 我伤害了你，很抱歉。
- 我爱你，欢迎你回到我的生活。

__________**【你的名字】**

走向未来：希望和新生

有些东西拆散了，才能重建得更加强大、更为持久。龙虾脱了壳，才能长得更大。森林烧毁了，才能激发新生。而你们呢，你们可能也需要不破不立，需要用不忠的创痛来打破一潭死水、毫无获益的婚姻关系。

正如精神分析师埃里克·埃里克森所说，一场危机有可能是一个转折点；它让你变得脆弱，但也可能增强你的潜能，让你做出积极的改变。[21] 有时候，你即将失去某样东西的时候，才会意识到它的价值。有时候，你需要走到悬崖边上自杀，才会意识到你不想死。人不到不得不走的时候，有可能根本意识不到现在就是幸福，其实自己是想留。

即便是面对你最恨的人，你可能都不想诅咒他 / 她遭遇伴侣欺骗；但是，如果不忠事件有助于发现你们关系中的缺陷，有助于你个人成长，有助于你成长为一个好伴侣，那么回头来看，这似乎也是值得的。正如荣格所言："几乎没有任何婚姻能不经危机而平顺地发展为独特的关系，未经痛苦的洗炼就不可能有觉悟。" [22]

去年夏天，我邮购了一个很好看的比利时华夫饼机。翻了翻复杂的说明书，自以为烤饼很简单，"这还不是小菜一碟，我能搞定。"果然，第一个做得很完美。但是，第二个，第三个，甚至到了第十个，我都完全没做好——饼的一面烤焦了，一面没烤熟，中间部分还粘在了烤饼机不粘涂层的格子上。经过多次尝试和失败，我终于学会如何使用，但还不算精通。在这个过程中，我学会了很有价值的人生一课：有时候，只有事情搞到一团糟，你才明白如何把它做好。虽然第一块华夫饼做得很完美，但我没有从中学到任何东西，那只是运气而已；只有当我努力查明后面为何出错之后，我才明白做华夫饼的过程多么微妙复杂，需要用心才能做好。

婚姻关系也是如此。我们盲目走入婚姻，往往觉得这是一件毫不费力的事情，我们对婚姻充满激情，对伴侣满怀憧憬，对自己保持婚姻热度的能力十分自信。实际上，我们大多数人对未来完全没有准备，也不知如何才能把婚姻经营得长久。我们自以为懂得婚姻中要付出什么，但我们实在是太天真了。外遇事件震动了我们，把我们带回了现实。幸运的是，它也给了我们重新开始的机会。

走回一段破败不堪的婚姻关系，努力弥补伤痕，这个过程一点也不美好。但是，既然有了那么多过往经历——既然努力接受了彼此所有的不美好——你们可能会觉得，你们的关系比以往任何时候都更紧密，更能接受彼此，更为对方所接受，并且对双方的未来有了更为明智、更加清晰的愿景。较之从前第一次发誓要爱护和珍惜对方，如今你对伴侣的承诺可能有了更为坚实的基础。实际上，会有很多人羡慕你现在有这样的思想意识和开放心态，积极保护婚姻和谐，努力促进亲密关系。

这正是重建婚姻关系、复兴自己的人生、让自己对未来充满希望的好时候。这正是聚精会神，开创面貌一新且更为美妙未来的好时候。不要害怕重温过去的幸福快乐与良辰美景，也不要害怕憧憬给你力量与鼓舞的新未来。如果现在不行动，你又更待何时呢？

第十章

网络空间里的性、秘密与外遇：生活中的“新型”不忠

1996 年本书初版时，我们的生活中还没有讯佳普（Skype）、脸书（Facebook）、油管（YouTube），没有 Match.com 交友网站，没有色情网站，没有 Myspace 社交网站，没有领英（LinkedIn）职场社交平台，没有婚外情网站，没有网络摄像头，没有虚拟社区，没有网络聊天室，也没有黑莓或苹果手机。那时候，我们的生活中几乎没有互联网。但是，我们的生活中还是有不忠——只不过人们对不忠的定义未必一样。我们都知道，克林顿总统否认与莫妮卡·莱温斯基有外遇，理由是他从来没有睡过莱温斯基——他们“只”口交，没性交。如今约有 20 亿人[1] 经常访问互联网虚拟社交平台，用图像或其他色情方式与人交流，双方肉体互不接触，也不在现实中见面——想象一下，在这种情况下，婚姻“忠诚”的定义较之以往，其模糊性又该上了多少个台阶啊。现在，网络空间变成了新型单身酒吧——在这个幻想的世界里，你不出门就能勾搭上梦中辣妹帅哥或找到

灵魂伴侣。

那么，网络外遇指什么呢？主要是涉及性吗？还是涉及情感？还是隐秘性？事情是被伴侣发现的，还是不忠方自己透露的，这个问题很关键吗？[2]是不是双方在线下见了面，才能称之为网络外遇？假如有下列情况，算不算不忠：

- 在脸书上加高中老情人为好友，却不告诉自己的伴侣
- 在聊天室里，给新认识的网友发送调情信息
- 跟网友聊一些性话题
- 自拍下体照片发给不知名的倾心网友
- 对着怀孕的邻居发布在油管上的视频，边观看边自慰
- 发一堆电子邮件给你刚离婚的网球教练，跟对方说与网球毫无关系的私事
- 先是普通网络聊天（“哪种乳房假体触感最自然？”），接着变成了私密聊天（“你想摸我的乳房吗？”）
- 收到网友的邮件比收到配偶的邮件还要兴奋
- 跟网友聊自己的私生活（“我丈夫不大陪我，他把时间更多地花在打高尔夫球上”）
- 不满足于打字聊天，于是发展到见面交流
- 跟伴侣做爱时，幻想着跟网友做爱
- 跟夫妻性事相比，更喜欢跟网友网络做爱
- 尽管跟网友距离遥远且无线下见面意向，却还是性致盎然地沉迷

于用通讯软件看网友裸身艳舞

在没有互联网的时代，外遇通常被定义为侵犯了性专一权，即一方异性恋伴侣在配偶不知情或不同意的情况下，与配偶以外的其他人发生性关系。如今我们则要扩大这一定义，使其不仅适用于同性伴侣、未婚伴侣，还适用于包括网络外遇在内的大量隐秘性行为。

正如我在本书引言中所说，算不算外遇，这取决于你和伴侣认同什么。夫妻双方关系是否良好，关键在于双方是否有清晰明确的共识，无论这种共识是什么。有些夫妻遵循“你不问，我就不说”的原则。有些夫妻则想要一种完全坦诚的关系，在这种关系中，双方如在情感上或身体上有被别人吸引的冲动（但未产生实质行动），都能互相坦然承认。不幸的是，在现实生活中，大多数夫妻都无法讲清自己认定忠诚的准则，直至一方得知另一方违反了这些准则，但到那时，他们的关系已经支离破碎了。

下面这个定义，可能会帮助你与伴侣计划未来：外遇的本质是有了秘密和违背信任。这就意味着，如果双方认同彼此可以有多重或多角恋，线上也好还是线下也罢，那都不算有外遇，因为其中没有背叛。然而，事实往往是，一方明知伴侣会反对，还是单方允许自己与第三者交往。这就乱了。夫妻如想建立并维持状态良好、彼此尊重的关系，就必须对双方关系的规则达成共识。

让我们厘清几个术语。网络性爱，指的是两个或两个以上的人通过电脑向对方发送明显涉及性话题的信息。网络外遇，可以只涉及情感，可以只涉及性，也可以既涉及性也涉及情感。色情短信，主要指用手机发送色情信息或图片。即时通讯，指基于文本的实时网络聊天。

在本章中，为简明起见，我将受伤方视为女性，行文中称之为“她”，将上网方视为男性，行文中称之为“他”，但现实情况要复杂得多。男性上网多为视觉刺激，实施一个人的性行为，比如看色情片自慰，而女性上网多为色情聊天和寻求其他人际交流。[3] 网络外遇对女性有特殊的吸引力。在网络上，她们拥有平等的交往机会，平等的权力和控制力，而不必冒着感染疾病、意外怀孕、受到虐待或社会谴责的风险。[4]

本章旨在帮助你与自己、与伴侣就网络外遇给婚姻造成的麻烦开展一场了解彼此的对话。你对性、秘密、外遇和网络性瘾的认知观念，将极大地影响你的行为选择，影响伴侣对你行为的反应。就受伤方而言，如果你对伴侣的行为反应过度，本章内容可以帮你消除疑虑。就不忠方而言，如果你对自己的行为持着大事化小小事化了的态度，本章内容可以让你明白事情的严重性。让我们来看看，当外遇遇到互联网，常见的认知观念有哪些。

网络空间里的性、秘密、外遇、网络性瘾的认知观念

受伤方往往认为：

1. “如果你在网上跟别人有性或情感上的秘密关系，那就表明我们之间有问题了。这个人严重威胁到我们的关系。”
2. “我找到了跟你网上聊天、令你想入非非的那些人的照片。我跟那些人很不一样。你肯定是想找一个跟我完全不一样的人。”

上网方往往认为：

1.“我知道在网络空间里很容易被某人吸引，但我不会上瘾。网上交友不会威胁我们的关系。”

2.“有网络性瘾的人为数很少，他们缺乏自控力，有严重心理问题。我不是这种人。我没有网络性瘾。”

3.“可以自由地网上交友，会让我觉得现实中与你更加亲近，这实际上也加强了我们的关系。”

现在让我们进一步探讨这些认知观念，看看它们如何危害你，如何破坏你们的婚姻关系。

受伤方的认知观念

认知观念一：“如果你在网上跟别人有性或情感上的秘密关系，那就表明我们之间有问题了。这个人严重威胁到我们的关系。”

发现伴侣在网上勾搭他人，这可能和发现他俩在你家床上一丝不挂一样令你崩溃。不过，你要注意自己的主观结论。你的认知观念有可能是准确而管用的，也有可能给你增加无谓的不安全感。人们使用网络并在网络上交友有各种原因，有的原因可能恰恰是为维持或加强婚姻关系。

这里就有个例子。我有个病人名叫约翰，一天晚上他出门去便利店，妻子罗宾打开他的电脑，发现一个文件夹里全是他下载的性爱视频。他一回到家，妻子就逼问他："这是个什么网站？这个他妈的芭比又是谁？"约翰承认自己在过去四个月里一直出没于各个聊天室，看其他夫妻情侣的做爱视频，还跟一个名叫芭比的女人网上聊天。罗宾本以为自己的婚姻要完了。可是，在做夫妻心理咨询的时候，这个事情变得别有隐情。

约翰解释说："我一直不够自信，总感觉性能力不足。大约四个月前，就在我迈入四十岁大关之际，我看了一档节目，讲的是受过心理伤害的肥胖儿童，他们用暴食来安抚自己的内心。看过这档节目，我开始梳理自己的生活。据我所知，我出生时我姐姐去世了，于是我母亲得了抑郁症，再也没能康复。她无法给我关爱，而我认为她是故意的。"约翰开始大哭。他转而对妻子说："我发现吃东西会让我安心，自那以后，我就一直胡吃海塞。我缺乏自信也变成了我们婚姻中的问题，出现在我们的性生活里。我都不知道我有没有让你兴奋过。我想让你舒服，但我担心自己的太小，我还没什么技巧。我知道自己缺乏自信。所以，我就上网去学。这听起来像在扯淡，但这是真的。在网上，我看别人做爱。我看他们怎么互相抚摸，怎么抚摸自己。我开始研究其他夫妻怎么做爱，就像我攻读工程学博士学位那样。是的，我会兴奋，我会自慰。哦，对了，我会去聊天室跟陌生人聊天，聊一些从来不会跟你聊的话。这个叫做芭比的女人，她成了我的良师益友。我不想跟她约会，我不想娶她，我甚至根本不想线下见她。但我没能对你坦诚，这不是我想隐瞒你，不是我想另找他人而不要你了，而是因为我觉得羞愧。我只想跟你在一起，只是想用不同以往的方式。"

罗宾没有意识到的是，约翰通过互联网寻求性知识、性教育的目的是增强自尊，想让自己面对伴侣时性吸引力更强，这种情况不止约翰一个人。还有一些人则只是为了满足自己的好奇心：“别的男人女人不穿衣服什么样子？”“看别人自己自嗨是什么感觉？”他们对网络性爱是有兴趣，但这跟他们离婚或另找他人没有任何关系。

还有一些人，他们上网是为了证实自己是个正常人。我有一位名叫玛丽的病人，她告诉我：“我跟丈夫做爱的时候，有时候一想到其他女人，就会很兴奋。我这是变态吗？还是双性恋？我这种幻想说明了什么？”玛丽发现互联网的美妙在于，你可以在虚拟社区“遇见”大量跟你情况一样的人。跟他们聊天，你就会觉得自己不管有什么样的性幻想都很正常。不用担心他人的评判和谴责，不用害怕泄露可能危及自己生活轨道或生活方式的信息，就像玛丽这样，他们都可以在网上提问，还可以找到跟自己情况相似的人，获得他们的支持，获得一种归属感。

互联网还可以让某些人发泄自己隐秘、压抑的性幻想或性恋物癖——鞭打、穿婴儿尿布或军靴，应有尽有。如果夫妻一方有此性癖好，而另一方对此无法接受、感到恶心，那么这种分歧就会阻碍夫妻坦诚吐露彼此的性幻想，让他们无法解锁彼此的性快乐。网络社区则提供了一种安全的交流环境，上网者可以观看能激起其性欲的情色图像，参与能激起其性欲的情色活动，性治疗师苔米·尼尔森（Tammy Nelson）称之为“性移情”。[5]

互联网还有助于有些人更好地跟性倾向不同或性欲水平不同的伴侣生活在一起。如果他们的伴侣不想或没空做爱，或是反感或漠视其想要的做爱方式，他们就可以上网寻求发泄。在这种情况下，他们不是想换伴侣，而是为了满足伴侣无法或不愿满足的自身性需求。

有些人的伴侣有健康问题或两人异地，导致双方不便发生性行为，互联网也可以起到替代作用。我有一位女病人，她的配偶患上了佩罗尼氏病，症状是阴茎弯曲，性交勃起疼痛。于是，她会对着网上勃起的阴茎自慰，还会一边幻想这些图片一边跟丈夫口交。她这种情况是健康的性行为，是维系婚姻关系而做出的改变。有一位男病人，他的妻子得了疱疹，他也用类似的性幻想方式来释放自己。因为妻子有病在身，他们不能口交，他就通过网络以性幻想的方式来发泄。

伴侣有可能喜欢跟你做爱，但仍有可能对着网上的情色图像自慰，这是一种偶尔的消遣，比方说有时候是为了释放生活的压力。很多男性都会认同作家、博主伊恩·肯纳（见 Goodinbed.com）的观点，如他所言："女人们闹不明白的是，对很多男人来讲，看情色片不是享受美食大餐，而更像是吃一片烤奶酪三明治……不是去做个周末放松水疗，而更像是来一次三十二秒的快速按摩——但快乐丝毫不少。它让人感觉良好，可以舒缓压力，可以快速地舒服一下……没什么大不了的嘛。"[6]

然而，这给夫妻关系带来了一个挑战，就是你们要学会区分单纯的性释放（暂时爽一下）与网络性瘾，后者会毒害你们的夫妻关系。当然，还有其他的危险需要防范。伴侣的线上性行为有可能发展为线下性行为，还有可能产生更深的情感依恋，这些都会损害你们的婚姻生活。[7] 对着网络自慰还会耗尽他的性能量，那么就没有什么留给你的了。习惯了五指姑娘的握力，他就有可能无法通过性交达到高潮了。习惯了只看电脑屏幕上挑起性欲的画面并迅速达到高潮，他就有可能会对真正的夫妻生活不感兴趣了，因为夫妻生活更有挑战性，需要付出才能得到，所以他可能宁愿要自己的五指姑娘而不要你的抚摸。美国导演伍迪·艾伦（Woody Allen）就曾为某事打趣道：“哎，别说自慰不好嘛。那是跟我爱的人做爱。”

认知观念二：“我找到了跟你网上聊天、令你想入非非的那些人的照片。我跟那些人很不一样。你肯定是想找一个跟我完全不一样的人。”

在网络还没有进入我们生活的时代，你的伴侣可能已经惯于偷偷幻想他人的性爱场景来唤起性欲，而这对你们之间的关系几乎毫无影响。如今面对他电脑屏幕上赤裸裸的事实，你可能十分震惊、心如刀绞，你可能会质疑自己的性吸引力，质疑他是否心理正常。不过，你要注意自己的主观结论。

很多人灵活且创造性地运用性幻想，给夫妻生活平添了很多花样和情趣，而且没有损害夫妻关系。比方说，如果伴侣对着你的表亲或密友的照片自慰，你不应认为他不想跟你，而想跟她们颠鸾倒凤，共度一生。

热辣的性幻想往往带有新奇、下流、禁忌、越轨等内容，比如：在孕检时被你非常尊敬的家庭医生引诱，又或者被园丁捆绑蒙眼，在激情中发生性关系。这类性幻想可能大大超出你或伴侣所能接受的程度。网络性幻想的丰富美妙在于，它能让你超越这平凡乏味的自我，纵情于狂野奔放、光怪陆离乃至违背道德的想象中，并在不必承担代价或后果的情况下，将自己的性冲动、性欲望融入婚姻关系。

你之所以痛苦，可能因为你对自己或伴侣的性幻想理解得过于简单直接。性幻想往往有着很深的根源，源于童年时期的匮乏、创伤或渴望。从性幻想中解读出来的意义可能跟你和伴侣所共有的性体验一样私密，一样有启示性。柏妮丝的经历就是如此。柏妮丝的丈夫叫唐，当他得知柏妮丝跟她的大学老同学有外遇睡到了一起时，他就偷偷地到脸书上找到柏妮丝的同班同学，一边幻想着柏妮丝和班上其他男同学做爱，一边自慰。当他向柏妮丝承认这一点后，她大惑不解，还有一种被侮辱感和被威胁感。她在想，唐是同性恋吗？唐是想当面侮辱她吗？还是暗自记恨？她并不明白这些性幻想对唐的个人意义。在唐这一生中，他一直在照顾别人，照顾身患残疾的双胞胎兄弟，照顾身患癌症的年迈父母。窥淫幻想令他成了旁观者，只需要管他自己，不用迎合别人的需要。令他感到兴奋的实际上是他在性幻想中体验自己的方式：以一种他人对他毫无要求的方式完完全全地活着。柏妮丝过于关注自己在电脑屏幕上看到的画面，反而没能从更大的视角看待此事；她没有意识到的是，令人兴奋的往往不是性幻想本身，而是性幻想所代表的意义，正是这种意义让进行性幻想的人乐在其中，让他们尽情地表达自己的欲望。

不过，伴侣用网络性幻想来激发性欲，到什么程度应该注意呢？无论是你们是从各自角度出发还是从夫妻一体的角度出发，这都是你们俩需要关注的问题。如果伴侣强迫你参与带有侮辱性与恐吓性内容的性游戏，或者实施令你不安或感觉无爱的性游戏，你当然应该坚守底线，尊重自己的耐受度。有一位名叫朱迪的离婚律师，她就是这么做的。她发现丈夫在网上对着群交图自慰，虽然她感到不安，但还是答应跟他一起看，然后她居然发现自己也很有欲望。可是，她丈夫又开始难为她，要她邀请一位朋友加进来玩三人行，夫妻俩立即闹矛盾了。她可以容忍丈夫有自己的性幻想，她可以努力理解这种东西令丈夫性趣盎然的原因，她甚至也可以参与这种性幻想，只要它们还停留在想象之中即可。但在朱迪看来，某些性行为必须限制在虚拟世界中，而不能进入现实生活。或许你也是这种看法吧。

现在，让我们来看看夫妻中的上网方。上网方是如何看待互联网，他对互联网的认知又是如何骗了自己，如何给夫妻关系造成隔阂的。

上网方的认知观念

认知观念一："我知道在网络空间里很容易被某人吸引，但我不会上瘾。网上交友不会威胁我们的关系。"

很多人上网的目的并不是为了搞外遇。[8]上网与人产生互动，通常始于聊天室或用户群（比如讨论下棋或环境问题），一开始没有那方面的想法。但是，要小心：鼠标点啊点，魅力涨啊涨。你说你不会陷进去，别傻了。这种实时真人面对面互动充满色情诱惑，令人意乱情迷，会让你很难客观地看待自己，看待你爱慕的对象。网络自有其诱人之处。这里列出三个：

1. 在网络上，你可以化身任何你想成为的人

《纽约客》刊登过一幅著名的漫画，两条狗一起坐在电脑屏幕前。一条狗高兴地对另一条说："在网上，没人知道你是一条狗。"[9]

这多自由啊！这多魔幻啊！身处网络空间，你可以掌控自己的形象，掌控自己给人的印象，掌控自己的体验。你一直都结巴吗？在网上，你可以变成滔滔不绝的口才大师。你又矮又胖，又秃又穷吗？在网上，你就是新出道的布拉德·皮特。你为自己有粉刺和平胸而畏畏缩缩吗？

在网上，你可以变得像嘎嘎小姐（Lady Gaga）那样皮肤光滑、性感夺目。如果你是白人，你可以假装黑人；如果你是异性恋，你可以假装同性恋。鉴于“几乎所有人都希望自己有意思、有魅力”[10]，无怪乎有那么多人喜欢在网上与人打情骂俏了，这让他们变成了梦想中的自己。

网络具有匿名性，它为你提供了一个安全的避风港，你可以在此扮演任何新身份。这种体验超越了旧有的熟悉自我，实在令人兴奋，让人感到神奇。在网上，你可能体验到一种亲密感，一种交往感，一种令你心醉神迷的鲜活感。不过，还是小心点吧。你把这种飘飘然的感觉归因于结识了新朋友，这个你从未见过的人；然而，这种吸引力可能更多地来自你在网络上对自身的体验，而不是来自电脑屏幕另一边的什么人。

2. 在网络上，网友可以化身任何想成为的人

网友也可以捏造自己的身份，这是当然的事情。他们可以自由操控给你的印象，表现为他们自己想成为的人，或表现为你希望看到的模样。这都无需举手之劳——或者只需举“手”之劳。

有一位病人告诉我，她每晚都要跟一位“牧师”聊天，向他倾诉自己对婚姻的不满。这个男人真是牧师吗？是性爱咨询师？是性瘾者？又或者，这个人是男人吗？

3. 在网络上，你可以把网友幻想成任何你想象的人

我们自身和生活中会有各种缺憾，而网络就是个让你把这些心理缺憾投射给陌生人的绝佳场所。突然之间，你发现自己的新网友似乎就是为你量身定做的。没有缺憾，完美无瑕。她弥补了你，她让你变得完整。她就是你童年创伤、婚姻缺憾和生活烦恼的灵丹妙药。于是，你的想法不知不觉开始分裂了，你把那个网友想象得浪漫美好，把自己的伴侣想得一无是处。在现实生活的外遇中，这种心理投射就很容易发生；而在网络空间里，幻想主宰着一切，投射效应更为强大。你对他人了解得越少，就越有心理填补空间，越有性格美化余地。

有一位婚龄三十年、年龄五十八岁的投资银行家，两周前在网上认识了一个女网友，他惊叹道："她很特别！真的，她在哪个方面都很特别！"仅仅认识两周（更别说还只是网上认识），他就能如此坚定地做出如此断言。

然而，问题在于：现实中没有人能敌得过幻想。不仅现实中的伴侣敌不过你幻想中的网友，网友本人都敌不过你幻想中的模样。假如你跟那个网友合伙开店，我敢保证，你将在这种持久关系中慢慢滋生出难以克服的幻灭感。这并不是说，这个人对你来说很不适合。这只是在说，你现在根本不知道自己在跟什么人卿卿我我。你的认知和情绪可能会捉弄你，把你引向那个你想象中的，而现实生活不能给你的佳偶良人。

如果用神经生物学来解释，或许有助于我们理解这一现象。我们人类是有性繁殖的，当一个火辣的新网友出现在屏幕中时，我们的心灵和思想就被劫持了。与欲望有关的大脑区域瞬间被激活——不到 200 毫秒，[11] 比其他任何形式的刺激都要快 20%。[12]

于是，人们睡觉时会带着手机，还不停地发推特，发短信给现实生活中从未见过的人。什么人有那么大的吸引力，让你每天都想跟她来回三四十封电子邮件？这是失去理智了。更准确地说，这是“网络可卡因”[13]——使人兴奋难当，并且可能上瘾的“网络可卡因”。

认知观念二：“有网络性瘾的人为数很少，他们缺乏自控力，有严重心理问题。我不是这种人。我没有网络性瘾。”

网络性瘾者往往有严重的情绪障碍，容易冲动，或者有童年心理创伤。[14]然而，所有人都有产生网络性瘾的可能性。一旦上网浏览色情图片，大脑不断接受这种信息，你就能沉迷在“当日特选”的性幻想中，直接切换到最能激发你性欲的画面，放纵自己，却全然没有泄露个人信息的风险。你对自己说，这么做似乎没有风险啊。

上网观看色情片、寻求网络恋情、自慰并达到性高潮，会让你释放出诸如多巴胺、肾上腺素、血清素和内啡肽等强大的、令人陶醉的化学物质，[15]并且让你欲求更多。根据大量的文献记载，大脑对于刺激奖励有成瘾性。有学者对老鼠做过为期二十多天的研究，老鼠如能以大约每分钟二十九次的速度按压横杆，就能触发埋在鼠脑中的电极刺激其大脑的快乐中枢。于是，这些老鼠就这么做了，并且根本不管那些可以按压出维持其生命的食物或饮水的横杆。如果实验继续下去，这些老鼠可能就死了。[16]

这项研究可以告诉我们，网络性瘾者不是在享受性爱，也不是在情感上被网友深深吸引而无法自拔。网络性瘾者主要是对那些化学物质上瘾，当他们寻找和体验通常在现实世界中被禁止且很少能够复现的强烈情色刺激时，大脑就会释放那些化学物质。人在受到危险、冒险或恐惧的刺激时，也会释放出诸如苯乙胺和睾酮等化学物质，提高兴奋度并激活大脑奖励中枢。你的“嗨感”并不依靠外部物质（如酒精或可卡因），而是依靠那些刺激你自行分泌脑内物质的幻想与行为，因为这就可以。

这些物质能够改变你的情绪，它们是内源性的，可以自我产生，且具有成瘾性，会让你忘却现实生活中的缺憾，制造出人为的兴奋。然而，这种忘却只是暂时的。一旦魔力被打破（比如你达到高潮了，或者你被人当场抓住了），现实就会介入，于是你又会感到焦虑、羞耻、绝望，又会感到空虚——这些情绪导致你很想再来一发。等到你对这些化学物质有了耐受性，大脑就会渴望更多的刺激，直到这个循环再次被打破。无怪乎比起捕获的猎物，网络性瘾者往往更喜欢猎色的过程。

网络性瘾者的行为核心在于强迫性，特征是丧失自我控制能力，对个人价值、家庭生活、财务状况和事业发展都极为漠视。[17] 当网络性瘾者能够正视自己的问题，有兴趣了解并认真关注自己的行为时，该成瘾循环就会终止。下面列出九个问题，以帮助你确定自己是否有网络性瘾。[18]

1. 你是否经常花大量时间发送私密信息给伴侣以外的人，是否经常下载色情图片，是否经常在网络聊天室聊天？
2. 你的实际上网时长是否超过你打算的或你认为的合适时长？
3. 即使你没有上网，是否也满脑子想着寻找网络性伙伴？
4. 你是否耗费过多时间期待从网络得到性唤起和性满足？
5. 你是否对伴侣隐瞒了你上网与人互动？

6. 你是否发现自己较少把身心放在现实性伴侣身上？

7. 你是否更喜欢把网络性爱当作性满足的主要形式？

8. 你的网络性行为是否危及你的价值观？

9. 你的网络性行为是否危及你的婚姻关系？是否危及你的工作？是否危及你的教育机会、职业机会？是否危及你的财务安全？

按照斯蒂芬妮和帕特里克·卡恩斯的说法，无论是网络性瘾还是普通性瘾，若要从性瘾中得以持续恢复，可能需要四五年乃至更长时间。[19] 本书不讨论网络性瘾恢复治疗的主要步骤，仅对相关治疗措施简述如下：(1) 禁欲至少三个月，不得发生任何性行为；(2) 对支持自己发生网络性行为的思想、情绪和行为，有更为明确的觉知；(3) 把上述思想、情绪和行为如实汇报给有责任心的伙伴（朋友、治疗师）；(4) 采取抚慰性的自我护理措施，来应对有害情绪变化和生活挑战。在本书的注释里，我列出了有关网络性瘾的推荐书目[20]以及治疗网络性瘾的推荐机构[21]，应该会有进一步的指导作用。

认知观念三："可以自由地网上交友，会让我觉得现实中与你更加亲近，这实际上也加强了我们的关系。"

如果你的伴侣允许你网络交友，甚至允许你观看网上情色图片，这可能反而激起你对她的欲望——情感上的也好，肉体上的也罢。自由，可能孕育着亲密。跟伴侣适度分离，反而让你更想在身心上与她亲密，这似乎很矛盾。但如果她时刻监视着你，这也不准那也不让，这反而会把你推得更远，你会愤愤不平，觉得自己被管得太死，就像是在坐牢。

如果你的伴侣允许你们之间有更为开放的空间，这也有可能让她更加接近你。当她意识到并尊重你的另一面，意识到有可能失去你，她就有可能产生想要你而不是“占有”你的感受。[22]她从他人的角度来看你，从而有可能意识到你有无数种其他选择，从而更加欣赏你，更加想与你发生性关系。

最近有些研究就支持了这一观点。夫妻与家庭关系治疗师埃斯特·佩雷尔（Esther Perel）指出：“火是需要空气的。”[23]在她看来，美国人的婚姻观往往是夫妻之间要无所不知、知无不言、无所不谈，这种心态导致夫妻之间亲密得令人窒息，双方性欲冷淡，性活力下降。从本质上讲，这种夫妻生活已是一潭死水。而在外遇中呢，当事人的性兴奋往往是由神秘感、新奇感、不确定感、好奇、禁忌、未知的魅力、追逐的兴奋所激发的。亲密关系和性欲望可能并非携手并进的关系。对伴侣越透明，拥抱得越紧，可能就越想逃离。

毫无疑问，网络世界为我们所有人提供了一个品尝自由的绝佳机会，让我们在婚姻关系的范围内获得个性化的满足。但问题在于，甲方的天堂可能是乙方的地狱。在你眼里能刺激你对自己的伴侣产生欲望的东西，在她看来却可能让人胃口全无，导致她在情感和性欲上都对你产生排斥。

正如婚姻和家庭关系治疗师苏珊·约翰逊（Susan Johnson）和性治疗师迪诺·祖卡里尼（Dino Zuccarini）所指出的，当夫妻一方（尤其是女方）感到威胁和竞争时——比如，发现伴侣在网络交友——其大脑的警报中心（杏仁核和海马体）就会发出警报，导致她们不太可能放松下来，无法享受性爱或达到高潮。约翰逊和祖卡里尼认为，婚姻关系能否保持健康，夫妻能否如胶似漆，要看双方的情感协调度，即夫妻双方能在多大程度获得被理解感、被重视感以及安全感。[24]如果你在网络上搞小动作，破坏了伴侣对你的信任，破坏了她的安全感，破坏了她对你的感情，你们俩就可以跟激情性爱、创新性爱说拜拜了——至少在你们夫妻之间是不可能了。

这里有一个案例，很能说明夫妻之间如何在不伤人格与自尊的前提下，互相妥协自己对待婚外关系的态度。

埃文和艾玛是夫妻。有一次，埃文收到了一封电子邮件，是他高中时期的前女友萨拉发来的，说要举办第四十五次同学会。于是，他们开始每天都在网上通信。关于此事，埃文对艾玛毫无隐瞒，但艾玛越来越不安；她看着埃文查看他的黑莓手机，看着他每天给萨拉发信息时脸上洋溢着喜悦。艾玛越来越没有安全感，她变得越来越容易发火，越来越挑剔。埃文呢，他则变得越来越有戒心，越来越容易生气，越来越孤僻。夫妻俩开始争吵，也不过性生活了。埃文争辩道："我的朋友不多啊，萨拉和我是老相识。我又没做错什么，你为什么要掌控我?"

艾玛针锋相对。她反驳道："别逼我把自己的担心讲出来。你跟这个女的谈恋爱的时候跟她睡过。你的第一次婚姻被你玩砸了，我的第一任丈夫搞外遇。我觉得现在的婚姻有危险，你别以为我疯了。我看到了这个危险，跟你吵，是为了你，还有我们的婚姻。我需要你在意你带给我的这种感受——或者说只是我自己的感受——我需要你帮我熬过难关。"

两人大吵一架以后，埃文问艾玛想要什么，问她想怎么样才能让她感觉安心。“你把我们在一起的事告诉萨拉了吗?”艾玛问。“没有,”埃文说,“她知道我结婚了。”“但是你们谈到过我吗?萨拉问到过我吗?”“没有,当然没有。”“我觉得这不对劲,”艾玛立即说,“我跟好朋友在一起,他们总会问到你。你们两个甚至都不提我的名字,这太可怕了。”

埃文和艾玛都有想让对方理解自己的想法。埃文想有跟其他女人网络实时互动(但不发生性关系)的自由,他希望艾玛有自控力,不要有什么不安全感。艾玛则希望埃文理解自己的担忧是有道理的,她希望埃文让她有安全感,希望埃文爱她。

夫妻俩最终达成了协议。埃文给萨拉发某些电子邮件时,会在邮件中带着爱意提到艾玛,并让萨拉知道自己婚姻幸福(埃文也相信自己婚姻幸福)。他还答应一收到萨拉的邮件就告诉艾玛,并让她看邮件内容。(艾玛告诉埃文不用这样,但有好几个星期她都趁着埃文睡着了偷看他的邮件。)艾玛答应去看心理治疗师,以解决自己一直以来的不安全感。

后来,萨拉邀请埃文出去吃午饭。艾玛同意了,她感谢埃文坦诚告诉了她这件事。然而,萨拉又邀请埃文去大都会歌剧院看歌剧,这时他提议双方各带一个人:萨拉带上她的约会对象,他则带上艾玛。

埃文和艾玛互相妥协,他们的努力不是轻轻松松就能做到的。在不牺牲自尊的前提下,埃文继续用爱意对艾玛公开透明,负起责任。艾玛则尽量给埃文某种程度的自主权和隐私空间,不让他觉得憋屈,让他自得其所。他们的互相妥协虽然并不完美,但已经很好了,算得上一个不小的成就。

与之类似的情况也在全国各地上演,很多夫妻都在努力互相妥协,希望在彼此之间达成合理可行的忠诚合约——鉴于现代医学延长人类寿命的神奇力量，这些夫妻为了达成这份合约而做出的努力，可能要延续五十年乃至更长时间吧。

《纽约时报》在头版登过一篇颇具争议的文章，题为《不忠让我们在一起：重新考虑婚姻健康的要素》。在这篇文章中，天主教家庭出身的性爱知心话专栏作家丹·萨维奇（Dan Savage）将自己与其男性伴侣表述为一夫一妻的婚姻。他解释说："人类从来都不是非得一夫一妻制的。性伦理应该现实一些，要鼓励忠诚，还要有一点灵活性，必要时要宽容，而不是只要绝对的一夫一妻制。"

萨维奇认为，除非你总是"善良且乐于付出"——换言之，除非你总是愿意满足伴侣的性爱好、性需求——否则你就应该允许他走出婚姻的边界，假如这么做是维持婚姻的必要条件的话。[25] 纽约大学社会学家朱迪斯·斯泰西（Judith Stacey）写道："一夫一妻制不自然，非一夫一妻制也不自然。变化才是自然。"[26]

萨维奇和他的伴侣提出的方案很灵活，对他们是管用的。你们则可能会更为正统，不允许有危及婚姻的性幻想或婚外恋情，无论线上还是线下都是如此。这里没有对错，没有一刀切的解决方案。重要的是，你们要把彼此认同的合约条款详细说清楚——如果你们愿意，称之为"网络忠诚合同"也是可以的——并且，你们要对彼此不认同的地方也十分清楚。比如，你们可能会认同一边观看情色图片与视频一边自慰，但不允许一边在聊天室与人互动一边自慰。正如我之前所说，如果你们对哪方面意见不一致，那就开诚布公、诚实正直地说出来。不要默默保留意见，不要暗自持反对意见。你们仍要对彼此关系中已经探明的雷区做好排雷工作，但你们至少先要知道雷区在哪里。

在数字世界中维系夫妻感情

夫妻双方或许可以努力把外遇对象禁绝于自己的婚姻生活之外，但不会禁绝使用电脑和手机应用程序。较之我们这个真实世界，在数字世界里，上网方面对的问题变成："我怎样才能让受伤方在婚姻中有安全感?"受伤方面对的问题则变成："我怎样才能给上网方所需要的自由，让他自得其所?"

下面建立彼此信任的练习与第六章讨论的内容相似，只是此处要练习的行为与网络空间有关。夫妻双方都要列出一份清单并分享给对方，清单上给出的是希望对方做的具体行为，这些行为将重建彼此的信任，拉近夫妻双方的距离。你们可以把这些行为想象成"爱情按钮"。按下按钮，你的伴侣可能就更有安全感，觉得被你关心了，被你理解了。无视按钮，你们之间的情感鸿沟就会变大。

受伤方要求的建立信任的行为

下面列出受伤方可能要求的建立信任的行为。这些只是起始，你可根据自己的需要做出调整。

- 你要开诚布公地（不要犹豫，不要摆脸子，不要我主动要求）给我你的电脑密码、电子邮件密码、黑莓手机密码，或其他电子设备和在线账户密码，好让我检查信息。

- 如果我进房间时你在用电脑，不要熄屏。
- 安装防色情网站的防火墙软件。
- 不用我主动要求，就把你的手机通话记录给我看。
- 不用我主动要求，就把你的信用卡消费记录给我。
- 取消订阅色情网站或其他我不允许的网站。
- 只和我一道看色情网站或某些特定的网站。
- 使用电脑要有时间限制并坚持执行。
- 出门在外，不要一边喝酒或服用其他上瘾品，一边上网。
- 换用电子邮箱，让那些令我不安的网友与你失联。
- 除了我同意的那一部，扔掉你所有其他手机（这样我才放心你没有用其他手机私下搞小动作）。
- 如果我给你打电话或发短信，你要尽快应答或回复。
- 如果你接到令我不安的某人的信息，你要告诉我，并于当日把你收到的所有电子邮件、短信或图片转发给我，在我们就此讨论好之前，不要回复那个人。
- 如果你对我们商定的上网规则不满或有被控制感，你要告诉我，我们坐下来心平气和、互相尊重地讨论。
- 如果我问到你上网情况时你感到愤怒，那么你自己要承担一定的责任。
- 如果你有对着色情视频自慰的想法，那不如找我做爱吧。
- 跟我一起看性爱视频，告诉我你的兴奋点，告诉我你喜欢怎么抚摸你。

- 如果你没有收到网上外遇对象的信息，你要告诉我——不要让我来主动询问。不要让我满怀疑惑、心生担忧。
- 如果你要出门，用电话、电子邮件或短信跟我保持联系。让我知道你心里有我，那我们就没事了。
- 如果你上网自慰，那只准看情色图片与视频，不得以电子邮件、即时通讯或其他方式与网友接触互动。
- 如果你被某人吸引（比如，你在脸书上看到一个老朋友），你要告诉我，让我知道你是如何管理自己情绪的。
- 在“敏感”日（比如，我得知你有外遇的那天）给我发电子邮件或短信，让我知道你对自己造成的伤害心怀歉意，让我感觉不那么孤独。
- 试着找出引发你不当网络行为的负面情绪。留意你在什么时候会感到无聊、沮丧、孤独、挑剔、愤怒、被冒犯、被束缚或觉得自己这么干理所当然，然后与治疗师一起努力，以更负责任的态度来管好自己的情绪。了解你自己，并把你了解到的情况跟我分享。
- 告诉我，什么是网络外遇。如果我们对网络外遇的定义不一致，那就用我的定义。从我的角度，而不是从你的角度来认定是什么威胁了我们的婚姻。
- 如果我对网络外遇的定义与你的有冲突，你要开诚布公，然后跟我一起去做夫妻关系心理治疗，以解决我们的分歧。

- 如果有网友给你发电子邮件、照片或短信，你要考虑我是否认为不合适，按照这个原则来做。
- 我们喜欢的性唤起方式不可能总是相同，我们要尊重这个事实。我们共同寻找让彼此都觉得舒服的方法。
- 主动邀请我走进你的网络世界，跟我分享你最喜欢的情色网站、网络性幻想和网络聊天室，让我们一起看这些东西。
- 如果我给你设定的上网规则让你感到憋屈，让你心有怨言，那你要告诉我。我们来谈谈这种感受，尽量找到我们的某些共同点。
- 你要试着理解你的上网行为是如何让我感到不安，如何让我感觉无爱的。如果你不认同我的感受，那你就采用镜像对话法（用你自己的话复述我的观点）来理解我。
- 如果你婚前就有某些个人问题，所以导致你在网络上做出这些行为，那么你就要跟心理治疗师或跟我一起探讨此事。比如，自尊问题，吸毒问题，喜欢被人呼来喝去，喜欢被控制，自贬人格，自以为是，原生家庭问题，过往感情创伤。
- 如果是我或我们的婚姻影响到你，使你在网络上做出这些行为，那你要告诉我。
- 你要参加性瘾治疗小组或阅读性瘾疗愈书，你觉得这么做对你是否有意义、有何意义，你都要告诉我。
- 考虑到你的心理背景、性格弱点、内心渴望，你要思考自己在网上性幻想什么，自己为何沉迷于这些幻想，然后把你思考的结果告诉我。

上网方要求的建立信任的行为

下面列出上网方可能要求的建立信任的行为，这些行为旨在帮助上网方感到被重视、被理解、被尊重和被原谅。

- 我做什么会让你更有安全感、被爱感，留意一下并告诉我。要具体。比如，你可以说："我走进房间时，注意到你没有关闭电脑屏幕。我觉得这很好。"
- 跟我一起读书，一起参加夫妻心理治疗研习班或一起静修放松，看看我们在不上网时会怎样更加亲密，更加性和谐。
- 跟我讨论我的网络行为，要心平气和、互相尊重。别把我越推越远。
- 即便你不同意我的想法，也要用复述反馈法体会我的感受，这样我才能明白你理解了我想表达的意思。
- 如果你理解并认可了我的感受，你要告诉我。
- 如果有什么上网规则让我觉得自在，也能让你安心，你要告诉我。
- 如果我的言行令你担心我的网络行为，你要告诉我。
- 不要监视我上网。如果我真想违背我们之间的约定，我会先告诉你的。我不会偷偷摸摸地做。
- 我们一起来，把网络性幻想带进我们的性生活。
- 你要跟我或跟心理治疗师探讨你过去的感情创伤，那些让你对我上网感到不安的情感创伤，那些让你害怕被抛弃、被取代、不敢去爱的情感创伤。

- 你要跟我探讨在我想做爱而你不想的时候，我们该如何处理。
- 关心我的孤独感，主动温暖我们之间的关系。
- 跟我一起参加夫妻关系心理治疗，讨论一下你有哪些行为令我想去上网交友，上网寻求性安慰（比如，你酗酒，你不愿意解决体重问题，你性冷淡，你爱发火，你对我不管不问，只关注孩子和工作）。
- 我努力赢得你信任，你也要降低对我的防备心，虽然我知道你的怀疑是出于自我保护，出于害怕而无法释然。
- 给我一次弥补的机会。

尊重彼此对建立夫妻互信的具体要求，将有助于你们个人成长和婚姻发展。人与人的关系靠的是合作，而不是强迫。没有人想变成另一个人的看守或囚犯。没有人希望伴侣勉强遵守“本应遵守”的行为清单。态度很重要。

在任何关系中都要有独立自主，都要有安全感和联结感，要把握好两者之间的平衡。一个是独立的自我，一个是整体的我们。问题在于，你和伴侣并不是一体的——成为一体只是浪漫爱情的伟大幻想。你们是两个独立的个体。你们看待事物必定有不同的观点，你们想要的东西也必定不一样。无论你们曾经看起来多么和谐，让你们某一方心花怒放的东西，有可能让另一方痛彻心扉。

在网络世界中，夫妻忠诚面临着极大的挑战。如今的世界有太多的诱惑，太多令夫妻彼此误解和背叛的机会。如果你们想让夫妻关系发展良好或者只是维持下去，那就要对彼此的差异具备较强的敏感度并进行灵活处理。记住，无论是网络空间还是现实生活，夫妻情感亲密度都有赖于彼此之间的付出和获得，付出和获得越多，亲密度就越强。只有你心怀同情，主动支持和愉悦你的伴侣，你才可能欣然认同安东尼·德·圣-埃克苏佩里在《小王子》中所说的哲语："正因为你为玫瑰花费了时间，你的玫瑰才变得如此重要。"[27]

尾声

要不要坦白：真相与结果

本章的目的是帮助不忠方决定是否坦白外遇。本书大部分内容都是基于这样一个假设：伴侣知道你有外遇，而你们面对如此事实，却还在努力重建婚姻生活。但是，假如你的外遇还是个秘密呢？要不要让伴侣知道？假如你想加强婚姻关系，向伴侣坦白此事是否有意义？

想要隐瞒外遇，倒有不少令你信服的理由。你可能想要脚踩两条船，情人也要，伴侣也要，你知道一旦真相大白，就将被迫做出抉择。你可能不善于处理冲突，你知道一旦外遇曝光，就将不可避免地引发双方情绪大崩溃。你还可能会觉得自己无力抵御伴侣的恶言责骂；又或者，你更难以承受伴侣的悲伤哭泣。

想要坦白外遇，也有不少同样有力的理由。假如你想逃出不幸的婚姻，那么坦白外遇可成为出逃的借口。假如你想报复伴侣对你的忽视或虐待，那么坦白外遇可成为报复的武器。假如你的婚姻关系陷入平淡或者只是一潭死水，那么坦白外遇可成为刺激婚姻关系的工具。

无论你选择做什么，重要的是你要审慎而为，要先弄明白自己的动机、想好长期后果。一旦说出自己的秘密，那就无法收回了，你们双方都将在余生里承受由此带来的影响。假如你决定不坦白，那就不得不忍受沉默给你带来的影响，沉默本身也是有代价的。

我想，大多数人的动机还是想跟伴侣一起解决问题，或者至少也想知道有没有可能和解。本章旨在帮助你理清自己的选择，权衡每一种选择的利弊并做出适合的决定。

记住，即使你决心重建婚姻关系，在这个问题上，也没有一个绝对正确的答案：坦白还是隐瞒，孰优孰劣需视情况而定。你可以为了双方关系更好而坦白，也可以为了双方关系更好而不坦白。

在解决婚姻不忠这个问题上，心理治疗师和作家乐于发表意见，给出最好的选择；然而，在坦白真相是有助于还是有害于婚姻修复这个问题上，是没有确切研究结果的。记住，我们此处讨论的只是是否坦白外遇，而不是是否放弃婚姻，那个问题已在第三章和第四章讨论过了。

坦白的坏处

根据我多年的婚姻关系临床经验，不想坦白的情况有以下四种：

1. 你认为一旦坦白，伴侣就会彻底精神崩溃。
2. 你认为一旦坦白，你们就会纠结于外遇本身，从而无法解决造成外遇的内在问题。
3. 伴侣身体残疾，无法满足夫妻性生活要求，而你选择继续在一起，是出于对其进行医疗护理与情感支持。

4. 你认为一旦坦白，伴侣会对你实施肉体上的家庭暴力。

后两种情况不在本书探讨范围内。让我们看看更为常见的前两种情况，看看是否适用于你。

坏处一：你认为一旦坦白，伴侣就会彻底精神崩溃。

如果你认为伴侣非常脆弱，无法建设性地看待外遇问题，那么你很可能不想坦白。如果你的伴侣以前曾经遭遇过背叛，失去过伴侣，并将其视为对自己无能的惩罚，对自己无价值的证明，那么你很可能会特别小心地对待伴侣。当然了，我们无法肯定地预测你伴侣将有哪种短期或长期反应，但如果你知道自己伴侣的性格，知道他 / 她的过往，从而认为自己外遇的秘密会粉碎其自我意识，那么隐瞒事实倒有可能是明智的。

蒂姆如实告诉妻子蒂娜自己有过外遇，以为这样可以一笔勾销，重新开始，然而他的坦白造成了更大的伤害。如果他事先考虑到妻子的童年经历，就有可能预料到妻子的反应，或许也就不会坦白了。

十几岁的时候，蒂娜被继父性侵了。她以前有个未婚夫，也背叛过她。现在，丈夫的坦白再次伤害了她，让她坚信男人都是肮脏无情的东西。她告诉蒂姆："我再也不会相信男人了，再也不会亲近男人了。"随后的两年里，蒂姆一直努力想赢回妻子的心。他们努力维持婚姻，但蒂娜仍然沉浸在自己的想法中，认为世界很不公平，认为自己不讨人喜欢。直至今天，他们俩的感情隔阂还和当初一样，没有化解。

四十三岁的广告业务主管杰里米则不同，他对妻子安妮的软肋了解得更加仔细，所以他采取的策略更加有效。安妮从小就受到母亲影响，觉得自己长相平平，很难吸引男人，这让她从小就不喜欢自己的身材。安妮告诉我：“我结婚十七年了，但每次我脱下衣服，在镜子里看到自己下垂的乳房、粗壮的双腿，我还是很难受。”

丈夫杰里米呢，这么多年来他一直认为自己性能力不行，觉得自己阴茎太小，无法满足妻子——要不然，为什么她在床上都没什么反应呢？杰里米跟自己的一个客户上了床，主要是想证明自己的性能力，结果表现很好。既然现在有了这个正向反馈，他意识到自己和安妮的性爱问题与其说是源自安妮的长相或自己的性器大小，倒不如说是源自他们的不安全感。于是，杰里米不但不再纠结于自己是否阳刚，还努力让妻子相信他对妻子的身体很感兴趣，帮助妻子克服羞怯的心理。但他对自己外遇那件事守口如瓶，因为他知道，说出真相只会打击妻子的自信。四年过去了，现在他仍然认为自己的决定是正确的。

对你来说，不坦白也许也很好。假如你有理由认为坦白真相会伤害夫妻关系，且这种伤害不亚于外遇本身造成的伤害；假如你担心这会给伴侣留下永久性创伤，并导致婚姻解体；假如你想要遏制可能造成的伤害，维持婚姻关系完整，那么保守这个秘密也是有意义的。

坏处二：你认为一旦坦白，你们就会纠结于外遇本身，从而无法解决造成外遇的内在问题。

不愿坦白的另一个原因是，你认为一旦坦白，你们就会一直纠结于令双方不快的外遇细节，而这些时间本该用来努力改善双方关系。

一旦伴侣知道你有外遇，就极有可能陷入痛苦，满怀怨恨，你们俩也就不可能理清双方关系，不可能思考第三者得空而入的原因。因此，为了让双方专注于该专注的地方——夫妻关系，你很可能会保守这个秘密。

有几位著名的心理治疗师和研究人员也认为，坦白真相弊大于利。康涅狄格大学家庭关系研究名誉教授弗雷德里克·汉弗莱（Frederick Humphrey）认为，坦白外遇会永久性地改变，甚至有时会毁掉一段关系，而如果不忠方先试着（最好是参加个人或夫妻关系心理治疗）解决自己的矛盾心理和不满情绪，夫妻双方则更有可能重归于好。汉弗莱抨击那些逼着病人坦白真相的心理治疗师，称之为“言语暴露狂”，说他们自以为很有权威，有着严苛且不容置疑的是非观，用道德原则取代科学研究。[1]汉弗莱认为，他们要求患者坦白一切的心态可以上溯到二十世纪六十年代夫妻要互相交心的看法，以及犹太教和基督教“坦白对灵魂有益”的观念。统计数据也证实了汉弗莱的观点：当丈夫得知妻子有外遇后，往往导致婚姻关系恶化，或以离婚收场。[2]

我的朋友兼同事伯特·戴蒙（Bert Diament）也得出了类似的结论。他建议说：“如果你想对伴侣好，如果你想减轻负罪感，如果你想证明自己的爱，那就结束外遇，把它埋在心底，然后跟伴侣努力培养好亲密关系。找出问题所在，并努力改正。”[3]

坦白的好处

想要坦白，这也有同样令人信服的理由。以下有四种常见的理由，其中一些可能会引起你的共鸣：

1. 主动坦白总比被伴侣发现好。

2. 主动坦白更有可能保持忠诚。

3. 主动坦白能让伴侣意识到要及早解决令你不满的事情。

4. 主动坦白将重新确立夫妻关系的首要地位。

好处一：主动坦白总比被伴侣发现好。

如果你已经结束外遇并向伴侣坦白了，这种诚实可能会为你赢回一点信任，它当然比你被发现说谎要好。而如果你的伴侣面对的是双重欺骗，你既有外遇还在秘而不宣，那么你想重归于好就难上加难了。

盖尔和克里斯夫妻俩就是一个很好的例子。克里斯和他的办公室主管桑迪经常出差，很少回家。盖尔不止一次质问他，但他坚决否认自己有什么不当行为，还认为她在搞什么“幺蛾子”，没事找事。于是，盖尔给他下了个套，谎称自己雇了个私家侦探，看见克里斯进了桑迪的公寓。克里斯承认了，但坚持说自己只是去接桑迪吃公司午餐。到后来，盖尔找到婆婆，让她逼着克里斯对着《圣经》发誓（他是一个虔诚的天主教徒），他这才承认了真相。

盖尔对丈夫外遇很生气，但真正让她大为光火的是克里斯在撒谎，把她当傻子。她仍然爱着丈夫，想让家庭和睦，但又觉得自己被侮辱了，被背叛了，所以无法跟他继续下去。出于自尊，她主动离婚了。

修补关系本身就已经很难了，而如果你让伴侣无意间发现了秘密——比如，一份可疑的账单，一条未删的短信，或其他无可辩驳的证据（我有一个病人得了淋病，这才知道自己的丈夫在外面瞎搞）——那你就是在夫妻之间架设了一道永远无法拆除的障碍，使对方再也无法信任你。即便你们俩决定继续在一起，伴侣可能对你还是抱着“一查就见光死”的心态，总在警惕着你会不忠的蛛丝马迹。正因为你的双重欺骗，你的伴侣才学会了要从你每句话、每个承诺里查出谎言。如果你是自愿坦白，如果你不是因为着了伴侣的道儿而被动承认事实，那么你发誓忠诚才更有可能被其接受。

好处二：主动坦白更有可能保持忠诚。

主动坦白让你更有可能直面外遇的内在意义，从而避免再犯。否则，没有经过勇敢的自我反省，你很可能不把外遇当回事，会以为万事大吉，一切都还是老样子。

主动坦白还会让你的伴侣心生警惕，让你更难出轨。丹佛心理学家伦恩·劳迪斯建议，如果你要坦白外遇，就应该坦白所有细节，不是你的性出轨细节，而是你的惯用伎俩——你安排外遇约会时所用的借口、谎言及各种花招——以防你下次故伎重施。通过主动缴械，你让自己有所制约，才能让伴侣知道你是真的想要保持忠诚，信守承诺。[4]

好处三：主动坦白能让伴侣意识到要及早解决令你不满的事情。

主动坦白能表明你对婚姻感到不幸福，并给伴侣一个机会来解决令你不满的事情。

三十九岁的汤姆是一名教师，他从未向妻子说过自己有外遇，甚至夫妻俩在参加夫妻关系心理治疗后，他也未把此事告诉过妻子。妻子知道婚姻有问题——他们俩已经四个多月没有做爱了——但她认为丈夫会一直陪着她和孩子，从来没把他的抱怨当回事。直到丈夫说自己在跟另一个女人约会，她这才意识到丈夫心里有多么愤怒、多么不满，意识到他们的婚姻有多么脆弱。丈夫离开她后，她才承认："我都不知道他跟我说过多少次他很痛苦了，但不知怎的我都没上心，现在知道已经太晚了。"如果汤姆早点告诉妻子自己对别人感兴趣了，或许就会警醒她，让她及时意识到自己的痛苦。

有时候你要向对方坦白，对方才会听到你的痛苦。这样做可能造成伤害，但如果隐瞒真相反而导致离婚，或在余生里同床异梦，那么主动坦白反倒是一种善举了——假以时日，你的伴侣也终将意识到这一点。

好处四：主动坦白将重新确立夫妻关系的首要地位。

如果只有你和外遇对象知道你们外遇的真相，哪怕你们已经结束外遇，这种沉默也是一种共谋。正如婚姻不忠问题专家弗兰克·皮特曼（Frank Pittman）所指出的，夫妻之间有秘密，这种情况对夫妻关系的损害不亚于性方面的问题；问题不在于你跟谁躺在一起，而在于你对谁撒着谎。[5] 你会更亲近共享真相的人，被蒙在鼓里的人则成了局外人。但如果你把秘密告诉了伴侣，那你就是把夫妻关系放到了它本该有的首要地位。

知识就是力量。当你跟伴侣坦白真相时，就意味着你把这个真相和相应的力量都给了伴侣。你的坦白实际上相当于在说："我知道你很在乎我们的关系，所以我无权独自把控影响我们关系的重要信息。我无权决定怎样对你最好。现在你得知了我所知的一切，跟我一样知道了真相，你应该可以决定是否还跟我在一起了。"通过主动坦白，你们俩对真相都同等地知情了，也就可以用真实的面目寻求夫妻复合了。

在芭芭拉·金索尔弗（Barbara Kingsolver）的小说《天堂里的猪》中，贾克斯和女朋友泰勒的女房东睡了，他很纠结要不要对泰勒坦白。女房东问他："如果你不告诉她，那又能伤到谁呢？"贾克斯回答：

"那么，我就知道某事而她不知道。这就像我手里藏了个知更鸟蛋，我给她还是不给她呢？也许她会煮了它，也许她会用它砸我，谁知道呢？所以，我就把它藏在手心，就像这样。每天我和泰勒说话的时候，我和泰勒躺在床上的时候，我就把它这样藏在手里，我就在想，如果我一不小心让她发现了，那我们就为这事闹吧，唉，那可糟了。只要还没被发现，我就一直拿着它，但我感觉它的蛋壳跟你牙齿壳一样薄。我能决定让泰勒知道什么与不知道什么，我有这个能力。我知道内情，让不让她知道，这由我说了算，可我要一直绷紧神经……但如果我能愚弄她，那我又怎能仰慕她呢？我是个坏小子。但坏小子还可以忏悔，可以乞求赎罪啊。"[6]

贾克斯隐瞒实情，这让他和女友之间产生了明显的隔阂。有一位名叫简的病人，她的情况与此类似，她也是隐瞒自己的外遇，从而跟丈夫拉里产生了隔阂。拉里因为面临生意失败，开始酗酒，人也变得孤僻起来。简为了照顾孩子而放弃了高管工作，没有了社交，陷入了家务，人也没了自信，觉得自己没有吸引力。当她的妇科医生勾引她时，她都觉得受宠若惊了。

简没有把自己的秘密告诉丈夫，而是让丈夫觉得自己是家里唯一一个混得很差、令家人蒙羞的人。但她终于意识到自己的做法对丈夫很不公平。她对我说："我们都在逃避生活中的压力，所以我又有什么可假仁假义、自命清高的呢？于是我跟他坐下来谈了，告诉了他我有外遇。刚开始我以为他会愤而离开，但他只是坐在那里发呆。然后，他就哭了。我们俩以前不知道彼此一直为什么而痛苦挣扎，也不知道彼此都很孤独。现在我们知道了对方的痛苦，这缓解了我们的羞愧感，也教会了我们要向伴侣而不是向外寻求支持，比如酗酒和找情人什么的。"

如果你像简那样，也向伴侣主动坦白，你就是给了伴侣了解你的机会。你也是给了自己一个机会，让自己体验到伴侣对你的接纳。如果没有这种接纳，内疚和欺骗可能就会横亘在你们中间，你跟外遇对象的那种亲密已经远去，而你也永远感受不到夫妻之间的亲密。

做出最有利的决定

有些不忠问题专家坚持认为，坦白真相毫无疑问是恢复夫妻信任的第一步。弗兰克·皮特曼在其《私人谎言》中说："任何欺骗迷惑伴侣的行为都是一种掌控婚姻的游戏，最终都会伤害婚姻关系。被欺骗的那一方会变得很有依赖性，很焦虑，很脆弱，情绪反应过度……不忠是夫妻亲密的天敌，对婚姻没什么好处。不忠让夫妻心生隔阂。”[7]

艾米丽·布朗在其《不忠模式及治疗方法》中说，隐瞒外遇是“糊涂之举”。[8]她指出，坦白真相有一个重大作用，那就是它可以加速家庭危机的到来，为夫妻双方创造了一个真诚对话、自我反省的机会。

我个人的观点是，每个人的情况都不一样，适用于这对夫妻的方法不一定适用于那对夫妻。即便你们致力恢复婚姻关系，也没有一条确定的明路让你们走。

对有些夫妻来讲，坦白真相可能产生反向甚至毁灭性的后果。对另一些夫妻来讲，坦白真相则是修复受损关系的关键。处理外遇问题就像处理癌症——有些人得知真相后恢复得更好，有些人得知真相后病情恶化。因此，在寻求最佳治疗策略时不妨问一问：“这对谁最有利？”对你有利的做法，对你的伴侣和婚姻可能是灾难，反之亦然。

如果你决定坦白，记住：伴侣如何理解你的动机将影响其对你的回应。如果伴侣认为你在努力尊重其知情权，那他 / 她就有可能做出更为正面的回应。如果伴侣认为你只是想摆脱罪恶感，那他 / 她就不会那么容易接受或原谅你。当然，伴侣也有可能误解你的意图，所以你最好把话说清楚。

至于一夜情或很久以前的外遇，有些人可能不想说出来，因为他们觉得这对自己的婚姻构不成威胁。有些人则可能持相反意见：既然此事构不成威胁，历史又那么久远，坦白出来有何不可呢？如果把它深藏心底，倒赋予了它一种本不该有的重要意义。

如果你坦白了外遇，但又没处理好外遇所暴露出来的婚姻问题，那么你们很可能无法长久下去，又或者只是貌合神离。这是因为，恢复亲密关系需要的不仅仅是坦白，还需要其他方面的努力。如果你既没有坦白，也没有处理好外遇所暴露出来的婚姻问题，那么你们之间明面上是没有冲突，但你有可能会受此蒙蔽，以为万事大吉了。然而，一切照旧。

很多不忠方决定既要保守秘密，又要解决婚姻中存在的问题。这种方案值得考虑；你当然可以向伴侣讲自己有多么不幸福，同时还不把自己的外遇抖搂出去，免得伴侣一边忍受煎熬，一边还要学着信任和原谅你。

无论你决定坦白还是不坦白，我都认为没有铁定最好的解决方案，因为那是一种错觉。你做甲这件事，并不总会产生乙这种结果；人心不定，它并不按这类客观规律运行。你所能做的就是审慎思考、明智决定；你要考虑自己的动机，考虑自己的行为可能对伴侣产生的影响。归根结底，如果你真的希望重建亲密关系，那么最重要的不是坦白不坦白，而是吸取教训，强化婚姻关系。

新问题？

四十三年来，本人治疗了很多遭遇不忠创伤的个人和夫妻。如今距离上一版本的《外遇心理学》已有八年，本人已整理出以前未被提及但又经常被咨询的问题，现一并附上我的建议。希望这些建议有助于恢复遭到外遇破坏的婚姻关系，为读者提供切实有效的指导。

1. 受伤方问："我真的那么差劲吗？"

《外遇心理学》对外遇心理疗愈一项最重要的贡献就是，本书首次提出，不忠不仅是失去忠诚，还是失去自我。当你发现自己的伴侣不忠时，你不仅无法相信自己的婚姻还能存续，还无法相信自己作为人、作为伴侣是可爱的，是有魅力的。这当然是人生中最大的损失。

泰瑞得知她丈夫有外遇后向我寻求帮助，我则尽力帮她。可是，当她来我办公室做第二次治疗时（上午八点钟），她却脱下外套，身上只穿着一套蕾丝睡衣站在我面前。她做了头发，化着完美的妆，强忍泪水，低哑地说：“请原谅，您可能觉得我真的疯了，但我能让您看看我上床时的样子吗？您可以跟我说实话吗？我是不是真的那么差劲？”

知道什么是正常的，这对我们会很有帮助。因此，我这里提个建议，这个建议不仅是给那些直接遭受不忠影响的人们，也是给那些帮他们恢复的心理治疗师：受伤方往往羞于承认自己的内心已经崩溃。当他们得知伴侣不忠时，会有自我贬抑、自我摧残的反应，但他们需要知道自己有这种反应是没问题的。不忠方需要明白的是，其不忠不仅破坏了婚姻关系，还破坏了伴侣惯有的自我价值与自我意识。已有太多人告诉我，心理治疗师送给病人的最重要礼物，就是能用语言来准确描述这场婚姻大劫难，抓住这个问题的要害，并解决它给病人带来的耻辱。

2. 我是罪人——是有外遇的那个人——但事实上我也是受伤方。我也很受伤。

在《外遇心理学》这本书中，我把遭到外遇冲击的夫妻双方定义为受伤方和不忠方。然而，这种区分并不那么泾渭分明；受伤方的行为方式也会伤害伴侣的心，使之更容易受到第三者吸引。受伤方如能认识并承认这一点，对自己会很有帮助。这种情况并不常有，但有时会有。

我并不是说外遇是合理的，也不是说伴侣出轨要怪受伤方。没人能逼着对方搞外遇。我只是说，外遇在本质上往往表明双方当事人都不善于处理婚姻中的痛苦，有时还表明没有一方是完全无辜的。

保罗外遇事发后，夫妻俩来到我的办公室。作为受伤方，他的妻子向我倾诉了自己的愤怒和痛苦。保罗就坐在那里，他在领会她心中的创痛。然而，在随后的单独治疗环节，他告诉我："我知道错了。倒不是给自己辩护，但是我想说，我妻子酗酒，而且她一喝酒就变得很差劲。她的说话方式让我觉得很难受——就像我妈妈以前跟我说话那样，让我感觉糟透了。"他停了一会儿，接着说了一句我永生难忘的话，"我可以为了妻子造出泰姬陵，但她看到的只是泰姬陵上有鸟屎。所以我跟另一个女人有关系了，那个女人会欣赏我，让我感觉很好。我知道那样不对，我知道自己深深伤害了妻子，但她不是无辜的，她也伤害了我。"

因此，为了赢得原谅，为了重回亲密，你们双方都必须有意愿倾听彼此的痛苦，不加抗争地倾听，让伴侣觉得被你倾听了，被你理解了。既然双方的嫌隙被第三者钻了空子，夫妻双方都要担起属于自己的那份责任。某些情况下你的责任很小，某些情况下你的责任很大。

3. 丈夫跟外遇对象在我们家（浴室、床上、婴儿房）发生了性关系，这让我一进门就想起了那些事。我恨他破坏我的私人空间。我们要搬家吗？

也许吧。对于某些人来讲，确实需要一个新的开始。受伤方要求搬家未必是想羞辱或者惩罚不忠方。当然，人总会对创伤有记忆，搬家不一定能解决问题，但如果犯错者愿意做出一些我所说的建立信任行为、表达关爱的高成本行为，往往会有助于受伤方的疗愈。

还有一个办法，我称之为重写创伤记忆。在这个心理恢复过程中，受伤方（必须是受伤方）掌握控制权，由受伤方邀请不忠方一道重写创伤记忆，创造出更为正面的新联想。比如，受伤方可以说："你带她去过巴黎；我想让你带我去巴黎（或者其他我一直想去的地方）。"又或者，受伤方可以决定重新装修浴室，以此来彻底改造或重新构想家居环境。当然，夫妻还需直面外遇原因，解决婚姻短板，但重写创伤记忆、建立新联想也是有所帮助的。

米歇尔的丈夫跟其外遇对象的幽会地，往往在他们办公室附近高速公路旁的一家路边汽车旅馆。米歇尔每走这条路，脑海里都会涌起丈夫和那个女人的不堪画面。有一天，他们就要经过汽车旅馆，她对丈夫说："把车拐到汽车旅馆停车场。我总是想起你跟那个女人的画面，我受够了。我受够了这种绝望不安的感觉。我想让你订个房间，我们就在那里待一天。简妮丝鼓励我们重建关系，你觉得呢?"他回答："如果你愿意这么做，我求之不得。我十分钟后进去找你。米歇尔，我只想要你，我只想跟你有爱的关系，其他人对我没有任何意义。"

这正是他们那天所做的。他们在那里度过了一整天，聊天、吃饭、抚摸、欢笑，为记忆排毒。这并不容易，但带着创伤记忆去生活，也不是一件轻松事。

还有一个有助于重写创伤记忆的方法，就是架起火来，把外遇对象发来的所有邮件、照片和礼物一起烧掉。尽管受伤方可能也想伸手参与进来，但这种操作必须由不忠方来主导安排。

4. 我来自埃及。我父亲有两个老婆，两边都有好多孩子。我是他大老婆生的长女。我一直觉得他更爱二老婆和二老婆生的孩子，而不是我。所以，当我的丈夫有了外遇时，我所有的悲伤和不安——那种被取而代之、不值得被爱的感觉——再次喷涌而出。我这是疯了吗？

你不仅没有疯，而且你的反应完全正常。这就是感情伤害在对你起作用，我称之为你的脆弱点。你要明白这种反应是正常的，这对你有好处。儿童时期的创伤往往永远不会完全愈合；实际上，这种早期创伤等你成年后仍会相当敏感且严重。你可能会发现，在你以后的生活里，每当某些事情撕开你的旧创口时，你做出的反应都来自这个脆弱点，你在用你历次遭到伤害后储藏在该处的力量，全力做出反应。大脑是有记忆的，它会回想起那些感情伤害并唤起它们带给你的意义，与你第一次经历它们时一样深刻而可怕。

你的认知观念——你父亲不像爱他的其他孩子那样爱你——有可能是错的。弄明白这一点，可能会对你有所帮助。你可能会想，那我得找父亲或兄弟姐妹理论一下了。你的认知当然也有可能是对的，你有这种反应也是可以理解的。而我想说的是，正如你会同情那些告诉你同样故事的他人，我希望你也能同情一下自己。

有时候，跨代创伤不仅会影响受伤方对伴侣外遇的反应，还会影响到不忠方究竟为何做出出轨的行径。亨利四岁时，有一次妈妈对他发火，把他丢在一家大百货公司就走了。这给他留下了早期心理创伤并影响了他的一生。在他的认知里，他爱的人可能会抛弃他，所以为了保护自己，永远不要亲近任何人。亨利二十四岁生日和婚礼后的一年里，他都在网上找女人。他从来没有真正问过自己为何如此，但在后来的心理治疗中，他反思了自己的行为模式和人生选择，这才明白，年幼时他就与自己定下了这个无声的约定：爱就是失去，永远都不要亲近任何人。

看清童年时期的创伤及其影响，你就不会面对人生一遍遍地做出同样的回应了——虽然那些回应在你生命中的某个时刻非常有道理，但现在时过境迁，老办法不管用了。

5. 我是不忠方。我已经两个月没跟外遇对象联系了，但在上周，我在商场偶遇了她。我们说了几分钟话，然后该怎样就怎样。我应该把这事告诉妻子吗？她会气得冒烟，然后要我以后别去商场了。

很遗憾，除非伴侣自己说不想让你再谈你的外遇了，为了赢得她的信任，你必须开诚布公。实际上，无论你有没有偶遇外遇对象或获悉其情况，我都建议你把自己的所知如实告诉妻子。不要让她心生疑虑、忧心忡忡，不要让她来探寻真相。如果你偶遇外遇对象，立即汇报给伴侣。如果你没有碰到外遇对象，也告诉伴侣，哪怕用一些比如“没联系了”之类的简略表达。一般来讲，不忠方不愿提及外遇，免得引起不好的回忆，免得夫妻之间为此纠缠不休。但受伤方的心态很可能还相当脆弱，如果你还在跟外遇对象保持秘密联系，她就会想得很多很多。

有时候，伴侣可能会说“我不想再谈你的外遇了”。但是，是她有权决定什么时候受够了，而不是你。对你妻子而言，外遇对象就像是她心中的一条毒蛇。你要给她一些起码的安慰，比如：“你不用警惕担心了，我来警惕担心。我来做你的眼睛，我来做你的线人。”在《让我如何原谅你：原谅是勇气，不原谅是自由》一书中，本人把这种方法称为警惕转移法。这种方法切实可行，你可以用来赢得她的信任，帮她放下戒心，让她愿意冒险与你重回亲密。

6. 我曾和一个有点淫荡粗鲁的男人有过外遇，我丈夫则温文尔雅，他们正好相反。在我年幼的时候，我被我哥哥的几个朋友性侵了，他们很粗鲁。现在我成年了，但我跟丈夫做爱（或自慰）时，都要靠想象出粗鲁的性爱场景才能达到高潮，承认这一点让我觉得很尴尬。对我动作温柔，我就达不到高潮。但要我把这告诉丈夫，我又觉得没什么用，他不会做出改变的。或许，我能改变自己？

首先，很遗憾地得知你小时候被人性侵。但我还想说，现在你已经成年，跟很多人一样，已经形成不易改变的性爱模式。如果你能接受自己的性反应，并且不因这种反应而批评自己，那就很好了。你可以把这些藏在心底。

要知道，很多人都不愿把令自己兴奋起来的性幻想告诉伴侣，甚至都不愿告诉性治疗师。对很多人来说，这种幻想之所以让人欲火焚身，往往就在于其激烈粗暴，有种令人尴尬的禁忌感，让你突破公众场合里的自我形象。想要粗鲁狂野的性爱，不一定要有外遇。你可以求助于性幻想，这样就不必离家外求了。

7. 我丈夫有过外遇。他告诉我一切都结束了，那个人已经对他毫无意义了。可我怎样才能相信他呢？我想见见她，问问他们之间的事儿。这样做好不好？

受伤方出于各种原因想见伴侣的外遇对象，这并不罕见，有的就是简单地想看看她长什么样，有的是想要说出心里话。重要的是，你要知道自己想在面对面的对抗中达到什么目的，以及为了达到这个目的，你要做出怎样的行为举止。

有个女人得知自己的丈夫和秘书有过一腿，于是她带着刚出生的孩子，直接冲进他的办公室，把孩子扔到那个秘书的桌子上，大吵大闹，好让办公室里的每个人都能听到：“你破坏了我们家庭！你这个臭婊子！你可真了不起！”在她丈夫办公室里，这位受伤方向所有人倾诉了自己的悲伤和愤怒，但到后来，她却对自己的所作所为非常后悔。

不过，我也见过其他案例，受伤方跟伴侣的外遇对象见了面，结果却非常好。塔米得知丈夫汤姆和苏珊有外遇后，汤姆当着塔米的面，给苏珊写了绝交信并用手机发过去。汤姆对妻子发誓说：“我以我们孩子的性命起誓，我绝不见她了。”塔米相信了他，尤其是因为汤姆还同意接受十次夫妻关系心理治疗以重建他们的婚姻。然而，塔米还是想去问问这个外遇对象，觉得从她那里寻求答案可能更实在一些。

有一天，汤姆在洗澡，塔米打开汤姆的手机，假装是他给苏珊发了一条短信，邀请苏珊第二天去他们最喜欢的酒吧再喝一次酒。苏珊到了酒吧看到塔米，她本能地想逃走，而塔米则温和地请她留下。“我不想伤害你，”塔米向她保证，“恰恰相反，或许你能帮到我。”苏珊同意了，说可以回答她几个问题。塔米说：“我丈夫告诉我，他已经和你分手了，我相信他。但让我难受的是，我觉得他是因为爱这个家而跟我在一起的，而不是因为爱我。”这是一次奇怪的会面。受伤方把自己内心深处的担忧说给丈夫的外遇对象听，而这个外遇对象却在安慰情人的伴侣——坦率地讲，比起丈夫的话，比起我这个心理治疗师的话，这样的安慰更有料也更可信。苏珊对她说：“要我说啊，我没理由对你说这个，但这就是事实：你丈夫爱你和孩子而不是爱我，他和我在一起是因为他很孤独。他觉得很受伤，他觉得你把他当饭票，仅此而已。你们俩要改善婚姻关系，我对你没有威胁。”这是一个很好的建议，一个受伤方可以信任的建议，它有助于受伤方少关注外遇对象，而专注于重建自己的婚姻。

8. 我丈夫有过外遇。我发现他有外遇后，他给那个外遇对象发了一封电子邮件说要一刀两断，我相信他已经跟她断了。但说实话，我觉得这还不够好。我想让我丈夫告诉她，她什么都不是，跟她做爱令他反胃，而我才一直都是我丈夫这辈子唯一的爱。这样合适吗？

可能不合适。

强迫伴侣恶劣地对待外遇对象，这不会令伴侣更加忠诚可信，也不大可能让他疏远那个人。实际上，由于那个人可能对你的伴侣很好、给过他积极关注、助力过他的自尊，如果你强迫伴侣恶劣地对待她，你反而会欠下一个终将要偿还的人情。偿还的方式往往是他会再次联系那个人，甚至可能秘密见面，这就危及你们俩的关系了。如果出现这种结果，那么就适得其反了。想让他们一刀两断，不需要强迫伴侣恶劣对待外遇对象。实际上，恰恰相反，你要让他干净利落地切割；如果你愿意的话，让他体面切割，有礼有节，尽量少点痛苦地一了百了。

这里有一封绝交信样板，不忠方可通过纸质信件或电子邮件发给外遇对象，正式结束外遇关系。语气要尊重，意图要明确：

亲爱的【外遇对象的姓名】：

您好！我之所以写这封信，是为了正式结束我们的关系。

由于我深深伤害了我的【妻子 / 丈夫】和家人，我正在努力平复他们的创伤。

我将不再写信给您，也不再以任何方式联系您。您不用联系我。如有联系，我也不会回应，而是立即告知我的【妻子 / 丈夫】。

祝：一切顺利！

【不忠方的姓名】

当然了，受伤方往往会认为此信的措辞太过客气。如果要依受伤方，那得换个更为尖酸刻薄的说法，比如，把“亲爱的”“祝：一切顺利！”换成“真是遗憾跟你有过那么一段。在我看来，你什么都不是。永远都别来找我了。”

不要这样。

9. 我结束外遇了。妻子和我不再大吵大闹，我们交流起来也没有了火药味。是啊，我们的关系还在，但不再亲密了。有什么办法吗？

对于夫妻而言，一件往往很有助益的事情就是，双方能在某个时间节点，从语言交流发展到身体交流——或许是在受伤方有机会向不忠方倾诉伤痛并能为不忠方听见、理解、关心之后，或者是在不忠方倾诉，受伤方聆听之后，或许越早越好吧。

换一个简单的说法，那就是：少说话，多触摸。为什么要这样呢？因为我认为在外遇曝光后，没有身体上的触摸，你们是不可能真正接近彼此的。

有关拥抱对心理和身体的好处，已有大量的研究。当你拥抱伴侣时，你的大脑会释放一种叫做催产素的化学物质。当伴侣拥抱你时，你的血压会降低，压力激素去甲肾上腺素也会减少分泌。一般来讲，我们建议夫妻拥抱至少要持续三十秒。如果双方觉得舒适，也尽管拥抱得更久一些。拥抱的时候，不要说话。

外遇事发后，夫妻之间会有很多事情要谈。为了有效修复背叛所造成的伤害，重建夫妻关系，夫妻之间会有很多压抑的创伤要发泄，要对方听见，往往还有很多的误解要消除。然而，要获得安全感与被珍惜感，要想和好如初，世上再好的言辞都不行，你们应该张开双臂，暖暖地相拥在一起。

10. 我是不忠方。妻子发现我有外遇后，我就干净利落地断了。我想接近妻子，但她在情感和性事上都躲着我。她跟我说，她的胸部与外遇对象相比小很多，所以不好意思在我面前脱光衣服。事实是，外遇对象隆过胸，而且她吸引我的不是她的胸。说实在话，她之所以吸引我，是因为她让我觉得自己是个男人，是个有能力、值得尊敬、让她有欲望的男人。我跟她有外遇不是为了她的胸，而是为了她的拥抱，我该如何向妻子说明这一点呢？

病人向我倾诉后，往往会问我："我该怎么告诉伴侣呢？"我的回答往往是："就像你告诉我那样，把你告诉我的话说出来啊。"这个回答看似废话，但实际情况往往是，如果你对伴侣没有恶意和防备心理，如果你不带恶意与责备地说出真相，夫妻之间便更有可能倾听彼此，并为彼此的隔阂承担属于自己的一份责任。

我举出这个案例，是希望受伤方少挑剔自己的身体。受伤方往往会花很长时间坐在电脑前，盯着出轨对象的照片，与自己做不公允的比较，觉得自己不如对方，感到很自卑。这种比较往往很不客观，甚至与伴侣的外遇没什么关系。对受伤方来讲，与这种做法相比，探索自己与伴侣的关系，包括探索自己在多大程度上让伴侣感受到了关爱、尊重与欣赏，或许能带来更大的能动性与效用感。实际情况往往是，外遇对象对不忠方的吸引力与其说是基于外遇对象的容貌，倒不如说是因为外遇对象带给不忠方的自我感觉。

11. 我的妻子是共同基金经理，她跟她的老板发生了性关系。我知道这事后，她辞职了，然后另找了一份工作。她做了很多事来让我有安全感，让我有被珍惜的感觉——我们对彼此都很好——但我们再也亲密不起来了。我心理上还没准备好跟她做爱，但我又不想失去她。

这很难，伴侣不忠于你，背叛过你，现在要你跟她赤裸相见，这确实让你难以接受。但是，正如我认为你无法不接触对方身体而亲近对方，我同样认为，如果你的伴侣与外遇对象发生过性关系，那么你们要恢复夫妻关系，就一定要过性生活，至少要有边缘性行为。

为了疗愈不忠带来的创伤，不忠方和受伤方要在身体上恢复联结，以消弭双方的距离。这并不是说你们要发生杂技般的狂野性爱，而是说你们要有亲密接触，要以你俩专享的那种方式伸手抓住彼此。至于性爱表现怎么样，那不重要。有没有勃起，有没有高潮，都不重要。重要的是你们要互相拥抱，肉体上情感上都要亲密拥抱，这种亲密要远超你与任何他人的关系。

12. 我就是你所谓的不忠方。为了我一生挚爱的乔安妮，我正在考虑离开妻子和家庭。我们除了都是品酒俱乐部会员，还有很多共同爱好。我妻子不喝酒，对性事也没有兴趣。这里有什么事情是我没看清的吗？有什么理由能说服我留在糟糕的婚姻里，却放弃幸福的机会吗？

我有什么资格对你说，你不应跟那个让你快乐的人共度一生呢？

不过，按照你讲的情况来看，这里有两个重大漏洞。首先，在酒精及其他兴奋剂的影响下，你无法如实看待问题。就现在情况而言，兴奋剂会加强你和你女朋友的关系，但在以后，如果你们自由地在一起了，兴奋剂反而可能加剧你们之间的冲突，让你们无法很好地处理彼此之间的差异。

其次，外遇中的浪漫能够吸引人，但也会误导人。根据心理治疗师约翰·戈特曼及妻子朱莉的研究，最具幸福感的美国夫妇都有69%的婚姻冲突无法化解。因此，在你尚未离婚之际，我建议你先想一下外遇对象身上令你厌烦恼火的事项，把它们列出来。如果你想不出来，那就表明你对这个人还不够了解，还不足以回答我这个问题。

在外遇的浪漫吸引力的影响下，你对伴侣和外遇对象的感觉会两极分化，你会夸大法定伴侣的缺点，同时夸大出轨对象的优点，把对方想得很完美。我并不是说没有人比你伴侣更适合你，但要知道，外遇的浪漫吸引力会模糊你的视线，让你无法如实看待问题。加上酒精及其他兴奋剂的影响，你的看法可能更加扭曲。

马克和佩利的婚龄有十五年了，他们来到我的办公室，想看看是否还有理由继续在一起。彼时，马克正跟外遇的女人同居，两人有很多共同的爱好，都喜欢喝酒。佩利很痛苦，她承认自己不是个好妻子，把精力都放在了孩子身上，对马克提出夫妻性生活不理不睬。她请马克再给她一次机会，但马克还是决定结束这段婚姻，继续跟那个女友在一起。于是，佩利聘请了一位高级律师打官司，拿到一笔丰厚的离婚补偿金，带着孩子搬到加拿大，住到了她父母附近。

四个月前，我偶遇马克。他酗酒非常厉害，现在他可以自由地跟外遇对象在一起了，但他发现自己跟她也陷入了吵闹。这个案例给我们什么启示呢？换个人也不见得好？那倒不是，只能说搞好婚姻真的很难。再加上酗酒、外遇什么的，那就更难了。

13. 据说女人搞外遇是为了爱，男人搞外遇是为了性。这是真的吗？

这种绝对的表述肯定适用于某些人，却错误地描述了另一些人。《纽约客》刊登过一幅著名的漫画，画的是一个女人开车去找一个站街拉客的男妓。女人摇下车窗，男妓走了过来，用暖心的话对她说："哦，宝贝，我听你的，我整晚都听你的。"这幅漫画的言下之意是，男人以性爱来找寻亲密感，女人则以交谈找寻亲密感。

带有性别歧视的性爱差异研究往往并不正确，反倒会误导人，而且坦率地说，简直荒谬。这里就有一个案例：山姆的妻子对性爱不感兴趣，山姆为此很是沮丧，但在其他方面，他感觉自己的婚姻还是不错的。他告诉我，他听说邻镇有一家按摩院，在得到妻子的允许后，他打算预约去一下。他告诉我，他想在外边寻求性满足，妻子对此也欣然接受。

他想让妻子对夫妻生活感兴趣，但没有成功，于是我问他是否知道某个网站。我们谈了网络外遇的好处和风险，并建议他如果决定这么做，最好先对妻子开诚布公。

第二周他来告诉我，他妻子不但允许了，还欣然接受了。就这样，他在邻镇一家比较简陋的旅馆里，约会了一个名叫安德里亚的女人。

跟安德里亚约会的头几次，山姆简直进了天堂。他渴望身体接触，这个女人对他对性爱都感兴趣，对此山姆很是兴奋。但在约了几次之后，他告诉我："我们做完后，我伸出手想搂她，而她却转过身，背对着我自顾自睡了。那时候，我感到从未有过的沮丧和孤独。"

我希望该案例有助于大家打破性别的刻板印象，明白男人和女人一样，有着复杂的需求，不仅仅想要性亲密，同时也想要缓解内心的焦虑与孤独。

14. 在我们接受生育治疗期间，我丈夫有了外遇。他的精子活力很低，这已经够糟心的了，而我为了怀孕还要忍着难以置信的痛苦接受侵入性受精手术，那他至少得对我保持忠诚吧。我们是不是注定要失败？

外遇事发后，不忠方做不了太多的弥补工作，但有一步很关键，就是要列出我所谓的外遇促成因素清单。这不是为外遇找借口或辩解，也不是为了推卸责任，而是为了说明不忠方为何易受他人吸引，以及你们该做些什么来加强婚姻关系。酗酒，吸毒，无法解决的罅隙，不愿发生亲密关系——这些都是最常见的出轨原因。

夫妻双方要合作，以共同探讨：为何发生外遇？外遇说明了你、我以及我们俩的什么问题？对于我们之间的罅隙，我们各负有什么责任？

在我的个人从业经历中，最新遇到的外遇促成因素之一就是生育治疗。为了怀上孩子，夫妻接受生育治疗时，医疗团队往往并没有帮他们做好准备以应对可能的个人压力与夫妻关系压力，而这种压力可能非常大。接受生育治疗不仅没有乐趣与温情，还可能很痛苦，很尴尬。在这个过程中，会有深深的绝望，会有沉默或并不那么沉默的指责，还会有突然而猛烈的情绪变化，而所有这些，都是由内源性自分泌的人体化学物质引起的。

如果花费不菲的生育试验最终失败，夫妻俩的情绪可能会像坐过山车一样大起大落，对此他们应有所准备，以免互相攻击指责，陷入深深的失落、无力和怨恨等情绪中难以自拔。在这种情况下，不忠方很容易被婚外第三者吸引。为了有助于你理解，应该说，吸引不忠方的往往还不是外遇对象本人，而是外遇对象带给不忠方的自我感觉：让他觉得自己很有男人味，让他觉得自己性能力很强，让他觉得自己很性感，让他觉得自己对异性很有魅力——而所有这些，往往是不忠方在取悦伴侣与创造新生命时所感受不到的。

15. 我们邻居是两个女同性恋，我想说服妻子一起玩个四人行。说实在话，这个想法让我很兴奋，而且好像也没什么害处，因为我妻子同意了，所以从定义上来讲，这不是偷情也不是外遇。你对我们的做法有什么建议吗？

如果你们打算继续玩下去，那我得说，你们一定要小心。很多人刚开始有新的性伴侣时会很兴奋，尤其是配偶看上去也同意了。但自从打开了那扇门，他们可能就会发现自己与婚姻都被彻底摧毁了，而摧毁的方式连他们自己可能都想象不到。

我不是从道德的角度来看待这种事。实际上，如果夫妻双方在没有压力的情况下，都同意彼此与婚姻之外的人发生性关系，那么从定义上来讲，这种情况不属于外遇。正如我在《外遇心理学》里说的，外遇关乎秘密和违背信任，而在这里，两者都不是问题。

但很显然的是，在这里我只看到了夫妻个体及他们的婚姻整体都有问题。如果婚内人士与婚外他人发生关系且所有当事人对此都很满意，他们就不会来找我咨询了。正因为他们挣扎在情绪失衡中（有了嫉妒感、被轻视感、被背叛感、被取代感），所以才来寻求心理治疗。山姆家同街区里住着一对女同性恋，山姆想让妻子萨拉以及这两个女同性恋一起玩四人行，他觉得这个想法实在是太刺激了。刚开始那几次，尤其是当他看到妻子脱衣服时思想还在激烈斗争，他既紧张又兴奋。但随着时间推移，妻子开始自己经常跟这两个女同性恋约会，不带他。有时候她也会告诉他，说打算去她们那里；有时候就不告诉他，自己默默地去了。无论告诉还是不告诉，山姆都觉得糟透了。

在这种情况下，外遇的构成要素出现了吗？山姆把妻子推到别的女人的怀里。但如今他却被排斥在外，妻子慢慢地更喜欢跟那两个女同性恋在一起，而不喜欢他了，他成了局外人，于是，突然之间，这游戏不好玩了。实际上，这种关系里有个他无法预料的动态机制，里面充斥着毁灭、嫉妒、苦涩，而这些也正是外遇情感的组成部分。

我们在生活中做出任何行动，都会预期有何结果。而夫妻与婚外人士玩几人行，刚开始时无损夫妻关系，后来情况往往就会发生演变。参与者的关系会重新划定，于是，此一时觉得好玩刺激，彼一时可能就觉得很糟糕了。

所以，一夫一妻制是不是通往婚姻幸福的唯一途径呢？我不是评判你的抉择，我也不想说教。我只是想警告你：如果你打算和其他夫妻一起尝试这种游戏，还鼓励自己的伴侣也如此，请谨慎。不仅出轨会破坏婚姻关系，哪怕夫妻双方刚开始都同意的多人行游戏，在未预料夫妻一方可能在心理上被他人取代而引起复杂情感纠葛的情况下，也会破坏婚姻关系。

16．未婚妻想让我们在婚前做个夫妻关系心理治疗，而我们之间不存在任何问题，因此在我看来，这是找麻烦。这里头有什么是我没看清的吗？

我刚开始做临床心理私人诊疗的头几年里遇到过一件事，让我永远都不会忘记。那时候，我在两处办公，在家有间办公室，还有间办公室在一幢专业大楼里。有一天，我和我那几个正值青春期的儿子在家，他们的朋友乔纳森刚好也在。我接到一位母亲的电话，她的儿子即将结婚。她问道："我在想，我要不要出钱让我儿子与他的未婚妻做十次夫妻关系心理治疗？几年前我和丈夫做过，这对我们帮助很大。"

我跟这位母亲谈了些具体事项，挂了电话，发现乔纳森坐在我家厨房地板上狂笑。他大声喊道："哦，天哪，这得多可怜啊？还没结婚，就要去做夫妻关系心理咨询。太滑稽了！"

当时我就在想："这个乔纳森，傻子似的。"事实是当时乔纳森太年轻、太不成熟，他根本无法理解维持一段良好而有活力的婚姻有多难。

十年后，乔纳森结婚了。仅过了四个月，他与前女友又勾搭上了，向妻子提出离婚。所以啊，别说婚前夫妻关系心理治疗无用之类的傻话了。

无论你跟谁相处，重要的是你的心理预期要切合实际，你要知道什么是正常的。比方说，如果你认为美满的婚姻里没有冲突，或者在大多数（如果不是全部的话）重要问题上夫妻俩的意见要一致，那么你的婚姻关系很可能达不到你的理想要求，而你的不满情绪很可能导致婚姻问题。大多数夫妻在大多数事情上意见不一致。相处良好的夫妻会接受这个现实，并学会如何让它不成为夫妻心生罅隙的导火索。

17. 最近妻子发现我有外遇，她对我大吵大闹，让孩子们听到了。自那以后，我结束了外遇，我想继续生活。她想把我有外遇的事告诉孩子们，可他们分别只有十二岁、九岁和六岁。你有什么建议吗？

这里我想提出三点。第一点，如果你是不忠方且决定向孩子坦白自己的外遇，那就不要为自己的外遇辩解。第二点，如果你是受伤方且决定把伴侣的外遇告诉孩子，那就不要归罪于伴侣。你会有足够的时间来告诉孩子，到底发生了什么事，为什么会发生这种事。重要的第三点，幼龄儿童往往想知道：这对我有什么影响？大龄儿童则可能想知道更具体的细节问题：这个家会分裂吗？我要住在哪里？我要被迫去上另一所学校并失去朋友吗？谁开车送我去练足球？对孩子想知道的问题，你要从孩子所关注的层面去作答。要具体，要让孩子安心。他们的世界已经爆炸了。

通常情况下，孩子可能已经多少知道一些父母外遇的事，却一直和深深的伤口、怨恨和秘密藏在心里，需要父母去解锁它们，看见它们。约翰有个十四岁的女儿阿米莉娅，约翰趁她学校放假，带她到费城旅行。约翰说这是增进父女感情的机会，可当他们到达那里后，阿米莉娅发现这只是父亲一出拙劣的计谋，他借机自私地勾搭他的情人去了。这么一来，阿米莉娅不但觉得父亲背叛了自己，还觉得自己在跟父亲合伙欺瞒母亲，这不仅割裂了母女关系，还影响了她的自我意识，考验她是不是对家庭忠诚有爱的一分子。一般来讲，不要让孩子保守你的秘密。如果他们顺从，那只能导致他们恨你，或者恨自己。

如果你是不忠方，你的外遇已经撼动孩子的世界了，那你就要接受这个事实。不要责怪你的伴侣。不要试图降低伤害。倾听孩子的痛苦与愤怒（不要对孩子蹩脚地说“对不起”），敞开心扉去倾听，让孩子明白，你已经听到了孩子需要你理解的东西。这样一来，孩子才会慢慢说出他们所认知的真相。在这以后，如果你还想为自己辩解，你会有充分的时间把你所认知的真相摆上台面，请孩子从你的角度来看问题。但是，你不要一开始就这么干。

18. 我是不忠方。两个月前我结束外遇了，自那以后，我已经跟妻子说过无数次“对不起”。但无论我怎么做，好像都不能拉近我们的距离。有什么办法吗？

在我的第二本书《让我如何原谅你：原谅是勇气，不原谅是自由》

中，我给出了很多具体建议，帮助过错方在外遇事发以及其他人际伤害业已造成之后疗愈创伤，赢得原谅。不忠方往往会犯一个常见的错误，就是说很多“对不起啊，事儿已经做了，覆水难收，我不想再谈这个了。”很多受伤方都会认为，这种回答太敷衍，太模糊，太不把自己当回事儿了。

关于这一点，我的孙女过五岁生日的时候，就抓住了问题的核心。当时，我们坐在饭店桌子旁，一边吃着热狗，一边看一个箱子里装的一堆问题卡片。第一张卡片上的问题是：“怎样才算得上一个好的道歉？”我想这个问题对她来说太难了，准备换一张。但她拦住了我，小嘴嘟嘟地说：“贾妮丝奶奶，你在道歉时不能只说‘对不起’，你要说出你为什么道歉。”你还别说，我真是被她的智慧给折服了。

有效的道歉具备以下特征：它们是具体的、深刻的、衷心的；它们要表明道歉者将对自己造成的伤害承担起合理的责任。它们还是纯粹的，这就意味着，你不可以说“我很抱歉对你做了这件事，但你也对我做了那件事啊”。你不可以一边道歉，一边还责怪伴侣。

外遇结束后，不忠方难以纠正自己已犯的过错，但是倾听伴侣受到的伤害、做出真诚详实的道歉应该会有帮助。不忠方向受伤方道歉的过程中要坦诚，不要为自己辩解，如能如此，这实际上是不忠方送给受伤方的一份最有疗效的礼物。

重新开始

克拉丽萨·品卡罗·埃斯蒂斯曾睿智地指出：无论什么样的爱情关

系，都会有许多种结局。

我之所以想起这句话，是因为最近我去听音乐会时，跟身旁一位中年妇女聊了一会儿。当时，她听说我是临床心理学家、夫妻关系心理治疗师，就向我示意身旁边的男士：“我跟您说啊，这是我的第二任丈夫。”男士握住了她的手，她接着又说：“他也是我的第一任丈夫，因为我们刚刚复婚了。”我不禁注意到，他们俩都在微笑。

当然，外遇也有很多种不同的结局。我希望本书中的建议和见解有助于你，有助于你遏制绝望情绪，并与你心中重要的人建立更为稳定的情感联结，收获完满的婚姻。

注 释

引 言

夫妻能度过不忠的考验吗?

1. 1992年，芝加哥大学全国民意研究中心（National Opinion Research Center）做了一项全国性研究（Laumann，Gagnon，Michael，and Michaels，1994，pp. 215–216），调查了3432名从18岁到59岁的男女，询问他们“有没有在婚内与自己丈夫或妻子以外的其他人发生过性关系?”回答“有”的男性占比从7.1%（18—29岁）到37%（50—59岁）不等。回答“有”的女性占比从11.7%（18—29岁）到19.9%（40—49岁）不等。在50到59岁年龄段，只有12%的女性有婚外情。研究者对调查结果汇总后取平均值，把婚龄较短的年轻夫妻跟婚龄较长的大龄夫妻的数据一并计算。研究者没有给出任何结论；他们只用一张图表指出，在他们的调查研究中，大约25%的已婚男性和15%的已婚女性在婚内至少发生过一次婚外情。虽然该统计数据常被媒体引用，但它并没有准确呈现原始调查数据。对于男性来说，37%这个数据可能更准确，因为该数据的受调查者处于50到59岁年龄段，可代表一生中有过不忠行为的男性群体。同样道理，对于女性来说，20%这个数据可能更准确。50岁以上女性的婚外情比率较低，这反映的事实可能是因为她们错过了性革命。这项调查研究的参与者中，拒绝接受采访或无法联络者约占20%。因此不愿意透露婚外情的人数有多少，这就不得而知了。

2010年，芝加哥大学全国民意研究中心又发现，在那些至少结过一次婚的人群中，14%的女性和20%的男性承认有过婚外情。不同调查研究的统计数据差异很大，这取决于谁参与了调查，谁说了实话，以及如何定义婚外情。

2. 根据美国人口普查局（US Census Bureau）2007年3月的民意调查，美国有5894.5万对已婚夫妻。

3. 根据安妮特·劳森（Annette Lawson）对英国人的调查（1988年，第37页），超过40%的被调查者有过自认为的“非法通奸”关系，即使这段关系中未发生性交。

4. 在最近一项调查中，从美国心理学会（American Psychological Association）和美国婚姻家庭治疗协会（Association for Marriage and Family Therapy）所有成员中随机抽样的执业婚姻治疗师表示，在最难治疗的婚姻问题中，婚外情排在第三位，这也是夫妻双方在婚姻中面临的第二大破坏性问题。他们还表示，在他们治疗的婚姻问题中，不忠问题占比接近30%（Whisman，Dixon，and Johnson，unpublished manuscript）。

5. Herman（1992），p. 158. 原文援引如下：“她不再囚于无言的创伤中，她发现自己可以表达她的体验。她发现自己不是孤独一个人；其他人也遭受了类似的痛苦。她进而发现自己没有疯；这是创伤综合征，是人类面对极端情况的正常反应。她还终于发现，自己不是注定永远承受这种痛苦；她可以像其他人一样康复。”

第一章

受伤方的反应：陷入重重的失落

1. 受伤方得知伴侣不忠后，往往表现出与创后压力综合征患者相似的心理和生理症状。在过去的研究中，仅对遭到危及生命的重大创伤事件的人，才可能做出创后压力综合征的诊断（*Quick Reference to the Diagnostic Criteria from DSM-IV,* 1994，p. 209）。新版《精神疾病诊断与统计手册》(第五版）(*The Diagnostic and Statistical Manual of Mental Disorders*）(*DSM-V*）将不对生命构成实际威胁的“亚阈值”事件也算作创后压力综合征，学者们对此颇有争议（McNamara，2007）。

2. Abram Kardiner，quoted in Herman（1992），p. 35.

3. Franck（1993），p. 126.

4. Jack（1991），p. 32.

5. Kushner（2004），p. 2.

6. Nadler and Dotan（1992），pp. 308–309.

7. Jack（1991），pp. 128–182.

8. Brown and Gilligan（1992），p. 4.

9. Ibid.，p. 37.

10. 1986 年 2 月，在《斯坦福倡导者报》(*Stamford Advocate*）的电话

采访中，耶鲁大学社会学家尼尔·班尼特（Neil Bennett）首次提到，受过大学教育的女性为了求学和事业而推迟结婚，她们求偶时会更加困难。见 Faludi（1991），pp. 9–14。

11. Ibid.，p. 14.

12. Richardson，“Dreaming Someone Else’s Dreams，” *New York Times Magazine,* Jan. 28，1990，p. 14，quoted in Faludi（1991），p. 103.

13. England and McClintock（2009，p. 814）认为，想要结婚或再婚的四十岁以上女性会发现，比她们年长的男性通常会选择更年轻的女性做新娘。六十岁以上男性一般会娶比他们小十岁左右的女性。

14. Fitzpatrick（2010）指出，女性更有意愿腾出时间生孩子，或一边抚养孩子一边兼职工作，而她们通常一整年下来也赚不到什么钱。

15. Hewlett，*A Lesser Life,* 1989，p. 63; Deborah L. Rhode，“Rhode on Research，” *Institute for Research on Women and Gender Newsletter,* Stanford University，13，no. 4（Summer 1989）：4; quoted in Faludi（1991），p. 24.

16. Fitzpatrick（2010）.

17. Mayo Clinic Staff，2010.

18. Jack（1991），p. 21.

19. Reinisch with Beasley（1990），p. 74.

20. DePaula，Epstein，and Wyer（1993），p. 133.

21. Nolen-Hoeksema（1987，pp. 259–282）发现，女性往往沉溺在令其抑郁的事情中，从而强化并延长其抑郁症状。相比之下，男性往往通过思考其他事情、无视该问题或参加体育活动，来分散自己的注意力。

第二章

不忠方的反应：置身抉择的迷宫

1. Carder with Jaenicke（1992），p. 115.

2. Beattie（1994），Introduction. 原文援引如下："他低声说，发挥治愈作用的不是时间流逝，而是经历各种事情。"

3. Person（1988），p. 322.

4. Allen and Baucon（2004）.

5. Glass and Wright（1988），p. 318.

6. Glass and Wright（1992），p. 379.

7. Botwin（1994），p. 62.

8. Gregory（2003）.

9. Harley（1986），pp. 72–85.

10. Glass and Wright（1985，p. 1115）发现，在他们的婚外性研究案例中，认为自己婚姻幸福的男性占 56%，认为自己婚姻幸福的女性占 34%。

11. Wright（1988），p. 29.

12. Brown（1991），p. 7.

13. Janus and Janus（1993），p. 332.

14. Etxebarria，Ortiz，Conejero 和 Pascual（2009）研究发现，当自己导致他人痛苦时，女性比男性更容易产生负罪感。女性，尤其是 25 岁至 33 岁的女性，在人际关系敏感度测试中得分高于男性。

15. Botwin（1994），pp. 39，62，120.

16. Jack（1991），p. 87.

17. McAdams and Constantian (1983), p. 856.

18. Ross and Holmberg (1990) ; found in DePaulo, Epstein, and Wyer (1993), p. 127.

19. Glass and Wright (1985), p. 1114.

20. Michael, Gagnon, Laumann, and Kolata (1994), p. 156.

21. Botwin (1994).

22. Heyn (1992).

23. Botwin (1994), pp. 44–53.

第三章

探究自己的爱情观

1. Otto Kernberg, interviewed by Linda Wolfe (1978), p. 56.

2. *Quick Reference to the Diagnostic and Statistical Manual IV-TR* (2000), pp. 291–292.

3. Barreca (1993), p. 198.

4. Beck, Freeman, and Davis (2007).

5. Person (1988), p. 322.

6. Winterson (1989), p. 13.

7. Toufexis (1993), p. 50.

8. Person (1988), p. 48.

9. Walsh (1991), p. 188.

10. Mercer (1988), p. 177.

11. Fisher (1992), p. 171.

12. Dyn and Glenn (1993), pp. 54–57, 78–86.

13. Stuart and Jacobson (1985), p. 57.

14. Gottman，私人电子邮件（2011 年 9 月 2 日）。

15. Gottman (1993).

16. Estés (1992), p. 140. Ballantine Books：节选自克拉丽萨·品卡罗·埃斯蒂斯博士的《与狼共奔的女人》(*Women Who Run with the Wolves*)。Copyright © 1992，1995 by Clarissa Pinkola Estés，Ph.D. 表演作品、衍生品、改编、音乐、音频、录音、插图、戏剧、电影、图片、电子等所有权利保留。经作者克拉丽萨·品卡罗·埃斯蒂斯博士及兰登书屋（Random House）旗下的巴兰坦图书（Ballantine Books）出版集团许可重印。

17. Money (1988).

18. 此处参考了鲁本·巴伦（Reuben Baron）博士（1970）提出的社会强化理论及哈维尔·亨德里克斯（Harville Hendrix）博士（1988）提出的意象理论，在此一并致谢。

第四章

直面自己的疑虑与恐惧

1. Stanley and Markman (1992), p. 595.

2. Baumeister (1991), pp. 182–206.

3. Shaver and Hazen (1988), p. 491; see Stanley (1986).

4. Cherlin，Furstenberg，et al.（1991），p. 252.

5. 不过，Amato and Keith（1991，p. 30）还指出，离异家庭和完整家庭之间的这种差异不像人们通常看到的那样明显与普遍。

6. Eldar-Avidan，Haj-Yahia，and Greenbaum（2009）.

7. Ahrons（1994），p. 14; also Ahrons（2004）.

8. Kelly（1993），p. 45.

9. Ahrons（1994），p. 2.

10. Kelly（1993），p. 35.

11. Franck（1993），p. 76.

第五章

从外遇事件中学习

1. 参考了杰弗里·杨博士的“基于图式的人生困境”，在此表示感谢。若要深入理解和学习治疗方法，请参阅 Young 和 Klosko（1993）。

2. Hendrix（1988）.

3. Anaïs Nin，quoted in Efran（1994），p. 221.

4. Efran（1994），p. 221.

5. Baron（1970）.

6. Person（1988），p. 233.

7. Ibid.，p. 232.

8. 想要了解夫妻互动模式可能引发的夫妻双方最糟糕的自我，可以参阅玛吉·斯卡夫的《亲密伴侣》(2008 年）以及杰弗里·杨和珍妮特·克罗斯科（Janet S. Klosko）的《重塑人生》(1993 年)。

9. Gerson (1989), found in Brown (1991), p. 15.

10. Brown (1991), p. 15.

11. Abrahms and Spring (1989).

12. Scarf (2008), p. 93.

13. Hammen, Ellicott, and Gitlin (1985).

14. Abrahms and Spring (1990).

第六章

恢复信任

1. Stuart (1980), p. 200. 改自斯图尔特（Stuart）为帮助夫妻提高婚姻满意度而开发的“关怀日列表”训练。

2. Abrahms (1990).

3. Hibbs and Getzen (2010).

4. Burns (2008).

5. Hendrix (2001).

6. Bly (1990), p. xi.

第七章

如何谈论往事

1. 请参阅 Brown and Gilligan (1992), p. 4。

2. Thomas (1993), pp. 26, 46–47.

3. Burns（1980）, pp. 128–131.

4. 要了解更多有关男性与女性在冲突中的表达方式与倾听方式的性别差异，可参阅《男人来自火星，女人来自金星》(Gray，2004）和《你就是不明白：对话中的男女》(Tannen，2001)。

5. Gottman（1994）, p. 95.

6. Jack（1991）, p. 42.

7. Lerner（2012）.

8. Gottman，Gottman，and DeClaire（2007）.

第八章

恢复性爱

1. Glass and Wright（1985）, p. 1113.

2. Michael，Gagnon，Laumann，and Kolata（1994）, p. 124.

3. Nelson（2008）.

4. Barbach（1983）.

5. Williams（1988）, p. 172.

6. Masters and Johnson（1970）, pp. 71–75.

7. Reinisch with Beasley（1990）, p. 98.

8. 该统计数据的调查对象为 25 至 29 岁的男性与女性。美国金赛研究所，全国性健康和性行为调查，2010 年。要了解更多信息，请访问：NationalSexStudy.indiana.edu/。

9. Reinisch with Beasley (1990), p. 91.

10. Michael, Gagnon, Laumann, and Kolata (1994), p. 165.

11. Ibid., p. 158.

12. Ibid., p. 165.

13. Winterson (1994), p. 21.

14. 金赛、波默罗伊（Pomeroy）、马丁（Martin）和格哈特（Gebhard）（1953）探讨了许多女性无法获得阴道高潮的解剖学原因。“采用深插阴道的方式进行自慰的女性为数较少，这一事实进一步表明，阴道作为性刺激中心相对而言不那么重要”（第580页）。如要了解更多有关阴道高潮的探讨，请参阅Cass（凯斯）的《难以捉摸的性高潮》（*The Elusive Orgasm*）（2004）。

15. Michael, Gagnon, Laumann, and Kolata (1994), p. 123.

16. Goodrich (1994), p. 88.

17. Williams (1988), p. 15.

18. Heiman, LoPiccolo, and LoPiccolo (1976), p. 80.

19. Friday (1998).

20. Friday (2008).

21. Avery (1989), p. 27.

22. Borden (1932), p. 300.

23. Gunn (1992), p. 3.

第九章

学会原谅

1. *Random House Dictionary of the English Language,* 2nd ed. unabridged (1987), s.v. “forgive.”

2. Thrall (1995), p. 3.

3. Spring (2005), p. 123.

4. Herman (1992), p. 211.

5. Hunter (1978), p. 171.

6. Simon and Simon (1990).

7. Thompson (1992), p. 19.

8. Flanigan (1992), p. 122.

9. Ibid., p. 107.

10. Nietzsche (1887).

11. Herman (1992), p. 190.

12. Lovinger (1990), pp. 177–178.

13. Estés (1992), p. 371.

14. Smedes (1984), p. 133.

15. McCullough and Worthington (1994), p. 8.

16. Murphy (1982), p. 505.

17. Horney (1950), pp. 239–258.

18. McCullough and Worthington (1994), p. 4.

19. Thrall (1995), p. 9.

20. Bugen (1990), p. 344.

21. Erikson (1950), pp. 247–274.

22. Jung (1959), p. 535.

第十章

网络空间里的性、秘密与外遇

1. 世界互联网统计数据。互联网使用统计数据。该互联网使用数据信息来自尼尔森在线（Nielsen Online）、国际电信联盟（International Telecommunications Union）、GFK、地方监管机构，以及其他可靠来源发布的数据。Miniwatts 营销集团（Miniwatts Marketing Group）版权所有。

2. 在一项网络外遇情况调查中，不忠问题研究专家佩吉·沃恩（Peggy Vaughan）发现，较之伴侣无意间暴露的外遇，受伤方探查到伴侣外遇给受伤方造成的创伤更大。来自 2011 年 7 月 7 日私人电子邮件。

3. Ferree (2003), pp. 385–393. Also, Smith (2011), p. 48.

4. Daneback, Cooper, and Mansson (2005), p. 326.

5. Nelson (2008).

6. Kerner (2010).

7. 根据 Hertlein 和 Webster（2008）的调查，网络性行为会带来很多负面影响，包括：对夫妻性生活的兴趣降低，无心工作，无心陪伴孩子。

根据另一项针对已婚男性网络性行为的研究，在受调查的人士中，约有 78% 的人在过去一年中与网友发生过一次线下性关系，详见：Dew, Brubaker, and Hays (2006), pp. 195–207。

8. Atwood and Schwartz (2002), pp. 37–56.

9. Steiner (1993), p. 61.

10. Atwood and Schwartz (2002), pp. 37–56.

11. Stephanie Ortigue, an assistant professor at the psychology department at the University of Geneva in Switzerland, and Francesca Bianchi-Demicheli, quoted in the *New York Times* by Rosenbloom (2011).

12. Anokhin, Golosheykin, Sirevaag, Kristjansson, Rohrbaugh, and Heath (2006), pp. 167–177.

13. Wylie (2010), p. 30.

14. Carnes and Carnes (2010), p. 13.

15. Presentation by Robert R. Johnson, Medical Director, Sierra Tucson (2011).

16. Wise (1996), pp. 319–340; Valenstein and Beer (1964), pp. 183–184.

17. Weiss and Schneider (2006), p. 35.

18. 经允许改编自金伯利·杨（Kimberly Young）博士的“网络性爱自我测试与网络性瘾测试，请参阅：www.netaddiction.com。还可参阅：Smith (2004), p. 200。

19. Carnes and Carnes (2010), p. 15.

20. 有关网络性瘾的推荐书目：

In the Shadows of the Net: Breaking Free of Compulsive Online Sexual Behavior（Carnes, Delmonico, Griffin, and Moriarty, 2004).

Untangling the Web: Sex, Porn, and Fantasy Obsession in the Internet Age

(Weiss and Schneider, 2006).

Tangled in the Web: Understanding Cybersex from Fantasy to Addiction (Young, 2001).

Getting Web Sober: Help for Cybersex Addicts and Their Families (Young, 2000) ebooklet.

21. 治疗网络性瘾的推荐机构：Sex and Love Addicts Anonymous, www.slaafws.org; Sex Addicts Anonymous, www.sexaa.org; Sexual Compulsives Anonymous, www.sca-recovery.org; Sexaholics Anonymous, www.sa.org; SMART Recovery, www.smartrecovery.org; Codependents of Sex Addicts, www.cosa-recovery.org. 22. Perel (2007).

23. Ibid.

24. Johnson and Zuccarini (2010), p. 434.

25. Oppenheimer (2011), p. 24.

26. Ibid., p. 27.

27. Saint-Exupéry (2000), p. 64.

尾声

要不要坦白：真相与结果

1. Dr. Frederick Humphrey, personal communication, September 1993.

2. Blumstein and Schwartz (1983, p. 313) 发现，无论是在同性婚姻还是在异性婚姻的情况下，非一夫一妻制的女性发生外遇后，都比非一夫一妻制的男性发生外遇更有可能结束婚姻关系，部分原因在于，非一夫一妻制的女性在外遇时很可能爱上外遇对象，并且“无法把这个新对象视为对现有夫妻关系的辅助。”他们还提供了其他解释：（1）男性受伤方对外遇的宽容度低于女性受伤方，从而更不大可能接受有外遇的伴侣；（2）男性受伤方比女性受伤方的经济和情感依赖性更低，从而更有可能结束这段婚姻关系。

3. Dr. Bert Diament，personal communication，August 1995.

4. Dr. Len Loudis，personal communication，August 1995.

5. Pittman（1989），p. 53. 如要了解更多有关地下情的负面影响，请参阅 Butler，Harper，and Seedall（2009）。

6. Kingsolver（1993），pp. 162–163.

7. Pittman（1989），p. 66，70.

8. Brown（1991），p. 53.

参考文献

Abrahms, Janis Lieff. (1990). The restoration of trust following an extramarital affair: A cognitive-behavioral approach. *ICTN* 3 (1), 2, 4.

Abrahms, Janis Lieff, and Spring, Michael. (1989). The flip-flop factor. *ICTN*5 (10), 1, 7–8.

Abrahms, Janis Lieff, and Spring, Michael. (1990). Responsibility sharing: A cognitive-behavioral intervention for distressed couples. *Behavior Therapist* 13 (8), 176–178.

Ahrons, Constance. (1994). *The Good Divorce: Keeping Your Family Together When Your Marriage Comes Apart.* New York: HarperCollins.

Ahrons, Constance. (2004). *We're Still Family: What Grown Children Have to Say About Their Parents' Divorce.* New York: HarperCollins.

Allen, E. S., and Baucom, D. H. (2004). Adult attachment and patterns of extradyadic involvement. *Family Process* 43 (4), 467–488.

Amato, Paul R., and Keith, Bruce. (1991). Parental divorce and the well-being of children: A meta-analysis. *Psychological Bulletin* 110 (1), 26–46. Amodeo, John. (1994). *Love and Betrayal: Broken Trust in Intimate Relationships.* New York: Ballantine.

Anokhin, A. P.; Golosheykin, S.; Sirevaag, E.; Kristjansson, S.; Rohrbaugh, J. W.; and Heath, A. C. (2006, June 6). Rapid discrimination of visual scene content in the human brain. *Brain Research* 1093 (1), 167–177.

Atwood, Joan D., and Schwartz, Limor. (2002). Cyber-sex: The new affair treatment considerations. *Journal of Couple and Relationship Therapy* 1 (3), 37–56.

Avery, Carl S. (1989, May). How do you build intimacy in an age of divorce? *Psychology Today*, 27–31.

Barbach, Lonnie Garfield. (1983). *For Each Other: Sharing Sexual Intimacy.* New York: Anchor.

Baron, Reuben M. (1970). The SRS model as a predictor of Negro responsiveness to reinforcement. *Journal of Social Issues* 26 (2), 61–81.

Barreca, Regina. (1993). *Perfect Husbands (& Other Fairy Tales): Demystifying Marriage, Men, and Romance.* New York: Harmony.

Baucom, Donald, and Epstein, Norman. (1990). *Cognitive-Behavioral Marital Therapy.* New York: Brunner/Mazel.

Baumeister, Roy F. (1991). *Meanings of Life.* New York: Guilford, 182–206.

Beattie, Melody. (1994). *The Lessons of Love.* San Francisco: Harper.

Beck, Aaron T. (1976). *Cognitive Therapy and the Emotional Disorders.* New York: International Universities Press.

Beck, Aaron T. (1988). *Love Is Never Enough.* New York: Harper & Row.

Beck, Aaron T. (1993). Cognitive therapy: Past, present and future. *Journal of Consulting and Clinical Psychology* 61, 194–198.

Beck, Aaron T.; Freeman, Arthur; and Doris, Denise D. (2007). *Cognitive Therapy of Personality Disorders,* 2nd ed. New York: Guilford.

Beck, Aaron T.; Rush, A. John; Shaw, Brian R.; and Emery, Gary. (1979).

Cognitive Therapy of Depression. New York: Guilford.

Black, Aaron E., and Pedro-Carroll, Joanne. (1993). Role of parent-child relationships in mediating the effects of marital disruption. *Journal of the American Academy of Child and Adolescent Psychiatry* 32 (5), 1019–1027.

Blumstein, Philip, and Schwartz, Pepper. (1983). *American Couples: Money, Work, Sex.* New York: William Morrow.

Bly, Robert. (1990). *Iron John: A Book. About Men.* New York: Vintage.

Borden, Mary. (1932). *The Technique of Marriage.* Garden City, N. Y. : Doubleday, Doran.

Botwin, Carol. (1994). *Tempted Women: The Passions, Perils, and Agonies of Female Infidelity.* New York: William Morrow.

Brown, Emily. (1991). *Patterns of Infidelity and Their Treatment.* New

York：Brunner/Mazel.

Brown, Lyn Mikel, and Gilligan, Carol. (1992). *Meeting at the Crossroads.* New York：Ballantine.

Bugen, Larry A. (1990). *Love and Renewal: How to Get Past Disenchantment, the Impasse Between Romance and Lasting Love.* Oakland, Calif.：New Harbinger.

Burns, David D. (1980). *Feeling Good.* New York：William Morrow.

Burns, David D. (2008). *Feeling Good Together: The Secret of Making Troubled Relationships Work.* New York：Broadway Books.

Burns, David D. (1985). *Intimate Connections.* New York：William Morrow. Butler, Mark H.; Harper, James M.; and Seedall, Ryan B. (2009, January). Facilitated disclosure versus clinical accommodation of infidelity secrets：An early pivot point in couple therapy. *Journal of Marital and Family Therapy* 35 (1), 125–143.

Carder, David, with Jaenicke, Duncan. (1992). *Torn Asunder: Recovering From Extramarital Affairs.* Chicago：Moody.

Carnes, Patrick; Delmonico, David L.; Griffin, Elizabeth; and Moriarty, Joseph M. (2007). *In the Shadows of the Net: Breaking Free of Compulsive Online Sexual Behavior,* 2nd ed. Center City, Minn.：Hazelden.

Carnes, Stefanie, and Carnes, Patrick J. (2010, January/February). Understanding cybersex in 2010. *Family Therapy Magazine,* 10–17.

Cass, Vivienne. (2007). *The Elusive Orgasm: A Woman's Guide to Why*

She Can't and How She Can Orgasm. New York: Marlowe and Co.

Cherlin, Andrew J.; Furstenberg, Frank F., Jr.; Chase-Lansdale, Lindsay; Kiernan, Kathleen E.; Robins, Philip K.; Morrison, Donna R.; and Teitler, Julien O. (1991, June 7). Longitudinal studies of effects of divorce on children in Great Britain and the United States. *Science* 252, 1386–1389.

Daneback, Kristian; Cooper, Al; and Mansson, Sven-Axel. (2005). An Internet study of cybersex participants. *Archives of Sexual Behavior* 34 (3), 321–328.

Dattilio, Frank M., and Padesky, Christine A. (1990). *Cognitive Therapy with Couples.* Sarasota, Fla.: Professional Resource Exchange.

DePaula, Bella M.; Epstein, Jennifer A.; and Wyer, Melissa M. (1993). Sex differences in lying: How women and men deal with the dilemma of deceit. In *Lying and Deception in Everyday Life.* Edited by Michael Lewis and Carolyn Saarni. New York: Guilford, 126–147.

Dew, Brian; Brubaker, Michael; and Hays, Danica. (2006). From the altar to the Internet: Married men and their online sexual behavior. *Sexual Addiction and Compulsivity* 13 (2), 195–207.

Dobson, Keith. (1989). A meta-analysis of the efficacy of cognitive therapy for depression. *Journal of Consulting and Clinical Psychology* 57, 414—419.

Dyn, Barry, and Glenn, Michael. (1993, July/August). Forecast for couples. *Psychology Today,* 54–56, 78–86.

Edell, Ronnie. (1983). *How to Save Your Marriage from an Affair: Seven Steps to Rebuilding a Broken Trust.* New York: Kensington.

Efran, Jay S. (1994). Mystery, abstraction, and narrative psychotherapy. *Journal of Constructivist Psychology* 7, 219–227.

Eldar-Avidan, Dorit; Haj-Yahia, Muhammad M.; and Greenbaum, Charles W. (2009, January). Divorce is a part of my life...resilience, survival, and vulnerability. *Journal of Marital and Family Therapy* 35 (1), 30–46.

Eliot, George. (1965). *Middlemarch.* New York: Penguin.

England, Paula, and McClintock, Elizabeth Aura. (2009, December). The gendered double standard of aging in US marriage markets. *Population and Development Review* 35 (4), 797–816.

Erikson, Erik H. (1950). *Childhood and Society,* 2nd ed. New York: Norton. Estés, Clarissa Pinkola. (1992). *Women Who Run with the Wolves: Myths and Stories of the Wild Woman Archetype.* New York: Ballantine.

Etxebarria, I., Ortiz, M. J., Conjero, S. and Pascual, A. (2009, November). Intensity of habitual guilt in men and women: Differences in interpersonal sensitivity and the tendency towards anxious-aggressive guilt. *Spanish Journal of Psychology* 12 (2), 540–554.

Faludi, Susan. (1991). *Backlash: The Undeclared War Against American Women.* New York: Crown.

Ferree, Marnie. (2003). Women and the web: cybersex activity and implications. *Sexual and Relationship Therapy* 18 (3), 385–393.

Fisher, Helen E. (1992). *Anatomy of Love: The Natural History of Monogamy, Adultery, and Divorce.* New York: Norton.

Fitzpatrick, Laura. (2010, April 20). Why do women still earn less than men? *Time*.

Flanigan, Beverly. (1992). *Forgiving the Unforgivable: Overcoming the Bitter Legacy of Intimate Wounds.* New York: Macmillan.

Franck, Dan. (1993). *Separation.* New York: Knopf.

Friday, Nancy. (1998). *Men in Love: Men's Sexual Fantasies: The Triumph of Love Over Rage.* New York: Delacorte.

Friday, Nancy. (2008). *My Secret Garden: Women's Sexual Fantasies.* New York: Pocket.

Friedman, Sonya, with Sondra Forsyth. (1994). *Secret Loves: Women With Two Lives.* New York: Crown.

Gerson, Randy. (1989, October 27). Genograms, family patterns, and computer graphics. Presentation at the American Association for Marriage and Family Therapy Conference. San Francisco.

Glass, Shirley P., and Wright, Thomas L. (1988). Clinical implications of research on extramarital involvement. In *Treatment of Sexual Problems in Individual and Couples Therapy.* Edited by Robert A. Brown and Joan Roberts Field. New York: PMA.

Glass, Shirley P., and Wright, Thomas L. (1992, August). Justifications for extramarital relationships: The association between attitudes, behaviors, and gender. *Journal of Sex Research* 29 (3), 361–387.

Goodrich, Thelma Jean. (1994, September/October). Turning down the temperature. *Family Therapy Networker,* 86–89.

Gorer, Geoffrey. (1971). *Sex and Marriage in England Today.* London: Nelson.

Gottman, John Mordechai. (1993). *What Predicts Divorce?: The Relationship Between Marital Processes and Marital Outcomes.* UK: Psychology Press.

Gottman, John Mordechai; Gottman, Julie S.; and De Claire, Joan. (2007). *10 Lessons to Transform Your Marriage: America's Love Lab Experts Share Their Strategies for Strengthening Your Relationship.* New York: Three Rivers Press.

Gottman, John Mordechai, and Silver, Nan. (1994). *Why Marriages Succeed or Fail.* New York: Simon & Schuster.

Gray, John (2004). *Men Are from Mars, Women Are from Venus.* New York: HarperCollins.

Gregory, Alex. (2003, August 4). "Male Prostitute." *The New Yorker.*

Griffiths, Mark. (2004). Sex addiction on the Internet. *Janus Head* 7 (1), 188–217.

Gunn, Thom. (1992). The hug. *The Man with Night Sweats.* New York: Farrar, Straus, & Giroux.

Hammen, C.; Ellicott, A.; and Gitlin, M. (1989). Vulnerability to specific life events and prediction of course of disorder in unipolar depressed patients. *Canadian Journal of Behavioral Science* 21, 377–388.

Harley, Willard F., Jr. (1986). *His Needs, Her Needs: Building an Affair-Proof Marriage.* Old Tappan, N. J.: Fleming H. Powell.

Heiman, Julia; LoPiccolo, Leslie; and LoPiccolo, Joseph. (1976). *Becoming Orgasmic.* Englewood Cliffs, N. J.: Prentice-Hall.

Hendrix, Harville. (2001). *Getting the Love You Want: A Guide for Couples.* New York: Holt.

Herman, Judith Lewis. (1992). *Trauma and Recovery.* New York: Basic.

Hertlein, Katherine M., and Webster, Megan (2008). Technology, relationships, and problems: A research synthesis. *Journal of Marital and Family Therapy* 34 (4), 445–460.

Hetherington, E. Mavis. (1989). Coping with family transitions: Winners, losers, and survivors. *Child Development* 60, 1–14.

Hetherington, E. Mavis. (1992). Coping with marital transitions. *Monographs of the Society for Research in Child Development* Serial No. 227, 57 (2–3).

Heyn, Dalma. (1992). *The Erotic Silence of the American Wife.* New York: Turtle Bay.

Hibbs, B. Janet, and Getzen Karen J. (2010). *Try to See It My Way: Being Fair in Love and Marriage.* New York: Avery.

Hite, Shere. (1987). *Women and Love.* New York: Knopf.

Horney, Karen. (1950). *Neurosis and Human Growth: The Struggle*

Toward Self-Realization. New York: Norton.

Hunter, R. C. A. (1978, April). Forgiveness, retaliation, and paranoid reactions. *Journal of Canadian Psychiatric Association* 23, 167–173.

Jack, Dana Crowley. (1991). *Silencing the Self: Women and Depression.* Cambridge, Mass.: Harvard University Press.

Janus, Samuel S., and Cynthia L. (1993). *The Janus Report on Sexual Behavior.* New York: Wiley.

Johnson, Robert R. (2011). The neurobiology of misbehavior: Understanding and treating addiction, thrill-seeking, and dry-drunk behavior. Presentation in Westport, Conn.

Johnson, Susan, and Zuccarini, Dino. (2010, October). Integrating sex and attachment in emotionally focused couple therapy. *Journal of Marital and Family Therapy* 36 (4), 431–445.

Jung, Carl G. (1959). *Basic Writings.* Edited by Violet de Laszlo. New York: Modern Library.

Kaplan, Bruce Eric. (1993, March 29). *New Yorker Magazine.*

Kelly, Joan B. (1993). Current research on children's postdivorce adjustment: No simple answers. *Family and Conciliation Courts Review* 31 (1), 29–49.

Kelly, Joan B. (2000, August). Children's adjustment in conflicted marriage and divorce: A decade review of research. *Journal of the American Academy of Child and Adolescent Psychiatry* 39 (8), 963–973.

Kernberg, Otto, interviewed by Linda Wolfe. (1978, June). Why some people can't love. *Psychology Today,* 55–59.

Kerner, Ian (2010, August 5). Does too much porn mess with a guy's sex skills? http: //www. goodinbed. com/sex_on_the_brain/2010/08/does-too-much-porn-mess-with-a-guys-sex-skills/.

Kingsolver, Barbara. (1993). *Pigs in Heaven.* New York: HarperCollins.

Kinsey, Alfred C.; Pomeroy, Wardell B.; Martin, Clyde E.; and Gebhard, Paul H. (1953). *Sexual Behavior in the Human Female.* Philadelphia: Saunders.

Koss, Mary; Goodman, Lisa; Fitzgerald, Louise; Russo, Nancy; Keita, Gwen-dolyn; and Browne, Angela Browne. (1994). *No Safe Haven.* Washington, D. C. : American Psychological Association.

Kushner, Harold S. (2004). *When Bad Things Happen to Good People.* New York: Anchor Books.

Laumann, Edward O.; Gagnon, John H.; Michael, Robert T.; and Michaels, Stuart. (1994). *The Social Organization of Sexuality.* Chicago: University of Chicago Press.

Lawson, Annette. (1988). *Adultery: An Analysis of Love and Betrayal.* New York: Basic.

Lerner, Harriet Goldhor. (1989). *The Dance of Intimacy: A Woman's Guide to Courageous Acts of Change in Key Relationships.* New York: HarperCollins.

Lerner, Harriet Goldhor. (1993). *The Dance of Deception: Pretending and Truth-Telling in Women's Lives.* New York: HarperCollins.

Lerner, Harriet Goldhor. (2012). *Marriage Rules: A Manual for the Married and the Coupled Up.* New York: Gotham Books.

Lovinger, Robert J. (1990). *Religion and Counseling: The Psychological Impact of Religious Belief.* New York: Continuum.

Masters, William H., and Johnson, Virginia E. (1970). *Human Sexual Inadequacy.* London: J. & A. Churchill.

Mayo Clinic Staff. (2010, September 1). Depression in women: Understanding the gender gap. MayoClinic. com/health/depression/MH00035.

McAdams, Dan P., and Constantian, Carol A. (1983). Intimacy and affiliation motives in daily living: An experience sampling analysis. *Journal of Personality and Social Psychology* 45, 851—861.

McCullough, Michael E., and Worthington, Everett L., Jr. (1994). Encouraging clients to forgive people who have hurt them: Review, critique, and research prospectus. *Journal of Psychology and Theology* 22 (1), 3–20.

McNamara, Damian. (2007, November). Latest evidence on PTSD may bring changes in DSM-V: Subthreshold events can lead to disorder. *Clinical Psychiatry News* 35 (11).

Mercer, Cheryl. (1988). *Grown-ups.* New York: Putnam.

Michael, Robert T.; Gagnon, John H.; Laumann, Edward O.; and Kolata, Gina. (1994). *Sex in America: A Definitive Survey.* Boston: Little, Brown.

Money, John. (1980). *Love and Lovesickness: The Science of Sex, Gender Difference, and Pair Bonding.* Baltimore: Johns Hopkins University Press.

Money, John. (1988). *Love Maps: Clinical Concepts of Sexual/Erotic Health and Pathology, Paraphilia, and Gender Transposition in Childhood, Adolescence, and Maturity.* Buffalo, N. Y. : Prometheus.

Murphy, Jeffrie G. (1982). Forgiveness and resentment. *Midwest Studies in Philosophy* 7, 503–516.

Nadler, Arie and Dotan, Iris. (1992). Commitment and rival attractiveness: Their effects on male and female reactions to jealousy-arousing situations. *Sex Roles* 26 (7/8), 293–310.

National Task Force. (1990). "Women and Depression: Risk Factors and Treatment Issues." Edited by Ellen McGrath, Gwendolyn Puryear Keita, Bonnie R. Strickland, and Nancy Felipe Russo. Washington, D. C. : American Psychological Association.

Nelson, Tammy. (2008). *Getting the Sex You Want: Shed Your Inhibitions and Reach New Heights of Passion Together.* Beverly, Ma. : Quiver.

Nietzsche, F. W. (1887). *The Genealogy of Morals* (trans. by P. Watson). London: S. P. C. K.

Nolen-Hoeksema, Susan. (1987). Sex differences in unipolar depression: Evidence and theory. *Psychological Bulletin* 101 (2), 259–282.

Norton, Arthur J., and Miller, Louisa F. (1992). Marriage, divorce, and remarriage in the 1990's. *Current Population Reports,* 23–180. Washington, D. C. : U. S. Government Printing Office.

Oppenheimer, Mark. (2011, June 30). Married, with infidelities. *New*

York Times Magazine, 24.

Parker-Pope, Tara. (2010, January 26). Marriage and women over 40. *New York Times,* well. blogs. nytimes. com/2010/01/26/marriage-and-women-over-40.

Perel, Esther. (2007). *Mating in Captivity: Unlocking Erotic Intelligence.* New York: Harper.

Person, Ethel Spector. (1988). *Dreams of Love and Fateful Encounters: The Power of Romantic Passion.* New York: Norton.

Pittman, Frank. (1989). *Private Lies.* New York: Norton.

Quick Reference to the Diagnostic and Statistical Manual IV-TR. (2000). Washington, D. C. : American Psychiatric Association.

Random House Dictionary of the English Language, 2nd ed. unabridged. (1987). Edited by Stuart Berg Flexner and Leonore Crary Hauck. New York: Random House.

Reibstein, Janet, and Richards, Martin. (1993). *Sexual Arrangements: Marriage and the Temptation of Infidelity.* New York: Scribner's.

Reinisch, June M., with Beasley, Ruth. (1990). *The Kinsey Institute New Report on Sex.* New York: St. Martin's.

Rosenbloom, Stephanie. (2011, June 19). Ambition + desire = trouble. *New York Times.*

Ross, M., and Holmberg, D. (1990). Recounting the past: Gender differences in the recall of events in the history of a close relationship. In *Self-Inference Processes: The Ontario Symposium, Volume 6.* Edited by J. M. Olson and M. P. Zanna. Hillsdale, N. J. : Erlbaum, 135–152.

Saint-Exupéry, Antoine de. (2000). *The Little Prince.* New York: Harcourt Inc.

Scarf, Maggie. (1986, November). Intimate partners. *Atlantic Monthly,* 49–54, 91–93.

Scarf, Maggie. (2008). *Intimate Partners: Patterns in Love and Marriage.* New York: Ballantine Books.

Shaver, Phillip R., and Hazen, Cindy. (1988). A biased overview of the study of love. *Journal of Social and Personal Relationships* 5, 473–501.

Simon, Sidney B., and Simon, Suzanne. (1990). *Forgiveness: How to Make Peace With Your Past and Get on with Your Life.* New York: Warner.

Smedes, Lewis B. (1984). *Forgive and Forget: Healing the Hurts We Don't De-serve.* San Francisco: Harper & Row.

Smith, Brendan L. (2011, March). Are Internet affairs different? *American Psychological Association* 42 (3), 48.

Spring, Janis Abrahms. (2005). *How Can I Forgive You? : The Courage to For-give, the Freedom Not To.* New York: HarperCollins.

Stanley, Scott M. (1986). *Commitment and the Maintenance and Enhancement of Relationships.* Unpublished doctoral dissertation. University of Denver.

Stanley, Scott M., and Markman, Howard. (1992, August). Assessing commitment in personal relationships. *Journal of Marriage and the Family* 54,

595–608.

Steiner, Peter. (1993, July 5). On the Internet, nobody knows you're a dog. *The New Yorker* 69 (20), 61.

Sternberg, Robert J., and Barnes, Michael L. (eds.). (1988). *The Psychology of Love.* New Haven, Conn. : Yale University Press.

Stuart, Richard. (1980). *Helping Couples Change: A Social Learning Approach to Marital Therapy.* New York: Guilford.

Stuart, Richard B., and Jacobson, Barbara. (1985). *Second Marriage: Make It Happy! Make It Last!* New York: Norton.

Tannen, Deborah. (2001). *You Just Don't Understand: Men and Women in Conversation.* New York: Quill.

Thomas, Sandra P. (1993). *Women and Anger.* New York: Springer.

Thompson, Marjorie J. (1992, March/April). Moving toward forgiveness. *Weavings: A Journal of the Christian Spiritual Life* VII (2), 16–26.

Thrall, Grace. (1995, April). *Forgiveness: At the Interface of Psychiatry and Spirituality.* Paper presented at the Institute of Living, Hartford, Conn.

Toufexis, Anastasia. (1993, February 15). The right chemistry. *Time Magazine,* 49–51.

Valenstein, E. S., and Beer, B. (1964, March). Continuous opportunity for reinforcing brain stimulation. *Journal of the Experimental Analysis of Behavior* 7, 183–184.

Viorst, Judith. (1984). *Necessary Losses.* New York: Simon & Schuster.

Walsh, Anthony. (1991). *The Science of Love: Understanding Love and Its Effects on Mind and Body.* Buffalo, N. Y. : Prometheus.

Weiner, Marcella Bakur, and Starr, Bernard D. (1991). *Stalemates: The Truth About Extra-Marital Affairs.* Far Hills, N. J. : New Horizon.

Weiss, Robert, and Schneider, Jennifer P. (2006). *Untangling the Web: Sex, Porn, and Fantasy Obsession in the Internet Age.* New York: Alyson Books.

Whisman, Mark A.; Dixon, Amy E.; and Johnson, Benjamin. *Therapists' Perspectives of Couple Problems and Treatment Issues in the Practice of Couple Therapy.* Unpublished manuscript.

Williams, Warwick. (1988). *Rekindling Desire: Bringing Your Sexual Relationship Back to Life.* Oakland, Calif. : New Harbinger.

Winterson, Jeanette. (1989). *The Passion.* New York: Vintage.

Winterson, Jeanette. (1994). *Written on the Body.* New York: First Vintage International Edition.

Wise, R. A. (1996). Addictive drugs and brain stimulation reward. *Annual Review of Neuroscience* (19), 319–340.

Wright, Robert. (1988, July 11). Why men are still beasts. *New Republic,* 27–32.

Wylie, Mary Sykes. (2010). The www. Addiction. *Psychotherapy Networker* 34 (5), 30.

Young, Jeffrey E., and Klosko, Janet S. (1993). *Reinventing Your Life.* New York: Dutton.

Young, Kimberly S. (2000). *Getting Web Sober: Help for Cybersex Addicts and Their Families.* Ebooklet.

Young, Kimberly S. (2001). *Tangled in the Web: Understanding Cybersex from Fantasy to Addiction.* Indiana：1stBooks.

图字:09-2021-150 号

图书在版编目(CIP)数据

外遇之后:弥合创伤,重建信任/(美)贾妮斯·亚伯拉姆斯·斯普林(Janis Abrahms Spring),(美)迈克尔·斯普林(Michael Spring)著;夏杨译.—3版.—上海:上海译文出版社,2023.3

书名原文:After the Affair: Healing the Pain and Rebuilding the Trust When a Partner has been Unfaithful (Third Edition)

ISBN 978-7-5327-9144-6

Ⅰ.①外… Ⅱ.①贾… ②迈… ③夏… Ⅲ.①长篇小说-美国-现代 Ⅳ.①I712.45

中国国家版本馆 CIP 数据核字(2023)第 042399 号

外遇之后:弥合创伤,重建信任(第三版)
[美]贾妮斯·亚伯拉姆斯·斯普林 迈克尔·斯普林 著 夏杨 译
责任编辑/宋佥 装帧设计/胡枫 罗莉雅

上海译文出版社有限公司出版、发行
网址:www.yiwen.com.cn
201101 上海市闵行区号景路 159 弄 B 座
浙江新华数码印务有限公司印刷

开本 890×1240 1/32 印张 12.75 插页 6 字数 218,000
2023 年 4 月第 1 版 2023 年 4 月第 1 次印刷
印数:0,001—8,000 册

ISBN 978-7-5327-9144-6/I·5686
定价:75.00 元